GOLDRAUB

Mehr Bäume. Weniger CO_2.
www.cpibooks.de/klimaneutral

FSC
www.fsc.org
MIX
Papier | Fördert gute Waldnutzung
FSC® C083411

Ernst Geiger:
Goldraub

Unter literarischer Mitarbeit von
Maximilian Hauptmann-Höbart

www.edition-a.at

Cover: Bastian Welzer
Satz: Anna-Mariya Rakhmankina
Lektorat: Sophie Schagerl
Illustrationen: Valeriya Gridneva

Gesetzt in der Premiera
Gedruckt in Deutschland

1 2 3 4 5 — 25 24 23 22

ISBN: 978-3-99001-592-6

Die Zitate stammen aus *Leben des Benvenuto Cellini, florentinischen Goldschmieds und Bildhauers, von ihm selbst geschrieben*, übersetzt von Johann Wolfgang v. Goethe, erschienen 2016 im Holzinger Verlag.

Ein Ernst-Geiger-Fall

GOLD RAUB

Nach wahren Begebenheiten

edition a

Für Evi, die mir seit
41 Jahren zur Seite steht

KUNSTHISTORISCHES MUSEUM

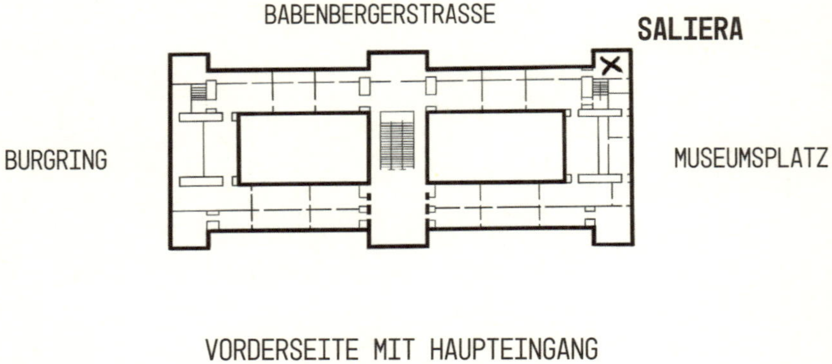

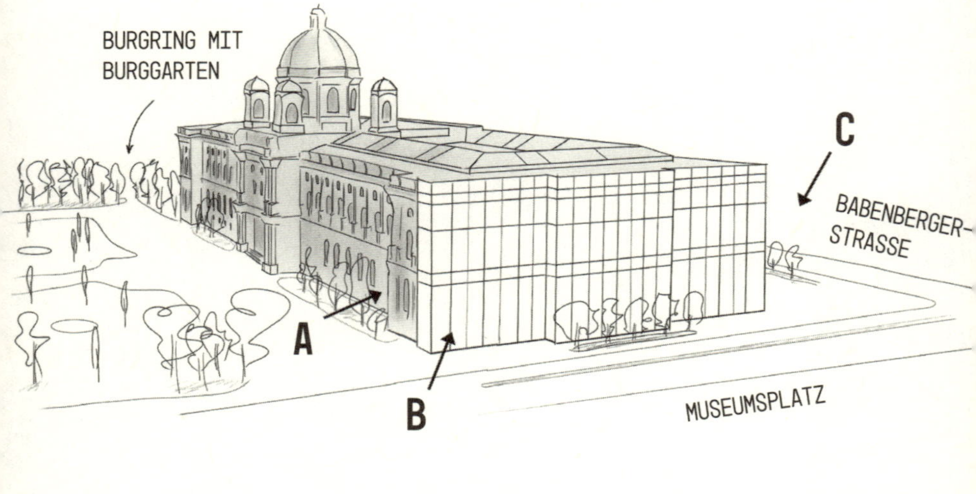

A: DIEB KLETTERT AUF DIE FASSADE

B: BAUGERÜST

C: FENSTER VOR DEM SAAL, IN DEM SICH DIE SALIERA BEFINDET

»Auf Gold kann man verzichten, nicht aber auf Salz.«

Cassiodor, römischer
Staatsmann & Gelehrter

TABORSTRASSE
WIEN, JOSEFSTADT

April 2003

Das Geräusch der Alarmanlage fühlte sich für Nick an wie die Scherben einer alten, rostigen Glasflasche, die in sein Trommelfell drangen. Es bohrte sich hinein und ließ kaum Platz, um vernünftig nachzudenken.

Es war ein Amateurfehler gewesen, zuerst die Magnetkontakte am Türrahmen abzumontieren. Was für ein Idiot er doch gewesen war!

Eine kurze Berührung, nicht mehr als ein Streicheln, hatte gereicht, um den Alarm auszulösen. Und obwohl er theoretisch wusste, wie er die Situation unter Kontrolle bringen konnte, schlug sein Herz schneller als gewohnt.

Diese Anlage war ein altes Teil, sie war noch verkabelt und lief nicht über Funk wie die modernen Geräte. Einmal aktiviert alarmierte sie nicht subtil und unbemerkt.

Vielmehr mussten beide leiden, der Einbrecher genauso wie das Opfer. War das etwa fair? Geräusche der Panik schwirrten durch das Gebäude. Dreißig Sekunden und in der Einsatzzentrale der Polizei am Schottenring würde eine Meldung eingehen. Der diensthabende Beamte würde einem Funkwagen die Adresse durchgeben.

In einem Zeitfenster von fünf bis acht Minuten wäre die Streife hier. Selbst wenn es Nick gelänge, dieses nervenzerreißende Geräusch zu unterbrechen, wäre die Konfrontation mit der Polizei dann unvermeidlich.

Nick warf einen Blick auf seine Armbanduhr, ein kleines Modell mit Digitalanzeige. Er konzentrierte sich, presste die Augen zusammen, um einen klaren Blick zu bekommen. Die Alarmzentrale, also das zentrale Modul, mit dem alle Magnetkontakte verbunden waren, hing im hinteren Teil des Ganges unterhalb der Decke. Bereits mit dem ersten Blick erkannte er, dass sie schon lange nicht mehr gewartet worden war.

Er klappte die kurze Leiter auf, die er mitgebracht hatte, und stieg zwei Sprossen nach oben. Irgendjemand hatte einen Plastikmantel, dessen beiger Farbton schon längst dem Grau der Wand gewichen war, über die Anlage montiert, womöglich als zusätzliche Schutzmaßnahme. Nick rüttelte daran, doch so leicht gab er nicht nach. Er griff in seine hintere Gesäßtasche und holte einen Schraubenzieher heraus. Mit ein paar schnellen Umdrehungen hatte er die rostigen Schrauben an der rechten Seite des Gehäuses gelöst. Der Mantel schwang auf.

Fünfzehn Sekunden.

Er erkannte das Modell.

Es war noch älter, als er gedacht hatte. Ein weißes Bedientableau mit einigen übergroßen Ziffern und einem grünen Display, daneben zwei Lautsprecher, die das nervenzerreißende Geräusch erzeugten.

Es wirkte wie die überdimensionierte Ausgabe eines dieser Pensionistenhandys, die gerade so beliebt waren, mit ihren viel zu großen Tasten und einem viel zu dunklen Display.

Sieben Sekunden.

Nick kannte das Modell, weil er darüber bereits vor vielen Jahren in einem Fachmagazin gelesen hatte. Solche Anlagen wurden nicht mehr hergestellt und es wurde auch davon abgeraten, sie überhaupt noch zu verwenden. Ihre Übertragung konnte unterbrochen werden, wenn das Bedientableau nicht mehr funktionierte. Für eine Alarmanlage war das grob fahrlässig, weil der Alarm wirkungslos blieb, wenn der Einbrecher die Alarmanlage zerstörte.

Vier Sekunden.

Nick überlegte nicht lange. Er nahm den Schraubenzieher, drehte ihn in der Hand einmal um, sodass das runde, harte Ende nun nach vorne zeigte. Und dann schlug er zu. Bereits bei seinem ersten Schlag brach das Display entzwei, mit einem hässlichen Knacken gab die Anlage nach. Doch erst nach dem dritten Schlag erlosch das Geräusch, die Schallwellen flachten ab wie eine Welle, nachdem sie über einem Riff gebrochen war. Nur ein Phantomklingeln blieb in seinen Ohren zurück, aber auch das würde bald verschwinden.

Er blickte auf die Uhr, als die dreißig Sekunden gerade abliefen. Hätte er nur einen Augenblick länger gezögert, wäre die Polizei eingeschaltet worden. Nick wischte sich den Schweiß von der Stirn. In dem Raum herrschte eine Stille, die ihn noch mehr beunruhigte als das Kreischen davor.

»Ist das Problem erledigt, Herr Roßmann?«, fragte eine Stimme hinter ihm.

Nick drehte sich um. Unter ihm stand der Hausmeister, Herr Slobodan, ein alter Herr mit runzeligem Gesicht, schlohweißem Haar und kräftigem Akzent. Er hatte die Arme hinter dem Rücken verschränkt und beugte sich nach vorne, als würde er nur darauf warten, dass Nick einen Fehler beging.

»Jetzt schon. Kein Wunder, dass die Anlage ständig losgeheult hat«, sagte Nick, während er versuchte, mit seinem Körper das kaputte Gerät zu verdecken. Er hätte es ohnehin ersetzen müssen, aber er wollte nicht, dass der Eindruck entstand, er hätte es absichtlich zerstört, nur um ein neues verkaufen zu können.

»Die Bewegungsmelder sind völlig hinüber, die hätte man schon vor Jahren ersetzen müssen. Bei der kleinsten Bewegung gehen sie los. Ein Windstoß reicht schon. Außerdem ist das Modell alt. Für Einbrecher leichtes Spiel.«

Was ich gerade bewiesen habe, fügte er in Gedanken hinzu.

»Ehrlich gesagt kann ich Ihnen nicht mal die Bewegungsmelder für dieses alte Modell ersetzen. Es wäre einfacher, ein neues Modell einzubauen. Das brauchen wir nicht mehr verkabeln, funktioniert alles über Funk.«

Nick konnte sehen, wie Herr Slobodan überlegte. Vermutlich musste er dafür die Hausverwaltung um Erlaubnis fragen. Nick hatte schon oft erlebt, dass Kunden ganz instinktiv daran zweifelten, dass eine neue Anlage insgesamt billiger sein konnte als die Reparatur der alten. Am Ende verstanden sie, dass die Geräte mittlerweile einfacher zu bedienen, sicherer und haltbarer geworden waren, aber ihre erste Reaktion, das konnte Nick in ihren Augen sehen, war es, das alte Stück zu behalten. Warum taten sich Leute so schwer, das Neue zuzulassen und sich vom Alten zu verabschieden, selbst wenn es sich bloß um etwas so Belangloses wie eine Alarmanlage handelte?

»Der Alarm wird an eine Privatfirma weitergeleitet«, fügte Nick hinzu. »Dann haben Sie auch nicht dauernd Probleme mit der Polizei.«

Das schien Herrn Slobodan zu überzeugen. Während der Hausmeister die Verwaltung anrief, blickte sich Nick im Stiegenhaus des Altbaus um. Der Eingangsbereich stand dem Zustand der Alarmanlage in nichts nach: Schimmel kroch die Wände hoch und der Putz bröckelte. Die Stiegen waren uneben und vom Keller stieg ein muffiger Gestank nach oben. Nick hätte es nicht gewundert, wenn das Haus nach dem Auslösen der Alarmanlage in sich zusammengefallen wäre. Wofür brauchte so ein Haus überhaupt eine Alarmanlage? Wer wollte hier einbrechen?

Dem Zustand der Anlage nach zu schließen, war sie vor über zwanzig Jahren hier eingebaut worden. Nick hielt nicht viel davon, Alarmanlagen in den Eingangsbereichen von Wohnhäusern unterzubringen. Zu groß die Gefahr, dass sie ein Bewohner auslöste, wenn er den falschen Schlüssel in die Tür steckte und sie mit Gewalt aufzubekommen versuchte. In Privatwohnungen waren sie viel effektiver.

In den letzten Wochen war sie immer wieder losgegangen und hatte nicht nur den Hausbewohnern, sondern auch der Polizei Probleme bereitet. Da es die Firma, die diesen Einbau vorgenommen hatte, schon lange nicht mehr gab, war Nick kontaktiert worden. Ihm gehörte eine kleine Sicherheitsfirma in der Neustiftgasse, die sich in den letzten Jahren einen guten Ruf erarbeitet hatte. Es wäre ihm unangenehm gewesen, bei einer solchen Routinearbeit unabsichtlich die Polizei zu alarmieren und dann auch noch für die Blaulichtgebühr aufkommen zu müssen, die anfiel, wenn ein Fehlalarm ausgelöst wurde.

Herr Slobodan kam zurück. »In Ordnung«, sagte er. »Bauen Sie die neue ein.«

Nick trat hinaus in die Taborstraße und ging zu seinem schwarzen VW, den er in einer Seitengasse geparkt hatte. Er war schon von Weitem zu erkennen, denn in weißen Lettern prangten »Roßmann Sicherheit« und seine Nummer darauf. Er öffnete die Hecktür, nahm sich eine der vorbereiteten Anlagen und kehrte in das Wohnhaus zurück.

Nick trennte die alte Anlage von der Verkabelung und nahm sie von der Wand. Danach fixierte er die neue Anlage und programmierte sie. Er tauschte die alten Bewegungsmelder durch neue aus und verband sie mit der Anlage. Falls jemand nun versuchte, ohne Schlüssel durch die Eingangstür zu gelangen, oder ein Fenster einschlug, würde sie losgehen.

»Und wirklich nur dann«, versicherte Nick dem misstrauisch blickenden Hausmeister. »Leise und diskret.« Er erklärte ihm, dass er sogar eine Telefonnummer programmieren konnte, die eine SMS erhielt, sollte sich die Anlage aktivieren.

Herr Slobodan schien nicht gerade begeistert von der Aussicht, seine Telefonnummer in so ein elektronisches

Ding einprogrammieren zu lassen, doch er stimmte letztlich zu. Als Nick die Programmierung abgeschlossen hatte, reichte er Herrn Slobodan die Bedienungsanleitung und die Rechnung.

»Garantie?«, fragte der alte Mann, während er die Rechnung in die Hosentasche stopfte.

»Drei Jahre«, antwortete Nick lächelnd.

»Hm«, brummte der Alte und stieg die Stufen hinunter in das Kellergewölbe, wo er offensichtlich zu tun hatte. Zumindest hoffte Nick, dass der Mann nicht dort unten wohnte.

Die ganze Arbeit hatte gut eine Stunde gedauert. Als Nick wieder auf die Straße trat, schien ihm die Sonne ins Gesicht. Es war ein warmer Apriltag, der sich so viel vom nahenden Sommer krallte, wie er kriegen konnte. Wenn er die Augen schloss, war ihm, als könnte er den nahen Augarten riechen.

Nick ging an einem Friseursalon vorbei, überquerte die Straßenbahnschienen und bog wieder in die Seitengasse ein, in der er sein Auto geparkt hatte. Nachdem er die Gasse zur Hälfte abgegangen war, blieb er stehen und warf einen Blick die Straße hinunter. War er etwa daran vorbeigegangen? Er blickte auf das Straßenschild: Darwingasse. Er war in der richtigen Straße. Und er hätte schwören können, das Auto genau hier, auf Höhe einer Anwaltskanzlei, abgestellt zu haben ...

Die schwere Holztür, hinter deren Glasfenster Nick einen geschmackvoll eingerichteten Eingangsbereich mit Marmorstufen und einem Kristallluster entdecken konnte und neben der auch das Messingschild der Anwaltskanzlei angebracht worden war, schwang auf und eine Frau in grauem Kostüm kam heraus.

Sie trug die Haare seriös nach oben aufgesteckt, mit festem Schritt lief sie die Straße entlang, als wäre sie auf dem Weg zu einem wichtigen Termin. Dezentes Make-up betonte ein ernstes, intelligentes Gesicht.

»Entschuldigen Sie«, sagte Nick, als die Frau an ihm vorbeieilen wollte, »Sie haben nicht zufällig einen schwarzen VW gesehen? Genau hier?«

Die Frau machte kurz einen verwirrten Eindruck. Dann musterte sie Nick, der in seinen Jeans, dem weißen Shirt und der schwarzen, abgewetzten Lederjacke genauso gut Musiker wie Alarmanlagentechniker hätte sein können, und entschied sich schließlich für ein Lächeln.

»War das Ihrer?«, fragte sie.

»Ja«, antwortete Nick.

War er etwa gestohlen worden? Der Wagen einer Sicherheitsfirma gestohlen, während er eine Alarmanlage installierte? Und falls dem so war, warum wurde das Lächeln der Frau dann breiter?

Sie deutete auf ein kleines Messingschild, ebenso fein gearbeitet wie jenes neben der Haustür, nur hing dieses unter einem der Fenster, die im Erdgeschoss lagen und auf die Straße hinausgingen. »Parkplätze Kanzlei Reinprecht« war darauf eingraviert worden.

»Ich arbeite in der Kanzlei«, erklärte die Frau. »Ihr Wagen ist vor einer halben Stunde abgeschleppt worden.«

Nick wusste nicht, auf wen er wütender sein sollte, auf die Frau oder sich selbst.

»Bitte seien Sie mir nicht böse«, sagte sie und nun wurde ihr Lächeln einen Deut entschuldigender. »Ich habe gerade erst hier angefangen. Mein Chef hat sich fürchterlich über den Wagen aufgeregt. Aber falls es Ihnen ein kleiner Trost ist …« Sie kramte in ihrer Handtasche, zog eine graue Visitenkarte hervor und reichte sie Nick: »Mag.a Katarina Timać« stand darauf.

»Wir sind allerdings auf Strafsachen spezialisiert, also kann ich Ihnen beruflich vermutlich nicht weiterhelfen.« Die Frau drückte Nick die Karte in die Hand.

»Sie finden darauf meine Privatnummer. So können Sie mich rund um die Uhr erreichen. Falls ich Ihnen einen Drink spendieren darf, als Entschuldigung sozusagen.«

Ohne Nicks Antwort abzuwarten, lächelte sie ihm noch einmal zu und ging dann an ihm vorbei. Kurz darauf war sie in die Taborstraße eingebogen und verschwunden.

Nick stand da, mit der Karte in der Hand, und blickte ihr nach. In letzter Zeit waren solche Sachen häufiger passiert, kleine Andeutungen, dass sich sein Leben nicht mehr mit derselben Leichtigkeit vor ihm ausrollte, wie das bisher der Fall gewesen war. Ging er laufen, fühlte er sich müder als früher, wenn er nach Hause zurückkam. Er versprach sich in Diskussionen, war unbefriedigt mit dem, was er vorbrachte und wie. Er machte häufiger Fehler, wenn er im Garten arbeitete oder in der Garage, verschweißte etwas schlecht, mühte sich mit einfachen Montagen ab, verlor schneller die

Geduld. Mit dem abgeschleppten Auto war dieser Serie an Niederlagen eine weitere hinzugefügt worden.

Zumindest hatte er bei der Anwältin einen guten Eindruck hinterlassen. Das gelang ihm bei Frauen meistens, ohne dass er wusste, wieso. Er blickte noch mal auf die Karte, eine versteckte Einladung für einen Feierabenddrink.

»Das Auto wäre mir lieber«, brummte er und steckte die Karte ein. Wer wusste schon, wann er einmal juristische Hilfe benötigen würde.

Er ging zur U-Bahn-Station Taborstraße, in der die lilafarbene Linie U2 verkehrte. Zumindest war dieser Auftrag für heute sein letzter gewesen. Er würde in sein Büro in der Neustiftgasse zurückkehren, seine Sachen sortieren und dann versuchen, seinen Wagen zurückzubekommen. Morgen ist ein neuer Tag, dachte Nick, als er in den U-Bahn-Waggon stieg.

Der Waggon war überfüllt mit Menschen, die alle von der Arbeit nach Hause wollten oder zumindest in die nächste Bar, um noch ein wenig die Aprilsonne zu genießen, die morgen schon in kaltes Schneetreiben umschlagen konnte. Denn der April, pflegte Nicks Mutter immer zu sagen, macht, was er will.

Nick klammerte sich an eine der gelben Sicherheitsschleifen aus Plastik, die von der Decke baumelten. Das rote Licht über der Tür blinkte dreimal auf und ein scharfer Ton erklang. Einer der Fahrgäste überlegte es sich offenbar noch einmal anders. Der Mann war einen Kopf kleiner als Nick, trug einen abgewetzten und zerschlissenen Militärmantel und verbreitete einen penetranten Geruch. Kurz bevor sich die Türe schließen konnte, hechtete er mit einem Sprung nach draußen. Kaum hatte der letzte Zipfel seines flatternden Mantels den Waggon verlassen, schloss sich die Tür und die U-Bahn setzte sich mit einem Ruck in Bewegung.

Bei seinem waghalsigen Manöver hatte der Mann ein paar Leute angerempelt. Ein junger Kerl war dabei auf Nick gestürzt. Ein wenig unbeholfen entwand er sich Nicks Griff, stammelte eine Entschuldigung und stellte sich wieder neben seinen Freund. Beide trugen sportliche Kapuzenpullover und hatten eine Umhängetasche um die Schulter geworfen. Nick schätzte, dass es sich um Studenten handelte. Er hätte auch gerne studiert, irgendetwas mit Mathematik oder Physik, in diesen Fächern war er in der Schule schon begabt gewesen. Doch sein Vater hielt davon wenig. Echte Männer arbeiten, hatte er immer gesagt. Und Nick sollte ein echter Mann werden. Also absolvierte Nick trotz Matura die Lehre zum Elektrotechniker, landete in einer Sicherheitsfirma, verbrachte dort einige Jahre und stellte sich ziemlich geschickt an. Nachdem er sich ein wenig zur Seite gelegt hatte, von einer kinderlosen Tante mit einem Erbe bedacht worden war und einen Kredit aufgenommen hatte, gründete er seine eigene Sicherheitsfirma. Sieben Jahre war das nun her und Nick hatte keines davon bereut. Er war heute sein eigener Mann, nach seiner Definition, nicht nach der seines Vaters. Und genau so wollte er es haben.

»Verdammt«, hörte er den Jungen sagen, der auf ihm gelandet war, »der Kerl hat mir meine Brieftasche geklaut!«

Sein Kollege lachte. »Kein Wunder, dass er so schnell rauswollte«, sagte er.

»Hat dich ausgenommen, als er an dir vorbei ist. Nicht schlecht, muss man ihm lassen.«

Offenbar fand der Bestohlene das weniger lustig. »Lach nicht, du Arsch. Da war alles drin, meine Kreditkarte, mein Führerschein ... Was mach ich denn jetzt?«

»Probiere es doch bei Lost & Found«, mischte Nick sich ein. »Vielleicht wurde die Brieftasche nicht gestohlen, sondern sie ist dir einfach irgendwo aus der Tasche gefallen.«

»Dann hat sie bestimmt schon längst jemand eingesteckt...«, sagte der Junge verzweifelt.

»Einen Versuch ist es wert«, sagte Nick, während die U-Bahn in die Station Museumsquartier einfuhr. »Man kann nie wissen.«

Die Tür öffnete sich und Nick stieg aus. Als er die Rolltreppe nach oben fuhr, zog er die Geldbörse aus seiner Jackentasche. Das schwarze, abgegriffene Leder fühlte sich warm und behaglich an.

Er klappte sie auf und warf einen Blick auf den Führerschein: Christian Wolff. Noch nie gehört.

Nick kam in dem Zwischengeschoss der U-Bahn-Station an und ging zu dem Stationsbüro, ein gut verstecktes, kleines Kämmerchen, in dem auf Monitoren die Menschen auf den U-Bahn-Steigen zu sehen waren.

Er klopfte an die Tür und wartete kurz. Eine korpulente Frau mit blonden Locken, die ihr bis zu den Schultern reichten, öffnete ihm die Tür.

»Bitte?«

»Ich bin in der Taborstraße eingestiegen und habe die hier auf dem Boden der U-Bahn gefunden.« Nick streckte ihr die Brieftasche hin. Die blonde Frau starrte darauf, als wäre es der Heilige Gral. Offenbar schreckte sie davor zurück, die Brieftasche an sich zu nehmen. Wartete sie auf mehr Informationen?

»Ich wollte sie nur abgeben«, sagte Nick. »Damit sie der Besitzer wiederbekommt.«

Langsam und zögerlich packte die Frau zu und nahm Nick die Geldtasche aus der Hand.

»Das ist sehr freundlich«, sagte sie, als wollte sie nicht recht glauben, was gerade geschah. »Nicht viele Leute melden solche Funde. Sehr anständig.«

Konnte Nick Misstrauen in ihrer Stimme spüren? Aber gegen wen?

Gegen seine Absichten oder gegen die vielen Menschen, die täglich an ihr vorbeiliefen und von denen die meisten einen solchen Fund für sich behalten würden, das Geld einstecken, die Kreditkarte ausprobieren, um die Brieftasche schließlich in irgendeinem Mistkübel zu entsorgen?

»Warten Sie kurz«, sagte sie, »ich habe ein Formular, da können Sie Ihren Namen angeben, damit Sie der Finder kontaktieren kann, um sich zu bedanken.«

Kaum war ihr Kopf wieder in dem kleinen Raum verschwunden, drehte sich Nick um und ging um die Ecke, schlängelte sich an zahlreichen Menschen vorbei, um über die Rolltreppe ins Freie zu gelangen.

Nick dachte daran, wie er noch zwei Nächte in seiner Wiener Wohnung schlafen würde, ehe er über das Wochenende nach Hause fahren würde, zu seiner Frau und seiner Tochter ins beschauliche Waldviertel, wo man stundenlang spazieren gehen konnte, ohne eine Menschenseele zu treffen. Keine Aufmerksamkeit, keine Geheimnisse, keine Affären oder Betrügereien, keine Lügen, nichts zu verstecken. Kein Risiko, aber auch keine Niederlagen. Ein ruhiges Leben. Ein schönes Leben.

Nick fand sich vor dem Museumsquartier wieder.

Er schmeckte den Staub, der vom Boden aufstieg und sich über ihn legte, die schleichende Frühjahrswärme als Bindemittel nutzend.

Er hob den Kopf und wich geblendet zurück. Die Kuppel des Kunsthistorischen Museums warf das Licht wie einen gleißenden Speer auf ihn zurück. Er konnte sich nicht erinnern, wann er das letzte Mal in dem Museum gewesen war. Ein Blick auf seine Uhr zeigte ihm, dass er noch genug Zeit hatte, sich darin gemütlich umzusehen, vielleicht sogar an der letzten Führung teilzunehmen.

Nick musste an all die Schätze denken, die in diesem prächtigen Bau gesammelt wurden und einen friedlichen Schlaf schlummerten. Jahrhundertelang hatten Kaiser und Könige unbeschreibliche Prunkstücke gesammelt und jedes einzelne von ihnen war umgeben von der Magie des Unvergleichlichen, verbarg ein Geheimnis, das nur seinem Besitzer offenbart wurde. Doch heute war es unmöglich geworden, diese Schätze zu erfühlen und zu begreifen, verschlossen lagen sie hinter zentimeterdickem Glas. Ihrer Geheimnisse beraubt, genau wie er.

Dabei wusste Nick, dass jeder Mensch ein Geheimnis brauchte.

ERSTER TEIL
DER EINBRUCH

11. bis 13. Mai 2003

Ich kniete nieder und bat ihn, er möchte mir diesen Totschlag und die übrigen, die ich von hier aus im Dienste der Kirche begangen hatte, vergeben. Darauf erhub er die Hand und machte mir ein gewaltiges Kreuz über meine ganze Figur, segnete mich und verzieh mir alle Mordtaten, die ich jemals im Dienste der apostolischen Kirche verübt hatte und noch verüben würde. Ich ging wieder hinauf, fuhr fort zu schießen und traf immer besser; aber mein Zeichnen, meine schönen Studien, meine angenehme Musik gingen mir alle im Rauch fort, und ich hätte wunderbare Sachen zu erzählen, wenn ich alle schönen Taten aufzeichnen wollte, welche ich in diesem grausamen Höllenwesen verrichtet habe.

Aus »Leben des Benvenuto Cellini,
von ihm selbst geschrieben«

KUNSTHISTORISCHES MUSEUM
WIEN, INNERE STADT

Sonntag, 11. Mai 2003, 1.30 Uhr

Die letzten Besucher huschten flüsternd an ihm vorbei, als er die Gemäldegalerie abschritt. Die Lange Nacht der Museen war gerade zu Ende gegangen, es war halb zwei Uhr früh. Um diese Uhrzeit saß er normalerweise schon längst im Überwachungsraum, trank sein zweites Red Bull, lagerte die Füße hoch, ließ seinen Blick über die Bildschirme gleiten und drückte alle zwanzig Minuten einen kleinen, runden schwarzen Knopf, damit die Polizei nicht alarmiert wurde und plötzlich vor dem Museum auftauchte.

Das war seine wichtigste Aufgabe und er meisterte sie ohne Anstrengung.

»Mislav«, hörte er eine müde Stimme vor sich.

Mislav Jančar hob den Blick. Direktor Blum war als Letzter im Saal 10 zurückgeblieben. Zusammengesunken stand er in der Mitte des Raums und wirkte erschöpft. Bis zuletzt hatte der Direktor mit den Besuchern gesprochen und sich sogar die Zeit genommen, ein wenig über seine Lieblingsbilder zu erzählen.

»Alles ruhig?«

Jančar mochte Blum nicht besonders. Der Direktor war ein kleiner, korpulenter Mann, der mit Westen und Jacketts seinen hervortretenden Bauchansatz zurückzuschieben versuchte. Für das niedere Personal, zu dem der Sicherheitsdienst gehörte, drückte er seine Solidarität lieber durch gezwungen kumpelhafte Worte aus als durch eine Erhöhung des Gehalts.

»Totenstill«, erwiderte Jančar und nickte dem Direktor zu. Blum überlegte, ob er noch etwas sagen sollte, aber offenbar fiel ihm nichts mehr ein. Also nickte auch er und verließ den Saal.

Nun war Jančar allein mit sich und dem quietschenden Geräusch, das seine Gummisohlen erzeugten, wenn sie über den Parkettboden glitten. Als er sich sicher war, dass der Direktor nicht zurückkommen würde, trat er wie jede Nacht, in der er Dienst hatte, vor ein Bild am Ende von Saal 10 und hielt einige Momente inne.

Auf dem Gemälde war eine Winterlandschaft abgebildet. Links im Bild war dicker weißer Schnee zu sehen, in dem ein paar Jäger mit einer Meute von Jagdhunden stapften, dem Betrachter den Rücken zugewandt. Dunkle tote Bäume ragten wie Plastikstücke aus dem Boden. Vor den Jägern fiel der Hügel steil ab und unter ihnen öffnete sich eine weite Landschaft. Zugefrorene Seen waren zu erkennen, auf denen Menschen Schlittschuh liefen. Das Eisblau des Wassers mischte sich mit dem des Himmels.

Das Bild war Jančar zum ersten Mal aufgefallen, kurz nachdem er sich von seiner Frau hatte scheiden lassen. Zwei Jahre war das nun her. Obwohl er schon zehn Jahre als Sicherheitsmann im Kunsthistorischen Museum gearbeitet hatte, hatte er es zuvor nie beachtet. Eines Nachts war es plötzlich vor seinen Augen aufgetaucht wie ein Gespenst. Trotz der kalten Bildlandschaft hatte es eine seltsame Anziehungskraft auf ihn ausgeübt. Er schien nur wenige Meter hinter diesen Jägern zu stehen, kurz davor, in das Bild hineinzuwandern. Als er es länger betrachtete, um herauszufinden, was daran so besonders war, entdeckte er am linken Bildrand ein kleines Feuer, um das einige Figuren saßen. Es war die einzige Quelle der Wärme in diesem Gemälde und doch schien es bis zu ihm hinaus, wärmte ihn geradezu mit seinem flackernden Schein.

Für gewöhnlich interessierte sich Jančar nicht für Kunst. Er absolvierte den Rundgang, der ihn in zweieinhalb Stunden vom Keller über die Ägyptische Sammlung zur Kunstkammer und weiter durch die Gemäldegalerie führte, ohne auf die Gegenstände zu achten, an denen er vorbeilief. Doch seit zwei Jahren verweilte er bei jedem Rundgang kurz vor diesem Bild. Ein kleiner Streifen Wärme in alles verzehrender Kälte. Das konnte er gut gebrauchen.

»Saal 10 klar?«, rauschte es aus dem Funkgerät an seinem Gürtel. Das Geräusch riss ihn aus den Gedanken.

Er führte es an die Lippen. »Gleich«, sagte er. Nach einem letzten Blick auf das Gemälde drehte er sich um und verließ den Raum. »Saal 10 klar«, sagte er.

Sein Kollege Halil würde nun einen Schalter betätigen und damit die Bewegungsmelder aktivieren. Das geschah völlig geräuschlos, doch Jančar stellte sich gerne vor, wie unsichtbare Infrarotstrahlen vom einen Ende des Raums zum anderen schossen. Das sah er immer wieder in verschiedenen Actionfilmen, in denen Diebe, die gut ausgerüstet und noch besser aussehend waren, wertvolle Schätze stahlen.

Doch er wusste, dass solche Filme bloße Fantasieprodukte waren. Die Drehbuchschreiber hatten mit Sicherheit noch nie einem Mann wie ihm bei der Arbeit zugesehen. Warum auch? Sein Job war fürchterlich langweilig.

Ein Netz aus Infrarotstrahlen, dachte Jančar und schüttelte den Kopf. Das Museum hatte nicht mal Überwachungskameras in jedem Raum.

Während er durch die Säle schritt, schwang er seine Taschenlampe durch die Luft. So wurde ihm zumindest nicht langweilig. Er hatte noch eine weite Runde vor sich.

Er schritt am Bild eines Jünglings vorbei, die halbe Brust entblößt, in einer Hand ein Schwert, während die andere einen abgetrennten, gigantischen Kopf präsentierte. Jančar war schon unzählige Male daran vorbeigelaufen, aber um diese Uhrzeit fand er es immer wieder gruselig. Er war noch nie untertags in dem Museum gewesen, doch er wusste von den anderen Mitarbeitern, mit denen er sich manchmal unterhielt, dass viele Menschen stundenlang vor diesen Bildern stehen konnten.

Was sahen sie darin? Unschätzbar wertvoll nannte sie Direktor Blum gerne. Jančar hätte sie sicherlich nicht in sein Wohnzimmer gehängt.

Jančar verließ die Gemäldegalerie und ging die breiten Marmorstiegen nach unten. Außer dem leisen quietschenden Geräusch, das entstand, wenn sich seine Turnschuhe von den Stufen lösten, herrschte völlige Stille.

»Hey, Schlafwandler«, meldete sich eine Stimme aus dem Funkgerät. »Hast du nicht etwas vergessen?«

Jančar blieb stehen. Er hatte wie immer im Keller begonnen, wo die Kunstwerke lagerten, die gerade restauriert oder aus anderen Gründen nicht in der Ausstellung zu sehen waren. Danach war er in den zweiten Stock gegangen und hatte das Münzkabinett überprüft. Hier einzubrechen, das leuchtete ihm ein. Es gab viele Menschen, die wie verrückt Münzen sammelten, das wusste er. Für Münzen gab es genug Abnehmer.

Danach hatte er seine Runde in der Ägyptischen Sammlung fortgesetzt, denn die Besucher der Langen Nacht waren bereits zu den Gemälden weitergezogen. Die Kunstkammer im Halbstock hatte er schnell durchquert. Darin gab es jede Menge seltsames Zeug, das irgendwelche Adeligen über Jahrhunderte gesammelt hatten. Manchen Dingern wurden magische Kräfte nachgesagt, doch Jančar war von seiner Großmutter streng christlich erzogen worden. Der Teufel wohnt nicht in Dingen, hatte ihm die alte Frau oft gesagt. Nur in Menschen.

»Die andere Hälfte der Gemäldegalerie«, rief er etwas zu laut aus und erschrak, als seine Stimme von den hohen Wänden widerhallte. Die Gemäldegalerie teilte sich in die Werke der niederländischen, flämischen und deutschen Maler auf der einen und die Gemälde der italienischen, spanischen und französischen Maler auf der anderen Seite. Die Lange Nacht der Museen hatte Jančar durcheinandergebracht und er hatte nur die Seite der nördlichen Meister überprüft.

»Beeil dich«, hörte er Halils Stimme. »Ich schlafe sonst noch ein hier.«

Jančar eilte die Stufen wieder nach oben und trat in jenen Teil der Gemäldegalerie, den er noch nicht durchgesehen hatte. Wütend auf sich selbst beschleunigte Jančar seine Schritte und lief durch die hohen Räume.

Er wollte gerade das Kabinett 5 an seinen Kollegen durchgeben, als ihn ein Geräusch abrupt inne halten ließ. Jančar hielt den Atem an. Hatte er sich verhört? Hatte ihm sein eigener Herzschlag einen Streich gespielt? Doch da war es wieder, unverkennbar: ein Rascheln in der Dunkelheit.

»Halil?«, hauchte er in sein Funkgerät. Keine Antwort. »Halil, melde dich«, sagte er, doch sein Kollege blieb stumm. War er wieder mal auf die Toilette gegangen, obwohl es ihnen verboten war, den Überwachungsraum unbesetzt zu lassen?

Die Dunkelheit schien nach ihm zu greifen. Er befand sich in dem Flügel, der auf den Museumsplatz hinauszeigte und auf der Südwestseite des Museums lag. Seit einigen Monaten wurde die Fassade renoviert und ein Gerüst war errichtet worden, über dem eine große Leinwand hing, die als Werbefläche benutzt wurde. Sie ließ weder Sonnen- noch Mondlicht in die Ausstellungsräume fallen.

Er hängte das Funkgerät an seinen Gürtel zurück, nahm seine Taschenlampe und knipste sie an. Er konnte das Blut in seinem Körper pulsieren fühlen. Das Geräusch war aus dem Eckraum gekommen, aus dem Kabinett 4, auch Raffael-Saal genannt. Was sollte er tun? Solange sein Kollege Halil nicht reagierte, konnte er auch keine Verstärkung rufen.

Außerdem war ihnen verordnet worden, nur im absoluten Ernstfall die Polizei zu verständigen. Zahlreiche Fehlalarme hatten das Museum in der Vergangenheit einen Haufen Geld gekostet. Jančar musste wohl selbst nachsehen.

So langsam und leise er konnte, schlich er auf den Raum zu. Doch je länger seine Schuhe auf dem Boden stehen blieben, desto stärker saugten sich seine billigen Gummisohlen fest und erzeugten ein unsägliches ploppendes Geräusch, als er sie wieder vom Parkett löste. Seine Atmung ging schneller und es stieg ihm ein Rauschen in die Ohren, während er sich an den Vitrinen und Gemälden vorbeischlängelte.

Er betrat den Raffael-Saal. Der Raum wurde von einem einzigen Gegenstand dominiert, der ehrfurchtgebietend auf einem Sockel in der Mitte thronte: ein goldenes Salzfass, die Saliera. Jančar wusste nicht besonders viel über das Objekt, nur, dass es sehr wertvoll war. Er verstand nicht, was die beiden Figuren darstellen sollten, die auf dem Salzfass saßen und es seltsam in die Länge zogen. Doch die Massivität des Goldes faszinierte ihn. Manchmal, wenn er es anblickte, konnte er die glatte und kalte Oberfläche in seinen Händen spüren. So fühlte er sich an, dachte er dann, der Reichtum von tausend Leben.

Doch nun lag die Saliera verborgen hinter einem Schattenwall. Jančar konnte nichts erkennen.

»Ist da jemand?«, fragte er zögerlich. Er machte noch zwei Schritte in den Raum hinein, drehte sich um und …

Ein Umriss löste sich von der Wand und sprang auf ihn zu. Jančar taumelte zurück und ließ die Taschenlampe fallen, die beim Aufprall ausging. Blind hob er die Hände vor das Gesicht. Als er das Gleichgewicht zu verlieren drohte, packte ihn eine Hand am Hosenbund und bewahrte ihn davor, in die Glasvitrine zu segeln.

Vor ihm sah er Halil und unter dessen Bart blitzten die weißen Zähne hervor, als er in Gelächter ausbrach.

»Du Arschloch«, schimpfte Jančar, als er erkannte, worauf er da reingefallen war. »Du verdammtes Arschloch!«

»Reg dich nicht so auf«, sagte Halil, während er versuchte, Luft zu holen. »Du hättest dein Gesicht sehen sollen!«

»Ich habe fast einen Herzinfarkt bekommen.« Jančar war rot angelaufen und hob seine Taschenlampe vom Boden auf. Am liebsten hätte er Halil damit eins übergezogen. »Was soll der Scheiß? Warum bist du überhaupt hier? Du solltest im Überwachungsraum sitzen!«

»Herbert ist gekommen«, sagte Halil. Herbert war der Leiter des Sicherheitsdiensts, ein fünfzigjähriger Österreicher, der immer schlecht gelaunt war und dessen Tante oder Cousine, Jančar wusste das nicht genau, in der Verwaltung des Museums arbeitete. Die letzten Tage war Herbert krank gewesen, zumindest hatte er das behauptet. Offenbar ging es ihm heute gut genug, um wieder mal an seinem Arbeitsort vorbeizuschauen.

»Ich habe fünf Euro gewettet, dass du dir vor Angst in die Hose machst«, kam Herberts einfältige Stimme aus Jančars Funkgerät. »Wegen dir Scheißer schulde ich Öztürk jetzt was.«

»Sehr witzig«, sagte Jančar. Zu all seinen anderen gewinnenden Eigenschaften war Herbert auch noch ein Rassist. »Kabinette 4, 5 und 6 klar.«

»Bingo«, antwortete Herbert.

Noch immer wütend auf seine Kollegen, ging Jančar durch die übrigen Säle, dicht gefolgt von Halil, der noch immer wie ein kleiner Junge kicherte. Nachdem nun auch dieser Teil der Gemäldegalerie gesichert worden war, kehrten sie in den Überwachungsraum im Ostflügel des Gebäudes zurück.

Der Raum war klein, mit drei alten Bürosesseln ausgestattet und einem Tisch, auf dem sich Dosen, Kaffeebecher und Chipstüten stapelten. An der Wand hingen einige Bildschirme, auf denen Überwachungsbilder zu sehen waren, und darunter war ein Schaltpult angebracht worden, mit dem sich Alarme ausschalten oder an die Polizei weiterleiten ließen.

»Da sind ja die zwei Abenteurer«, begrüßte sie Herbert, als Jančar und Halil durch die Tür kamen.

Jančar sagte nichts und ließ sich in einen Sessel fallen. Man konnte die klebrigen Energydrinks riechen, die zu den Grundnahrungsmitteln der Sicherheitsleute gehörten. Eine Uhr an der Wand zeigte zwei Uhr früh. Noch sechs Stunden Dienst.

Sein Tagesgeschäft in der Nacht zu verrichten, schottete einen vom Rest der Gesellschaft ab, das hatte Jančar schon bald bemerkt. Man ging ins Bett, wenn andere gerade aufstanden, musste sich ausruhen, wenn andere Menschen etwas unternehmen wollten.

Es war schon schwierig genug, mal ins Kino zu gehen oder mit Freunden in eine Bar. Über Sex wollte Jančar gar nicht nachdenken.

Und wofür, fragte sich Jančar, als er seine beiden Kollegen vor sich sah. Herbert hatte sich in ein schmuddeliges Magazin vertieft. Sein Bestand an solchen Hochglanzmagazinen, die Lust wecken sollten, in Jančar aber nichts als Ekel auslösten, schien grenzenlos. Halil hatte die Arme verschränkt und döste vor sich hin, das Red Bull neben ihm hatte offenbar nicht geholfen.

Jančar seufzte tief und wandte sich den Bildschirmen über ihm zu. Er würde seine Augen so lange auf diesen flimmernden Schirmen haften lassen, bis sich sein Verstand gnädig zeigte und sie ihm, beinahe unbemerkt, schloss.

Er war eingedöst, als ihn ein lautes Klatschen weckte. Herbert hatte sein Magazin auf den Tisch geworfen. »Ich muss mal«, sagte er und verschwand nach draußen.

Verschlafen blickte Jančar um sich. Halils Kopf war auf die Tischplatte gefallen, eine kleine Pfütze hatte sich neben seinem Mund gebildet. Die Uhr zeigte fast drei Uhr früh.

Jančar stand auf, um sich ein wenig zu strecken. Er saß gerade in der Hocke, die Arme vorgestreckt, als der Alarm losging. Beinahe wäre er nach hinten gekippt. Halil fuhr in die Höhe, stieß die Dose um und spritzte die klebrige Flüssigkeit in alle Richtungen.

»Was ist los, verdammt?«

»Ganz ruhig«, sagte Jančar. »Bloß ein Alarm.«

Halil wandte den Kopf. »Wo ist Herbert?«

»Musste mal für kleine Männer«, sagte Jančar. Der Alarm war leise, aber stechend, unüberhörbar waberte er durch die Luft wie Nebel und heischte um ihre Aufmerksamkeit.

Jančar blickte auf die Kontrolltafel. »Kabinett 4«, sagte er, als er das Lämpchen blinken sah. »Der Raffael-Saal.«

»Da war alles ruhig, als wir durchgingen«, sagte Halil.

»Wird wohl ein Fehlalarm sein«, sagte Jančar. Beide blickten sich an. Wenn sie den Alarm in drei Minuten nicht abschalteten, würde die Polizei anrücken. Doch in den letzten Jahren hatte es beinahe wöchentlich Fehlalarme gegeben. Der letzte lag zwar schon ein wenig zurück, doch Jančar hatte noch nie einen Alarm erlebt, der kein Fehlalarm gewesen war. Die Statistik war also eindeutig auf ihrer Seite.

Dennoch zögerte er. Für gewöhnlich sagte Herbert, was in solchen Fällen zu tun war. Um Verantwortung zu übernehmen, wurde ihm ein wenig mehr gezahlt als Jančar, und in diesem seltenen Fall fand Jančar das auch gerechtfertigt. Verantwortung war etwas, mit dem er ungefähr so viel anfangen konnte wie mit den Gemälden der flämischen Meister im ersten Stock. Die Bezahlung, das hatte Jančar schon bald erkannt, richtete sich nicht nach Kompetenzen, sondern nach Verantwortung. Wer mehr bezahlt bekam, war am Ende auch an mehr schuld. Das war fair in einer Welt, in der das gefährlichste Gut die Verantwortung war, noch abstoßender als jedes radioaktive Material. Niemand wollte sie länger als notwendig in der Hand halten und die meisten Menschen fürchteten sich sogar davor, von ihren Strahlen nur gestreift zu werden.

»Standardprozedur?«, fragte Halil schließlich. Sie hatten noch eine Minute und zwanzig Sekunden. Die Standardprozedur war in stiller Übereinkunft zwischen Sicherheitspersonal und Verwaltung getroffen worden. Bereits eine Maus konnte einen Alarm auslösen und tat das auch häufig. In einem so alten Gebäude wimmelte es nur so von Mäusen. Die Polizei jedes Mal anrücken zu lassen, nur weil sich eines dieser Tierchen zwischen die Sarkophage der Pharaonen verirrt hatte oder unter antiken Skulpturen dahinhuschte, war nicht finanzierbar.

Während des Baues der Linie U2 gab es so gut wie jeden Abend einen Fehlalarm. Manchmal reichte sogar ein besonders schwerer Lastwagen aus, der über den Museumsplatz fuhr.

Zwanzig Sekunden.

Wo zur Hölle blieb Herbert, dachte Jančar.

Die Standardprozedur bestand darin, den ersten Alarm abzustellen und zu warten. Ging ein zweiter los, würde sich einer der Sicherheitsleute auf den Weg machen, um sich die Sache anzusehen, und die Polizei alarmieren. Doch dazu war es in den zwölf Jahren, in denen Jančar nun schon hier arbeitete, noch nie gekommen.

»Standardprozedur«, bestätigte Jančar und drückte den Knopf. Augenblicklich erlosch der Alarm. Weder Halil noch Jančar bewegten sich. Beide warteten, was passieren würde. Eine Anspannung lag im Raum, die keiner der beiden aufzulösen wagte.

Da schwang die Tür auf und Herbert trat ein. Er warf den beiden verwirrte Blicke zu, als er sie wie versteinert dastehen sah. »Was ist denn mit euch los?«, fragte er.

»Alarm«, sagte Halil nur.

»Und?«, fragte Herbert, ließ sich wieder in seinen Stuhl fallen und schnappte sich das Magazin vom Tisch. »Ihr wisst doch, was zu tun ist. Ausschalten und warten. Die Säle und die Durchgänge dazwischen sind voll von Bewegungsmeldern. Wenn sich da drin was bewegt, das größer ist als eine Maus und schwerer als der Wind, dann löst das einen zweiten Alarm aus.«

Er beugte sich nach vorne und hielt den Kopf schief, als würde er konzentriert lauschen.

»Hört ihr das?«, fragte er schließlich.

»Nein«, sagte Jančar.

»Ganz genau, ihr Profis«, sagte Herbert, lehnte sich wieder zurück und schlug das Magazin auf. »Fehlalarm, wie sonst auch immer.«

Ganz wohl fühlte Jančar sich nicht, auch wenn er nicht sagen konnte, wieso. Zuerst der Schreck, den ihm Halil eingejagt hatte, und jetzt das. Was für ein Tag.

Jančar warf einen Blick auf die Uhr. Noch viereinhalb Stunden, dann würde er sich ins Bett fallen lassen, während die Sonne über den Dächern der Stadt auftauchte, und endlich ein wenig Ruhe finden.

SCHNEEBERGDÖRFL
PUCHBERG AM SCHNEEBERG, NIEDERÖSTERREICH

Sonntag, 11. Mai 2003, 4 Uhr

Das Band an der Ziellinie schwang nur wenige Meter vor mir im Wind, flatterte wie eine Wetterfahne kurz vor dem Sturm. Dahinter füllten Hunderte Menschen das Burgtor aus, sie schrien und sprangen, und das alles für mich.

Meine Beine flogen über die leere Straße wie eine Feder durch die Luft, sanft, gleichmäßig. Der Schweiß drang aus meinen Poren in derselben Regelmäßigkeit, mit der meine Atmung ging. Flach, beständig, kurz ein, länger aus, um Seitenstechen zu vermeiden. Die Schönheit der letzten Meter überwältigte mich, ließ mich beinahe erschaudern. Der Weg ist das Ziel, sagt ein altes Sprichwort. Aber ohne Ziel weiß man nicht, dass man sich auf einem Weg befindet.

Ich roch alles, das Frühlingsgrün der Blätter, den Staub der Straße, die Euphorie der Menschen, die abgewetzten Profile meiner Schuhe auf dem Asphalt. Und mit einem Schlag erstarb jedes Geräusch. Der Wind fiel zu Boden, die Münder der Menschen zogen sich stumm auseinander, die Menge war gefangen in einer alles verschlingenden Stille. Der Rhythmus meiner Atemzüge, die mich während des gesamten Laufs begleitet hatten, drang nicht mehr zu meinen Ohren. Und ich ergab mich jener Erfahrung, die jedem Läufer schmerzhaft und süß zugleich erscheint, weil sie seiner Leistung erst Sinn verleiht und ihn gleichzeitig an all das erinnert, was er nie schaffen wird: Ich blieb stehen.

Das Band, das die Ziellinie angekündigt hatte, war verschwunden. Ich drehte mich um und bemerkte, dass ich plötzlich auf dem Heldenplatz stand, ohne das Ziel überquert zu haben. Unberührt flatterte das Band hinter mir. Niemand war zu sehen, ich hätte der einzige Mensch in ganz Wien sein können. Und vielleicht war ich es auch.

Die Kälte kroch an mir hoch und fühlte sich an wie Morgentau. Doch es war keine Kälte, wie sie getrockneter Schweiß auf dem Körper zurückließ, abweisend und dicht wie ein Panzer. Es war eine Kälte, die sich einem durch die Eingeweide bahnte, die Organe umwickelte, das ganze Herz erfasste.

Was war der Weg wert, wenn man das Ziel nie erreichte?

Dann wachte ich auf.

Der Regen prasselte gegen das Fenster. Ich blickte auf den Wecker, der auf einem kleinen Tischchen am Kopfende des Bettes stand. Es war vier Uhr früh. Eva schlief tief und fest neben mir, das Gesicht zur Seite gewandt.

Ich wusste, ich würde nicht mehr einschlafen können. Leise glitt ich aus dem Bett, schlüpfte in die Hausschuhe und stieg die Treppen in das Erdgeschoss hinab. Das Haus war dunkel, Umrisse stießen durch die Schatten, als wären die Möbel nur zur Hälfte zusammengesetzt worden, die Räume nur halb eingerichtet, die Atmosphäre schizophren.

Seitdem Anfang des Jahres meine Mutter in ein Pensionistenheim in Gutenstein gezogen war, wo sie eine ständige Betreuung erhielt, war etwas verloren gegangen. Obwohl ich in den letzten Jahren viel Zeit hier verbracht hatte, um das

Haus meiner Kindheit zu renovieren, und sein Fundament, sein Dach, seine Fassade und jeden Grashalm im Garten kennengelernt hatte, Details, die mir als Kind nie aufgefallen waren, fehlte etwas.

Ich setzte mich an den langen Esstisch im Wohnzimmer und blickte durch die Glastür auf die Terrasse, wo die Dunkelheit das Bergmassiv verschluckte, das sich vor uns erhob. Irgendwo dahinter lauerte er, der Schneeberg, der diesem Dorf seinen Namen gab, doch es sollten noch einige Stunden vergehen, bis die Sonnenstrahlen hinter seinen Spitzen hervorbrachen und ihn in die Wirklichkeit zogen.

In den letzten Monaten waren die Albträume häufiger geworden. Ich arbeitete nun schon viele Jahre für die Berggasse, wie das Sicherheitsbüro der Polizei genannt wurde, und hatte mit allen erdenklichen Straftaten zu tun gehabt: Diebstahl, Erpressung, Drogenhandel und nicht zuletzt Mord. In den vergangenen Jahren war ich Leiter des Morddezernats gewesen und hatte mit Fällen wie den Favoritner Mädchenmorden oder Jack Unterweger zu tun gehabt. Doch meist schlief ich ruhig wie ein Fisch im Wasser. Was hatte sich geändert?

Der Tisch, übersät mit Aktenordnern, verriet es mir. Es kam immer häufiger vor, dass ich Ordner und Mappen mit ins Schneebergdörfl brachte, in dem meine Frau und ich uns eigentlich eine Oase der Ruhe hatten schaffen wollen. Doch seit der Polizeireform von Innenminister Strasser hatte sich alles verändert. Sie hatte die alte Ordnung völlig auf den Kopf gestellt.

Lange war daran gebastelt worden und mit dem Ergebnis hatten nun wir, die Kriminalbeamten, zu kämpfen. Ein zentrales Kriminalamt war neu geschaffen worden, dem drei Kriminaldirektionen unterstanden. Die erste Kriminaldirektion war früher das Sicherheitsbüro gewesen. Es kümmerte sich um die schweren Delikte, um Mord, Diebstahl, Drogen. Außerdem waren die Wirtschaftspolizei, die sich etwa um schweren Betrug, Veruntreuung und andere Wirtschaftsdelikte kümmerte, und die Fremdenpolizei jetzt in der Direktion I untergebracht. Mir war die Leitung der Direktion I übertragen worden, allerdings mit einem fahlen Beigeschmack. Mein langjähriger Chef, Max Edelbacher, der als Roter alter Schule mit der schwarz-blauen Regierung von Beginn an auf Kriegsfuß stand, war ins Kommissariat Favoriten versetzt worden, was einen tiefen Fall für ihn bedeutete.

Die Direktion II bestand aus fünf Kommissariaten, die alle 23 Wiener Bezirke abdeckten und sich mit kleineren Delikten befassten, sozusagen dem Tagesgeschäft. Die Direktion III war vormals als Erkennungsdienst bekannt gewesen, also die Spurensicherung.

Während diese Organe früher mehr Macht besaßen und sich gegenseitig in die Schranken weisen konnten, unterstanden die drei Direktionen nun alle dem neuen Kriminalamt. Dieses war geschaffen worden, um die gesamte Polizeiarbeit zu zentralisieren. Damit erhoffte man sich Effizienz und schnelle Handlungsfähigkeit.

Der Chef dieses Kriminalamts und damit auch mein Chef war Kriminaldirektor Robert Dachs. Dachs hatte zuvor die

Wirtschaftspolizei geleitet und war mit der Strukturierung der Reform beauftragt worden. Ich kannte Dachs schon länger, hatte immer wieder oberflächlich mit ihm zu tun gehabt. Doch seit der Reform hatte sich unser Verhältnis verändert.

Dachs hatte seine Arbeit so gut gemacht, dass ihn die Politik auf den obersten Sessel hievte. Über ihm stand nur noch der Polizeipräsident, der aber eher eine repräsentative Funktion innehatte. Tatsächlich verfügte Dachs über weitreichende Kompetenzen. Oder, wie manche meinten, über eine gefährliche Ansammlung von Macht.

Noch konnte ich Dachs nicht richtig einschätzen. Er verhielt sich distanziert, konnte manchmal herrisch sein, aber seine Anweisungen waren klar und deutlich. Oft kam er mit seiner Polizeiuniform in die Arbeit, während wir anderen Beamten Zivil trugen, Anzug und Krawatte. Aber im Grunde war mir egal, wie er sich anzog. Dachs schonte sich selbst nicht und die Beamten, die unter ihm arbeiteten, genauso wenig. Frühere Kollegen aus der Wirtschaftspolizei hatten berichtet, dass dieser Eifer obsessive Züge annehmen konnte. Noch hatte ich das nicht bestätigen können, zu kurz arbeiteten wir zusammen, doch auch in der Arbeit hatte sich etwas verändert. Etwas, das ich nicht benennen konnte.

Während ich nachdachte, streifte mein Blick die nach außen hin verspiegelte Glasscheibe und kurz zuckte ich zusammen. War dort draußen etwas durch die Büsche gehuscht?

Ich hatte in meinem Beruf viel Schreckliches gesehen, doch ich hatte gelernt, mit dem Erlebten umzugehen. Anders war es in meinem Beruf auch gar nicht möglich. Doch seit der Umstrukturierung war meine Haut dünner geworden. Ich verspürte mehr Stress und es fiel mir schwerer, mich zu konzentrieren. Ich wusste, dass es sich bei der Bewegung draußen vermutlich um einen Hasen handelte oder bloß um den Wind, der durch die Sträucher strich. Dennoch beunruhigte es mich. Jeden Tag erwartete ich, dass etwas Tiefgreifendes geschehen würde. Und in der Vagheit dieser Erwartung konnte sich alles verstecken.

Vorsichtig stand ich auf und schob die Glastüre zur Seite. Die Nacht war kühl und das Licht der Sterne, die hier, fernab der großstädtischen Lichtverschmutzung, gut zu sehen waren, schenkte keine Wärme. Langsam schritt ich über die Steinfliesen der Terrasse, während der Regen auf mich fiel, sanfte Nadelstiche.

Ich wartete, bis sich meine Augen an die Dunkelheit gewöhnt hatten. Wartete und lauschte. Im Gras waren keine Spuren zu erkennen, keine umgeknickten Halme oder Abdrücke. Auch die Büsche, die vor dem Zaun gepflanzt worden waren und den Garten umgaben, waren nicht abgebrochen oder zur Seite gedrückt worden. Alles war ruhig, friedlich, trügerisch. Schließlich beschloss ich, dass es keinen Sinn mehr hatte, weiter hier draußen auf etwas zu warten, das nicht kommen würde, und drehte mich um. Erneut fuhr ich zusammen.

Ich brauchte einen Moment, um zu erkennen, dass ich es selbst war, der mir entgegenblickte, mein Gesicht müde und zweifelnd. Es waren wohl diese Konturen im Glas, deren Reflexion mir im Mondlicht und mit dem einfallenden Regen wie eine Bewegung vorgekommen war und die ich zuvor nicht als meine eigenen erkannt hatte.

Vielleicht, dachte ich, verhielt es sich mit diesem Fehlen, dessen abwesenden Gegenstand ich nicht benennen konnte, womöglich ganz anders.

Vielleicht verwirrte mich nicht so sehr, was verschwunden, sondern was dazugekommen war. Mit meinem neuen Amt hatte ich mehr erreicht, als ich es mir je hatte erträumen können. Ich war keine fünf Minuten von diesem Haus in eine einklassige Volksschule gegangen, meine Mitschüler hatten zumeist die Bauernhöfe ihrer Eltern übernommen. Doch ich empfand kein Glück über meine neue Stellung. Vielleicht aber hatte das gar nichts mit Glück zu tun. Doch wenn das stimmte, was konnte ich schon dagegen tun?

Ich ging zurück ins Haus, schloss die Glastür, ließ mich auf die Couch fallen und schaltete den Fernseher ein. Irgendwann fielen mir die Augen zu.

Etwas kitzelte meinen Hinterkopf. Ich blinzelte. Eva stand hinter mir.

Sie lächelte. »Guten Morgen«, sagte sie.

»Morgen«, murmelte ich.

»Schlafen wir jetzt in getrennten Betten?«

»Ich habe schlecht geträumt«, sagte ich. »Es hatte etwas mit dem Wien-Marathon zu tun.«

Eva warf mir einen besorgten Blick zu. »Vergiss den Marathon«, sagte sie. »Ich mache uns mal ein Frühstück.«

Ich streckte mich und lockerte meine Muskeln. Eva wusste, dass ich dieses Jahr unbedingt den Wien-Marathon hatte laufen wollen, und zwar unter 3 Stunden 30. Ich war in den letzten Jahren sechs Marathons gelaufen, unter anderem in New York, der Wachau und Wien. Meine Bestzeit lag bei 3 Stunden 38. Nicht schlecht, aber das ging noch besser. Ich hatte lange für den Wien-Marathon im April trainiert, doch Verletzungen hatten es mir letztlich unmöglich gemacht, überhaupt anzutreten. Noch eine Sache, die unerledigt an mir hing wie eine Fessel.

Der nächtliche Regen war frühsommerlichem Sonnenschein gewichen und Eva deckte den kleinen Tisch auf der Terrasse, deren Steinplatten die Wärme der Sonne aufsogen wie ein Schwamm.

Eva setzte sich neben mich. Ihre Schönheit kam mir vor wie das Anbrechen eines neuen Tages: Obwohl man es Tausende Male erlebt hatte, konnte man sich seines Zaubers nicht verschließen. Mit ihr frühstücken zu können, war ein Geschenk, das nicht trotz, sondern gerade wegen seiner Alltäglichkeit mein Leben erfüllte. Ich mahnte mich, das nicht zu vergessen. Meine Frau hatte sich stets um unsere Tochter Katja gekümmert, wenn ich lange Stunden im Büro bleiben musste. Sie hatte mich stets unterstützt. Nun sollten wir eigentlich mehr Zeit füreinander haben und dennoch warteten im Wohnzimmer bereits schwere Aktenordner auf mich.

Der Geruch von Kaffee und frischem Brot stieg mir in die Nase. Ich strich mir Erdbeermarmelade auf die Brotscheibe und nahm einen kräftigen Bissen.

»Schade, dass Katja nicht mitgekommen ist«, sagte ich, während ich kaute.

Unsere Tochter hatte im September mit ihrem Jusstudium begonnen. Sie war in eine kleine Wohnung nicht weit von uns gezogen, im zwölften Bezirk. Noch so eine Veränderung. Obwohl sie gelegentlich zu uns essen kam, sahen wir uns weniger. Auch auf unsere Wochenendausflüge ins Schneebergdörfl begleitete sie uns nicht mehr so oft wie früher.

»Es ist ihr erstes Semester«, sagte Eva. »Da hat sie Besseres zu tun, als mit ihren alten Eltern zwischen Kuhweiden zu sitzen.«

»So alt sind wir noch nicht«, wandte ich ein.

»Für Kinder sind die Eltern immer alt«, sagte Eva.

Ich lachte, nahm ihre Hand und atmete die Luft ein, die nach nassem Gras und Heu roch. Als Kriminalbeamter schmeckte man, wenn ein Ort unberührt war und unschuldig. Ich gierte regelrecht danach, mir die Lunge mit dieser Luft zu füllen, bevor wir heute Nachmittag wieder zurück nach Wien fahren würden.

Alles an diesem Ort, die Schläge der Schmetterlingsflügel, die mir ins Auge fielen wie ein Blinzeln, das Gras vom flutenden Sonnenlicht übergossen, die Schneedecken auf den Bergspitzen, über uns thronend als stumme Zeugen der Ewigkeit, das alles hätte mir reichen können, doch das tat es nicht, noch nicht zumindest. Ich fühlte, dass ich die Ziellinie noch nicht überquert hatte, wenn ich auch noch nicht wusste, worauf ich genau zulief.

Das Klingeln meines Handys zog einen Riss durch die Geräuschkulisse dieser Idylle und dahinter kam mein anderes Leben zum Vorschein, jenes, das durch meine Träume spukte. Ich warf Eva einen kurzen Blick zu und sie nickte. Wir hatten uns im Polizeidienst kennengelernt, sie verstand besser als jede andere Person, was es bedeutete, im Kriminaldienst zu arbeiten.

Ich ging zur Küchentheke, auf der mein Diensthandy lag.

»Geiger?«

»Dr. Geiger«, meldete sich die nervöse Stimme eines jungen Beamten.

»Was ist los?«

»Kriminaldirektor Dachs bittet Sie, so schnell wie möglich nach Wien zu kommen. Ins Kunsthistorische Museum...«

Er brach ab und dachte wohl darüber nach, wie viel er sagen sollte. »Es geht um einen Einbruch.«

»Was wurde gestohlen?«, fragte ich. Mit dem Handy am Ohr warf ich einen Blick nach draußen, wo meine Frau saß und sich von der Sonne anscheinen ließ. Das Bild zog mich hinein, verschluckte meine Aufmerksamkeit, sodass ich beinahe nicht hörte, was der Beamte sagte.

Seine Antwort klang mechanisch, wie abgelesen: »Bei dem gestohlenen Gegenstand handelt es sich um ...« Er machte eine Pause, wohl um auf seine Notizen zu blicken und jeden Buchstaben einzeln abzulesen.

»Um die Saliera.«

KUNSTHISTORISCHES MUSEUM
WIEN, INNERE STADT

Sonntag, 11. Mai 2003, 11 Uhr

Siebzig Minuten später parkte ich meinen Dienstwagen, einen schwarzen VW Golf, am Burgring. Eva würde später mit unserem Privatauto zurückfahren. Ich hatte ihr gesagt, sie brauchte mit dem Essen nicht auf mich zu warten. Es war schwer zu sagen, wie lange das hier dauern würde.

Als ich ausstieg, konnte ich bereits ein Polizeiaufgebot vor dem Kunsthistorischen Museum erkennen. Heute fiel es mir leicht, auf den ersten Blick auszumachen, welches der beiden Zwillingsgebäude Kunstschätze beherbergte.

Einige Menschen nutzten das angenehme Frühsommerwetter, um über den Platz zu spazieren oder in der Wiese rund um die Statue von Maria Theresia zu sitzen. Ein paar neugierige Blicke wurden auf die Polizisten geworfen, die keine Zivilisten auf die steinernen Treppen ließen, die vor dem Eingang des Kunsthistorischen Museums lagen.

Mein erster Weg führte mich nicht direkt in das Gebäude. Als ich an dem Museum vorbeigefahren war, hatte ich ein Gerüst gesehen, das sich über die Südwestfassade erstreckte und auf den Museumsplatz hinausführte. Über das Gerüst war eine große Leinwand gespannt worden, auf der eine Werbung für Vöslauer-Mineralwasser prangte.

Vor dem Gerüst standen ebenfalls Polizisten. Ich nahm an, dass der Täter von dort in das Museum eingedrungen war. Es war der perfekte Einstieg: Ohne Mühe konnte er bis zu einem Fenster im ersten oder sogar zweiten Stock gelangen, die Leiter war sozusagen bereits für ihn gelegt worden. Und die Leinwand, die sich über die Außenseite des Gerüsts spannte, diente als Sichtschutz.

Ich ging um den prunkvollen Bau herum. Das Gerüst wurde am Boden von glatten, einige Meter hohen Holzplatten umgeben, die Unbefugte vom Zutritt abhalten sollten. An der Gebäudekante, wo der Maria-Theresien-Platz und der Museumsplatz aufeinandertrafen, war eine Holztür angebracht worden, durch die man Zugang zum Gerüst erhielt.

Davor standen zwei Polizisten. Ich zeigte meinen Ausweis vor und sie ließen mich passieren.

Ich musste bloß einige Metallstufen nach oben steigen, bis ich auf Höhe des ersten Stocks angekommen war. Das Geländer war schmal, aber fest und für eine halbwegs sportliche Person dauerten das Auf- und Absteigen wohl nicht einmal fünf Minuten.

Am Ende des Metallstegs kniete Manfred Huse, der Leiter der Tatortgruppe. Seit dem Fall Unterweger gab es Tatortgruppen, bestehend aus Leiter, Fotografen, Zeichner, Daktyloskopen und Kriminaltechniker. Sie waren für die Sicherung von Spuren und das Analysieren des Tatorts zuständig. Fingerabdrücke, Fußspuren, Härchen oder Fingernägel, Huse und seine Kollegen vermaßen den Mikrokosmos der menschlichen Hinterlassenschaften.

Huse hatte vor gut zehn Jahren die Nachfolge von Ferdinand Gennad angetreten, der kurz nach den Favoritner Mädchenmorden in den wohlverdienten Ruhestand gegangen war. Huse war in seiner Arbeit so genau wie sein Vorgänger, besaß aber nicht dessen zynischen Humor. Manchmal konnte er etwas pedantisch werden, aber das nahm ich gerne in Kauf, denn Huse arbeitete effizient und ich konnte mich darauf verlassen, dass er schnell Resultate liefern würde.

»Der Herr Chef«, begrüßte er mich. »Wer hat Sie hier raufgeschickt?«

»Niemand«, antwortete ich. »Bevor ich mich innen umsehe, will ich wissen, wie der Täter dort reingekommen ist.«

Huse nickte anerkennend. Tatorte waren für ihn beinahe sakrale Räume und er schätzte es, wenn ihnen jemand den gleichen Respekt entgegenbrachte.

Ich ließ meinen Blick über die Fassade wandern. Der Täter war über ein Doppelfenster in den Saal gelangt. Vor dem äußeren Fenster war ein dünner Staubschutz angebracht worden, den der Täter offenbar zerrissen hatte. Zwischen den beiden Fensterscheiben befand sich eine Plastikjalousie, eher Sonnen- als Einbruchsschutz. Die Jalousie war durchschnitten und das äußere der beiden Fenster ausgehebelt worden. Ich konnte keine Glasbruchmelder am Fensterrahmen erkennen.

»Er ist also hier raufgekommen«, sagte ich, mehr zu mir selbst als zu Huse. »Den Staubschutz konnte er einfach zerreißen, das erste Fenster hat er ausgehebelt, dann hat ihn allerdings die Jalousie gestört. Er musste sie auseinanderschneiden, um das innere Fenster einschlagen zu können. Dann konnte er ins Museum eindringen. Dabei wurde noch kein Alarm ausgelöst, denn es gibt keine Melder.«

Huse, der bisher unterhalb des Fensters gekniet war, stand auf. Seine kurzen Haare, die tief liegenden Augen und sein ledriges Gesicht verliehen ihm das Aussehen eines Fährtenlesers.

»Würde ich auch sagen«, antwortete er. »Mit dem richtigen Werkzeug nicht allzu schwierig.«

»Fingerabdrücke?«, fragte ich.

»Bisher haben wir keine gefunden, weder drinnen noch hier draußen. Die ganze Aktion wirkt nicht sehr raffiniert auf mich, aber unser Täter war zumindest nicht dumm genug, auf die Handschuhe zu vergessen.«

Ich versuchte, durch die Leinwand in Richtung Museumsquartier zu blicken, doch der Sichtschutz war ausgesprochen gut. In der Nacht konnte man hier völlig ungestört arbeiten.

»Keine Außenhautüberwachung der Fassade?«, fragte ich. »Das Gerüst ist doch eine regelrechte Einladung.«

Huse zuckte nur mit den Schultern. »Nicht, dass ich wüsste. Die Holztür haben Sie ja beim Raufkommen gesehen. Die ist kein Hindernis.« Huse zog sich die Handschuhe von den Händen. »Sie sollten sich beeilen, reinzukommen, vielleicht kriegen Sie dort wertvollere Informationen.«

»Wozu die Eile?«, sagte ich, als ich mich schon umgedreht hatte, um das Gerüst nach unten zu steigen. »Wenn wir auftauchen, ist die Sache doch meist schon vorbei.« Ich hörte Huse hinter mir trocken lachen.

Ich lief zum Eingang des Museums, zeigte auch dort meine Kokarde vor und trat dann durch die schwere und hohe Holztür nach drinnen. Der Vorraum verzweigte sich in verschiedene Richtungen. Von früheren Besuchen wusste ich, dass die große Marmortreppe nach oben zu den Gemälden führte. Rechts ging es in die Ägyptische Sammlung und links in die Kunstkammer. Ich stieg die Stufen nach oben in den ersten Stock, wo sich die Gemäldegalerien befanden. Dort lag der Tatort.

Ein paar Mitarbeiter des Museums standen herum und wussten offenbar nicht recht, was sie tun sollten. Zum Tatort durften sie nicht, aber da sie später sicherlich noch befragt werden mussten, konnten sie auch noch nicht nach Hause.

Am Eingang der Galerie waren zwei Kriminalbeamte aus der Berggasse positioniert worden. Als sie mich erkannten, führte mich einer durch die hohe Raumflucht tief in die Galerie hinein.

Schließlich kamen wir im Kabinett 4 an, das eingezwängt in einer Ecke des Gebäudes lag. Bereits auf den ersten Blick sah ich das Fenster, vor dem ich gerade noch gestanden war. Der Riss in der Jalousie war weit genug, damit sich ein dünner Mensch durchzwängen konnte. Die Innenseite des Fensters wurde von Huses Leuten mithilfe von Pinsel und Paste auf Fingerabdrücke untersucht, doch wie mir der Leiter der Tatortgruppe gesagt hatte, standen die Chancen schlecht, dass sie etwas finden würden. Glassplitter des inneren Fensters lagen über den Boden verstreut.

In der Mitte des Raums befand sich ein einziger schwarzer Holzsockel, auf dem ein Glaskasten thronte. Doch nur eine Hälfte des Kastens stand noch, während sich die andere in Scherben über den Boden ergossen hatte. Der Bereich war mit einem Band umspannt und die einzelnen Splitter auf dem Boden waren bereits mit Fähnchen und Nummern markiert worden.

Daneben stand eine kleine Personentraube, aus der Kriminaldirektor Dachs herausstach. Er trug seine Polizeiuniform, auf der seit der Ernennung zum Kriminaldirektor einige Abzeichen dazugekommen waren, und redete energisch auf die beiden anderen Männer ein. Einer der beiden war mein Kollege Georg Kaiser, Leiter des Dezernats für Diebstahl. Das hier fiel in seinen Zuständigkeitsbereich. Kaiser war schmächtig, gedrungen und alles in allem eine unauffällige Erscheinung. Bloß seine Augen funkelten wie schwarze Kohlen, die stets kurz davorstanden, sich zu entzünden.

Den dritten Mann kannte ich bloß aus Zeitungsberichten. Er trug einen vornehmen dunkelblauen Dreiteiler, der sich am Bund ein wenig nach vorne wölbte. Mit den runden Brillengläsern und dem schütteren Haupthaar vermittelte er deutlich den Eindruck eines Akademikers. Es war Direktor Blum, der Leiter des Museums.

»Ah, Ernst«, begrüßte mich Dachs überschwänglich, als er mich bemerkte. Der Kreis der Männer öffnete sich ein wenig und ich trat hinzu. »Gut, dass du da bist.«

»Ich habe mir die Fassade angesehen«, sagte ich. »Scheint ein Spaziergang gewesen zu sein. Gab es keine Bewachung? Irgendwelche Sicherheitsmaßnahmen?«

Ich konnte sehen, dass Direktor Blum diese Frage bereits meinen Kollegen beantwortet hatte und dass er nicht erpicht darauf war, sie noch einmal zu wiederholen.

»Nein«, sagte der Direktor schließlich. »Wir haben keine Sicherheitsmänner abgestellt, um das Gerüst zu schützen. Wir waren davon überzeugt, dass die Sicherheitssysteme des Museums völlig genügen.«

»Eine Fehleinschätzung«, sagte Dachs.

»Offenbar«, antwortete Blum gereizt.

»Wir haben gerade versucht, den Tathergang zu rekonstruieren«, meldete sich Kaiser zu Wort. »Der Dieb ist offenbar über das Gerüst hier eingedrungen, hat das äußere Fenster ausgehebelt, und das innere eingeschlagen die Saliera mitgenommen und ist über den gleichen Weg wieder geflohen.«

»Wie lange hat das gedauert?«, fragte ich.

»Ich schätze keine drei Minuten«, sagte Kaiser.

»Und der Alarm?«

Nun begann Direktor Blum zu schwitzen. Ich konnte sehen, wie das Blassrosa langsam seine Stirn hinaufkroch und erste Schweißperlen aus den Stirnfalten presste. »Natürlich gibt es ein Alarmsystem. In jedem Raum sind Bewegungsmelder installiert. Die schlagen sofort an, wenn jemand durch ein Fenster kommt oder sich zwischen Räumen bewegt. Außerdem gibt es Ultraschall-Bewegungsmelder, die wesentliche Teile des Raums abdecken.«

»Und die haben nicht angeschlagen?«, fragte ich.

»Mir wäre davon nichts bekannt«, antwortete Blum, doch seine Stimme klang schwach und ich wusste, dass er etwas verbarg. Doch hier war nicht der richtige Ort für ein Verhör.

Ich entschuldigte mich, um mich im Raum etwas umzusehen. Das Kabinett war klein und die Saliera war genau in der Mitte positioniert worden. Der Täter hatte es vermutlich auf dieses Stück abgesehen. Die Tatortgruppe hatte Schuhabdrücke zwischen Fenster und dem Sockel gefunden, doch das schien auch schon die einzige Spur zu sein, die der Täter hinterlassen hatte.

Was war mit den Bewegungsmeldern los gewesen? Waren sie wirklich nicht ausgelöst worden, wie Direktor Blum behauptet hatte? Und wo war das Sicherheitspersonal gewesen?

Als ich zu Dachs, Kaiser und Blum zurückkehrte, hatte Dachs gerade das Wort ergriffen.

»... wir werden also Direktor Blum und alle Mitarbeiter, die in dieser Nacht Dienst hatten, mit in die Berggasse nehmen, um sie einer Befragung zu unterziehen.« Kaiser hielt sich im Hintergrund und starrte auf seine Schuhspitzen, doch seine Fäuste waren geballt. Ich konnte fühlen, dass er nicht einverstanden war, wie Dachs die Ermittlungen einfach in die Hände nahm, aber er war zu professionell, um etwas zu sagen.

Vor der Polizeireform war es üblich gewesen, dass die Referatsleiter die Leitung der Fälle übernahmen und sich der Chef nur dann einmischte, wenn es Fragen oder Probleme gab. So hatte es jedenfalls Max Edelbacher immer gehandhabt. Doch Dachs, der sowohl Kaiser als auch mir vorgesetzt war, schien eine andere Auffassung von seinem Amt zu haben.

»Keine weiteren Fragen?«, fragte Dachs, doch es klang rhetorisch. »Ich denke, wir haben hier alles gesehen. Wir treffen uns in der Berggasse. Ernst, koordiniere doch bitte mit dem

Kollegen Kaiser die Einvernahmen. Ich möchte heute Abend erste Einschätzungen vorliegen haben, womit wir es hier zu tun haben.«

Ohne auf eine Antwort zu warten, schritt Dachs aus dem Raum. Ich klopfte Kaiser ermutigend auf die Schulter. »Mach dir nichts draus«, sagte ich ihm. »Der Kriminaldirektor ist neu. Der muss sich beweisen.« Kaiser quittierte meinen Aufmunterungsversuch bloß mit einem Nicken.

»Bevor wir zurückfahren, müssen wir aber noch eines klären«, sagte ich. »Was ist die Saliera überhaupt?«

Der Beamte heute Morgen hatte mir bloß den Namen des Gegenstands nennen können und den hatte er vermutlich von irgendeinem Zettel abgelesen. Mir war es recht, diese Frage nicht in Dachs' Gegenwart erörtern zu müssen.

Ein Einbruch ins Kunsthistorische Museum war eine große Sache. Aber wie groß? Hatte man dafür wirklich die ganze Mannschaft zusammentrommeln müssen? War Dachs persönlich hergefahren, weil es der Fall verlangte, oder wollte er uns damit zeigen, wer das Sagen hatte?

»Sie wissen nicht, was die Saliera ist?«, fragte Blum fassungslos. Er klang, als hätte ich ihn nach dem ersten Buchstaben des Alphabets gefragt.

»Ich kann Ihnen keine Vorlesung halten«, begann Blum und ließ mich fürchten, dass er genau das vorhatte. »Die Saliera wurde im 16. Jahrhundert von dem italienischen Künstler Benvenuto Cellini für den französischen König Franz I. angefertigt. Sie ist eines der wertvollsten Kunstwerke dieses Museums, ja vielleicht das wertvollste Kunstwerk des ganzen Landes. Zunächst hielt man ihre Ausführung für unmöglich, doch der Künstler Cellini schaffte es dennoch. Er trieb die Figuren freihändig aus Goldblech, eine Leistung, die bis heute kaum fassbar und unübertroffen ist. Alles, was den Menschen möglich macht, der Tag und die Nacht, das Wasser und die Erde, Blüten und Früchte sind darauf wiedergegeben. Sie ist der Höhepunkt der Renaissance und war im Besitz von Königen und Kaisern. Kein Wunder, dass der Dieb gerade sie ausgewählt hat«, sagte Direktor Blum leise, »ist sie doch der anmaßende Versuch des Menschen, den gesamten Kosmos darzustellen, verdichtet auf wenige Zentimeter Ebenholz, Gold und Elfenbein.«

»Sie ist ein Salzfass«, fasste Kaiser zusammen, der sich ein Lächeln nicht verkneifen konnte.

Ich glaubte, mich verhört zu haben. »Ein Salzfass?«

»Ein Salzfass, wie es nur einmal auf der Welt existiert«, sagte Direktor Blum verärgert. Offenbar konnte er es gar nicht leiden, wenn man schlecht über seine Ausstellungsstücke sprach, selbst wenn diese gerade gestohlen worden waren. »Mit einem geschätzten Wert von fünfzig Millionen Euro.«

Ich ließ mir die Zahl erst einmal durch den Kopf gehen, ehe ich einen Blick zu Kaiser warf. Ich konnte sehen, dass er das Gleiche dachte wie ich.

Bei so einer Summe hatte jeder ein Motiv.

NEUBAUGASSE
WIEN, NEUBAU

Sonntag, 11. Mai 2003, 14 Uhr

Die letzten Reiskörner verteilten sich nach einer zufälligen Ordnung über den Teller und erinnerten ihn an die dicken Körner des griechischen Sandes, die ihm letztes Jahr bei seinen Morgenspaziergängen auf Naxos durch die Haare gerauscht waren.

Ungefähr einmal im Monat kam seine Frau mit nach Wien, um mit ihm durch die Einkaufsstraßen zu schlendern, ins Kino zu gehen oder bloß einen Kaffee in einem der alten Wiener Kaffeehäuser zu trinken, etwa im Landtmann, Schwarzenberg oder Prückel. Seit sie letztes Jahr Urlaub in Griechenland gemacht hatten, gingen sie außerdem so gut wie jedes Mal mittags ins Hermes essen, ein kleines griechisches Lokal in der Neubaugasse, das ein paar Tische und Stühle neben dem Gehsteig aufgestellt hatte. Alexis, der Restaurantbesitzer, kam von Rhodos, hatte wettergegerbte Haut und krauses schwarzes Haar, das seinen Kopf bedeckte wie Drahtwolle.

Schon lange hatte Clara davon gesprochen, auf eine griechische Insel reisen zu wollen. Sie wollte am Strand spazieren gehen, die Sonnenuntergänge betrachten, griechischen Wein trinken und Datteln essen, durch kleine, in schummriges Weiß getauchte Dörfer spazieren, weite Sommerkleider tragen und einen Strohhut dazu. Sie hatte sich die Kykladen wie ein aus der Zeit gefallenes Paradies vorgestellt, in der man die Leichtigkeit des Lebens auf der Haut trug, gemeinsam mit dem Salz des Meerwassers.

Letzten Sommer hatte Nick sie mit der Reise überrascht. Als Volksschullehrerin konnte Clara in den Sommerferien zwei Wochen problemlos weg und da Nicks Geschäfte gut liefen, hatte er auch kein schlechtes Gewissen, seinen Laden für zwei Wochen zu schließen. Nick hatte sich die Reise in einem Wiener Reisebüro zusammenstellen lassen. Sie waren nach Rhodos geflogen und hatten von dort eine Fähre nach Naxos genommen. Auf der Insel bezogen sie einen kleinen Strandbungalow, der nur aus einem großen Zimmer mit Bett und Tisch und einem Badezimmer mit kleiner Dusche und Toilette bestand. Doch vom Schlafzimmer aus brauchten sie nur eine Schiebetür zu öffnen und konnten das Rauschen des Meeres hören und dessen unverwechselbaren Geruch beim Frühstück vernehmen.

Der Bungalow gehörte zu einer kleinen und familiären Hotelanlage. Es gab außerdem einen alten Pool und ein Restaurant, das in einer Fischerhütte mit Holzveranda untergebracht war. Kostas, der Besitzer, grillte jeden Abend frischen Fisch. Während sie der untergehenden Sonne mit einem Glas Ouzo zuprosteten, lernten sie auch ein paar der anderen Gäste kennen. Einer von ihnen war ein älterer englischer Herr, der am Strand sofort an seiner giftgrünen Badehose und einem Strohhut, der an eine Kreissäge denken ließ, zu erkennen war. Abends kam er immer zu ihrem Tisch, um ein wenig mit ihrer Tochter Sarah zu spielen, die ihn gleich von Beginn an mochte. Seinen Namen hatten sie nie erfahren oder sofort vergessen, jedenfalls nannten sie ihn unter sich nur Mr. Green und amüsierten sich über seine Haut, die sofort krebsrot wurde, wenn auch nur ein Sonnenstrahl darauffiel, worüber er sich stets theatralisch aufregte.

Sie hatten Sorgen gehabt, wie ihre kleine Tochter die Reise vertragen würde. Doch schon bald stellte sich heraus, dass ihre Sorgen unbegründet gewesen waren. Sarah war damals zwei Jahre alt gewesen und obwohl sie Österreich noch nie verlassen hatte, lief sie bereits am ersten Tag unerschrocken zum Strand, als wäre sie am Meer zu Hause. Nick und Clara mussten achtgeben, dass sie sich nicht den Fluten entgegenwarf, wenn keiner von ihnen dabei war. Sarah liebte es, sich Meerwasser gegen die Füße klatschen zu lassen oder sich mit Sand einzureiben.

Für Clara war es genau das Paradies gewesen, das sie sich vorgestellt hatte. Und ihre Freude wiederum war für Nick jenes Paradies, in dem er sich geborgen fühlte.

Immer wenn sie in Alexis' Restaurant kamen, erinnerten sie sich an diese wunderbaren zwei Wochen und schmiedeten Pläne, wann sie zurückkehren würden. Nick sprach dabei wenig. Er genoss einen guten Weißwein, dessen Prickeln auf der Zunge ihn munterer machte, als jeder Kaffee es könnte, zog den Geruch des Gyros ein, dessen Gewürzmischung Alexis einem der griechischen Götter abgenommen haben musste, Dionysos vielleicht, und lauschte Claras Fantasien. Wenn er kurz die Augen schloss, trugen ihn ihre Worte weiter fort als jedes Flugzeug.

Als er sie wieder öffnete, sah er sie lächeln. Ihre blauen Augen blitzten intelligent, als wüsste sie genau, woran er gerade dachte. Sie wiegte den Kopf mit der ihr eigenen Geschmeidigkeit, die sie ihren Jahren als Tänzerin verdankte und die Nick bewunderte. Neben ihr kam er sich stets völlig unbeholfen vor. Clara wirkte immer, als wäre sie völlig bei sich selbst, als wäre jede ihrer Bewegungen eine Verlängerung ihrer Persönlichkeit. Das faszinierte ihn und er beneidete sie darum.

»Was ist?«, fragte sie aus ihrem Lächeln heraus. »Bist du fertig?«

Jetzt erst merkte Nick, dass Alexis neben ihm stand und ihn erwartungsvoll anblickte. Nick lehnte sich zurück, zum Zeichen, dass er genug gehabt hatte, und mit einem leisen, aber zufriedenen Brummen servierte Alexis ab.

»Du bist heute schon den ganzen Tag abgelenkt«, sagte sie, doch es klang nicht vorwurfsvoll. »Stimmt irgendwas nicht?«

»Nur eine lange Nacht gehabt«, sagte Nick und gähnte. Wie auf Kommando brachte Alexis zwei kleine, starke Kaffees. Das gehörte mittlerweile zu ihrem Ritual dazu.

»Ich musste gestern eine komplizierte Anlage installieren und dem Kunden eine Menge erklären. Dann war ich noch mit einem alten Freund was trinken.«

»Einem alten Freund?«, fragte Clara und nippte von ihrem Kaffee, während sie den kleinen Finger gekonnt abspreizte.

»Werner, von meiner Zeit als Elektrotechniker«, antwortete Nick.

»Werner? Ich dachte, der lebt mittlerweile in München.«

»Habe ich Werner gesagt?« Nick lachte und fuhr sich mit den Händen über das Gesicht. »Ich muss wirklich erledigt sein. Ich meine natürlich Walter. Er hat sich vor Kurzem scheiden lassen und möchte sich jetzt mit einer IT-Firma selbstständig machen.«

»Und du hast ihm ein paar Tipps gegeben?«, fragte Clara und blickte ihn belustigt an.

»Da gibt's keine Geheimnisse, harte Arbeit und Freundlichkeit. Wir waren im Bermudadreieck und dann noch in meiner Wohnung.«

Clara hatte heute Morgen um zehn Uhr ihr Auto vor Nicks Wohnung geparkt und die beiden waren durch die Wiener Innenstadt flaniert, am Kunsthistorischen Museum vorbei, wo sie einige Polizeiautos hatten sehen können, in die Innenstadt hinein. Nick hatte Freitag und Samstag arbeiten müssen und Montag stand ihm bereits der nächste wichtige Termin bevor. Doch weder Clara noch Nick wollten ein Wochenende verbringen, ohne sich zu sehen. Das hatten sie sich geschworen, als Nick seine Sicherheitsfirma in Wien aufgemacht hatte. Sie hatten gewusst, es würde nicht leicht werden und Nick würde viele Tage in Wien verbringen müssen. Aber es würde keine Woche geben, in der sie sich nicht sahen. Das war ihr Eheversprechen.

Also hatte Clara beschlossen, zumindest den Sonntag mit ihrem Mann zu verbringen, ehe sie am nächsten Tag wieder in der Volksschule von Gföhl unterrichten musste. Die kleine Sarah hatte sie bei den Großeltern gelassen.

Nick trank seinen Kaffee aus und bezahlte. Die beiden schlenderten Richtung Neustiftgasse, wo Nicks Büro und darüber seine Wohnung lagen.

»Denkst du, jemand hat etwas aus dem Kunsthistorischen Museum gestohlen?«, fragte Clara Nick. Den ganzen Tag schon hatte sie ihn immer wieder danach gefragt, seit sie am Morgen das Polizeiaufgebot vor dem Museum gesehen hatten.

Polizeieinsätze kannte sie nur aus dem Fernsehen. In Brand, einem kleinen Ort nahe Zwettl, wo sie ein Haus besaßen, gab es keine Verbrechen. Was auch einer der Gründe war, wieso sie dort lebten.

»Vielleicht ist eine der Mumien lebendig geworden«, antwortete Nick.

Clara verdrehte die Augen, aber sie lachte.

Als sie beim Auto angekommen waren, gab sie Nick einen langen Kuss.

»Du kommst nicht mit nach oben?«, fragte er. »Wo ist die griechische Lebensfreude geblieben?«

»Nein, danke, ich weiß ja, wie es aussieht, wenn du einen Männerabend hattest. Ich möchte nicht auf eine schmutzige Unterhose stoßen.«

»Aber du weißt, dass ich außer einem geschiedenen, betrunkenen, etwas übergewichtigen Mann Ende dreißig niemand anderen in dieser Wohnung schlafen lasse?«

Clara blickte Nick tief in die Augen und da war es wieder, das Rauschen des Meeres in seiner gleichmütigen Friedfertigkeit.

»Mach dir keine Gedanken«, sagte sie und schmiegte ihren Kopf an seine Brust. Er atmete den Duft ihres Haars ein wie eine frische Sommerbrise.

»Deswegen liebe ich dich, Nikolaus. Du bist klug, witzig und charmant und du arbeitest hart. Aber vor allem bist du ehrlich. Du hast keine Geheimnisse vor mir und das macht dich zum sichersten Ort auf der Welt für mich.«

Sie küsste ihn lange, dann stieg sie ins Auto, winkte ihm noch einmal zu und fuhr los.

Nick blickte ihr nach, bis sie auf den Lerchenfelder Gürtel abbog. Dann spürte er ein jähes Vermissen in sich aufsteigen und betrat den kühlen Eingangsbereich seines Wohnhauses, um sich endlich ein paar Stunden Schlaf zu holen.

BÜRO KRIMINALDIREKTOR
WIEN, ALSERGRUND

Sonntag, 11. Mai 2003, 19 Uhr

Das Gemälde war mir bisher noch nicht aufgefallen. Es zeigte einen Boulevard, auf beiden Seiten gesäumt von Häuserblöcken im klassischen Haussmann-Stil, wie sie in Paris überall zu finden waren. Die Räume im Erdgeschoss waren weit und hoch, gedacht für Geschäfte oder Restaurants, während im ersten Stock gusseiserne Balkone die Fassade schmückten und dahinter die Wohnbereiche lagen. Das schräg abfallende Dach, mit dem so typischen grauen Zinkblech bedeckt, das die Stadt im Sommer in eine endlose, reflektierende Spiegelfläche verwandelt, war nur abgeschnitten zu sehen.

Der Boulevard war von einer Straßenbarrikade verstellt, auf der Menschen in zerfetzter Kleidungen, mit Kappen und Gewehren standen. Sie schienen sich gerade zurückzuziehen, manche fielen über den Schutt und Müll, mit dem sie die Barrikade notdürftig errichtet hatten. Von der linken Bildseite rückten bereits Soldaten heran, sie trugen saubere weiße Hosen, blaue Jacken mit goldglänzenden Knöpfen und Bajonette in den Händen. Ihre Züge waren edel, siegesgewiss und es bestand kaum ein Zweifel daran, dass sie die Barrikade überwinden und den Kampf gewinnen würden.

Als die Tür aufging, drehte ich mich um. Kaiser trat ein. Dachs hob den Kopf von seinem Schreibtisch und nickte dem Leiter des Dezernats für Diebstahl kurz zu. Der Kriminaldirektor hatte die Lagebesprechung am Ende des Tages einberufen, um über die Fortschritte im Saliera-Fall benachrichtigt zu werden.

Seit Dachs dieses Büro im zweiten Stock der Berggasse bezogen hatte, war ich erst einige wenige Male hier gewesen, und jedes Mal nur kurz. Das Bild, das ich gerade eingehend betrachtet hatte, war mir bisher noch nie aufgefallen. Es war das einzige Gemälde dieser Art, ansonsten war der Raum mit zahlreichen Fotos behängt, die Dachs mit Politikern oder bei Ehrungen zeigten.

Hinter dem großen, schweren Eichenholzschreibtisch schien Dachs weit entfernt. Kaiser und ich nahmen ihm gegenüber Platz.

»Meine Herren«, begann er, »der erste Tag einer Schlacht ist immer ein Richtungsweiser. Wir müssen ihm besonders viel Aufmerksamkeit widmen.«

Kaiser verstand das offenbar als Einladung, mit seinem Bericht zu beginnen: »Wir haben das Museumspersonal vernommen, das gestern und in besagter Nacht Dienst hatte. Direktor Blum gab an, dass die Alarmanlagen auf neuestem Stand seien und bisher immer funktioniert hätten. Vom Sicherheitspersonal haben wir jedoch andere Informationen bekommen.«

Dachs gab ihm mit einem Nicken zu verstehen, dass er fortfahren sollte. Kaiser räusperte sich.

»Laut dem Leiter des Sicherheitsdiensts funktionieren die Alarmanlagen etwas zu gut. Manchmal werden sie sogar von vorbeifahrenden Autos ausgelöst. Weswegen die Wachmannschaft den ersten Alarm immer zurückstellt. Wird ein zweiter Alarm ausgelöst, geben sie ihn an die Polizei weiter und sehen sich die Sache an.«

»Was sagt Blum zu der Sache?«, fragte ich.

»Er streitet ab, dass es so eine Weisung gibt«, sagte Kaiser. »Aber die anderen Wachmänner haben dieses Vorgehen bestätigt. Ich bin also geneigt, ihnen zu glauben.«

»Ziemlich peinlich für den Direktor«, merkte Dachs an.

»Das ist aber noch nicht alles«, fuhr Kaiser fort. »Um zwei Uhr früh beendete der Sicherheitsmann Mislav Jančar seine Wachrunde. Danach war in jedem Raum der Alarm scharf gestellt. Ein erster Alarm ist im Logbuch vermerkt.« Kaiser warf einen Blick auf seine Notizen. »Er wurde um 03:55 Uhr ausgelöst. Der wurde von der Sicherheitsmannschaft zurückgestellt. Ein zweiter Alarm wurde offenbar nicht ausgelöst, weswegen keine weiteren Schritte unternommen worden sind. Am nächsten Tag fand die Putzfrau die eingeschlagene Vitrine um 07:00 Uhr morgens und hat die Sicherheitsleute verständigt, die dann uns benachrichtigt haben.«

Dachs lehnte sich zurück und verschränkte die Hände über seinem Bauch.

»Gab es sonst noch Sicherheitsmaßnahmen?«, fragte ich.

»Es gibt in einigen Räumen Überwachungskameras, die sind aber in der Nacht ausgeschaltet, weil man im Dunkeln ohnehin nichts sieht. Bewegungsmelder befinden sich in allen Räumen und auch in den Türen zwischen den Sälen. Die Wachleute können nicht verstehen, warum kein anderer Alarm ausgelöst wurde. Ansonsten sind die Sicherheitsvorkehrungen nicht besonders hoch. Die Vitrine, in der die Saliera ausgestellt wurde, bestand aus normalem Glas, keinem Panzerglas. Die Fenster ebenfalls.«

»Wie ist der Täter vorgegangen?«, fragte Dachs.

»Seit einigen Monaten schon steht ein Gerüst auf der Südwestseite des Museums. Es geht auf den Museumsplatz hinaus. Dort wird gerade die Fassade erneuert. Das Gerüst wird nicht überwacht. Es war für den Täter einfach, die Absperrung zu überwinden. Er musste dafür nur eine Holztür aufbrechen. Das Gerüst ist gut begehbar, er konnte gemütlich bis direkt vor das Fenster im ersten Stock wandern, das in das Kabinett hineinführt. Er hat den Rollladen aus Plastik, der das Fenster schützen soll, aufgeschnitten, das äußere Fenster ausgehebelt und das innere eingeschlagen. Dann ist er in das Gebäude eingedrungen. Wir nehmen an, dass er sich nur ungefähr 54 Sekunden im Museum aufgehalten hat. Rausgekommen ist er auch wieder über das Gerüst. Dabei hatte er sogar Sichtschutz, weil das gesamte Gerüst von einer großen Leinwand verdeckt ist.«

»Ich habe mich dort oben umgesehen«, bestätigte ich. »Man braucht nicht mal besonders sportlich sein, um raufzukommen. Offenbar hat der Täter auch keine Spuren hinterlassen.«

Kaiser nickte. »Er trug Handschuhe. Wir konnten keine Fingerabdrücke finden, bloß ein Schuhabdruck wurde im Saal sichergestellt.«

Dachs lehnte sich wieder nach vorne, seine massigen Arme schoben sich über den Tisch auf uns zu. »Der Schuhabdruck muss mit allen Mitarbeitern im Museum verglichen werden. Gibt es sonst Auffälligkeiten bei den Aussagen?«

»Keine«, sagte Kaiser und platzierte die Protokolle auf dem Tisch, die Dachs mit einer schnellen Bewegung zu sich zog.

»Die Sicherheitsleute, die gestern Nacht im Museum gearbeitet haben, waren die ganze Zeit beisammen. Und auch die anderen Mitarbeiter haben Alibis.«

»Was ist das?« Dachs hatte die Seiten durchgeblättert und war offenbar über etwas gestolpert. Er drehte das Protokoll, sodass wir einen Blick darauf werfen konnten.

»Hier steht, während des ersten Alarms hat der Leiter des Sicherheitsdiensts den Überwachungsraum verlassen?«

»Ja«, sagte Kaiser, »das ist mir auch schon aufgefallen. Das scheint auf den ersten Blick vielleicht verdächtig, aber er war keine drei Minuten weg. Vom Überwachungsraum bis zur Saliera braucht man drei Minuten vierzig, einer unserer Leute hat das überprüft. Außerdem wurde er seitdem von seinen Kollegen nicht mehr aus den Augen gelassen. Er hatte also keine Möglichkeit, die Saliera irgendwie rauszuschmuggeln.«

»Was schlagen Sie vor, Kaiser?«, fragte Dachs. In seinen Augen lag etwas Lauerndes, Abwartendes, als wollte er seinen Kollegen mit dieser Frage nur testen. Doch ich kannte Georg Kaiser. Er hatte keine Antennen für die taktischen Winkelzüge, die in den Chefetagen des Polizeiapparats herrschten. Das war der Grund, warum er auf dieser Seite des Schreibtischs saß, trotz der vielen Jahre, die er nun schon in der Berggasse war.

»Wir sollten nach Videomaterial von der Tatzeit suchen, vielleicht gibt es etwas in Parkgaragen oder U-Bahn-Stationen. Wir müssen natürlich auch eine internationale Fahndung ausgeben an Interpol, für den Fall, dass der Täter die Saliera außer Landes schafft. Wir könnten eine Liste von Kunstsammlern erstellen lassen, die an der Saliera besonderes Interesse zeigen. Ich halte das zwar für unwahrscheinlich, aber vielleicht war das eine Auftragsarbeit.«

»Sie denken viel zu kompliziert«, unterbrach ihn Dachs scharf. »Ich habe mir die Namen der Sicherheitsleute geben lassen. An dem Abend des Einbruchs hatten die Herren Mislav Jančar und Halil Özmir Dienst, wer weiß, ob es da nicht

Verbindungen ins kriminelle Milieu gibt? Das muss man überprüfen. In Österreich können sie das Ding nicht verkaufen, aber im Ausland findet sich immer jemand.«

Dachs nahm Kaisers Liste zur Hand. »Vergessen Sie solche Listen. Ich will, dass alle Leute des Sicherheitsdiensts beschattet werden. Außerdem werden wir ihre Telefone abhören. Die hatten Gelegenheit und kennen sich mit der Infrastruktur des Museums aus. Wäre nicht das erste Mal, dass einer von den Kleinen denkt, er könnte das große Geld machen.«

»Aber, Direktor Dachs«, warf ich ein, »dafür müssten wir ein ganzes Team abstellen. Das würde uns sehr viele personelle und finanzielle Ressourcen kosten. Juristisch stände das auf wackligen Beinen, weil kein stichfester Verdacht vorliegt.«

»Und die Erfahrung zeigt, dass solche Diebstähle so gut wie nie vom Museumspersonal begangen werden«, half mir Kaiser aus.

»Die Mitarbeiter haben Alibis und wir konnten keine Motive finden. Jeder von ihnen ist schon jahrelang beim Museum beschäftigt. Außerdem brauchte der Täter keine Hilfe von innen. Den Sicherheitsdienst in die Sache zu verwickeln, wäre für den Täter ein großes und unkontrollierbares Risiko.«

»Die Erfahrung?« Dachs blickte nicht einmal auf, während er seine Anweisungen auf den Zettel schrieb. »Kaiser, wenn Sie so viel Erfahrung haben, warum sitzen Sie nicht in meinem Stuhl?« Gelassen steckte er den Füller weg, strich noch einmal über das Blatt Papier und wandte sich dann wieder uns zu.

»Ich weiß nicht, wie es unter meinem Vorgänger war, und das interessiert mich auch nicht. Aber ab jetzt befehlige ich die Truppen und ich übernehme auch die Verantwortung. Im Gefecht gibt es keine richtigen oder falschen Strategien, sondern bloß klare und ungenaue. Die ungenauen sind meistens das Produkt von sinnlosen Verhandlungen und Diskussionen und führen ausnahmslos zu Niederlagen.«

Die Stimme Dachs' war bestimmt, doch ich bemerkte, wie angespannt er war. Es war sein erster großer Fall, seit er den Posten des Kriminaldirektors angetreten hatte. Dieser Fall war seine Feuerprobe und er schien sich darüber im Klaren zu sein. Jeder Beamte in der Berggasse fragte sich, wie sein Führungsstil aussehen würde und was von dem neuen Chef zu erwarten war. Das hier war offenbar ein Vorgeschmack.

»Kaiser, Sie stellen ein Team zusammen und sind operativ für den Fall verantwortlich. Sie berichten Geiger und mir. Ich erwarte jeden Tag ein Briefing.«

»Der Fall wird morgen auf allen Titelseiten stehen«, sagte ich. »Was ist unsere Strategie gegenüber den Medien? Was sagen wir der Öffentlichkeit?«

»Was wir der Öffentlichkeit sagen?« Dachs lachte.

»Dass wir den Täter schnappen, was sonst?«

KUNSTHISTORISCHES MUSEUM
WIEN, INNERE STADT

Dienstag, 13. Mai 2003, 10 Uhr

»In den frühen Morgenstunden des 11. Mai hat das Kunsthistorische Museum Wien seine Unschuld verloren.«

Direktor Blum nahm einen tiefen Atemzug, der durch die Lautsprecher verzerrt zu hören war, bevor er fortfuhr.

»Dieses niederträchtige Verbrechen war nicht nur ein Anschlag auf das Kunsthistorische Museum Wien«, sagte der Direktor schwitzend in das Mikrofon vor ihm, zu dem er sich so weit hinuntergebeugt hatte, dass er es mit dem Mund fast verschluckte, »sondern auf die Kunst überhaupt!«

Im Presseraum des Museums hatten gut ein Dutzend Journalisten Platz genommen, um sich anzuhören, was der Direktor zu dem größten Kunstdiebstahl in der österreichischen Geschichte zu sagen hatte. Neben dem Eingang war ein kleines Buffet aufgebaut worden, an dem sich die Journalisten reichlich bedient hatten, und nun saßen sie auf den schwarzen, kleinen Stühlen aufgereiht vor ihm, manche mit einem Block auf den Knien, den Kugelschreiber unheilverkündend in der Hand. Andere hielten ein Diktiergerät anklagend in seine Richtung und ein paar hatten sich mit einer Tasse Kaffee zurückgelehnt und warfen ihm amüsierte Blicke zu.

Kurz dachte Blum an die Höllenbilder von Hieronymus Bosch, dem flämischen Meister, der wie kein Zweiter Orte des Wahnsinns und Verderbens auf die Leinwand gebracht hatte. Im Mittelalter hatte man sich die Hölle vorgestellt wie in einem Gemälde von Bosch und das hatte den Menschen genug Angst eingejagt, um sich an die religiösen Gebote zu halten. Blum musste an das Weltgerichtstriptychon denken, in dem der Meister das Paradies, das Weltgericht und die Hölle dargestellt hatte. Das Paradies bekam den kleinsten Ausschnitt. Die Geschichten, die Bosch in Miniaturdarstellungen in seine Bilder setzte, waren grässlich, überstiegen, makaber und nicht selten pervers, doch sie waren hintergründig genug, damit sich der Betrachter darin wiederfinden konnte. Die Wollust, Völlerei, Selbstsucht und Habgier, die Bosch zeigte, waren universell und reichten bis in die heutige Zeit.

Nun kam sich Blum vor, als wäre er selbst in eines dieser Bilder hineingeraten. Und die Tatsache, dass Boschs Weltgericht nicht in seinem, sondern einem anderen Wiener Museum hing, machte alles nur noch schlimmer.

»Es handelte sich um einen filmreifen Angriff«, setzte Blum mit lauter Stimme fort und gab jene Details des Einbruchs bekannt, die er bekannt geben durfte. Gestern, einen Tag nach dem Einbruch, waren die Zeitungen bereits voll gewesen mit Spekulationen und Berichten über die Saliera. Besonders hatten sich die Blätter auf die Sicherheitsvorkehrungen eingeschossen und auf den Mann, der dafür verantwortlich war – ihn, Direktor Leopold Blum. Er musste versuchen, die Lage wieder unter Kontrolle zu bekommen.

Blum wischte sich über die Stirn, ehe er fortfuhr. Sein Anzug saß zu eng, seine Krawatte schnürte ihm die Luft ab und er schwitzte ungeheuerlich. »Das Museum tut alles, was in den budgetären Möglichkeiten liegt, um die Kunstwerke zu schützen. Unsere Sicherheitseinrichtungen befinden sich auf internationalem Stand. Wir haben es mit einem professionellen Dieb zu tun, der seine Tat genau plante. In weniger als einer Minute war er mit der Saliera verschwunden. Doch wir alle vertrauen darauf, dass die fähigen Kriminalbeamten der Wiener Polizei die Saliera bald und unversehrt zurückbringen werden. Als Direktor dieses Museums ist es meine Aufgabe, Kunstwerke zugänglich zu machen und sie den Menschen dieser Stadt näherzubringen. Mich nun mit solchen kriminellen Taten auseinandersetzen zu müssen, ist für mich Neuland.«

Blum sagte diese letzten Worte deutlich und mit Nachdruck. Ihm war wichtig, alle Anwesenden darauf aufmerksam zu machen, dass es nicht seine Aufgabe war, Diebstähle zu verhindern oder gestohlene Gegenstände zurückzubringen. Und genau das würde er auch seinen politischen Freunden sagen, sollte er sie sehen.

Er ließ den Blick durch den Raum segeln, warf ihn aus, bis er an die letzte Ecke stieß und zu ihm zurückprallte. Bis auf ein paar Polizisten, Museumsmitarbeiter und die Journalisten war niemand hier. Niemand aus der Politik war gekommen, um ihm Unterstützung auszusprechen oder sich gar heute gemeinsam mit ihm vor die Presse zu stellen. Nicht einmal die Bildungsministerin, die er schon lange kannte und die ihn mit lobenden Worten in diesen Posten gehievt hatte. Die Ratten und das sinkende Schiff, dachte Blum.

»Ich danke Ihnen für Ihre Aufmerksamkeit«, schloss er die Pressekonferenz. Es wurden noch ein paar Fotos geschossen, dann verließen die Journalisten rasch den Raum. Blum machte sich keine Illusionen. Sie waren heute nur gekommen, weil es ihre Pflicht war. Alle nötigen Informationen hatten sie schon, und zwar aus Quellen, die viel auskunftsfreudiger waren als er.

Blum war ganz bewusst nicht auf die Gerüchte eingegangen, das Wachpersonal hätte den ersten Alarm zurückgestellt. Und auch nicht auf die Tatsache, dass das Gerüst vor dem Museum völlig ungeschützt gewesen war und dem Täter den Einstieg in das Museum lächerlich einfach gemacht hatte.

Als sich der Raum geleert hatte, atmete Blum tief durch. Von den geöffneten Fenstern strich eine frische Brise herein und hob sein lichtes Haar sachte an. Den leeren Saal füllte er mit seinen Gedanken.

Die Saliera war das teuerste Stück der Sammlung, ein Meisterwerk der Spätrenaissance. Der Künstler Benvenuto Cellini erschuf das Modell der Saliera, als er in einem Wettstreit gegen zwei andere Goldschmiede antrat. Als Cellini sein Modell aus Wachs vorstellte, waren sowohl die beiden anderen Goldschmiede als auch der Kardinal, der den Wettstreit veranstaltete, der Meinung, so ein Werk wäre unmöglich auszuführen. Doch Cellini belehrte sie eines Besseren.

Er erschuf ein Salzfass, auf dem die Gestalten von Tellus, der Erde, und Neptun, dem Meer, saßen. Ihre Beine waren ineinander verflochten, wie auch die Küsten und Klippen der Erde ins Meer ragten. Zu sehen waren Tiere, Früchte und Blumen, alles Leben fand sich komprimiert auf wenige Zentimeter. An den Ecken des Salzfasses waren die vier Winde dargestellt, Symbole des Raums, durch den sie uns trieben, in dem wir endliche Wesen gefangen waren. Neben ihnen standen die vier Tageszeiten: Morgenröte, Tag, Dämmerung und Nacht. Die Zeit, die unerbittliche Herrin aller Menschen.

Doch hatte sich jemals ein Museumsbesucher für diesen Mikrokosmos der allumfassenden Natur interessiert? Waren die Leute stehen geblieben und hatten die anthropomorphen Naturgewalten betrachtet? Nein! Sie waren daran vorbeigelaufen, hatten der Saliera die gleiche unaufrichtige Aufmerksamkeit gewidmet wie allen anderen Kunstwerken auch. Es war reine Pflichterfüllung gewesen. Nun allerdings fand Blum bereits die ersten Menschen minutenlang vor dem leeren, noch abgesperrten Saal stehen, aus dem die Saliera gestohlen worden war. Sie steckten die Köpfe zusammen, deuteten, tuschelten. Kunst war nur noch interessant, wenn sie zum Medienspektakel wurde. Das Bild der Saliera, abgedruckt in Zeitungen und versehen mit reißerischen Überschriften, bedeutete den Menschen mehr als der Gegenstand selbst. Die Leere war zum Werk geworden, die Bedeutung lag in der Abwesenheit. Wie philosophisch! Blum hätte kotzen können.

Seine Arbeit war bisher nie kritisiert, nie angezweifelt worden. Und jetzt verlor er womöglich seinen Job, weil plötzlich das gesamte Land diesem einzigartigen Kunstwerk hinterhertrauerte, das durch sein Verschulden verschwunden war. War das etwa fair?

Blum atmete tief durch. Er hatte sein Bestes getan, um der Presse zumindest eine Gegendarstellung zu liefern. Bereits heute Früh hatte er einen anderen wichtigen, wenn auch ungleich schwierigeren Schritt gesetzt.

Von der Polizei war er mit den Aussagen des Sicherheitspersonals konfrontiert worden, das behauptet hatten, auf seine Anweisung hin wäre der erste Alarm abgestellt worden. Diese Version war auch in den Medien aufgetaucht. Natürlich hatte Blum das abgestritten. Das ließ ihm nun allerdings keine andere Wahl, als die drei Sicherheitsleute, die in der Nacht des Einbruchs ihre Pflichten vernachlässigt hatten, vom Dienst freizustellen. Er hatte sie heute Morgen ins Museum bestellt, um ihnen ihre Entlassung mitzuteilen. Außerdem war es ihm ausgesprochen verdächtig vorgekommen, dass der Leiter des Sicherheitsdiensts, Herbert Mank, genau zur Tatzeit auf die Toilette musste. Was, wenn er mit dem Täter unter einer Decke steckte? Würde die Polizei diese Spur verfolgen?

Wenn die Öffentlichkeit Schuldige brauchte, sah er nicht ein, warum ausgerechnet er den Kopf hinhalten sollte, wenn es dafür viel geeignetere Kandidaten gab. Wachpersonal war ohnehin leicht zu ersetzen. Jeder konnte den Job übernehmen, der zwei Beine und zwei Augen besaß. Aber ein Museum wie dieses zu leiten, dafür benötigte es Fingerspitzengefühl, Weitsicht und einen Abschluss an einer renommierten französischen Hochschule.

Blum stieg von dem Pult herab, von dem aus er gesprochen hatte, und verließ den Raum. Er schritt durch die Eingangshalle des Museums, drückte die Tür auf und verließ das Gebäude. Schnellen Schritts ging er den Burgring entlang, am Volksgarten vorbei. Es war Dienstagvormittag und er wusste, wo er die Bildungsministerin finden würde. Sie trafen sich um diese Zeit oft im Café Landtmann, um über neue Ausstellungen und mögliche Ankäufe zu sprechen.

Vor vielen Jahren hatten sie sich auch dort getroffen, als sie zum ersten Mal über die Stelle des Direktors des Kunsthistorischen Museums gesprochen hatten. Eine seiner besten Freundinnen, die er während seiner Studienzeit in Paris kennengelernt hatte und die mittlerweile als Innenarchitektin arbeitete, hatte die Wohnung der Staatssekretärin eingerichtet, noch ehe sie Staatssekretärin geworden war. Die beiden Frauen hatten sich angefreundet und er selbst, damals noch Galerist, hatte ihr einige Gemälde für ihre Wohnung besorgt.

Er war bald darauf Direktor in einem deutschen Museum geworden und die Politikerin war die Karriereleiter nach oben geklettert. Als sie das Amt der Bildungsministerin antrat, war der Posten des Direktors des Kunsthistorischen Museums neu zu besetzen. Und sie hatten sich ganz informell im Landtmann darüber unterhalten.

Das Gespräch war gut gelaufen, er hatte seine Visionen und Ideen vorgetragen und konnte sehen, dass sie der neuen Bildungsministerin gefielen. Dann hatte er einen flüchtigen Blick unter den Tisch geworfen und fast den Faden verloren.

Er sah, dass sie die Schuhe unter dem Tisch ausgezogen hatte. Sie trug Strümpfe und er konnte ihre Zehen durch das

Nylon sehen. Er hatte natürlich so getan, als würde er nichts bemerken. Es war auch nichts Unanständiges geschehen. Sie hatte bloß ihre Schuhe ausgezogen und unter die Sitzbank geschoben, auf der sie saß, aber er hatte dieses Zeichen nicht zu deuten vermocht. Wollte sie ihm damit etwas sagen? Eine versteckte Botschaft, die er nicht verstand?

Wenige Wochen später hatte er den Anruf bekommen, dass er der neue Direktor des Kunsthistorischen Museums werden würde. Und seitdem hatte er sich oft mit der Bildungsministerin im Landtmann getroffen und immer, wenn er bemerkte, dass sie sich die Schuhe auszog, nahm er das als gutes Zeichen entgegen.

Doch seit Sonntag hatte sie sich nicht bei ihm gemeldet. Und alle seine Anrufe waren von ihrer Sekretärin abgetan worden, mit dem Hinweis darauf, wie beschäftigt die Bildungsministerin wäre. Hatte sie ihn einfach so fallen lassen? Daran wollte Blum nicht glauben. Sie hatte auf ihn gesetzt, sich für ihn starkgemacht, ihn gegen zahlreiche Konkurrenten durchgeboxt. Sie würden das als Team zusammen durchstehen und am Ende, wenn die Saliera wohlbehalten zurückgekehrt war, wäre die Sache vergessen. Wer weiß, vielleicht würde er sogar einen Orden bekommen! In diesem Land, das hatte Blum in seiner kurzen Zeit als Direktor gelernt, drehte sich der Wind schnell.

Vor ihm tauchte der kolossale Rundbau des Burgtheaters auf. Die Statuen der Musen schienen ihm glückbringend zuzulächeln. In wenigen Schritten hatte er die parkenden Autos in der Löwelstraße hinter sich gelassen und schritt unerschrocken auf die historistische Fassade des Cafés zu, die ihn mit der ganzen Pracht ihrer Rustika im Erdgeschoss sowie den kleinen Balkonen und den Rundgiebeln darüber empfing.

Mittlerweile war er sich sicher, dass er die Bildungsministerin für seine Sache würde gewinnen können. Er fand, er hatte sich bei der Pressekonferenz heute gut geschlagen. Und mit der Entlassung der Sicherheitsleute hatte er auch die Hauptschuldigen ausfindig gemacht. Sie würde dankbar sein, dass er so schnell Initiative gezeigt hatte. Vielleicht konnte er sie sogar davon überzeugen, in die Offensive zu gehen und eine großartige neue Ausstellung zu eröffnen, die allen vor Augen führte, was für eine bedeutende Institution das Kunsthistorische Museum war und wie umsichtig ihr Direktor. Schon lange hatte er Pläne für eine Werkschau von Hieronymus Bosch entworfen, die sich mit der Vorstellung der Hölle aus religiöser, philosophischer und künstlerischer Sicht beschäftigen sollte. Als Höhepunkt wollte er das Weltgericht zeigen und es dem Museum, in dem es jetzt hing, dafür zumindest für einige Monate abnehmen. Mit politischer Unterstützung war so ein Leihgeschäft sicherlich umzusetzen. Er wusste, dass auch der Direktor dieses Hauses Ambitionen auf sein Amt gehabt hatte und womöglich noch immer hegte. Sich sein Gesicht vorzustellen, wenn das Weltgericht in Glas gesichert an ihm vorbeigerollt wurde, beflügelte seinen Schritt.

Er trat durch die Tür ins Innere des Cafés und konnte die edle Holzverkleidung beinahe riechen. Sein Blick schweifte durch das Lokal. Tatsächlich, neben einem der schweren grünen Vorhänge und beschienen von dem gedämpften Licht eines Lusters erkannte er das braune, gelockte Haar der Bildungsministerin. Er wollte gerade auf sie zugehen und sie überschwänglich begrüßen, als ihm auffiel, dass sie nicht allein war. Ein Mann saß ihr gegenüber. Blum konnte nur seinen Rücken und seine Kopfform erkennen, aber das genügte. Die Art, wie er affektiert den Kopf zur Seite legte und seinen rechten Zeigefinger wie einen Zeigestab durch die Luft schwang, ließ keine falschen Schlüsse zu.

Die Bildungsministerin hatte eben jenen anderen Museumsdirektor, in dessen Besitz sich das wertvolle Weltgericht von Bosch befand, zum Kaffee gebeten, hierher ins Landtmann, in dem sie bisher immer mit Blum Pläne ausgeheckt und über die Konkurrenz gelästert hatte.

Die beiden waren so in das Gespräch vertieft, dass sie ihn gar nicht bemerkten. Blum hingegen war wie von einer Schockstarre befallen zwischen den Tischen im Mittelgang und den Bänken auf der Seite stehen geblieben. Einige der Gäste musterten ihn bereits.

Er befahl sich, ruhig zu bleiben. Womöglich hatte sein Konkurrent selbst dieses Treffen erbeten, um sich gegen ihn in Position zu bringen, und die Bildungsministerin wehrte verlogene Unwahrheiten ab und stärkte Blum den Rücken. Oder die beiden tauschten sich einfach so aus, vom einen Kunstliebhaber zum anderen ...

Fast hätte sich Blum überzeugen können, doch dann sah er, wie die Bildungsministerin ihre Beine übereinander schlug. Dabei huschte der rechte Fuß kurz unter der Tischdecke hervor. Es blitzte grün auf und für wenige Sekunden war ein blanker, lackierter Zehennagel zu sehen.

Fast hätte Blum aufgeschrien, doch er schaffte es gerade noch, die Fassung zu bewahren.

»Kann ich Ihnen behilflich sein?«, fragte ein Kellner freundlich, doch Blum reagierte nicht. Er wirbelte herum und stürmte aus dem Café.

Zwischen den parkenden Autos, auf deren blechernen Dächern sich langsam die Mittagshitze sammelte, blieb er stehen und rang mit seinem Atem. Was hatte er gerade gesehen? Was hatte der entblößte Fuß zu bedeuten?

Blum nahm ein paar tiefe Atemzüge und zog seine Krawatte zurecht. Nun war es gewiss, er würde diese Sache allein berichtigen müssen. Gut, sollte es so sein!

Der Künstler Cellini, erinnerte sich Blum, war damals in Rom gewesen, als deutsche, französische und spanische Söldner 1527 die Ewige Stadt belagerten, in Brand setzten und plünderten. Cellini hatte in dieser lebensbedrohlichen Situation selbst zu den Waffen gegriffen und sich als Kanonier von einem Wehrturm aus betätigt. Zahlreiche Feinde waren durch seine Kanonenschüsse dahingerafft worden, ehe die Stadt frei war und sich Cellini die Absolution vom Papst persönlich geholt hatte.

So würde eben auch Blum zu den Waffen greifen, um sich aus dieser existenzbedrohenden Situation freizukämpfen.

Er wusste zwar noch nicht, wie das geschehen würde und welche Waffen ihm zur Verfügung standen. Doch er würde sie finden. Und er würde nicht zögern, sie zu benützen.

ZWEITER TEIL

DER BRIEF

17. August bis 4. September 2003

Das Werk selbst hatte ich auf eine Base von schwarzem Ebenholz gesetzt; diese war von gehöriger Stärke und von einem Gurt umgeben, in den ich vier Figuren von Gold ausgeteilt hatte, die mehr als halberhaben waren: sie stellten die Nacht und den Tag vor, auch die Morgenröte war dabei. Dann waren noch vier andere Figuren von derselben Größe angebracht, welche die vier Hauptwinde vorstellten, so sauber gearbeitet und emailliert, als man sich nur denken kann. Da ich dieses Werk vor die Augen des Königs brachte, ließ er einen Ausruf der Verwunderung hören und konnte nicht satt werden, das Werk anzusehen.

Aus »Leben des Benvenuto Cellini,
von ihm selbst geschrieben«

NEUSTIFTGASSE
WIEN, NEUBAU

Sonntag, 17. August 2003

Nick saß am Küchentisch, über den ein weißes Stickmustertuch mit Blumenmotiv gespannt war, das er vor vielen Jahren von seiner Großmutter bekommen und das Clara sofort ausgemistet hatte, als sie zusammengezogen waren. Doch Nick wollte sich nicht von ihm trennen. Es erinnerte ihn an seine Kindheit, als seine Großmutter ihm Erdbeeren mit Zucker oder ein Pfirsichkompott auf den Tisch gestellt und sich neben ihn gesetzt hatte, um ihm beim Essen zuzusehen und sich anzuhören, was auch immer er ihr erzählen wollte. Mit dem gleichen Interesse und Aufmerksamkeit lauschte sie seinen Geschichten aus der Volksschule, dem Fußballverein oder dem Wald, der hinter ihrem Haus lag und in dem er so gerne nach Verstecken suchte, in denen er sich stundenlang verkroch, ohne dass ihn jemand suchen kam. Vor seiner Großmutter hatte er keine Geheimnisse gehabt.

Nick hatte seine Unterarme auf dem Tisch abgelegt, zwischen ihnen lagen zwei Briefe. Einer war in deutscher Sprache abgefasst worden, handgeschrieben mit dem gleichen dicken, schwarzen Kugelschreiber, mit dem er auch all seine Notizen machte und seine Papiere unterschrieb. Er hatte eine flüchtige Handschrift, als müsste er alles schnell loswerden, weil ihm die Sätze davonlaufen könnten und entschwinden, wenn er sie nicht schnell genug zu Papier brachte. Nicht alle konnten seine Schrift entziffern, doch Clara konnte sie problemlos lesen. Es war eine persönliche Botschaft und sie bestand aus jenen Worten, die sein Herz im Überfluss besaß und die herausgeflossen waren wie Wasser, das über den Beckenrand eines Schwimmbads trat, nachdem es zu stark geregnet hatte.

Den anderen Brief hatte Nick auf dem Computer geschrieben und es hatte ihn viele Versuche gekostet, etliche Stunden. Er war in einem schlampigen Englisch verfasst worden, obwohl Nick ganz gut Englisch sprach, mit starkem Akzent zwar, aber grammatikalisch solide. Ein Satz darin war sogar auf Italienisch, wofür Nick das Internet zurate gezogen hatte.

Beide Papiere lagen vor ihm. Der handgeschriebene Brief umfasste sieben eng beschriebene Seiten, der englische Brief bloß eine.

Nick nahm eines der beiden Briefkuverts, die er bereitgelegt hatte, zur Hand. Er hatte sie erst letzte Woche gefunden, als er vom Dachboden ihres Hauses ein paar alte Möbelstücke auf den Sperrmüll bringen wollte. In der Schublade eines alten Schreibtischs, der womöglich seiner Großmutter gehört hatte, hatte er einen Stapel alter, verstaubter Kuverts gefunden. Sie waren grau und das Papier wies bereits feine Risse und Wellen auf. Er wusste nicht, ob seine Großmutter Briefe in diesen Kuverts verschickt hatte oder ob sie in dieser Lade vergessen worden waren. Jedenfalls konnte er sich nicht erinnern, solche Kuverts je in einer Postfiliale gesehen zu haben. Es war gut möglich, dass sie seit Jahrzehnten schon nicht mehr verkauft wurden. Nick hatte erkannt, wie wertvoll solche Kuverts sein konnten, und sie in seinen kleinen Koffer gesteckt, den er immer mitnahm, wenn er von Brand nach Wien fuhr. Den Rest der Möbel hatte er entsorgt.

Nun steckte er den handgeschriebenen Brief in eines dieser grauen Kuverts und schrieb die Adresse seines Hauses darauf, in Brand im Waldviertel. Es fühlte sich seltsam an, als würde er sich selbst einen Brief schreiben, doch er wusste, sollte er diesen Brief abschicken, würde er Vorbote seiner Abwesenheit sein. Nicht er würde den Briefkasten öffnen und den Brief hinausziehen, wie es üblich war, sondern Clara, und es wäre dann schon nicht mehr sein eigenes Haus. Er wäre dann heimatlos, fremd, doch frei von seinem Geheimnis.

Nick gab seinen Haustorschlüssel ins Kuvert und verschloss es, nahm das andere zur Hand, steckte den englischen Brief hinein, schrieb eine Adresse auf die Rückseite, die ihm bis vor Kurzem unbekannt gewesen war und die er sich hatte ausdrucken müssen, weil er sie sich nicht hatte merken können. Dann verschloss er auch dieses Kuvert.

Er stand auf und verließ das Wohnzimmer, das genau so eingerichtet war, wie man es von einer Singlewohnung erwartete: eine Küchennische, in der sich schmutziges Geschirr in der Abwasch stapelte, eine kleine Ledercouch mit Fernseher davor und eben dieser Küchentisch, der Nick auch als Arbeitstisch diente, wenn er nicht ins Erdgeschoss gehen wollte, um im Büro seiner Firma zu arbeiten. Clara hatte sich hier immer unwohl gefühlt.

Nick trat in das Schlafzimmer, in das er ein altes, niedriges Bett gestellt hatte, in dem zwei Menschen nicht mehr als eine Nacht schlafen konnten, ohne sich anzufeinden, und einen wandgroßen Kleiderschrank. Er öffnete den Schrank, wühlte sich durch seine Jacken und holte aus dem hintersten Winkel eine abgewetzte blaue Nike-Sporttasche hervor. Er legte sie aufs Bett und öffnete den Reißverschluss.

10.000 Euro lagen darin. In den letzten Wochen hatte er begonnen, stetig Geld abzuheben und in die Tasche zu stopfen. Zuerst hatte er verschiedene Bankomaten benutzt und das Limit ausgereizt. Doch das war ihm nicht schnell genug gegangen. Zuletzt war er in seine Bankfiliale in Zwettl gefahren und hatte den Bankbearbeiter gebeteten ihm 7.000 Euro von seinem Konto zu geben. Für den Hausumbau, hatte er gesagt. Es war ein großes Glück, dass Clara ihr Konto bei einer anderen Bank hatte und es kein Gerede geben würde.

Der Bankbearbeiter hatte zuerst misstrauisch reagiert, zumindest war es Nick so vorgekommen. Schließlich hatte er ihn um etwas Geduld gebeten und war in einem Hinterzimmer verschwunden. Während Nick wartete, rechnete er damit, dass die Bank jeden Moment von einer Spezialeinheit der Polizei gestürmt würde. Sie würden ihn ergreifen, auf den Boden drücken, die Hände hinter den Rücken zerren und ihm Handschellen anlegen. Dann würden sie ihn in ein Auto schmeißen, an einen unbekannten Ort fahren, ihn in einen dunklen Raum sperren und aus ihm herauspressen, warum er plötzlich so viel Geld in bar brauchte. So zumindest hatte es Nick aus den amerikanischen Spielfilmen gelernt, die er sich ab und zu ansah, wenn er allein in der Wohnung war.

Doch nichts davon war geschehen. Der Bankbetreuer hatte ihm das Geld gegeben und Nick hatte es in einen kleinen braunen Aktenkoffer gelegt. 7.000 Euro in Scheinen machten einen kleineren Berg aus, als Nick es sich vorgestellt hatte.

Der Bankbetreuer und er hatten sich die Hand geschüttelt und Nick war nach Hause gefahren.

Clara hatte gefragt, was in dem Koffer sei, und Nick hatte ihr gesagt: Papiere, bloß Arbeitspapiere. Es war eine Lüge gewesen, obwohl er sie normalerweise nie belog, ein weiteres Geheimnis, obwohl es eigentlich zu dem einen viel größeren Geheimnis gehörte, das er bewahrte.

Nick ging zum Schrank zurück und warf wahllos Kleidungsstücke auf den Boden. Unterhosen, Socken, Hosen, ein paar Shirts, Pullover und eine Windjacke. Als er den Haufen auf dem Boden sah, wühlte er noch einmal darin und sortierte alles aus, was ihm unpraktisch erschien. Übrig blieben sportliche Sachen, die wenig wogen und sich leicht waschen ließen.

Das würde fürs Erste reichen. Er wusste nicht, ob es der letzte Tag in seinem alten Leben sein würde, aber falls dem so war, wollte er so wenig wie möglich mitnehmen. In einem neuen Leben würde er in einer neuen Wohnung leben, einen neuen Namen benutzen, einen neuen Beruf ausüben. Warum sollte er also keine neue Kleidung tragen?

Er stopfte die übrige Kleidung in die Sporttasche. Bevor er sie hochhob und aus dem Zimmer ging, warf er noch einen Blick auf seinen Nachttisch. Dort stand, unberührt und unschuldig glänzend, nackt und verheißungsvoll, sein Geheimnis.

Für einen Moment wollte er sie packen, sie noch einmal fühlen, schmecken, riechen. Er wollte sie einschmelzen, gegen die Wand schmeißen oder durch das Fenster auf die Straße, wollte zum nächsten Antiquitätenhändler gehen und versuchen, einen guten, viel zu geringen Preis dafür herauszuschlagen, vorausgesetzt, der Antiquitätenhändler würde ihn nicht sofort anzeigen. Er wollte sie für den Rest seines Lebens anschauen, sie zu Hause an den besten Platz stellen, damit alle Besucher sie sehen konnten, er wollte sie mit in sein Bett in Brand nehmen und Clara zeigen und das Funkeln in ihren Augen sehen, wenn sich das Gold darin spiegelte. Das Geheimnis bestimmte jeden seiner Gedanken, jede Handlung, begleitete ihn bis in den letzten Winkel seiner Träume und obwohl er noch genauso ging, sprach, roch und aussah wie zuvor, war er ein anderer Mensch geworden. Ein Mensch, der ein Geheimnis hütete, der etwas getan hatte, was ihn aus der Masse heraushob, etwas besaß, das niemand sonst besitzen konnte. Dieses Geheimnis machte ihn einzigartig.

Nick widerstand dem Drang, sie zu berühren, packte die Tasche, hob sie hoch und verließ das Zimmer. Er stellte die Tasche neben die Tür, zog seine Lederjacke an und steckte die beiden Briefe in die Innentasche. Mit der Tasche über der Schulter öffnete er die Tür, vergewisserte sich, dass er das Licht abgeschaltet hatte, schloss hinter sich ab und stieg das Stiegenhaus nach unten.

Er ging die Neustiftgasse hinab, bis er auf die Mariahilfer Straße kam, die voller Menschen war. Keines der Gesichter blickte ihn an und wenn, dann sahen sie nur seine langen dunkelblonden Haare, deren Strähnen ihm ins Gesicht fielen, seine spitzen Wangenknochen streiften und Schatten über seine hellblauen Augen warfen. Sie erkannten nicht, was sich dahinter verbarg.

Nick lief die Stufen zur U-Bahn-Station Neubaugasse hinunter und nahm die U3 bis zur Station Wien-Mitte. Dort stieg er in eine S-Bahn um, die ihn in etwas mehr als einer halben Stunde zum Flughafen Wien-Schwechat bringen würde.

Er setzte sich ans Fenster, die Tasche neben ihm, und blickte nach draußen. Zuerst zogen Wohnsiedlungen an ihm vorbei, Straßen voller Autos, bald schon Randbezirke mit Reihenhäusern und Neubauten, dann Felder, Wiesen, Bäume. All diese Gegenstände verschwanden so schnell aus seinem Blickfeld, wie sie darin aufgetaucht waren, und Nick dachte daran, dass es mit Clara und Sarah genauso sein würde. Vor zwei Tagen hatte er sie zuletzt gesehen, bevor er nach Wien aufgebrochen war. Er hatte mit seiner Tochter lange im Garten gespielt, viel zu lange, denn obwohl es noch warm gewesen war und sie Sommerferien hatte, ging sie um diese Zeit normalerweise schlafen. Clara hatte die Stirn gerunzelt, als er endlich mit der müden und verdreckten Sarah im Arm ins Haus gekommen war, denn für gewöhnlich war Nick streng, was Pünktlichkeit anging, und brachte sie jeden Abend ins Bett, wenn er zu Hause war. Doch nicht an diesem Abend.

An diesem Abend hatte er mit besonderer Aufmerksamkeit ihren spitzen Schreien gelauscht, wenn er mit ihr über den Boden rollte und Sarah vor Begeisterung in die Hände klatschte, hatte beobachtet, wie sich ihre Augen weiteten, wenn er plötzlich aufsprang, Augen, die groß genug waren, um alle Wunder dieser Welt darin aufzunehmen. Er hatte ihr über das goldene Haar gestrichen und gemerkt, wie sehr er sie liebte.

Sarah war bald eingeschlafen und er war wieder nach unten gegangen, in ihr großes, rustikal eingerichtetes Wohnzimmer, wo Clara lächelnd auf ihn wartete. Sie mochte es, dabei zuzusehen, wie er mit Sarah spielte.

»Du warst heute stürmisch«, sagte sie.

Er antwortete nicht, sondern setzte sich auf die Couch neben sie, nahm ihr Gesicht zwischen die Hände, blickte ihr tief in die Augen und sagte: »Ich werde morgen nach Wien fahren.« Die Worte konnte Clara als Begründung verstehen, als Aufforderung, als Entschuldigung und gleichzeitig klangen sie, als wäre Wien ein Ort am anderen Ende der Welt. Sie blickte verwirrt, doch er küsste sie und er spürte, wie sie seinen Kuss erwiderte, als hätte sie nur darauf gewartet.

Sie gingen nach oben ins Schlafzimmer und er schwamm in den Wellen ihrer blonden Haare, fühlte die sanften Härchen auf ihrem Nacken, strich ihr über das spitze Ohr, das ihn an das einer Elfe erinnerte, und küsste sie auf ihr Schlüsselbein, das er schön fand, seit er es das erste Mal gesehen hatte. Bei ihrer zweiten Verabredung war das gewesen, als sie ein tief ausgeschnittenes schwarzes Sommerkleid getragen hatte, und Nick hatte nie gedacht, dass ein Schlüsselbein schön sein konnte, bevor er Clara getroffen hatte.

Er war früh aufgebrochen, noch bevor Clara aufgewacht war. Jetzt, als der Zug im Flughafen Wien-Schwechat einfuhr, fragte er sich, ob diese Bilder verschwinden würden wie die Felder und Bäume vor dem Fenster des Zuges. Würde er das ertragen können? Konnte er das seiner Frau und seiner Tochter antun? Oder würde alles nur schlimmer werden, wenn er blieb?

Nick fuhr die Rolltreppe nach oben und folgte einigen anderen Menschen durch einen langen Gang bis zur Abflughalle.

Über ihm hing ein großer Monitor und zeigte die Ankünfte und Abflüge. Nicks Blick wanderte die Liste der Abflüge entlang. Obwohl er keine Ahnung hatte, wie man sich in solchen Situationen verhielt, war ihm klar, dass er zumindest Europa verlassen würde müssen. Er hatte keinen falschen Pass, keine neue Identität. Wenn sie sich entscheiden würden, nach ihm zu suchen, würden sie ihn früher oder später finden. Aber je weiter er wegkam, desto länger würde es dauern.

Und je länger es dauerte, desto stärker würde womöglich das Gefühl werden, dass es sich bei allem nur um einen bösen, verlockenden Traum gehandelt hatte, wie jener Traum, in dem er seine Frau betrog, etwas, das er im echten Leben nie tun würde, obwohl die Vorstellung etwas in ihm berührte, das er nicht kannte oder nicht kennen wollte und von dem er dennoch tief und klar fühlte, dass es Teil von ihm war. Womöglich noch stärker Teil von ihm war als die Treue und Liebe, die er Clara gegenüber empfand.

Ob er noch einen Platz für den Flug nach Buenos Aires bekommen würde? Das Flugzeug würde in vier Stunden abheben. Er könnte in die argentinische Steppe ziehen, auf einer Ranch arbeiten, in kalten Nächten neben dem Lagerfeuer schlafen.

Oder nach Bangkok? Er hatte gehört, viele Aussteiger begannen ein neues Leben auf den Inseln Thailands, tanzten bei Vollmond am Strand und tranken den ganzen Tag nichts anderes als das Wasser von Kokosnüssen.

Er würde einfach zum nächsten Schalter gehen und nach dem nächsten Flieger fragen, der ihn auf einen anderen Kontinent bringen konnte, in ein Land, für das er problemlos ein Visum erhalten würde. Mit den 10.000 Euro in bar konnte er sich jedes Ticket leisten und den Restbetrag würde er nicht verzollen müssen. Alles andere würde er sich überlegen, wenn es so weit war.

Doch bevor er das tun konnte, musste er den handgeschriebenen Brief verschicken. Er sah das gelbe Posthorn, das unverkennbare Logo der Österreichischen Post, keine hundert Meter entfernt. Er zog beide Briefe aus der Innentasche seiner Lederjacke und betrachtete sie.

Noch war es nicht zu spät. Noch konnte er sich entscheiden. Von seiner Entscheidung würde sein gesamtes restliches Leben abhängen. Welcher Mensch hatte schon einmal eine solche Entscheidung bewusst treffen müssen? Wer konnte das von sich behaupten? Wer hatte sein Leben, die Bedeutung seiner Existenz, jemals so erfahren wie er in diesem Moment?

Nick konnte den handgeschriebenen Brief aufgeben, in den Flieger steigen und ein neues Leben beginnen oder es zumindest versuchen. Oder den englischen Brief einwerfen und sich rettungslos seinem Geheimnis hingeben, darin untergehen und entdecken, was auf seinem Grund verborgen lag.

Wie auch immer er sich entschied, er hatte in der Hand, welcher Mensch er sein wollte, welches Leben er führen wollte. Geheimnisse zwangen uns zu Entscheidungen, oftmals zu existenziellen. Und Entscheidungen zeigten uns, wer wir wirklich waren. Niemand würde das begreifen, der es nicht selbst erlebt hatte.

Nick traf seine Entscheidung, während er auf das gelbe Zeichen zuschritt.

VERSICHERUNGSBÜRO MONADIQOS
WIEN, DONAUSTADT

Freitag, 22. August 2003, 12 Uhr

Während ich langsam höher fuhr, schien sich die Donauinsel vor mir in die Länge zu ziehen wie ein Stück Kaugummi. Es war ein beeindruckender Anblick, dieses menschengemachte Konstrukt, das die Elemente bändigte und die Donau teilte, in den mächtigen Hauptfluss und die kleinere Neue Donau.

Als der Lift mit der Glasfront im 14. Stock hielt, konnte ich bis ins Stuwerviertel blicken. Nur einige Kilometer weiter, aus meiner Perspektive auf die Länge eines Fingers geschrumpft, drehte sich das Riesenrad langsam und unerbittlich wie das Rad der Zeit.

Ich trat aus dem Lift. An der Wand vor mir sah ich den eleganten geschwungenen Schriftzug der Versicherungsfirma Monadiqos, zusammengesetzt aus verschweißten Eisenstangen. Vier Stockwerke dieses Hochglanzturms, der aus der Donau City ragte und sich bemühte, Wien ein wenig Flair von New York oder zumindest Frankfurt zu verleihen, beherbergten die Büros der Versicherung.

Bevor ich durch eine weitere raumfüllende Glastür nach innen treten konnte, musste ich einer Sekretärin am Empfang meinen Dienstausweis zeigen. Ein wenig erschrocken gab sie meine Ankunft durch.

»Einen Moment bitte, Dr. Geiger«, sagte sie.

Ich nahm auf einer unbequemen Designersitzbank Platz und wartete. Nach dem Diebstahl der Saliera hatten wir mit der Monadiqos Kontakt aufgenommen, die das Kunstwerk versicherte. Zunächst war man bei der Versicherungsfirma ein wenig überfordert gewesen. Ein so delikater Fall musste Direktor Rainer Fuchs persönlich zugetragen werden, hieß es. Nur war Fuchs offenbar geschäftlich irgendwo zwischen London und München unterwegs und nicht so einfach zu erreichen.

Als er schließlich nach Wien zurückkam, konnte er uns auch nicht helfen. Mein Kollege Kaiser hatte mit ihm gesprochen, doch Fuchs schien mehr daran interessiert zu sein, herauszufinden, wessen Schuld der Diebstahl war, als dabei zu helfen, das Kunstwerk wiederzubekommen. Ich war gespannt, ihn endlich persönlich zu treffen.

Die Glastür öffnete sich und ein Mann, dessen Körperform an ein Quadrat erinnerte, stakste heraus. Er trug einen grauen, zu großen Anzug. Sein Kopf war rot, sein Haupthaar licht und blond und er trug eine kleine Brille mit runden Gläsern. Als er mich sah, lächelte er und entblößte eine Reihe spitzer Zähne.

»Dr. Geiger nehme ich an?« Er streckte mir die Hand hin, noch bevor ich aufstehen konnte. »Mein Name ist Brandt, ich bin der persönliche Assistent von Direktor Fuchs. Vielen Dank, dass Sie so schnell kommen konnten.«

Ich nickte nur. Seine Hand war schwitzig und fühlte sich an wie eine Presswurst, die zu lange in der Sonne gelegen hatte.

»Bitte, kommen Sie«, sagte er. Ich folgte ihm in einen langen Gang, der mit einem eleganten Teppichboden ausgelegt worden war. Auf beiden Seiten sah ich Büros, in denen jeweils mehrere Menschen saßen, doch niemand hob den Kopf, als wir vorbeigingen. Alle arbeiteten gewissenhaft weiter, Kugelschreiber zwischen den Zähnen, Telefone am Ohr, Kaffeetassen in der Hand. Es roch nach Desinfektionsmittel und Raumspray. Bevor der Gang nach rechts abbog und, wie ich vermutete, einmal durch das ganze Stockwerk führte, blieb Brandt vor einer großen Holztür stehen.

»Direktor Fuchs ist zurzeit noch in einer Besprechung, aber Sie können in seinem Büro warten.« Brandt klang, als stünde ich kurz davor, einen heiligen Ort zu betreten, zu dem nur wenige Privilegierte Zutritt hatten. Dabei musterte er mich, als könnte er nicht verstehen, warum ausgerechnet ich zu den Auserwählten gehörte.

»Darf ich Ihnen in der Zwischenzeit etwas zu trinken bringen? Kaffee, Tee, Evian?«

»Vielen Dank, das ist nicht nötig«, sagte ich. Als Brandt die Tür öffnete, um mich eintreten zu lassen, warf er mir einen misstrauischen Blick zu, als würde er mir nicht so recht zutrauen, allein im Büro des Generaldirektors bleiben zu können.

Schließlich jedoch schloss er die Tür hinter mir und eine Stille legte sich über mich wie ein Grabdeckel. Kurz hielt ich inne und lauschte. Der Raum war völlig schalldicht. Es handelte sich um ein Eckbüro, das auf zwei Seiten von raumhohen Fenstern gelichtet wurde, vor denen ein Schreibtisch aus Kirschholz stand. Der Blick war atemberaubend. Ich trat ein paar Schritte nach vorne und konnte die spitzen roten Türme der Franz-von-Assisi-Kirche entdecken.

Als ich mich endlich losreißen konnte und umdrehte, zuckte ich zusammen. Von der Wand gegenüber starrten mir die leblosen schwarzen Knopfaugen eines großen Hirschkopfs entgegen.

Ausgestopft hing er als Trophäe an der Wand, daneben noch einige Geweihe und Hörner, die ich nicht genau identifizieren konnte.

Eines der Hörner drehte sich spiralförmig nach oben. Vielleicht stammte es von einer Antilope? Jedenfalls mutete das Geweih exotisch an.

An der letzten Wandseite standen eine Sitzgruppe mit einem Überzug aus darbygrünem Polyester und eine kleine Minibar. Das Ganze wirkte auf mich wie das Büro eines österreichischen Jägers, der sich in den 80er-Jahren an die Wall Street verirrt hatte, um dort ein Vermögen zu machen.

Bevor ich mir noch länger den Kopf über die Einrichtung zerbrechen konnte, ging die Tür auf und Direktor Rainer Fuchs trat ein. Er war ein kräftiger, stattlicher Mann. Er trug eine Cordhose, ein Jackett aus Harris-Tweed und ein kariertes Hemd darunter. Die dunkelbraunen Haare, in die sich bereits graue Sprenkel geschlichen hatten, waren kurz und adrett zur Seite gekämmt.

»Dr. Geiger«, begrüßte er mich und packte meine Hand. Sein Griff war fest, als müsste er gleich zu Beginn etwas beweisen, um das sich außer ihm niemand kümmerte.

»Nehmen Sie doch Platz.« Er selbst ging um den Schreibtisch herum und setzte sich in einen Schreibtischstuhl, dessen cognacfarbener Kunststoff ergonomisch geformt war und mich schmerzerfüllt an die alten Dinger denken ließ, die in der Berggasse standen. Ich sank ihm gegenüber in einen Sessel, der nicht weniger bequem war.

»Ich habe Ihre Aussicht bewundert.«

»Ach?« Er drehte sich um, als hätte er ganz vergessen, dass sich hinter ihm ein wunderbarer Ausblick über die Dächer Wiens bot.

»Ja, sie macht das Arbeiten in der Tat angenehmer«, sagte er und ich entnahm seinem Tonfall, dass er sich den ganzen Arbeitstag kein einziges Mal umdrehte. Er lächelte mich an, doch es war ein professionelles Lächeln, das man zu einem Meeting trug wie eine Krawatte.

»Sie haben heute Morgen in der Kriminaldirektion angerufen«, sagte ich.

»Brandt hat angerufen«, besserte er mich aus, als wäre es unvorstellbar, dass er persönlich in der Berggasse anrufen könnte.

»Ihre Firma«, sagte ich. »Sie meinten, Sie wollten einige Fragen zum Stand der Ermittlungen stellen.«

»Ganz recht«, sagte Fuchs. »Ich bin nicht so oft in Wien, wie Sie vermutlich wissen, sondern auch in unseren Filialen in München und London. Doch natürlich genießt die Saliera für uns höchste Priorität. Also wollte ich mich erkundigen, wie die Ermittlungen laufen. Gibt es eine konkrete Richtung, in die ermittelt wird? Verdächtige?«

»Sie werden verstehen, dass ich in einigen Angelegenheiten nicht ins Detail gehen kann«, sagte ich und sah, wie sich Fuchs' Augen zusammenzogen. Offenbar war er es nicht gewöhnt, dass man ihm Grenzen aufzeigte. »Doch ich kann Ihnen sagen, dass es zurzeit keine konkreten Tatverdächtigen gibt.«

»Es wurde doch gegen die Sicherheitsleute ermittelt, oder nicht?«

Ich fragte gar nicht, woher er diese Information hatte. Vermutlich kannten Dachs und er dieselben Leute.

»Es stimmt, im Anfangsstadium liefen die Ermittlungen in diese Richtung. Doch sie haben keine Ergebnisse gebracht.« Tatsächlich waren wir den Sicherheitsmännern einen Monat lang auf Schritt und Tritt gefolgt. Wir ließen sie überwachen, hörten ihre Telefongespräche ab, führten Listen, wen sie wann trafen, kannten ihre Affären und ihre Spielschulden. Dafür hatten wir eine enorme Menge an Personal und Geld aufgewendet. Was wir dadurch auch erfuhren: Mit dem Diebstahl der Saliera hatte keiner von ihnen zu tun gehabt.

Das hatte weder dem Direktor des Museums, Blum, geschmeckt, der die Sicherheitsmänner entlassen hatte, noch Dachs, der die Überwachung angeordnet hatte. Auch schien er vergessen zu haben, dass Kaiser und ich ihm von dieser Vorgangsweise abgeraten hatten.

»Das ist bedauerlich.« Fuchs lehnte sich zurück und legte die Finger aneinander. »Und der Dieb hat auch nicht versucht, mit der Polizei Kontakt aufzunehmen?«

»Wie meinen Sie das?«, fragte ich.

»Durch einen Brief vielleicht? Sie wissen schon, wie man das im Fernsehen immer sieht. Ein Erpresserschreiben.«

Plötzlich wirkte Fuchs nicht mehr so sicher wie zuvor.

»Moment«, sagte ich, als ich begriff, was er versuchte. »Sie haben doch nicht etwa ein Erpresserschreiben bekommen?«

Fuchs zögerte einen Augenblick zu lange, um mir eine Lüge aufzutischen. Er bemerkte meinen Blick. Bei Verhören hatte ich es für gewöhnlich mit viel härteren Brocken zu tun. Ich konnte sehen, wie er seine Optionen abwog. Schließlich drückte er auf die Sprechanlage des Telefons, das auf seinem Schreibtisch stand.

»Brandt«, sagte er, »bring uns doch ein Evian.«

Als hätte der Assistent vor der Tür gewartet, schwang diese kurz darauf auf und Brandt kam mit einer Flasche und zwei Gläsern herein. Mit gesenktem Blick stellte er die Gläser vor uns auf den Tisch, schenkte ein und zog sich dann zurück, wobei er die Tür so sanft schloss, als bestünde die Gefahr, uns aus dem Schlaf zu reißen.

Fuchs nahm einen Schluck.

»Sie wissen, dass Sie so etwas sofort der Polizei melden müssen«, sagte ich, nachdem er das Glas abgestellt hatte. »Das ist Behinderung einer laufenden Ermittlung.«

»Das war sicherlich nicht meine Absicht«, sagte Fuchs.

»Wann kam der Brief bei Ihnen an?«

»Wir bekamen den Brief vor drei Tagen.«

»Drei Tage?« Ich war ein wenig lauter geworden.

Fuchs lächelte säuerlich. »Zuerst hielten wir es für einen Scherz. Wir ließen den Brief von einem Experten untersuchen. Wir wollten die Polizei nicht mit dem Brief eines Scherzbolds belästigen. Doch unser Experte meint, die Chancen stehen gut, dass dieses Schreiben authentisch ist.«

Ich spürte, wie die Wut in mir aufstieg. Fuchs hätte sicher kein Geld für einen Experten ausgegeben, wenn er den Brief für einen Scherz gehalten hatte. Vielmehr wollte er neben der Polizei herarbeiten. Vermutlich war ihm die Saliera völlig egal, solange er die Versicherungssumme nicht auszahlen musste. Und wenn die Saliera nicht mehr zurückkommen würde, müsste er das tun.

Ich schluckte den Zorn hinunter und zwang mich, ruhig zu bleiben.

»Der Brief war direkt an mich adressiert«, fuhr Fuchs fort, »und landete daher, wie alle meine Post, bei meinem Assistenten Brandt.«

Ich nickte. »Überzeugender Bursche.«

»Ich wäre hilflos ohne ihn.«

»Haben Sie den Brief hier?«

»In einem Tresor«, sagte Fuchs. »Ich kann Brandt bitten, ihn zu holen.«

»Bitten Sie ihn«, sagte ich.

Direktor Fuchs gab seine Anweisungen erneut über das Telefon durch. Diesmal dauerte es etwas länger, bis Brandt kam. In seinen Händen hielt er einen billigen hellgrauen Umschlag, auf dessen Rückseite ich eine handgeschriebene Adresse erkennen konnte. Natürlich trug er keine Handschuhe. Wir würden seine Fingerabdrücke später für einen Abgleich nehmen müssen. Auch wenn ich daran zweifelte, dass der Täter Spuren hinterlassen hatte, ärgerte es mich trotzdem jedes Mal aufs Neue, wenn Zivilisten so unbedacht mit Beweisstücken umgingen.

Als handelte es sich um eine Reliquie, legte Brandt den Brief sanft auf dem Tisch ab, genau zwischen Fuchs und mir. Für einen Augenblick verharrte er neben uns, den Oberkörper leicht nach vorne gebeugt, und ich musste an die chinesische Tradition des Kotaus denken, bei dem man sich vor dem Kaiser niederwarf und seine Stirn gegen den Boden schlug.

»Danke, Brandt«, sagte Fuchs und der Assistent verschwand so leise, wie er gekommen war.

»Bitte.« Er deutete mir, den Brief zu nehmen. Ich zog zwei Handschuhe aus der Innenseite meines Jacketts.

»Um das Beweisstück nicht noch stärker zu kontaminieren«, sagte ich, um Fuchs ein schlechtes Gewissen zu machen, aber der zuckte nicht mal mit einer Augenbraue.

Ich nahm den Brief und sah mir zunächst den Briefumschlag an. Hellgrau, keine besonders gute Qualität, der Rand abgenutzt, als hätte man ihn jahrelang in eine Lade gesperrt und vergessen. Als Adresse war mit dunkelblauer Tinte das Firmengebäude der Monadiqos angegeben, in englischer Sprache. Auffallend war, dass der Brief direkt an Direktor Rainer Fuchs adressiert worden war. Die Schrift sah seltsam zackig aus. Vielleicht hatte der Erpresser mit seiner schwächeren Hand geschrieben oder seine Schriftart absichtlich verwischt. Ich konnte keinen besonderen Geruch daran feststellen. Der Poststempel verwies auf den Flughafen Wien-Schwechat.

Als Absender war bloß ein Mr. Green angegeben worden.

Schließlich öffnete ich das Kuvert. Darin befand sich ein zusammengefaltetes Blatt Papier. Ich faltete es auseinander und stellte fest, dass es mithilfe eines Computers beschrieben worden war. Auch dieser Text war in englischer Sprache abgefasst, wobei mir auffiel, wie gestelzt und unnatürlich das Englisch klang.

Ich übersetzte den Inhalt des Briefes:

»Wir wurden vom derzeitigen Besitzer der Saliera beauftragt, eine diskrete Lieferung zu organisie-

ren, für einen Finderlohn von fünf Millionen Euro (in 500-Euro-Scheinen). (Kontaktieren Sie weder Polizei noch Politik, das Museum, irgendwelche Möchtegern-Detektive oder die Medien.)

Um zu beweisen, wie ernst wir es mit dem Brief meinen, hier einige Details über die Saliera (diese Nachricht kommt vom derzeitigen Besitzer der Saliera und wird von uns nur weitergeleitet): Der Dreizack der Figur lässt sich abnehmen, das Dach des kleinen Tempels lässt sich aufklappen. Am Boden der Saliera steht eine Inventarnummer: 880. Außerdem haben wir ein paar kleine Stücke Lack und Emaille der Saliera beigelegt.«

Ich stutzte kurz. Der nächste Satz war auf Italiensich geschrieben worden:

»l'omerté é leggi i rispettari, l'omu che parra pocu é sapienti«

Meine Italienischkenntnisse beschränkten sich auf einige Wörter, die ich aus dem Lateinischen kannte, einer Sprache, die ich für mein Studium hatte lernen müssen, und Sätze, die ich im Italienurlaub aufschnappt hatte.

»Die Schweigepflicht ist ein Gesetz, das befolgt werden muss«, sagte Fuchs, der meinen Blick bemerkt hatte. »Zu sprechen ist nicht besonders weise.«

»Sie können Italienisch?«, fragte ich.

»Nein«, sagte er und klang dabei ein wenig pikiert. »Der Experte, den wir zurate gezogen haben, hat es für uns übersetzt.«

»Wie viele Leute wissen eigentlich von diesem Brief?«, fragte ich scharf.

Fuchs zog eine Augenbraue in die Höhe. »Unser Experte ist ein Kunstdetektiv aus London, höchst seriös. Außer ihm nur Brandt und ich.«

Ich sagte nichts darauf und las weiter:

»Nachdem wir das Geld erhalten haben, werden wir drei bis sechs Tage benötigen, um die Saliera zu bekommen. Wir werden Sie informieren, wo Sie die Saliera abholen können.

Wenn Sie mit diesen Konditionen einverstanden sind, suchen Sie sich einen Überbringer aus, bereiten Sie ein Auto vor (kein Handy oder andere technische Späße) und geben Sie ein Inserat in der Zeitung ›Kurier‹ unter ›Diverses‹ auf, datiert mit Samstag, 13. August 2003, mit dem folgenden Text: ›Sara please come back‹, einer Telefonnummer, einer E-Mail-Adresse und einer Postadresse.«

Anschließend waren einige Eigenschaften angegeben, die der Überbringer erfüllen musste, um vom Erpresser erkannt zu werden: Er sollte ein rotes Shirt und beige Hosen tragen, sportlich sein und das Geld in einem Rucksack mitführen. Für die Dauer der Übergabe würde er Mr. Rossi heißen. Mr. Green und Mr. Rossi.

Ich las die letzte Zeile:

»Wenn Sie alle unsere Angaben strikt befolgen, dann werden Sie die Saliera zurückbekommen und sich eine Menge Geld sparen. Außerdem werden Sie der Held sein, der die Saliera zurückgeholt hat. Wenn Sie sich jedoch weigern, dann fangen Sie höchstens einen unschuldigen und unwissenden Helfer, doch die Saliera werden Sie dann nie wiederbekommen. Wagen Sie es nicht, uns hereinlegen zu wollen.«

Ich steckte den Brief zurück ins Kuvert.

»Den nehme ich mit ins Büro«, sagte ich. »Ich möchte noch einmal betonen, dass Sie uns das viel früher mitteilen hätten müssen. Niemand hätte diesen Brief anfassen dürfen.«

»Entschuldigen Sie«, sagte Fuchs, er klang jedoch nicht besonders resigniert. »Ich hatte ja keine Ahnung.«

Natürlich hattest du das, dachte ich. Vermutlich hatte er die letzten Tage versucht, herauszufinden, wie die Transaktion abzuwickeln war. Fünf Millionen waren nichts gegen die fünfzig Millionen, die er dem Museum zahlen müsste, wenn der Erpresser entschied, die Saliera zu vernichten. Wahrscheinlich war Fuchs die Sache letztlich zu kompliziert und zu gefährlich erschienen und deswegen war ich nun hier. Vielleicht war es aber auch nur ein Ablenkungsmanöver und Fuchs verfolgte bereits einen völlig anderen Plan, über den er mich im Dunkeln ließ. Ein Blick in die Augen dieses Mannes genügte, um zu erkennen, dass darin nur Wert besaß, was sich beziffern ließ.

»Und?«, fragte Fuchs. »Was meinen Sie?«

Ich zog eine Visitenkarte aus der Innentasche meines Jacketts und legte sie vor Fuchs auf den Tisch. Den Brief steckte ich in einen verschließbaren Plastikbeutel. Einen solchen führte ich stets in meiner Jackentasche mit, um Beweismittel zu sichern. Die Handschuhe zog ich aus und stopfte sie in meine Tasche. Dann erhob ich mich.

»Ich werde das unseren Experten zeigen.« Ich betonte die letzten Worte, um ihm deutlich zu machen, dass er keine Experten zu kontaktieren brauchte, wenn sich die Polizei mit solchen Dingen auseinandersetzen sollte. »Es ist noch zu früh, um ein Urteil abzugeben.«

»Aber denken Sie, das ist unser Mann? Glauben Sie, er hat die Saliera und sie ist unbeschädigt?«

Ich genoss es, Fuchs zappeln zu sehen. »Keine Ahnung, aber wenn er es ist, müssen wir absolut diskret vorgehen und sehr vorsichtig sein«, sagte ich.

»Wenn der Brief echt ist, dann hat sich der Erpresser vorgewagt. Er ist aktiv geworden. Das ist mit großem Druck verbunden. Ein falscher Schritt und es könnte zu einer Kurzschlusshandlung kommen.

Dann schmilzt er die Saliera ein und wir haben keine Möglichkeit mehr, sie zurückzubekommen oder ihn zu schnappen.«

Bei dem Gedanken an eine eingeschmolzene Saliera verzog sich Fuchs' Gesicht zu einer Grimasse. Für einen Augenblick erlaubte ich mir, den Anblick des bestürzten Direktors zu genießen.

Eine eingeschmolzene Saliera würde die Monadiqos fünfzig Millionen Euro kosten, obwohl ich sicher war, Fuchs würde versuchen, die Summe zu drücken und dem Museum die Schuld zu geben. Ich blickte ihm warnend in die Augen. »Falls noch so ein Brief auftaucht, dann rufen Sie sofort die Polizei an und überlegen nicht, ob Sie uns damit belästigen.«

Ich deutete auf die Visitenkarte vor ihm, doch Fuchs zeigte keine Anstalten, sie an sich zu nehmen.

»Sonst werde ich das nächste Mal Behinderung einer laufenden Ermittlung in meinen Bericht schreiben. Verstanden?«

Fuchs nickte und ich konnte sehen, wie er die Zähne dabei zusammenpresste. Das rang mir sogar ein leichtes Lächeln ab.

»Tun Sie nichts, ich wiederhole: nichts, ohne es mit uns abzusprechen.«

Fuchs machte weder Anstalten, aufzustehen, noch, die Karte zu nehmen. Er saß bloß da und dachte nach. Irgendetwas sagte mir, dass mir diese Gedanken noch mächtig Probleme bereiten würden.

»Ich rufe Brandt«, sagte er schließlich, um mir nicht das letzte Wort zu überlassen. »Er wird Sie rausbringen.«

»Danke«, sagte ich, »aber ich schaffe das schon allein.«

Dann drehte ich mich um und ging, ohne das Glas Evian angerührt zu haben.

RAPPORTSAAL
WIEN, ALSERGRUND

Sonntag, 24. August 2003, 10 Uhr

Dicke Rauchschwaden hingen wie Spinnennetze in der Luft und wurden von der Kleidung aufgesogen wie Wassertropfen. Ein wabernder Dunst schien zwischen den Köpfen der Beamten hindurchzuschleichen, ihnen in die Ohren zu kriechen. Er setzte sich in ihren Gedanken ab, trübte und verdunkelte sie. Irgendwo in diesem Nebel fanden sich Antworten, doch genauso schnell konnte man sich darin verlieren.

»Um noch einmal zusammenzufassen …« Die Stimme des Kriminalpsychologen Kobal fuhr durch die Wogen meiner Schläfrigkeit wie der Bug eines Dampfers und verstieß sie in alle Richtungen, ehe sie sich hinter seinen Worten wieder zu einem ruhigen, tiefen Ozean der Müdigkeit schließen würden.

»Bei dem Dieb und dem Schreiber des Briefs handelt es sich meines Erachtens um dieselbe Person. Der Täter möchte uns zwar glauben lassen, dass hinter der Aktion mehrere Personen stecken, aber er tut dies auf so vehemente Weise, dass es unglaubwürdig wirkt. Ich denke, er blufft.«

Gestern war ein langer Tag gewesen. Ich hatte den Erpresserbrief von der Monadiqos direkt in die Berggasse gebracht, wo er vom Erkennungsdienst analysiert worden war. Im Umschlag hatten sich tatsächlich Emaille- und Lackspuren befunden, die von der Saliera stammten. Dachs hatte daraufhin angeordnet, den Brief dem Kriminalpsychologen

Philipp Kobal zu geben, damit dieser ein Gutachten über den Täter erstellen konnte.

Ich unterdrückte ein Gähnen und spürte den Geschmack von Tabak auf meiner Zunge, obwohl ich schon seit mehr als einem Jahrzehnt nicht mehr rauchte. Es lag an dem Raum, in dem wir saßen.

Der Rapportsaal war ein großer runder Raum, der im ersten Stock der Berggasse lag, im Eckturm, der sich von der Berggasse zur Rossauer Lände hin wandte. Bereits seit den Zeiten der Monarchie und Ersten Republik diente er als Besprechungsraum für die Kriminalbeamten. Heute wurden darin täglich die Morgenrapporte abgehalten, bei denen die Leiter der verschiedenen Referate Dachs und mich über die neuesten Fälle informierten, sowie Seminare und Pressekonferenzen. Der Raum war gefüllt mit Tischpulten und zu kleinen Stühlen, die in zwei Reihen hintereinander angeordnet waren und dabei an das Klassenzimmer einer Grundschule erinnerten.

Als ich meinen Posten in der Berggasse angetreten hatte, waren auf jedem Tisch Aschenbecher gestanden, die überquollen mit halb aufgerauchten Zigaretten. Die Nebelschwaden, die ich beim Eintreten wahrgenommen hatte, waren Geister der Vergangenheit gewesen. Mittlerweile war die Luft, die ich einatmete, steril und klar und durch das geöffnete Fenster hörte ich das Zwitschern von Vögeln. Nur noch wenige meiner Kollegen rauchten und gingen dafür an die frische Luft. Alkohol war weitgehend vom Arbeitsplatz verschwunden. Nur der Kaffee, dessen Geruch frühmorgens und spätabends durch die Gänge zog, zählte nach wie vor zur Standardausrüstung der Berggasse.

»Einzeltäter«, fuhr Kobal fort, »verstecken sich oft hinter einem Kollektiv und benutzen in diesen Fällen viel zu häufig Formulierungen wie ›wir‹ oder ›unser‹. Auch behauptet der Schreiber des Briefs in einer Zeile, er wäre bloß ein ›unwissender Helfer‹. Damit möchte der Täter seine Schuld in Abrede stellen.«

Kobal zog ein Stofftaschentuch aus seinem Sakko und wischte sich damit über die Stirn. Philipp Kobal war ein kräftiger Mann mit ernstem Gesicht und einer hohen Stirn, die sich oft in Falten legte. Er hatte in den 80er-Jahren in Graz als Streifenpolizist begonnen und daneben das Studium der Psychologie absolviert. Zunächst war er mit seinen Ideen, besonders auffällige Straftäter gezielt zu befragen und Profile über sie anzulegen, nicht ernst genommen worden. Verrückte zu befragen, hatten ältere Kollegen gemeint, was sollte das bringen?

Doch die Zeit war auf Kobals Seite. Das amerikanische FBI arbeitete bereits seit Jahren mit Profilern an psychologischen Täterprofilen.

Diese psychologisch geschulten Profiler sahen sich einen Tatort und einen Tathergang an und gaben schließlich fundierte Vermutungen ab, um was für einen Menschen es sich bei dem Täter handelte: War er Neurotiker? Frauenhasser? Schüchtern oder charmant? Ein Gewohnheitstier oder handelte er impulsiv? Diese Herangehensweise hatte zu beachtlichen Ergebnissen geführt.

Wie so oft hatte es etwas länger gedauert als anderswo, bis diese neuen Methoden auch in Österreich zur Anwendung kamen. Während meiner Arbeit am Fall Jack Unterweger hatte ich mit Kobal zusammengearbeitet und hatte mir auch in den USA die Arbeit des FBI ansehen können.

Mittlerweile leitete Kobal seine eigene Abteilung, trug immer einen gut sitzenden schwarzen Anzug mit Krawatten, die in modischen Farben schillerten. Er hatte sich Respekt erarbeitet und wurde oft konsultiert, doch viele Beamte musterten ihn noch immer mit neugierigen Blicken, wenn er die Flure der Berggasse entlangging, wie ein besonders exotisches Tier im Zoo. Für Kollegen, die sich kaum mit der Psychologie des Verbrechens beschäftigten, blieb es unverständlich, wie man so tief in das Hirn von Menschen eintauchen konnte, die teilweise abscheuliche Verbrechen begingen. Was, wenn man eines Tages den Weg zurück nicht mehr fand? Das war eine Frage, vor der alle Angst hatten, die täglich mit den Schattenseiten der zivilisierten Welt konfrontiert waren.

»Was wissen wir noch über den Täter, außer dass er allein agiert?«, fragte Kobal rhetorisch.

Der Psychologe drückte eine Taste auf der Fernbedienung, die er in der Hand hielt, und das Bild, das der Projektor in dem dunklen Raum an die Leinwand warf, änderte sich. Erst vor wenigen Jahren war der Overheadprojektor durch einen modernen Beamer ersetzt worden. Da man mittlerweile im Rapportsaal nicht mehr rauchen durfte, waren die Bilder endlich auch gut zu sehen. Anstelle der Spuren, die wir im

Umschlag gefunden hatten, erleuchtete nun ein Scan des Briefs den abgedunkelten Raum.

»Offensichtlich hat der Dieb wenig Erfahrung mit solchen Situationen«, sagte Kobal, während er vor dem Bild langsam auf und ab ging.

»Im Brief sind teilweise wichtige Informationen für eine Übergabe in Klammer gesetzt oder weggelassen. Angaben sind unklar oder unsicher formuliert. Ich gehe nicht davon aus, dass wir es mit einem Profi zu tun haben. Außerdem deutet die taxative Aufzählung ...«, Kobal stockte kurz, »deuten die übergenauen Aufzählungen«, fuhr er fort, »auf eine zwanghafte Persönlichkeit hin. Er benutzt Symbole und Codes, wie die Namen Mr. Rossi und Mr. Green. Der Überbringer des Geldes hat eine sehr genaue Kleiderordnung einzuhalten. Das könnte auf einen Neurotiker hindeuten. Ich fasse zusammen«, sagte Kobal und machte eine ausladende Geste Richtung Projektionsfläche, »wir haben es mit einem Einzeltäter zu tun, der mit solchen Erpressungen nicht viel Erfahrung hat. Er ist unsicher, möglicherweise zwanghaft und keinesfalls dumm. Welche Vorschläge für die weiteren Ermittlungen können basierend auf diesem Profil gegeben werden?«

Bevor Kobal fortfahren konnte, schwang die Tür des Rapportsaals auf. Kriminaldirektor Dachs trat ein. Er war in einer anderen Besprechung gewesen, hätte aber schon vor 15 Minuten hier sein sollen.

»Schon wieder zu spät«, flüsterte mir Kaiser zu, der neben mir saß. Trotz Dachs' Liebe zur Ordnung kam er fast immer verspätet zu Besprechungen. Manche munkelten, dass auch das taktisches Kalkül war, wie so vieles, das Dachs tat. Dachs schritt zur Tischreihe der Führungskräfte. Er nickte sowohl Kobal als auch mir zu. Kaiser ignorierte er. Mittlerweile war es kein Geheimnis mehr, dass sich Dachs und Kaiser nicht ausstehen konnten. Dachs mochte es nicht, dass Kaiser seine Anordnungen infrage stellte. Kaiser hingegen hielt seinen neuen Vorgesetzten schlichtweg für unfähig und hasste es, dass man ihm in seine Fälle hineinpfuschte.

»Dr. Kobal«, sagte Dachs, nachdem er sich gesetzt hatte. »Fahren Sie doch bitte fort.«

Kobal räusperte sich. »Also, wo waren ... Ach ja, Maßnahmen.« Erneut veränderte sich das Bild neben Kobal. Es zeigte eine große Überschrift: Handlungsvorschläge. Nun hing auch der letzte Zuhörer an Kobals Lippen.

»Das Wichtigste ist, keine Stresssituation für den Erpresser zu schaffen«, erklärte der Psychologe. »Er befindet sich in einer für ihn ungewöhnlichen Lage. Fühlt er sich überfordert oder in die Ecke gedrängt, könnte er die Saliera vernichten, um keine Spuren zu hinterlassen. Damit verlieren wir nicht nur das Kunstwerk, sondern auch jede Möglichkeit, den Täter zu überführen. Wir sollten also nicht übereilt auf seine Forderungen eingehen, sondern einen Plan machen und ihn sachte an eine Übergabe heranführen, bei der wir ihn dann stellen können. Gleichzeitig schlage ich vor, im Kunsthistorischen Museum nach Personen zu fahnden, die auf unser Profil passen. Mitarbeiter, die in den letzten zehn Jahren dort gearbeitet haben, vermutlich an einem Platz, an dem sie nicht viele soziale Kontakte hatten, dem Archiv etwa. Wir suchen eine scheue, kluge, eventuell schmuddelige Person. Besondere Aufmerksamkeit sollte auf Namen gelegt werden, die das Wort ›grün‹ in sich tragen oder daran erinnern. Wenn der Erpresser Symbole liebt, hat er diesen Namen vielleicht nicht zufällig gewählt.«

Nachdem er zu Ende gesprochen hatte, nahm Kobal Platz. Dachs erhob sich. Ich konnte spüren, wie sein schwerer Körper gegen die Gesetze der Schwerkraft strebte wie ein Flugzeug. Er war eine raumeinnehmende Erscheinung, das hatte ich schon öfters erlebt. Wenn er sprach, tat er das mit großer Überzeugungskraft, die manchmal vorschnelle Entscheidungen überdeckte.

»Vielen Dank, Dr. Kobal«, sagte er. »Wir werden so vorgehen, wie Dr. Kobal es gerade ausgeführt hat. Ein Team wird Backgroundchecks im Museum durchführen und nach einer Person suchen, die auf dieses Profil passt. Ein anderes Team wird sich um die Postfiliale am Flughafen kümmern, wo der Brief aufgegeben wurde. Vielleicht ist einem der Postbeamten etwas aufgefallen. Sie sollen nach einem Mann fragen, der ähnliche Kleidung trug, wie er sie im Brief für den Überbringer des Geldes fordert. Vielleicht wählt er öfters ähnliche Muster. Ein drittes Team wird sich um einen Plan kümmern, wie wir eine Übergabe in die Wege leiten können, ohne den Erpresser in Panik zu versetzen. Noch Fragen?«

Keine Hand bewegte sich. Die Körper der Beamten waren aufgeladen, elektrisiert, bereit, sofort aufzuspringen und mit der Arbeit zu beginnen.

Der Nebel in ihren Köpfen begann, sich zu lichten, Umrisse zeichneten sich ab, ein Vibrieren kündigte einen Luftstoß an, der die Schwaden verwehen und Antworten zum Vorschein bringen würde.

Wie eine Meute wilder, halb ausgehungerter Tiere wollten wir uns auf den ersten Bissen stürzen, als hinge unser Überleben davon ab. Würde er uns diesmal durch die Lappen gehen, hätten wir unsere beste Chance verspielt, den Täter zu fassen.

Dachs teilte die Teams ein und langsam leerte sich der Saal. Kaiser, Dachs und ich würden die Operation anleiten und koordinieren.

Schließlich verließ auch Dr. Kobal den Raum. Nur Kaiser, Dachs und ich blieben zurück.

»Endlich haben wir eine Spur«, sagte Dachs, mehr zu sich selbst als zu uns. Es war der größte Fall seiner noch kurzen Karriere als Kriminaldirektor. Der Druck war groß, ein Ergebnis zu liefern.

»Hoffentlich haben wir dieses Mal mehr Erfolg als mit den Sicherheitsleuten«, sagte Kaiser. Er sagte es unschuldig, als würde er es beiläufig einwerfen, aber es war klar, dass er Dachs' Alleingang noch nicht vergessen hatte und auf eine Entschuldigung wartete.

Der Kriminaldirektor drehte sich zu Kaiser. Einen kurzen Moment lang dachte ich, er würde sich auf ihn stürzen. Dachs schien eine Hitze auszustrahlen, die durch den Stoff meiner Kleidung drang und sich auf meine Haut legte wie eine Schicht hart gewordener Asche.

»Sie sehen das große Ganze nicht, Kaiser«, sagte Dachs. »Deshalb sind Sie dort, wo Sie sind. Sicherheitsleute zu observieren, mögliche Verdächtige zu haben, das ist eine Geschichte. Das verstehen die Politiker, die Journalisten, die Öffentlichkeit. Solange etwas getan wird, bleibt die Ordnung aufrecht. Das endlose Denken richtet die Welt zugrunde.«

»Ein wenig denken kann nicht schaden«, sagte Kaiser leise. Ich war mir nicht sicher, ob es Dachs gehört hatte. Ohne ein weiteres Wort verließ der Kriminaldirektor den Raum.

»Ich verstehe nicht, wie man so arbeiten kann«, sagte Kaiser, schüttelte den Kopf und ging ebenfalls.

Ich blieb allein zurück, erinnerte mich an die Besprechungen, die ich in meiner Anfangszeit hier gehabt hatte. Bilder von toten Körpern wurden in körniger Auflösung an die Wand geworfen, kaum zu sehen durch den dicken Qualm der Zigaretten, begleitet von der ruhigen Stimme Edelbachers, die mit den begrenzten technischen Möglichkeiten kontrastierte, die wir damals hatten. Junge Kollegen von heute konnten sich nicht vorstellen, wie wir damals arbeiten mussten.

Und doch kam es mir vor, als wäre es leichter gewesen. Womöglich lag das daran, dass ich damals noch keine so verantwortungsvolle Position gehabt hatte. Ich hatte die Tage damit verbracht, zu Tatorten zu fahren, Verdächtige zu verhören und Spekulationen über Motive, Tatwaffe und Tathergang anzustellen.

Doch mittlerweile kämpfte ich genauso gegen das Verbrechen wie gegen politische Scharmützel und mit Medien, die

Polizeiarbeit als eine Soap-Opera betrachteten, wie die Menschen sie sonntagabends im TV zu sehen bekamen.

Ich nahm die Fernbedienung für den Projektor in die Hand und drückte den roten Knopf. Das Licht erlosch, der Raum wurde dunkel, nur ein Lichtstreifen fiel durch das Fenster herein. Eine wohlige Wärme breitete sich auf meinem Handrücken aus.

Ich trat aus dem Licht, streifte die Wärme von meiner Hand und verließ den Raum.

RESTAURANT SALZBURGER HOF
WIEN, INNERE STADT

Montag, 25. August 2003, 12 Uhr

Der Kellner trat an den Tisch und füllte das Glas von Direktor Fuchs bereits zum dritten Mal nach, obwohl er erst wenige Schlucke genommen hatte. Goldene Manschettenknöpfe blitzten kurz unter dem Jackett des Kellners hervor und stachen Fuchs in die Augen. Gaben die anderen Gäste etwa so viel Trinkgeld, dass sich Kellner jetzt schon goldene Manschettenknöpfe leisten konnten?

Mit seinen Fähigkeiten konnte das jedenfalls nichts zu tun haben. Der junge Mann stellte sich beim Einschenken so ungeschickt an, dass ein Tropfen der roten Flüssigkeit den Glasrand nach unten rutschte und auf das weiße Tischtuch fiel.

»Das reicht«, sagte Direktor Fuchs ärgerlich. Der Kellner murmelte eine Entschuldigung und zog sich zurück. Das Verhalten des Kellners hatte Fuchs unruhig gemacht. Man hielt ihn hier doch wohl nicht für einen Alkoholiker?

Er suchte den Salzburger Hof gerne auf, wenn er die schmale Grenze zwischen beruflich und privat ausloten wollte. Hier konnte er trotz der hohen Preise ein Bier zu seinem Hauptgericht bestellen. Die hellen Holzmöbel waren mit karierten Pölstern versehen, Porzellangeschirr hing an den Wänden und ein Ofen aus Keramik trug dazu bei, dass im Raum die Atmosphäre einer Bauernstube entstand, wenn auch einer sehr teuren Bauernstube. Das Lokal stand für eine Mischung aus Geselligkeit und Exklusivität. Genau das, was Fuchs für diesen delikaten Auftrag benötigte.

»Es ist Ihnen also auch aufgefallen?«, fragte sein Gast unvermittelt auf Englisch. Die Wörter drangen so poliert und geschliffen an Fuchs' Ohren, dass er glaubte, in den kühlen und schattigen Chorgängen Oxfords zu wandeln. Fuchs' Englisch hingegen war erdig wie ein Acker, in den Kartoffeln gelegt wurden, was ihm natürlich noch nie jemand gesagt hatte.

Der Mann, der Fuchs in der Nische des Salzburger Hofs schräg gegenübersaß, hatte grau meliertes Haar und trug einen ozeanblauen Dreireiher mit roter Krawatte und rotem Stecktuch. »Wie ein Bild von Joan Miró«, hatte der Mann gesagt, als er ihm vor etwa einer Stunde vor dem Restaurant die Hand geschüttelt hatte. Fuchs hatte keine Ahnung, wer das war, und ein solches Dandytum war ihm zutiefst zuwider, doch der Mann war mit guten Referenzen gekommen, also sah er über seine Aufmachung hinweg.

Frederick Montgomery war ein Kunstdetektiv aus London, darauf spezialisiert, verlorene oder gestohlene Kunstgegenstände aufzutreiben. Fuchs Assistent Brandt hatte ihn gefunden. Montgomery war es gewesen, der die Echtheit des Erpresserbriefs bestätigt und ihnen geraten hatte, die Polizei zu verständigen. Fuchs hatte auf diesen groß gewachsenen Mann mit den blank polierten Budapestern gehört, doch mittlerweile fragte er sich, ob es die richtige Entscheidung gewesen war. Die Situation schien ihm zu entgleiten. Und dieser unverschämte Polizist hatte ihm letztes Mal sogar gedroht!

Fuchs schob seinen Teller, auf dem eine halbe Ente und zwei Serviettenknödel übrig geblieben waren, zur Seite und neigte sich zu Montgomery.

»Was ist mir aufgefallen?«, flüsterte er.

»Der Kellner«, sagte Montgomery, bemühte sich aber nicht, leiser zu sprechen. »Er kommt viel häufiger zu unserem Tisch, als es nötig wäre. Es scheint, als suchte er nach Gelegenheiten, in unserer Nähe zu bleiben. Sie kommen doch oft hierher, oder?«

Fuchs überlegte. »Zwei- oder dreimal im Monat.«

»Und kennen Sie diesen Kellner?«

Fuchs versuchte, einen verstohlenen Blick auf den jungen Mann zu werfen, dem er zuvor kaum Aufmerksamkeit geschenkt hatte. »Ich glaube nicht«, sagte er schließlich, obwohl er sich selten an Dienstpersonal erinnern konnte.

»Was wollen Sie damit sagen?«

Montgomery hatte sein Spargelrisotto aufgegessen und winkte dem Kellner zu. Der junge Mann kam sofort herangeeilt. »Ich habe gesehen, Sie haben einen zwölf Jahre alten Bunnahabhain.«

»Mit Eis?«, fragte der Kellner.

»On the rocks?« Montgomery warf ihm einen Blick zu, als hätte er ihm gerade ins Essen gespuckt. »Ein zwölf Jahre alter Scotch? Natürlich neat.«

Der Kellner trat mit gesenktem Kopf die Flucht an. Fuchs versuchte, nicht zu bestürzt dreinzusehen. Gegen Wein war ja nichts einzuwenden, aber einen Whisky um halb eins?

Montgomery lehnte sich zurück, nahm sich die Serviette vom Schoß, faltete sie dreimal und platzierte sie peinlich genau neben seinem Besteck. »Es würde mich nicht wundern, wenn die Saliera mittlerweile in den Händen des organisierten Verbrechens ist. Der Brief stammt von einem Profi.«

»Sie meinen ...« Fuchs riss die Augen auf, doch er brach mitten im Satz ab, als er den Kellner mit dem bauchigen Glas kommen sah, in dem die bernsteinfarbene Flüssigkeit schwappte.

Montgomery nahm das Glas, schwenkte es ein wenig, während er seine Nase in die Öffnung hielt, und nahm einen kleinen Schluck. Zufrieden schloss er die Augen.

»Nuss, milde Süße und ein Tropfen Ozean.« Er stellte das Glas auf den Tisch. »Wussten Sie, dass Sie einen Whisky für jedes Jahr seiner Lagerung eine Minute lang atmen lassen sollten, bevor Sie ihn trinken?«

Inzwischen hatte der Kellner den Tisch abgeräumt und war verschwunden.

»Sie glauben doch nicht, dieser Kellner arbeitet für die Mafia?«, zischte Fuchs, der Montgomerys Whisky-Kenntnisse nicht gleichgültiger gegenüberstehen hätte können. Wobei ihm ein paar Schlucke helfen könnten, immerhin hatten sich seine Organe krampfhaft zusammengezogen.

»Wer weiß, wer ihm vor Dienstbeginn ein paar Scheine zusteckt.« Montgomery zuckte mit den Schultern. »In Ihrer Situation würde ich niemandem vertrauen.«

»Und der Polizei?«, fragte Fuchs.

Montgomery lachte. »Der schon gar nicht. Die haben nicht das nötige Fingerspitzengefühl für so eine Aktion. Vermutlich haben diese Leute auch in der Polizei Augen und Ohren.«

Bei dem Gedanken, wer »diese Leute« sein konnten, schien sich der Sauerstoff um Fuchs zurückzuziehen.

»Die Polizei meinte, wir müssen stillhalten«, stammelte Fuchs, nachdem er einen Schluck von seinem übervollen Glas Pinot Noir genommen hatte. »Wir dürfen den Dieb nicht verunsichern.«

»Jeder Tag, der vergeht«, antwortete Montgomery, »gibt der Polizei die Chance, die Sache zu vermasseln. Was ist Ihre Priorität?«

Fuchs' Augen suchten im Raum nach dem Kellner, konnten ihn aber nicht finden. Nur wenige Tische waren besetzt. Hatte jemand die Ohren gespitzt? Ein älterer Herr am anderen Ende des Raums warf ihnen gelegentliche kurze Blicke zu. Hatte Montgomerys Aufzug damit zu tun? Die Frau links von ihnen schien ihrem Partner gar nicht zuzuhören, sondern starrte an ihm vorbei geradewegs zu ihrem Tisch. War sie einfach nur gelangweilt oder handelte es sich um ein geschicktes Ablenkungsmanöver, um Fuchs beobachten zu können? Er hatte bisher gar nicht daran gedacht, dass der Dieb ja auch eine Frau sein könnte.

Der Direktor der Monadiqos musste sich zwingen, die Paranoia zu vertreiben und sich wieder auf Montgomery zu konzentrieren.

»Die Priorität der Firma ist, keine fünfzig Millionen zahlen zu müssen. Wie auch immer wir das anstellen. Am besten wäre es wohl, die Saliera so schadlos wie möglich zurückzubekommen.«

Montgomery nickte und lächelte. Natürlich lächelte er, dachte Fuchs. Immerhin würde er fünf Prozent von dem Lösegeld als Gage bekommen, wenn der Deal erfolgreich über die Bühne ging.

»Und was ist mit dem Dieb?«, fragte der Detektiv.

Fuchs zuckte mit den Schultern. »Der Dieb kann uns egal sein. Solange er das nächste Mal etwas stiehlt, das nicht wir versichert haben.«

Zufrieden trank Montgomery den Whisky aus. Fuchs konnte sehen, wie das Getränk die Zunge des Kunstdetektivs umfloss. Auch er trank seinen Chardonnay aus, der einen seltsam schalen Geschmack angenommen hatte. Man wollte ihn doch wohl nicht vergiften? Aber nein, warum auch, immerhin war er die beste Möglichkeit für die Schreiber des

Briefs, ihre Millionen zu erhalten. Doch was, wenn er nicht schnell genug arbeitete? Oder wenn sie bereits wussten, dass er zur Polizei gegangen war? Würde man ihn dafür bestrafen?

Fuchs hasste nichts mehr, als in eine Situation befördert zu werden, auf die er in seinem Studium oder seinen Lehrjahren in der Versicherung nicht vorbereitet worden war. Viele Jahre des Stiefelleckens hatten ihn zu einem der einflussreichsten Männer in diesem Land gemacht, zum Direktor des größten Versicherungsunternehmens. Er hatte sich dafür nie geschämt, denn er wusste, so lief die Welt nun mal. Vielmehr war er stolz darauf gewesen, es aus einer bescheidenen Familie in diese Position geschafft zu haben. Eines Tages würden andere dafür an seinem Hinterteil schnüffeln, um das zu erhaschen, was vom süßen Duft des Erfolgs übrig bleiben würde.

Aber die gegenwärtige Generation wusste nicht mehr, was sich gehörte. Die warteten nicht, bis man in die wohlverdiente Pension ging oder mit 65 einem Herzinfarkt erlag, wie sein Vorgänger, der so lange und so viel gearbeitet hatte, dass er genauso gut hätte rauchen und trinken können, die Folgen wären dieselben gewesen. Nein, diese kleinen Arschlöcher von heute warteten auf jeden Fehltritt, nur um einen dann wie gierige Hunde zu zerfetzen. Ein falsches Wort, ein falscher Blick und schon wurden Dienstvorschriften gegen einen in Stellung gebracht, Wörter verdreht, politische Positionen unterstellt.

Fuchs schob sich die Krawatte zurecht. Er hatte unter seinem haselnussbraunen Pullover zu schwitzen begonnen.

Zurzeit konnte jeder Tag sein letzter sein. Er musste diese Sache so schnell wie möglich beenden. Und dann würde er dafür sorgen, dass unter seiner Führung nie mehr Kunstwerke versichert wurden. Er hatte sowieso nie verstanden, warum sich Menschen wie blöde vor irgendwelchen Schmierereien versammelten oder Tongefäße anstarrten, die sie ohnehin nie würden kaufen können. In Museumsgegenstände konnte man ja nicht mal investieren! Was für eine Verschwendung von Steuergeld.

»Ich schlage vor, wir führen diese Besprechung in meinem Büro fort«, sagte Fuchs und dachte an den schalldichten Raum in seinem gläsernen Turm und an Brandt, der davor Wache schob wie Zerberus vor dem Hades.

»Wunderbar«, sagte Montgomery. »Und machen Sie sich keine Sorgen. Ich weiß genau, was wir tun müssen.«

STADTPARK
WIEN, INNERE STADT

Donnerstag, 28. August 2003, 13 Uhr

»Wofür braucht man denn römisches Recht?«

Katja warf die rechte Hand in die Luft, um diesen Punkt zu unterstreichen. Wir saßen nebeneinander auf einer der Steinbänke des Stadtparks. Vor uns kroch der Wienfluss als kleines Rinnsal dahin, eher an eine Pfütze erinnernd, die sich verloren in einem tiefen Betonbeet langsam von links nach rechts bewegte. In den Händen hielten wir beide ein Eis, das in der Sommerhitze etwas Kühlung versprach. Katja hatte sich für Erdbeere entschieden, ich schleckte an einer Kugel Schokolade.

»Unser Recht hat viel von den Römern übernommen«, versuchte ich, das Studium, das vor dreißig Jahren auch ich durchlaufen hatte, in Schutz zu nehmen, während mir das Eis zwischen den Fingern zerrann.

»Die Römer haben als Erste ein umfangreiches Gesetzessystem erschaffen, das jeden Gesellschaftsbereich regelte. Das Heilige Römische Reich stützte sich darauf und auch der einflussreiche Code civil von Napoleon geht darauf zurück. Die Gesetze jedes europäischen Landes nehmen dort ihren Ursprung.« Ich war recht zufrieden mit dieser Erklärung und nahm eine große Portion Schokoladeeis in den Mund, doch Katja lachte nur.

»Papa, das lernen wir in der ersten Stunde«, sagte sie und verdrehte die Augen.

»Und ich weiß es nach dreißig Jahren immer noch«, gab ich zurück.

Ich genoss diese unbeschwerten Momente mit meiner Tochter. In letzter Zeit sahen wir uns nicht mehr so oft. Nachdem Katja ihr Jusstudium aufgenommen hatte, war sie von zu Hause ausgezogen und hatte sich eine Wohnung in Meidling genommen. Sie arbeitete am Wochenende für das Buffet im Theater an der Wien und unter der Woche geringfügig für eine Kanzlei im ersten Bezirk. Manchmal befürchtete ich, sie würde sich zu viel aufhalsen, immerhin wusste ich, wie anstrengend das Jusstudium sein konnte. Und ich wollte auch, dass sie ihre Studienzeit genoss.

Aber sie steckte meine Einwände bloß mit einem Schulterzucken weg, da war sie wie ihre Mutter. »Ich habe auch so genug Zeit für meine Freunde«, sagte sie, »aber ich möchte nicht darauf angewiesen sein, dass mich beim Fortgehen ständig jemand einlädt.«

Nach meiner Beförderung zum Leiter der Kriminaldirektion I hatte sich meine freie Zeit auch nicht gerade vervielfacht. Wir waren also zwei viel beschäftigte Menschen, die an diesem Nachmittag Zeit fanden, das Gesicht in die Sonne zu halten und über das römische Recht zu philosophieren.

»Brennt ganz schön runter«, sagte Katja und stand auf. Ich tat es ihr gleich. Wir stiegen ein paar Stufen hinauf, gingen über den Stadtparksteg und schlugen den Weg um den kleinen Teich ein, der von schattenspendenden Bäumen umgeben war.

»Sonst ist alles in Ordnung?«, fragte mich Katja, nachdem wir das Eis aufgegessen hatten. Ein paar Enten ließen sich vor uns im Wasser treiben.

»Was meinst du?«

»Mama hat mir erzählt, du hättest viel Stress in der Arbeit«, sagte Katja. »Ist es der Saliera-Fall? Habt ihr eine Spur?«

Ich schüttelte den Kopf. Katja wusste, wie sehr mich offene Fälle ärgern konnten. »Aber daran liegt es gar nicht«, sagte ich nach einer Weile. »Ich habe das Gefühl, die Polizeiarbeit verändert sich.«

»Alles verändert sich«, sagte Katja. »Das Recht doch auch.«

»Ja, aber nicht alle Veränderungen sind gut.«

»Das klingt, als wärst du älter, als du bist.«

Ich seufzte. »Manchmal fühle ich mich so. Es gibt keinen Platz mehr, um in Ruhe Ermittlungen durchzuführen. Überall lauert die Politik. Alles will verkauft werden – jedes Ergebnis, jede Spur, jeder Verdacht. Woraus sich kein politisches Kapital schlagen lässt, das ist nichts wert. Wie soll man da arbeiten können? Wie soll man langfristig denken? Wenn heute die Saliera gestohlen wird, wollen die Leute morgen eine super Geschichte und übermorgen den Dieb.« Mir wurde bewusst, wie pessimistisch ich klang, und ich verstummte.

»Und nächste Woche schon den Film«, warf Katja lachend ein. »Dustin Hoffman spielt dich und er wird ein großer Erfolg.«

»Dustin Hoffman? Nicht schlecht«, sagte ich.

»Du weißt aber schon, dass der mittlerweile über sechzig Jahre alt ist?«, fragte Katja. »Filmstars altern auch.«

»Und wer spielt den Dieb?«, fragte ich.

»Irgendjemand, der richtig gut aussieht, natürlich«, meinte Katja und klang, als hätte sie schon jahrelange Castingerfahrung in Hollywood. »Charme braucht er auch und Witz. Wie Brad Pitt oder George Clooney in ›Ocean's 11‹.«

»Falls unser Dieb so ein Typ ist, dann haben wir wohl wenig Chancen«, sagte ich.

»Ihr werdet ihn schon kriegen«, meinte Katja und blickte mich an. »Ich glaube an dich.«

Ich schenkte ihr ein ehrliches Lächeln. Wir spazierten am Anton-Bruckner-Denkmal vorbei, neben dem zahlreiche Leute im Gras saßen, Ball spielten oder Musik hörten. Die meisten waren in Katjas Alter und ich ertappte mich bei dem Gedanken, dass sie eigentlich neben ihnen sitzen sollte, anstatt mit mir um einen Ententeich zu spazieren. Die Jugend war der Spiegel des Alters. Erst wenn wir von außen auf sie blickten, begriffen wir unsere Vergänglichkeit. Ältere Menschen versuchten, sich davon zu überzeugen, dass die Erfahrung sie heraushob und ihnen die Berechtigung gab, es besser zu wissen als die jüngere Generation. Aber stimmte das? Was nutzte mir all die Erfahrung in meiner Situation? Was nutzte sie Kollegen wie Kaiser? Und was konnte ich jüngeren Menschen geben außer Erfahrungen, die sie ohnehin selbst sammeln mussten?

»An was denkst du?«, unterbrach Katja meine Gedanken.

Ich versuchte, mir so schnell wie möglich einen anderen Gedankenfetzen aus der Luft zu holen, denn ich wollte nicht, dass Katja meine Selbstzweifel bemerkte.

»In der Polizei ist Autorität ziemlich wichtig«, begann ich und suchte nach einer Fortsetzung für diese Behauptung.

»Als junger Mensch findest du so was natürlich dumm, aber bei uns geht es oft darum, schnelle Entscheidungen zu treffen. Manchmal weiß man zuerst nicht, was funktioniert und was nicht. Also muss jemand Verantwortung übernehmen. Damit die Maschine läuft, müssen die anderen diese Entscheidungen akzeptieren und dementsprechend handeln. Das ist ein großer Unterschied zwischen der Exekutive und der Judikative. Die können sich Zeit nehmen, in Büchern nachschlagen und Theorien wälzen. Aber als Polizeibeamter ist man oft mit der harten Realität konfrontiert und dafür gibt es keine Beispielfälle. Ob man richtig handelt, weiß man meist erst im Nachhinein.«

»Was willst du damit sagen?«, fragte Katja. »Vermisst du das Rechtsstudium? Ich glaube, das ist Verklärung.«

»Nein«, sagte ich.

»Ich habe bloß Angst, den richtigen Zeitpunkt zu verpassen. Autorität infrage zu stellen, ist eine gefährliche Sache. Man muss sich sicher sein, dass es so, wie es jetzt ist, nicht funktioniert. Dass es falsch ist. Aber wenn man zu lange wartet, etwa aus Angst, verpasst man diesen Punkt. Und dann schwimmt man mit, so wie alle anderen auch. Obwohl man weiß, dass es falsch ist.«

Katja sah mich an, als wüsste sie, wovon ich sprach, doch sie sagte nichts.

Vielleicht war es nicht fair von mir, solche gewichtigen Überlegungen mir ihr zu teilen, doch ich schätzte ihr Einfühlungsvermögen. Noch etwas, das sie von Eva mitbekommen hatte.

»Gleich am Anfang des Rechtsstudiums«, sagte Katja, »lernen wir, dass Gesetzesarbeit große Verantwortung mit sich bringt. Jene Menschen, die Recht ausüben, müssen sich ihm unterwerfen. Nicht andersherum. Das meint zumindest mein Professor«, fügte sie ein wenig leiser hinzu.

»Da hat aber jemand gut aufgepasst«, sagte ich. »Die Prüfungen sollten ein Leichtes für dich sein.«

Katja errötete ein wenig. »Danke«, sagte ich, als wir vor dem goldenen Johann Strauss stehen blieben, der uns elegant seine Geige entgegenstreckte. Wir umarmten uns und sie winkte mir, als sie den Park Richtung Stubentor verließ.

Ich setzte meinen Weg allein fort und steuerte den Ausgang neben der U-Bahn-Station Stadtpark an, die, wie alle Bauten Otto Wagners, in ihrer Opulenz wunderbar in die Stadt passte, in der sie stand. Als ich am kleinen Café neben dem Eingang des Parks vorbeiging, fiel mein Blick auf einen Mann. Er saß allein an einem kleinen Tisch und hielt eine Zeitung hoch, um seine Augen vor dem einfallenden Sonnenlicht zu schützen. Vor ihm stand eine leere Kaffeetasse. Etwas an der Zeitung kam mir bekannt vor. Als ich genauer hinschaute, erkannte ich, um was es sich handelte. Mein Herz setzte für einen Schlag aus. Ohne nachzudenken, trat ich vor den Mann und starrte auf das Blatt.

»Sie können die Zeitung haben, wenn ich fertig bin«, erklang die Stimme scharf hinter der Zeitung. Der Mann senkte den »Kurier« und blickte mich böse an.

Ich zückte meinen Dienstausweis, worauf der böse Blick verschwand.

»Ich muss nur kurz einen Blick hineinwerfen«, sagte ich. »Es ist dringend.«

Der Mann stammelte eine Entschuldigung und schleuderte mir die Zeitung vor Hilfsbereitschaft fast entgegen. Ich blätterte sie durch, bis ich bei den Seiten mit den Kleinanzeigen angelangt war.

Kein Zweifel. Wir hatten ein Problem.

BAR PERUGGIA
WIEN, INNERE STADT

Donnerstag, 28. August 2003, 22 Uhr

»Möchtest du etwas trinken?«

Sie hatte schwarzes Haar und trug einen Rollkragenpullover. Ihre Stimme klang hell, die Frage unverfänglich, sie musterte ihn neugierig. Ihm fielen ihre Augen auf, eisgrau wie die Oberfläche des Pazifiks, nachdem der Sonnenaufgang den Nebel landwärts getrieben hatte.

»Ich heiße Hannah«, stellte sie sich vor und lächelte. Nick lächelte auch. Es war ein freundliches Lächeln, das nichts versprach, nichts andeutete, das in einer paradoxen Bewegung gleichzeitig auf die Frau vor ihm zuging und sich doch tief in sich selbst zurückzog. Es war eine Bewegung, die er bis zur Perfektion geübt hatte, seit er mit Clara zusammen war.

»Der Mann hier«, tönte die tiefe Stimme von Vinz, dem Italiener, dem die Bar gehörte und der ab und zu selbst noch hinter der Schank stand, »ist glücklich vergeben.« Er stellte der Frau, die sich als Hannah vorgestellt hatte, einen weißen Spritzer hin.

»Ich sorge dafür, dass er keine Dummheiten macht.«

Hannah und Nick blickten sich kurz an und mussten dann beide lachen. Vinz verbreitete mit seinem dichten Bart und den muskulösen Oberarmen eine Bud-Spencer-Atmosphäre, die perfekt zu seiner Bar passte, eine kleine Nische mit abgewetzten Holzbänken und Schwarz-Weiß-Bildern, die sein Heimatdorf in Cinque Terre zu einem unerreichbaren Paradies für Österreicher stilisierten. Die Bar Peruggia passte überhaupt nicht in das Bermudadreieck, die Wiener Partyszene, die sich hinter dem Schwedenplatz Richtung Bauernmarkt erstreckte und aus dessen Mitte der Turm der Rupertskirche emporragte, der alle Sünden sah, die sich unter ihm ereigneten. Das Bermudadreieck trug seinen Namen, weil so mancher Student hier spurlos verschwand und erst einen Tag später wieder auftauchte, nicht selten in einem völlig anderen Stadtteil und einem Bett, in dem er noch nie zuvor gelegen hatte und danach wohl auch nie wieder liegen würde. Für Nick war die Bar Peruggia die Ausnahme von der Regel, eine Nische der Sanftmut inmitten dieses rastlosen, unbefriedigten Treibens, in dem sich junge Menschen heute so oft verloren.

»Sorry«, sagte Hannah. »Er sieht wirklich sehr brav aus.«

»Autsch«, sagte Nick. Sie lächelte ihm noch einmal zu, nahm den Spritzer und verschwand in einer hinteren Ecke der Bar.

»Noch mal gut gegangen«, sagte Vinz und klopfte Nick auf die Schulter. »Drei Bier?«

»Genau«, sagte Nick. Kurz darauf donnerte Vinz drei frisch gezapfte Budweiser auf die Theke. Nick bezahlte, nahm die Biere und versuchte, sie zu dem alten Fass zu navigieren, das als Tisch diente und um das sich seine zwei Freunde versammelt hatten.

»Was hat denn so lange gedauert?«, fragte Stephan, als Nick die Biere abstellte.

»Na, was wohl«, sagte Dominik und lachte. »Er wurde angeflirtet. Wieder mal.« Dominik stieß Nick an. »Ich hab es gesehen. Sah ziemlich hübsch aus.«

Nick zuckte nur mit den Schultern. »Ich bin wunschlos glücklich.«

»Es ist eine der vielen Ungerechtigkeiten des Universums, dass Nick als Einziger von uns vergeben ist und die Damen trotzdem immer nur ihn anquatschen.« Stephan nahm einen tiefen Schluck. Nick und er hatten sich in der Schule kennengelernt und auch danach noch losen Kontakt gehalten. Er arbeitete bei einer Installationsfirma in Meidling und beklagte sich gerne über seinen ignoranten Chef. Aber Nick kannte Stephan lange genug, um zu wissen, dass seine Klagen Zeichen seiner Zufriedenheit waren. Er war ein bequemer Mensch, dessen Lebensinhalt außer für gelegentliche Fußballspiele im Fernsehen und feuchte Abende mit seinen Freunden kaum für etwas anderes Platz ließ. Nick war nicht so gesellig, doch ab und zu ließ er sich überzeugen, mitzukommen, wenn Stephan um die Häuser zog. So wie heute. Stephan hatte Nick überredet, zusammen mit Dominik und ihm in die Peruggia zu gehen.

»Immerhin ist Dominik gerade erst wieder nach Wien gekommen!«, hatte er vor vier Stunden vorwurfsvoll ins Telefon gerufen und Nick hatte gewusst, dass ihm auf die Schnelle keine Ausrede einfallen würde, die gut genug wäre. Außerdem konnte er eine Ablenkung gebrauchen.

»Wie machst du das?«, fragte Dominik und schien ehrlich verwirrt. Dominik war eine Klasse unter ihnen gewesen und sie hatten sich oft zum Rauchen im Schulhof getroffen. Er hatte danach Informatik an der Technischen Universität Wien studiert und die letzten Jahre in München gearbeitet. Nick schätzte, dass er dabei dreimal so viel verdient haben musste wie er mit seiner Sicherheitsfirma. Sie hatten sich ein paar Mal im Jahr gesehen, wenn Dominik auf Besuch in Wien oder Nick beruflich in Bayern war. Nick mochte Dominik, er war ruhig, klug und bescheiden. Als Nick ihn gefragt hatte, warum er nach Wien zurückgekommen war, hatte er nur gesagt: »Alles Arschlöcher dort.«

»Hier doch auch«, hatte Stephan gesagt.

»Aber es sind unsere Arschlöcher«, hatte Dominik geantwortet. »Das ist ein Unterschied.«

Dominik wiederholte seine Frage: »Was machen wir falsch und du so verdammt richtig?«

Nick war jedes Mal verwundert, wenn er diese Frage bekam, und er bekam sie oft. Er hatte ehrlicherweise keine Ahnung, warum sich Frauen so leicht damit taten, ihn anzusprechen. Er wusste, dass er gut aussah, aber das taten viele. Weder hielt er sich für besonders intelligent noch für besonders witzig, in vielen Aspekten kam er sich völlig durchschnittlich vor. Und an seinem Beruf lag es sicherlich auch nicht.

»Ich sag dir, woran es liegt«, mischte sich Stephan ein. »Es ist, weil er wirkt wie der netteste Typ der Welt. Hat Frau, Kind, Haus, nie einen Streit, wahrscheinlich noch nie das Konto überzogen. Noch nie einem auf die Schnauze gehaut. Frauen fühlen so was. Geborgenheit und so.«

Bei Stephan klang das Wort wie eine Krankheit.

Nick sagte nichts. Es amüsierte ihn, seine Freunde Vermutungen über ihn anstellen zu hören.

Dominik blickte ihn an. Durch die quadratischen Brillengläser wirkte sein Gesicht noch schmäler, als es ohnehin schon war. »Ob es das ist?«, fragte er.

»Vielleicht ist das die Oberfläche, aber ich glaube, dahinter versteckt sich was. Das ist es, was die Menschen anlockt, oder nicht? Was ist dahinter?« Dominik prostete ihm zu.

»Mehr Hirn, als ihr beide zusammen habt«, antwortete Nick nur und lachte. »Kein Wunder, dass ihr single seid, so intensiv, wie ihr über mein Liebesleben nachdenkt.«

»Über was denkst du denn nach?«, fragte Stephan.

»Die Saliera«, sagte Nick.

»Dieses Goldstück?«, fragte Stephan. »Das gestohlen worden ist? Wie kommst du denn darauf?«

»Ich wundere mich einfach«, sagte Nick. »Etwas so Wertvolles verschwindet von einem Tag auf den anderen und keiner weiß, wo es ist. Ich habe selbst eine Sicherheitsfirma. Menschen leben in der Illusion, dass ihr wertvollster Besitz für immer bei ihnen bleiben wird, wenn sie nur genug Geld und Aufmerksamkeit darauf verwenden. Und ich verkaufe ihnen diese Illusion. Aber es ist eben eine Lüge.«

»Die war doch siebzig Millionen wert, oder?« Dominiks Stimme klang träumerisch.

»Fünfzig«, sagte Nick. »Sie ist auf fünfzig versichert. Nehmen wir mal an«, fuhr er fort, »ihr hättet sie gestohlen. Was würdet ihr damit machen?«

Für einen Moment schwiegen seine zwei Freunde. Stephan und Dominik nahmen einen Schluck von ihren Bieren und verloren sich in jenen sanften Weiten, in die die Vorstellung allzu raschen Reichtums auch den bescheidensten Menschen trieb.

»Also, ich würde sie einschmelzen«, sagte Stephan. »Klar, schade um die Kunst und so, aber das ist doch das Einfachste, oder? Was macht man denn mit einem gestohlenen Kunstwerk, hinter dem das ganze Land her ist? Wer kauft das? Da schrillen doch gleich alle Alarmglocken. Einmal eingeschmolzen hab ich einen schönen Batzen Gold, dann warte ich ein bisschen und verkaufe es stückweise.«

»Dabei verlierst du doch den ganzen Wert«, sagte Dominik. »Das Ding ist so viel wert, weil es ein einzigartiges Kunstwerk ist. Gold gibt es viel.«

»So viel auch nicht«, sagte Stephan leicht eingeschnappt.

»Du kannst alles verkaufen, du musst nur wissen, wo«, sagte Dominik und lächelte verschwörerisch. »Als ich in München fortgegangen bin, habe ich die komischsten Leute kennengelernt. Und die verrücktesten Gerüchte gehört. Paar sollen für die Mafia gearbeitet haben. Ihr wisst schon, die italienische Famiglia. Solche Leute kaufen dir bestimmt auch die Saliera ab. Überhaupt, wo sie doch italienisch ist, die haben ein Faible für so was. Irgendein alter Pate stellt sich das Ding neben das Bett und holt sich einen runter, wenn er es anschaut. Denen ist egal, wie viele Polizisten danach suchen. Die schmieren sowieso den ganzen Staat.« Mit seiner Erklärung zufrieden lehnte sich Dominik ein wenig zurück.

»Und du kennst solche Leute?«, fragte Nick.

»Nicht persönlich«, sagte Dominik. »Mit denen will ich lieber nichts zu tun haben. Aber wenn ich in München ein bisschen rumfrage, bekomme ich sicher ein paar Namen.«

»Hast du eigentlich immer schon so viel Scheiße geredet oder erst, seit du aus Deutschland zurück bist?«, fragte Stephan und lachte. »Mafia und Paten. Verarschen kannst du wen anderen.«

»Nächste Runde geht auf mich«, sagte Nick, bevor die beiden anfangen konnten, sich zu streiten. »Trinkt aus, ihr Frauenhelden.«

Fünf Runden später torkelten die drei aus der Bar. Es hatte zu nieseln begonnen und das Wasser kroch zwischen den Pflastersteinen hindurch wie Millionen kleiner Schlangen, bevor es als Wasserfall in die Tiefen der Kanalisation hinabstürzte. Stephan verabschiedete sich vor der Rupertskirche, deren offene Fenster in der Dunkelheit aussahen wie hungrige Mäuler.

»Ein paar Kollegen warten im Salzamt auf mich«, stammelte er, stieß noch ein paar Flüche aus und wurde kurz darauf vom Bermudadreieck verschluckt.

»Der ist verloren«, sagte Nick. Er spürte den Alkohol, doch vertrug er ihn besser als gedacht. »Wie kommst du nach Hause?«

»Mein Auto steht in einer Garage am Karlsplatz«, sagte Dominik mit schiefem Blick. Er hatte noch keine Wohnung in Wien gefunden und wohnte vorübergehend bei seinen Eltern in Baden.

»Keine Chance, dass ich dich in dem Zustand und bei dem Wetter mit dem Auto fahren lasse«, sagte Nick. »Du schläfst auf meiner Couch.«

Dominik versuchte noch, einen Einwand zu erheben, doch als er bemerkte, dass sich sein Sprachvermögen auf den Ausdruck weniger Laute beschränkt hatte, willigte er ein. Nick verfrachtete sie beide in ein Taxi und nannte seine Adresse in der Neustiftgasse.

Während der Fahrt fiel Dominik in einen unruhigen Schlaf. Nick blickte schweigend nach draußen, verfolgte mit den Augen die Regentropfen, die langsam die Scheibe hinabliefen, und ließ sich von den Spiegelungen der grünen, roten und gelben Lichter blenden, die von Wasser und Fenstern durch die Nacht geworfen wurden. Er musste an die Zeitung von heute denken und an die Inserate darin. Er hatte die fett gedruckten Worte sofort erkannt. Ein vermisstes Mädchen zusammen mit einer französischen Telefonnummer. Noch hatte Nick nicht angerufen.

Das Taxi hielt neben seinem Wohnhaus, er bezahlte den Fahrer und hievte Dominik von der Rückbank. Den Arm seines Freundes um die Schulter brachte Nick ihn die zwei Stockwerke nach oben. Es war eine Aufgabe, so die Schlüssel zu finden und die Tür aufzusperren, doch er schaffte es, ohne die Nachbarn aus dem Schlaf zu reißen.

Er schleppte Dominik in sein kleines Wohnzimmer und ließ ihn auf die Couch fallen. Dann ging er zurück, um die Tür abzuschließen. Auf dem Weg in den Vorraum nahm er mit einer unmerklichen Bewegung die aufgeschlagene und vollgekritzelte Zeitung vom Küchentisch und warf sie in den Abfalleimer. Als er die Tür abgesperrt hatte und zurück ins Wohnzimmer kam, fand er den Raum leer vor. Dafür war das Licht in seinem Schlafzimmer an.

Dominik verspürte offenbar einen unvermuteten Energieschub, die Wirkung, die der Alkohol manchmal auf den Körper haben konnte, die »zweite Luft«, wie Nicks Freunde es nannten. Er saß auf dem Bett und hielt ein kleines Paket in der Hand. Es war aus rostbraunem Karton, mit schwarzem Tape umwickelt.

Als Nick eintrat, schüttelte er es vorsichtig.

»Ganz schön schwer«, sagte er und klang verwirrt, so als hätte Nick ihn gebeten, zu erraten, was sich in dem Paket befand. »Steht nichts drauf. Ist das ein Geschenk?«

»Kann man so sagen«, antwortete Nick. »Ich weiß nur noch nicht, für wen.«

Nick stand vor seinem Freund und bewegte sich nicht. Dominiks müde Finger rutschten über das Tape. Sein Blick war starr auf das Paket gerichtet, denn er befand sich in einem Zustand, der ihm nichts anderes erlaubte als die Konzentration auf einen einzigen Gegenstand. Das übrige Universum konnte aufhören zu existieren, solange das Paket vor seinen Augen blieb, würde er es nicht bemerken.

Nick beobachtete seinen Freund aufmerksam. Mit derselben Ausschließlichkeit bestimmten dieses kleine Paket und sein Inhalt Nicks Leben seit drei Monaten. Für einen kurzen, wahnsinnigen und wundervollen Moment wollte Nick, dass Dominik das Tape herunterriss und den Karton öffnete.

Es war ein Gedanke, wie er ihn manchmal hatte, wenn er auf einer Aussichtsplattform stand und sich fragte, wie es wohl wäre, einfach auf das Geländer zu steigen und den entscheidenden Schritt zu tun. Es war nur eine hauchdünne, unsichtbare Membran, die den Wahnsinn von unserem Leben trennte. Jeden Tag gab es unzählige Situationen, in denen ein Schritt, eine Armbewegung, ein Wort genügte, sie zu zerreißen und die Welt ins Chaos zu stürzen. War das die Freiheit, von der alle sprachen? Nick hatte in den letzten Monaten viel darüber nachgedacht. Er hatte keine Antwort gefunden, bloß ein Gefühl. Und dieses Gefühl hatte ihn süchtig gemacht wie eine Droge.

Dominik packte eines der schwarzen Bänder und zerrte daran.

Nick konnte sich nicht bewegen, zu groß war seine Sehnsucht nach einem Jenseits der Normalität, die ihn jedes Mal erbarmungslos zurückrief, wenn er sich ihr zu entziehen versuchte. Wie ein sadistischer Gefängniswärter kam sie ihm vor. Die Normalität bestand aus einem betrunkenen Freund, den er nach einem netten gemeinsamen Abend bei sich auf der Couch schlafen lassen würde, wie das Freunde eben so machten. Das war alles, worauf er hoffen durfte: ein kurzer Riss im alltäglichen Gefüge der Welt, der sich verschloss, noch ehe er richtig aufgebrochen war. Doch der Inhalt des Pakets erlaubte Nick, einen kurzen, rauschhaften Blick in diesen Riss zu werfen. Und was er sah, war die Unbegrenztheit der Möglichkeiten, eine Unendlichkeit, die ihn taumeln ließ.

Fast war es Dominik gelungen, seinen Zeigefinger unter das schwarze Tape zu schieben. Nur ein Ruck und das Tape würde nachgeben, mit einem leisen Zischen zerreißen und dann musste Dominik nur noch den Deckel aufklappen. Doch Dominiks Feinmotorik versagte. Sein Finger glitt vom Paket, seine Hand fiel dumpf neben ihm auf das Bett und das schwere Paket fiel mit einem lauten Geräusch auf den Boden, als hätte jemand gegen einen Gong geschlagen.

»Wir sollten schlafen gehen«, sagte Nick, hob das Paket vom Boden auf und stellte es auf seinen Nachttisch. Dann zog er Dominik hoch. Sein Freund ließ sich widerstandslos ins Wohnzimmer führen. Nick machte sich nicht die Mühe, die Couch auszuziehen. Dominik kippte einfach nach vorne und begann sofort, laut zu schnarchen. Nick holte eine Bettdecke aus seinem Schlafzimmer, deckte seinen Freund zu und löschte das Licht. Dann ging auch er schlafen.

Dominik wachte am nächsten Tag erst spät auf. »Gottverdammt«, sagte er und hielt sich den dröhnenden Kopf. Nick saß vor ihm am Küchentisch, einen Kaffee in der Hand, der verführerisch duftete.

»Guten Morgen«, begrüßte er ihn. Dominik schlurfte ins Badezimmer und spritzte sich kaltes Wasser ins Gesicht. Er stank und als er in den Spiegel blickte, zuckte er zusammen.

Als er ins Wohnzimmer zurückkehrte, hämmerten Eindrücke gegen seine Schädeldecke. Am liebsten hätte er sie geöffnet und alles mit einem Mal herausgelassen.

»Was für eine Nacht«, sagte Dominik.

»Du hast einen lauten Schlaf«, meinte Nick.

»Entschuldige«, sagte Dominik. »Und vielen Dank, dass ich hier schlafen durfte.«

»Kein Problem.«

Dominiks Verstand wollte ihm etwas mitteilen, doch eine Nebelwand verhinderte, dass irgendeine Information zu ihm durchdringen konnte. Er war selbst etwas verwundert, als er wie automatisch das Schlafzimmer ansteuerte. Was wollte er dort? Hatte er dort gestern etwas liegen lassen? Aber warum sollte er überhaupt in Nicks Schlafzimmer gegangen sein?

»Suchst du etwas?«, rief ihm Nick vom Küchentisch aus zu. Dominik ließ seinen Blick durch das Schlafzimmer schweifen. Er hätte nicht sagen können, nach was er suchte, jedenfalls konnte er nichts finden. Das Bett wirkte wie frisch gemacht, das Fenster stand offen und ein Luftzug klärte Dominiks Gedanken so weit, dass er erkennen konnte, wie deplatziert er hier war.

»Ich dachte ...«, begann er, doch wusste selbst nicht genau, was er dachte.

»Ich war gestern wohl ganz schön besoffen«, sagte er stattdessen und kehrte ins Wohnzimmer zurück.

»Hab ich irgendwas Peinliches getan?«

»Nicht peinlicher als sonst auch«, sagte Nick, stand auf und ging mit seiner Tasse zur Küchennische, um sich Kaffee nachzuschenken.

»Setz dich nur«, rief er Dominik über die Schulter zu. »Auch Kaffee für dich?«

BÜRO DES CHEFREDAKTEURS
WIEN, DÖBLING

Donnerstag, 28. August 2003, 15 Uhr

Der Mann hinter dem Schreibtisch blickte ihn mit seinen tiefen Augen an, die Kirsch an einen alten, bösen Hund erinnerten. Er wusste, unter diesem Blick waren schon viele Kollegen gebrochen. Seine Geschichte musste der Prüfung standhalten.

Doch Kirsch wusste, dass das die Story sein konnte, nach der er lange gesucht hatte. Ewigkeiten hatte er schon keine mehr gehabt, fast lange genug, um zu vergessen, wie eine roch. Doch als er diese hier das erste Mal vor sich gehabt hatte, war das Aroma durch seine Nasenflügel gezogen wie eine Schweißwolke in überfüllten Presseräumen. Der Geruch einer Titelstory war unverkennbar.

Die großen Zeiten der Polizeiberichterstattung waren vorüber gewesen, kurz nachdem er sich entschieden hatte, für die Chroniken verschiedener Zeitungen zu schreiben. Er war auf der letzten Welle mitgeschwommen, hatte das Hochgefühl genießen dürfen, bei der Auflösung eines schwierigen Falls dabei zu sein, und den Kick, mit Straftätern Interviews zu führen. Er hatte in die übermüdeten Augen von Ermittlern geblickt, mit ihnen den verwässerten Kaffee aus den braunen Pappbechern ihrer überteuerten Automaten getrunken und um jedes Tatortfoto gekämpft, das seine Kontakte beim Erkennungsdienst hatten abzweigen können. Doch damit war es mittlerweile vorbei. Es gab einfach zu wenige anständige Verbrechen in diesem Wohlfahrtsstaat. Die meiste Zeit schrieb er entweder über häusliche Delikte, über die niemand lesen wollte, weil die meisten Menschen ein ebenso trauriges Dasein fristeten wie die Täter und Opfer seiner Geschichten und davon bloß Angst bekamen. Oder er schrieb über junge Menschen, die abdrifteten in ein Leben voller Drogen und Gewalt. Doch das waren keine Storys mehr, das war bloß noch Gesellschaftskritik mit einer oberflächlichen soziologischen Analyse.

Das wusste der Chefredakteur vor ihm genauso gut wie Kirsch selbst. Deswegen begegnete er Kirschs neuer Story auch mit gewisser Skepsis.

»Und Sie sind sicher, dass das stimmt?«, fragte der Chefredakteur, der sich im Mediendschungel Österreichs einen legendenhaften Status erarbeitet hatte, der gleichermaßen auf Unerschrockenheit, Frechheit und Einschüchterung begründet war.

»Mein Informant ist absolut vertrauenswürdig«, sagte Kirsch. »Sitzt ganz oben im Polizeiapparat.«

Der Chefredakteur ließ ein Brummen hören. »Denn wenn das nicht wasserdicht ist«, sagte er, »stehen wir da wie die größten Deppen.«

Der Saliera-Diebstahl war für Kirsch wie Weihnachten und Ostern zusammen gewesen. Endlich mal wieder ein spektakulärer Fall, der nach einer langen Berichterstattung schrie, nach Hintergründen, Intrigen, exklusiven Interviews! Seine langjährigen Kontakte würden sich bezahlt machen. Doch er hatte sich getäuscht. Der Fall verlief schleppend, es gab kaum Spuren. Zuerst waren ein paar Mitarbeiter des Museums verdächtigt worden, aber daraus war nichts geworden. Bald schon waren die Leser es leid, über einen unbekannten Täter zu spekulieren. Sie wollten neue Entwicklungen präsentiert bekommen. Und genau diese hatte ihnen Kirsch nun zu bieten.

Heute Früh hatte er einen Anruf erhalten. Er sollte sich die Inserate des »Kurier« genauer ansehen. Was er fand, war ein Inserat mit der Überschrift: »Sara please come back«, und einer französischen Telefonnummer. Was der unwissende Leser nicht erahnen konnte, war, dass mit dieser »Sara« nichts anderes als die kostbare und verschwundene Saliera gemeint war. Offenbar war ein Brief des Diebes bei der Versicherung Monadiqos eingegangen, doch das war von der Polizei geheim gehalten worden. Nun hatte die Monadiqos auf die Forderungen des Diebes geantwortet und mit diesem Inserat eine Kontaktaufnahme in die Wege geleitet.

Würde es also endlich losgehen? Würde man den Dieb aus der Reserve locken können?

»Der Saliera-Fall ist der größte Diebstahl in der österreichischen Geschichte«, sagte Kirsch. Er sah, wie die Stirn des Chefredakteurs rot anlief und sich Falten wie prähistorische Gebirgszüge übereinanderschoben. Mit Superlativen gab es bei ihm immer etwas zu holen. Um überhaupt in sein Büro eingeladen zu werden, das in einem großen, grauen Bürogebäude aus den Sechzigern lag und mehr an eine Werbefirma als an ein Zeitungsbüro denken ließ, musste man eine Geschichte parat haben, die das Land in seinen Grundfesten erschüttern würde. Selbst wenn diese Erschütterung beim Erscheinen der nächsten Ausgabe bereits vergessen war.

»Die Story klingt gut, ich geb's ja zu«, sagte der Chefredakteur schließlich. »Sie haben schon alles vorbereitet?«

Kirsch nickte eifrig. »Der Artikel ist druckfertig«, sagte er selbstsicher.

Der Chefredakteur winkte ab. »Schon gut, schon gut.« Als er sich nach vorne beugte, hob sein massiger Körper den zarten Glastisch, hinter dem er saß, ein wenig an.

»Wir können Ihre Geschichte schon bringen, aber mit der Polizei wird das kein Vergnügen. Die sind sicher sauer, wenn das rauskommt. Dann haben Sie vielleicht bald keine Kontakte mehr dort. Ist Ihnen das klar? Sie könnten Probleme mit den falschen Leuten bekommen, wenn Sie so die Ermittlungen behindern.«

Das war Kirsch bewusst, doch es noch einmal von dem Mann vor ihm gesagt zu bekommen, verlieh dem Einwand neues Gewicht. Er dachte daran, wie immer mehr Beamte an der Spitze der Polizei das Interesse an gut recherchierten Artikeln verloren und sich bloß noch für sich gut verkaufende PR interessierten. Dabei saßen er und sie im selben Boot. Journalismus und Polizeiarbeit hatten sich beide seit dem Aufkommen des Internets radikal verändert. Das digitale Zeitalter verlangte nach schnellen, leicht verdaulichen Geschichten. Zeit für Detailarbeit blieb keine mehr. Noch stärker als früher wurde gefiltert, was nach draußen dringen durfte und was nicht. Waren nicht Journalisten und Polizisten, zumindest ihrem Ideal nach, der Wahrheit verpflichtet? Davon hatte Kirsch in den letzten Jahren nichts mehr gespürt.

Die Leute interessierten sich auch immer weniger für die Wahrheit, kam ihm vor. Aber entband sie das von der Aufgabe, nach ihr zu forschen und sie den Lesern, selbst wenn sie mit ihr nicht mehr umgehen konnten, vor Augen zu führen? Klar, er musste Geld verdienen mit seinen Storys, aber war nicht selbst im Boulevard noch Platz für einen letzten Funken Idealismus?

»Es ist Ihre Story, also ist es auch Ihre Entscheidung«, sagte der Chefredakteur. »In zwei Stunden ist Redaktionsschluss. Bis dahin brauche ich eine Antwort.«

Kirsch straffte die Schultern und richtete sich in seinem Sessel auf, so gut es ging. Er würde keine zwei Stunden brauchen. Er kannte seine Antwort.

RAPPORTSAAL
WIEN, ALSERGRUND

Freitag, 29. August 2003, 10 Uhr

Noch bevor die Zeitung auf dem Tisch aufschlug, wusste ich, dass es keine gemütliche Stunde werden würde.

Diesmal sahen die Beamten vor mir tatsächlich aus wie nervöse Schüler. Ein paar hatten ihre Blicke auf die Pulte gesenkt, andere schauten verwirrt auf Dachs. Der Kriminaldirektor stand hinter seinem Tisch, seine Hände hielten die Stuhllehne umklammert und sein Gesicht hatte einen gefährlichen Rotton angenommen. Die Zeitung lag vor mir. Ich erkannte den Namen. Jeden Morgen wurde sie in Millionen Haushalte im ganzen Land geliefert. Die Schlagzeile konnte ich ebenfalls gut lesen.

Das ganze Büro war angespannt gewesen, nachdem sich gestern die Neuigkeit verbreitet hatte, dass die Monadiqos über ein Inserat mit dem Dieb Kontakt aufgenommen hatte. Ich selbst hatte das Inserat bei meinem Spaziergang im Stadtpark zufällig entdeckt. Es bestand kein Zweifel. ›Sara please come back‹, das waren die Worte im Erpresserbrief gewesen.

Weder Kaiser noch Dachs hatten von der Aktion gewusst. Offenbar hatte Direktor Fuchs auf eigene Initiative gehandelt. Ich hatte gestern sofort in der Firmenzentrale angerufen, doch man hatte mir gesagt, Fuchs befände sich geschäftlich im Ausland und wäre erst in einigen Tagen wieder zurück.

Dieses Mal konnte ich Dachs' Wut nachvollziehen. Unsere ganze Taktik beruhte darauf, den Dieb nicht zu provozieren, ihn nicht zu unüberlegten Aktionen zu verleiten. Wir wollten, dass er den nächsten Schritt machte, denn jeder Schritt war einer weiter auf uns zu. Doch das Inserat veränderte alles. Besonders ärgerlich war, dass neben dem Wortlaut aus dem Erpresserbrief eine französische Telefonnummer im Inserat aufschien. Ein Kollege hatte dort angerufen und recht schnell herausgefunden, dass die Nummer zu einem französischen Überwachungsdienst gehörte, der Nummern zurückverfolgen konnte. Wenn unser Dieb nur halb so intelligent war, wie wir dachten, dann roch er die Falle. Und niemand wusste, wie er darauf reagieren würde.

»Irgendjemand hat ausgepackt«, presste Dachs zwischen den Lippen hervor. Ich konnte sehen, wie seine Knöchel weiß wurden, so fest hielt er die Stuhlkante umklammert. Jeden Moment würden sich tausend kleine Risse durch das alte Holz ziehen und Splitter würden durch den Raum schießen wie Gewehrkugeln. Doch Dachs atmete aus, ließ den Stuhl los und verschränkte die Arme hinter dem Rücken.

»Jemand hat der Presse von dem Brief erzählt.«

Ein paar neugierige Köpfe reckten sich, um die Zeitung auf dem Tisch zu sehen. Doch die meisten hatten den Bericht bereits gelesen. Heute würde er im Fernsehen sein und morgen auch in allen anderen Zeitungen des Landes. Ich kannte den Journalisten, dessen Namen unter dem Artikel stand. Egon Kirsch, ein alter Kriminalreporter, der einzige Mann, der mit einer Zigarette zwischen den Lippen eloquenter wurde und so schnell am Tatort erschien wie der Tatortwagen des Erkennungsdiensts. Er hatte ein paar tolle Geschichten geschrieben, früher. Kirsch hatte den Kampf verstanden, der hinter Ermittlungen steckte. Er hatte verstanden, dass Kriminalarbeit mehr einem Epos glich als einer Tragödie, mit zahlreichen, sich widersprechenden Perspektiven und zähen Kämpfen an allen Fronten, die letztlich von Details entschieden wurden, die außerhalb unserer Macht lagen.

Nach den vielen Jahren im Journalismus und den zahlreichen Artikeln hätte er einen Roman schreiben sollen, aber bei seinem Lebenswandel war konzentriertes Arbeiten über einen längeren Zeitraum hinweg vermutlich unmöglich. So war er bei der Chronik geblieben, aus der Zeit gefallen wie eine Schreibmaschine unter Computern. Mit Charakter zwar, aber bereits nach zwei Sätzen viel zu mühsam.

»Wie Sie alle wissen«, sagte Dachs, »ist gestern ein Inserat der Monadiqos im ›Kurier‹ erschienen, um mit dem Dieb der Saliera Kontakt aufzunehmen. Die Monadiqos hat dieses Inserat ohne unser Wissen oder unser Einverständnis aufgegeben. Diese Handlung läuft konträr zu unserer Strategie, den Dieb nicht zu provozieren.«

Die goldenen Abzeichen auf seiner Uniform glänzten nicht wie sonst, offenbar hatte er keine Zeit gefunden, sie zu polieren.

»Niemand wusste von dem Erpresserbrief außer Ihnen, meine Herren.« Dachs machte eine bedeutungsvolle Pause. »Und Direktor Fuchs von der Monadiqos. Ich kann mir aber nicht vorstellen, dass Fuchs dumm genug ist, zuerst ein Inserat aufzugeben und dann die ganze Geschichte der Presse zu stecken. Also muss es hier unter uns jemanden geben, der zu viel Vertrauen in den Journalismus hat.«

»Saliera-Dieb schickt Erpresserbrief« lautete die Schlagzeile. Jetzt wusste es das ganze Land: Der Erpresser hatte sich gemeldet, in den Fall Saliera war Bewegung gekommen. Doch genauso wusste der Erpresser, dass die Polizei involviert war. Denn der Artikel berichtete ausführlich von unserer Strategie und unserer Einschätzung. Einzeltäter, Amateur, schüchtern, zwanghaft, all die Begriffe fanden sich in dem Text. Wir hätten ihm das psychologische Gutachten auch einfach per Brief zuschicken können. Wenn der Täter nun paranoid wurde und das Gefühl bekam, die Polizei wartete bereits vor seiner Tür, dann würde er die Saliera womöglich einschmelzen. Oder sie einfach irgendwo tief vergraben. Und das wäre es dann gewesen mit unserem Saliera-Fall.

»Dieser Artikel«, sagte Dachs, nahm die Zeitung und schlug damit gegen die Tischkante, wie um jedes seiner Worte in hundert kleine Teile zu zerreißen und sie uns entgegenzuschleudern, »bedeutet womöglich das Ende unserer Ermittlungen.« Kurz schwankte sein Blick im Raum herum, bis er sein Ziel ausgemacht hatte: Kaiser saß in der zweiten Reihe. Als ich zu der spontan einberufenen Besprechung erschienen war, war Kaiser bereits hinter einem Pult gesessen, so wie alle anderen Beamten auch, und nicht mehr in der Tischreihe für die Führungskräfte, wo er als Chef des Referats für Diebstahl eigentlich hingehörte und am Anfang der Ermittlungen auch noch gesessen war. Stattdessen saß auf seinem Platz nun Fritz Spätmann, ein großer, breiter Kerl mit wenigen Haaren, zu kurzen Ohren und einer Nase, die aussah, als wäre sie bereits dreimal gebrochen worden. Er war gemeinsam mit Dachs von der Wirtschaftspolizei in die Berggasse gewechselt und hatte bisher in der Drogenfahndung gearbeitet. Man murmelte, er wäre Teil der Prätorianer, einer Garde, die Dachs absolut loyal gegenüberstand. Er war der einzige Beamte, der die ganze Situation mit einem zufriedenen Lächeln verfolgte.

»Ich muss annehmen, dass jemand aus dem Referat für Diebstahl diese strategisch wertvollen Informationen weitergegeben hat. Die Ermittlungsgruppe Kaiser war mit dem Fall betraut, daher fällt das in die Verantwortung des Kollegen Kaiser. Von Anfang an ist dieser Fall viel zu zimperlich angepackt worden.«

Dachs beruhigte sich ein wenig und strich sich die Uniform glatt. Niemand hatte ein Fenster geöffnet und die Hitze drückte gegen die Wände.

»Ein Heer ist nur so gut wie die Generäle, die es anführen. Ein schwaches Glied in der Befehlskette reicht aus, um einen Krieg zu verlieren. Wir brauchen schnelle und klare Entscheidungen. Die alten Zeiten sind vorüber. Das muss auch der Letzte verstehen. Kollege Kaiser«, sagte Dachs und sein Ton wurde hart.

Kaiser erhob sich. Der Stuhl ächzte, als sich 15 Jahre Erfahrung von ihm lösten wie eine Schicht Staub, die sich luzide im Raum ausbreitete. Dachs machte eine schnelle Handbewegung und die Staubschicht war verflogen, als könnte er mit der Bewegung allein die alte Zeit zum Verschwinden bringen. Und vielleicht gelang ihm das ja auch.

»Sie werden von dem Fall abgezogen und vom Dienst suspendiert, solange die Ermittlungen in dieser Sache laufen. Kollege Spätmann wird in der Zwischenzeit Ihre Aufgaben übernehmen. Haben Sie verstanden?«

Die braunen Augen Kaisers, in denen sonst immer ein Flackern zu erkennen gewesen war, blieben dunkel wie ein ausgebranntes Feuer. Er nickte bloß und setzte sich wieder. Kaiser war genug Polizist, um sich auf keine Diskussion einzulassen. Genau wie ich verstand auch er, dass der Polizeiapparat ohne Autorität nicht funktionieren konnte. Keine Ordnung konnte funktionieren, ohne den Willen, sich ihr unterzuordnen. Doch welcher Ordnung folgten wir?

»Ordnung«, sagte Dachs, als hätte er meine Gedanken gelesen, »ist das Fundament unserer Sicherheit. Dinge wie die Saliera, wertvolle Dinge, werden gestohlen, wenn die Ordnung zerfällt. Bevor wir Sicherheit garantieren können, müssen wir Ordnung garantieren.« Er zog den Stuhl unter dem Tisch hervor und setzte sich.

»Kollege Spätmann und ich werden uns über die weiteren Schritte im Fall Saliera beraten«, sagte er. Seine Stimme hatte wieder ihren nüchternen und geschäftsmäßigen Ton gefunden, mit dem er seine Pressekonferenzen bestritt, »und eine neue Strategie entwickeln. Um 16:00 Uhr ist die nächste Besprechung. Bis dahin sind Sie entlassen.«

Kollektive Erleichterung durchströmte den Rapportsaal. Es war den Kollegen anzusehen, dass sie froh waren, nicht

Opfer von Dachs' Zorn geworden zu sein. Auch Kaiser stand auf. Ich warf einen kurzen Blick zu Dachs, doch der war bereits mit Spätmann in ein Gespräch vertieft. Rasch packte ich meine Unterlagen zusammen und drängte mich durch die Menge auf den Gang, wo ich nach Kaiser Ausschau hielt. Ich sah seinen Hinterkopf gerade noch ins Treppenhaus verschwinden.

Mit wenigen Schritten war ich bei der Tür angekommen, riss sie auf und trat in das kühle Stiegenhaus. Doch von Kaiser war keine Spur zu sehen. Hatte ich mich geirrt? Sah ich jetzt schon Gespenster?

Licht brach durch eines der Fenster und verformte die Stiegen vor mir. Ich hörte eine Tür unter mir zuschlagen. Kaiser war vermutlich auf dem Weg in sein Büro. Ich lief die Treppen hinauf und trat hinaus in den Flur des zweiten Stocks. Ich blickte den Gang hinauf und hinab, doch ich konnte niemanden entdecken. Langsam schritt ich die Bürotüren ab, doch Kaisers Name schien nirgendwo auf.

»Dr. Geiger?« Eine bekannte Stimme ließ mich herumfahren. Eine spitze Nase schob sich aus einem Raum auf den Gang, darüber stand das lichte, rotblonde Haar unverkennbar ab.

»Lernet«, sagte ich überrascht. Clemens Lernet arbeitete in Kaisers Team am Saliera-Fall. Er war gerade aus der Gemeinschaftsküche gekommen und hielt eine dampfende Tasse Kaffee in der Hand.

»Alles in Ordnung?« In seinem Blick lag ein Hauch von Besorgnis.

Ich versuchte, mich ungezwungen zu geben. »Harter Tag«, antwortete ich.

Lernet nickte. »Es ist nicht fair, dass der Kriminaldirektor Herrn Kaiser suspendiert hat«, sagte er leise. »Niemand arbeitet so penibel wie er. Hätte der Kriminaldirektor auf Herrn Kaiser gehört, wären wir schon viel weiter. Es scheint, für Dachs gelten andere Regeln.« Den letzten Satz hatte er so leise gemurmelt, dass ich ihn mir vielleicht nur eingebildet hatte.

Es war kein Wunder, dass Lernet so schlecht auf Dachs zu sprechen war. Kaiser war Lernets Mentor. Er hatte ihn in das Referat für Diebstahl geholt. Bald schon hatte sich Lernet jedoch einen eigenen Ruf innerhalb des Polizeiapparats erworben, da er bei allen polizeilichen Leistungstests hervorragend abgeschnitten hatte. Mit seinen Ergebnissen hätte Lernet auch an den Olympischen Spielen teilnehmen können, in so ziemlich jeder Disziplin.

»Deswegen bin ich hier«, sagte ich. »Ich möchte mit Georg sprechen. Ich nehme an, er ist in seinem Büro.«

»Das Büro von Herrn Kaiser?« Lernet klang verwundert. »Aber das ist doch im dritten Stock.«

Ich blickte mich um. Tatsächlich, ich hatte mich im Stock geirrt. Ich versuchte, das Missgeschick mit einem Lächeln abzutun. »Und ich habe schon geglaubt, in dem Job könnte mich nichts mehr überraschen.«

»Sie haben eben die Ordnung ein wenig durcheinandergebracht«, sagte Lernet und versuchte dabei, einen unbeschwerten Ton anzuschlagen. »Das kann schon mal passieren.« Er prostete mir mit der Kaffeetasse zu und verschwand in der Gemeinschaftsküche.

Ja, dachte ich, als ich wieder in das Stiegenhaus trat, ich hatte die Ordnung durcheinandergebracht.

CAFÉ MUSEUM
WIEN, INNERE STADT

Samstag, 30. August 2003, 12 Uhr

Direktor Blum war von Kunst bereits als kleines Kind begeistert gewesen. Während seine Klassenkameraden mit ihren Kindermädchen in den Prater gingen oder von dem Chauffeur ihrer Väter fünfmal die Woche ins Trainingszentrum der Wiener Austria gebracht wurden, um dem geheimen Traum jedes Kindes aus der Bourgeoisie näherzukommen, nämlich in einem Arbeitersport wie Fußball berühmt zu werden, wandelte der kleine Blum durch die Villa seiner Großeltern in Hietzing und betrachtete die dunklen, leicht muffig riechenden Gemälde in den schweren goldenen Rahmen. Noch bevor er erkennen konnte, was auf ihnen gezeigt wurde, konnte er sie fühlen: durch ihren Wert.

Sein Großvater sammelte seit über fünfzig Jahren Kunstwerke, doch sein Geschmack war erratisch und seine Kenntnisse bescheiden. Zu seinen liebsten Bildern gehörte ein Porträt von Georg Eisler, das impressionistische Farbgestaltung mit der Skizzenhaftigkeit eines Karikaturisten verband.

Außerdem ein Werk von Maria Lassnig, das weder der junge Leopold noch sein Großvater richtig verstanden. Und ein Bild von Helnwein, das der Großvater Blum erst viel später gezeigt hatte, als dieser schon studierte, und das er im Keller gut unter Verschluss hielt, weil niemand denken sollte, er, der Großvater, teilte auch nur irgendeine politische Ansicht dieses Radikalen.

»Aber in ein paar Jahrzehnten wird es viel wert sein«, sagte ihm sein Großvater. Mittlerweile verstand Blum natürlich, dass sich der Wert von Kunstwerken nicht allein mit Geld bemessen ließ. Es ging um die Innovativität des Künstlers, um seine technischen Fertigkeiten, um den Einfluss, den das Werk auf andere Künstler hatte. Doch nie sollte er die Ehrfurcht verlieren, die er verspürt hatte, als seine Finger unerlaubterweise über die brüchigen Leinwände strichen. Diese Ehrfurcht hatte ihn letztlich bis ins Amt des Direktors des Kunsthistorischen Museums aufsteigen lassen.

Und dann war die Saliera verschwunden. Seit Monaten sägte die österreichische Presse an seinem Posten. Das Fehlverhalten der Sicherheitsleute, die den Alarm zurückgestellt hatten, und die mangelhaften Sicherheitsvorkehrungen während der Renovierungsarbeiten - er allein trage die Schuld, so die Meinung jener, die in ihren Kolumnen zum gemeinen Volk sprachen.

Aus der Politik konnte er auch keine Rückendeckung erwarten. Die lackierten Zehen der Bildungsministerin hatte er das letzte Mal bei der schicksalsschweren Begegnung im Landtmann gesehen, doch waren sie nicht für ihn, sondern für seinen ärgsten Konkurrenten entblößt worden. Diese Schmach hatte er noch immer nicht verdaut.

Auf Empfänge mochte er nicht mehr gehen, Ausstellungen zu eröffnen, bereitete ihm keine Freude mehr. Das Schrecklichste war jedoch, dass sich seine Bilder gegen ihn verschworen hatten. Betrachtete er seine Lieblinge – Caravaggio, Arcimboldo, vor allem aber Bosch –, so ließen ihn die Gemälde völlig kalt. Er sah jeden Riss, jeden verblassten Pinselstrich, jede fehlerhafte Proportion. Die Geschichten sprachen nicht mehr zu ihm, luden ihn nicht ein, im Gegenteil, sie sperrten ihn aus.

Dafür verfolgten sie ihn, sobald er seinen Blick von ihnen nahm. Die entstellten, verformten, ins Grässliche verzogenen Gesichter Arcimboldos lachten ihm mit ihren schiefen Nasen und verwachsenen Schädeln hinter der Kasse des Museums entgegen. Betrat er ein Zimmer, riss es der Schatten Caravaggios entzwei, deckte alles darin zu wie mit einem Leichentuch. Sein Büro kam ihm vor wie ein zu groß geratener Sarkophag, der sich eines Tages schließen würde, ohne ihn wieder hinauszulassen, und dann würde ihn ein Mitarbeiter neben die jahrtausendealten Gräber der Pharaonen in der Ägyptischen Sammlung stellen und die Besucher würden, ganz leise, sein Flehen hören, ihn doch bitte herauszulassen, doch sie würden einfach weitergehen, denn niemand machte sich die Mühe, in die Ausstellungsstücke hineinzuhören.

Am schlimmsten war es jedoch mit Bosch. Bosch, den er so liebte, den er erforscht hatte und dem er eine Ausstellung hatte widmen wollen. Nacht um Nacht führten ihn seine

Träume in die unzähligen Höllen, die sich der Meister ausgedacht hatte für seine sündigen Zeitgenossen. Blum wurde auf Räder gespannt, in feuerspeiende Mäuler geworfen, fühlte, wie ihm die Haut von den Knochen geschält wurde. Fast jeden Morgen erwachte er schweißgebadet und hatte nur einen Wunsch: dass die verdammten Werke zwischen ihren Rahmen und auf ihren Plätzen blieben! War das etwa ihre Rache dafür, dass eines der ihren von seinem angestammten Platz entführt worden war und dort eine klaffende Lücke hinterlassen hatte? Und wenn dem so war, was war die Erlösung von seinen Qualen? Etwa die Zurückgewinnung der Saliera?

Als Blum schon dachte, er müsste die Therapeutin wechseln, um der Verfolgung durch die Bilder Herr zu werden, hatte sich eine ungeahnte Möglichkeit für ihn eröffnet. Seit dem Saliera-Diebstahl trank er seinen morgendlichen Kaffee nicht mehr im Café des Museums, sondern verzog sich in sein Büro. Dorthin nahm er sich auch ein paar Tageszeitungen mit, um sie mit klopfendem Herzen nach einer neuen Berichterstattung über ihn abzusuchen. Als er vor zwei Tagen die Titelseite einer landesweit gelesenen Zeitung überflog, stockte ihm kurz der Atem. Eine neue Entwicklung im Saliera-Fall und er hatte von nichts gewusst! Die Polizei hatte es nicht einmal für nötig erachtet, ihn über den Erpresserbrief zu informieren.

Schnell las er den Artikel. Und dann las er ihn noch einmal. Voller Glück stellte er fest, dass er darin nur eine Randfigur war und dass der Text an der Arbeitsweise der Polizei kein gutes Haar ließ. Es hatte den Anschein, der Täter würde die Beamten vor sich hertreiben.

Blum legte die Zeitung beiseite und nippte nachdenklich an seinem Cappuccino. Offenbar spielte jeder sein eigenes Spiel, die Polizei und die Versicherungsfirma Monadiqos. Da war doch bestimmt noch Platz für einen mehr.

Er schlug noch einmal den Artikel auf. Egon Kirsch war der Name des Reporters. Kurzerhand teilte er seiner Assistentin mit, dass er in der nächsten halben Stunde nicht gestört werden wollte. Danach rief er bei der Zeitung an, um sich mit Kirsch verbinden zu lassen. Es stellte sich heraus, dass der Mann als unabhängiger Journalist arbeitete. Na toll, dachte Blum, ein Übriggebliebener. Er ließ sich trotzdem die Nummer geben.

Bereits nach dem zweiten Klingeln hob Kirsch ab.

»Hallo?« Die Stimme klang, als befände sich der Journalist in einer Dampfkammer.

»Egon Kirsch? Hier spricht Direktor Leopold Blum vom Kunsthistorischen Museum Wien. Ich fand Ihren Artikel über die Saliera sehr interessant und würde mich gerne mit Ihnen darüber unterhalten. Wie wäre es heute Mittag im Café Museum?«

Kirsch machte sich nicht einmal die Mühe, so zu tun, als müsste er in seinen Terminkalender schauen. Er sagte sofort zu.

Vier Stunden später saß Blum an einem Ecktisch des Cafés und beobachtete nervös den Eingang. Schon 15 Minuten zu spät. Kurz bevor er zur Überzeugung kam, dass die ganze Sache eine dumme Idee gewesen war, kam ein Mann durch die Tür, der ohne Zweifel Kirsch war. Der Mann hatte schütteres Haar, trug eine abgewetzte Lederjacke, aus deren Brusttasche eine Packung Marlboro ragte, und seine Hosenbeine schleiften über den Boden. Als Kirsch auf seinen Tisch zusteuerte, wünschte sich Blum, in einem von Boschs Höllenschlunden zu verschwinden.

»Direktor Blum«, sagte Kirsch und nahm neben ihm Platz. Kirsch winkte dem Kellner energisch. »Ein Bier«, sagte er. Blum winkte ab.

»Sie haben also meinen Artikel gelesen«, sagte Kirsch. »Ist Ihnen wohl aufgefallen, dass Sie bei mir nicht der Böse sind.«

Blum gefiel Kirschs Ton überhaupt nicht, aber als sich dieser Mann an seinen Tisch gesetzt hatte, war etwas in Gang gesetzt worden, dem er sich nur noch ergeben konnte.

»Hätten Sie Interesse an einem Exklusivinterview?«

»Mit Ihnen?« Kirsch lachte. »Jedes Interview mit Ihnen ist exklusiv, Direktor. Was soll man Sie denn noch fragen?«

Blum spürte Wut in sich hochsteigen. Wenn er sonst mit Journalisten sprach, waren es distinguierte Kunstkritiker, vor denen er zwar manchmal Furcht verspürte, die aber trotz allem um seine Gunst buhlen mussten, um Spezialführungen und eine Sonderbehandlung zu bekommen. Es wäre undenkbar gewesen, dass so ein Prolet über die Kühnheit eines Tizian schrieb oder die Verspieltheit eines Vermeer!

»Ich werde Ihnen genau schildern, was in der Nacht des Einbruchs passiert ist. Sachen, die Sie nicht in Polizeiberichten finden.« Das war eine schwache Karte, doch Blum musste irgendwie die Neugierde des Journalisten wecken.

Der Kellner brachte das Bier. Als er gegangen war, nahm Kirsch einen großen Schluck und wischte sich den Schaum mit dem Handrücken von den Lippen. Er schien nachzudenken. Vielleicht sammelte er aber auch nur Kraft für den nächsten Schluck.

»Ich würde Ihnen ja wirklich gern glauben«, sagte Kirsch schließlich. »Aber was haben Sie Neues zu erzählen?«

»Ich will Ihnen die Wahrheit sagen.« Blum seufzte. Er schämte sich, mit so einem Kretin vertrauensselig werden zu müssen. »Ich möchte die Aufmerksamkeit des Diebes auf mich lenken.«

Kirschs Augen blitzten auf. »Sie sind sauer, dass Ihnen niemand von dem Erpresserbrief erzählt hat, was? Wollen auch mitspielen.«

Der Mann war nicht so blöd, wie er aussah. Blum nickte.

»Offenbar verfolgt die Monadiqos eigene Pläne. Ich traue keinem von denen. Die Polizei will einen Täter, die Monadiqos will kein Geld verlieren. Aber ich will die Saliera zurück.«

»Um Ihren Job zu retten«, sagte Kirsch.

»Weil es ein unbezahlbares Kunstwerk ist!«

»Klar, deswegen auch.« Kirsch grinste und nahm noch einen Schluck von seinem Bier, das in erschreckend kurzer Zeit beinahe verschwunden war. »Damit haben wir eine Geschichte. Aber damit das was wird, müssen Sie voll einsteigen. Ich blase das Ganze groß auf: ›Direktor des Museums richtet sich an den Dieb‹. Ein Interview, wie enttäuscht Sie von den Ermittlungen sind. Dass Sie die Sache jetzt selbst in die Hand nehmen wollen. Trauen Sie sich das zu? Sie könnten damit ein paar Leuten auf die Füße steigen. Nicht nur in der Polizei, auch in der Politik.«

Blum zuckte mit den Schultern. Es verwunderte ihn, wie leicht ihm die Bewegung fiel und wie befreiend sie sich anfühlte. »Wenn die Saliera nicht zurückkommt, bin ich meinen Job früher oder später sowieso los.«

Kirsch trank aus, stellte das Bier ab und streckte Blum die Hand hin. Seine Fingernägel waren lang und Dreck breitete sich unter ihnen aus wie billiger Nagellack. Es kostete Blum einige Überwindung, bevor er einschlagen konnte. »Abgemacht«, sagte Kirsch, kramte in der Innentasche seiner Lederjacke und holte ein altes Aufnahmegerät hervor, das noch mit Kassette lief.

»Sie bezahlen die Getränke«, sagte er, während er es auf dem Tisch platzierte.

Blum nickte nur.

»Dann mal los«, sagte Kirsch und drückte auf die kleine grüne Taste.

Das Band begann zu laufen.

BRAND BEI ZWETTL
WALDVIERTEL, NIEDERÖSTERREICH

Montag, 1. September 2003, 11 Uhr

In diesem Wald hatten sich Clara und er zum ersten Mal geküsst.

Er hatte sie von ihrem Elternhaus abgeholt und sie waren stundenlang durch den Wald spaziert, der sich hinter Brand erstreckte. Nick kannte Clara, wie sich im Dorf eben alle kannten, aber sie war in eine andere Schule gegangen und er hatte sie nur gelegentlich gesehen, bei Feuerwehrfesten oder beim Heurigen. Er hatte gerade die Schule abgeschlossen und den Grundwehrdienst absolviert und wusste nicht so recht, was er mit seinem Leben anfangen sollte. Den Sommer verbrachte er überwiegend bei seinen Großeltern in Brand, weil sie einen großen Garten mit einem aufblasbaren Pool hatten, in dem er sich abkühlen konnte. Bald hatte er festgestellt, dass Claras und seine Großeltern gute Freunde waren. Er sah sie, wenn sie deren Geschirr zurückbrachte oder er ein Stück Kuchen, den seine Oma gebacken hatte, bei ihrer Familie ablieferte. Irgendwann begleiteten sie einander auf diesen Wegen. Und bald brauchten sie keine Entschuldigung mehr, um durch das Dorf zu spazieren.

Clara hatte die Schule gerade abgeschlossen und war ein Jahr jünger als Nick. Sie wollte die Ausbildung zur Volksschullehrerin machen. Ihre große Liebe galt dem Tanzen.

»Aber ich möchte kein Profi werden«, hatte sie ihm erzählt. »Viele meiner Freundinnen wollen in Wien studieren oder ins Ausland gehen. Ich sehe das Mitleid in ihrem Blick, wenn ich von meinen Plänen erzähle. Aber ich bin glücklich hier. Und ich habe das Gefühl, das ist schon eine ganze Menge. Warum soll ich das aufs Spiel setzen?«

Nick liebte es, ihr zuzuhören. Ihre Gedanken waren klar, wie kaltes Bergquellwasser flossen sie durch ihn und waren ihm näher als seine eigenen verschlungenen Vorstellungen. Sie war eine Frau, die auch Präsidentin hätte werden können, wenn sie es gewollt hätte, aber sie hatte sich dafür entschieden, Volksschullehrerin zu werden und nebenbei zu tanzen. Bisher hatte Nick nie Probleme gehabt, Mädchen näherzukommen, was wohl auch daran lag, dass sie meist die ersten Schritte setzten. Doch bei Clara war das anders. Er wurde still neben ihr, blickte sie nur verstohlen an, wollte ihr Freund sein und fürchtete doch so sehr, bloß ihr Freund zu bleiben. Es war der mutigste Moment seines Lebens gewesen, als er, während sie beide eines Tages durch den Wald spazierten, zwischen zwei Eichen ihre Hand genommen und sie geküsst hatte. Wenn das Gewicht seines ganzen Lebens in einem Augenblick gelegen hatte, dann war es dieser gewesen. Als sie sich voneinander lösten, hatte sie ihn angelächelt. Und seitdem waren die beiden ein Paar, mittlerweile verheiratet und Eltern einer gemeinsamen Tochter.

Sie waren in all den Jahren oft durch den Wald spaziert und hatten füreinander Geschichten erfunden.

»Hier würde ich eine Leiche vergraben«, sagte etwa Nick und deutete auf einen ausgedörrten Baumstamm, der wie ein Skelett aus der Erde ragte.

»Diese beiden Bäume waren einmal Liebende«, sagte Clara und zeigte auf zwei Buchen, die ineinander gewachsen waren.

»Und hier«, sagte sie eines Tages, als sie unter einer großen Eiche saß, »würde ich einen Schatz verstecken.«

Nick hatte alles. Er hatte alles gehabt, seit diesem Moment des ersten Kusses. Und doch stand er nun unter der großen Eiche und schaufelte ein metertiefes Loch.

Schweiß rann ihm den Rücken hinab. Sein Unterhemd klebte an ihm wie eine zweite Haut. Auf seinen Handflächen hatten sich mittlerweile Blasen gebildet. In seinem Beruf musste er meistens Dinge verschrauben und verkabeln. Seit sie das Haus seiner Großeltern hergerichtet hatten, um einzuziehen, hatte er nicht mehr richtig gearbeitet. Er hatte ganz vergessen, wie gern er den ziehenden Schmerz und monotone Bewegungen mochte.

»Das ist doch wohl nicht für jemanden, den ich kenne?«

Nick drehte sich herum. Er erkannte die Stimme. Sie war tief und melodiös und passte gar nicht nach Brand. Sie gehörte Anja, einer Frau Mitte dreißig, die vor etwa einem Jahr mit ihrer kleinen Tochter ins Haus gegenüber eingezogen war.

Nick und Clara trafen sie manchmal auf ihren Spaziergängen im Wald und tauschten ab und zu ein paar Worte aus. Nick wusste kaum etwas über sie, außer dass sie zuvor in Graz gelebt hatte und geschieden war. Er hatte keine Ahnung, was sie nach Brand verschlagen hatte und es interessierte ihn auch nicht.

Nick stieg aus dem Loch, steckte die Schaufel in die Erde und stützte sich darauf. »Schlechte Idee, das hier zu machen. In Brand würde jeder sofort merken, wenn einer verschwindet, weil hier alle nur auf so etwas warten.«

Anja lächelte, indem sie die Lippen zu einem leicht gekrümmten Strich verzog. Ihre Haut hatte einen olivfarbenen Teint und ihre Augen erinnerten Nick an eine Katze. Sie blitzten ihn auf verspielte Weise an.

»Ganz schönes Kaff«, sagte sie.

»Deswegen liebe ich es«, gab Nick zurück. »Wegen der Ruhe.«

Anja seufzte. »Das stimmt. Aber manchmal wünscht man sich schon ein wenig Abwechslung.«

»Ich habe genug Abenteuer«, sagte Nick freundlich.

»Das sehe ich.« Anja lachte. »Wer gräbt schon ein metertiefes Loch hundert Meter von seinem Haus entfernt? Was ist dein Geheimnis?«

»Wenn ich dir das verrate, dann ...« Nick beendete den Satz nicht.

»Was dann?«, fragte Anja.

Sie tat einen Schritt auf Nick zu. Dabei fiel ihr Blick auf das kleine Paket neben dem Loch und sie stutzte. Es war aus rotbraunem Karton, mit schwarzem Tape abgeklebt.

»Was ist denn das?«

»Ein Paket«, sagte Nick.

»Ist das ...« Anja zog die Augenbrauen zusammen. »Da ist doch keine Katze drin, oder?«

»Doch«, sagte Nick.

»Genau das ist es. Sie war schon recht alt, aber meine Tochter hatte sie sehr gerne.«

Anja machte einen Schritt zurück. In ihrem Blick lag nun Verständnis.

»Wir hatten einen Hund in Graz. Ich habe Vicky bis vor Kurzem noch erzählt, er wäre mit einer Hündin weggelaufen.«

»Es wäre gut, wenn das unter uns bleiben könnte«, sagte Nick und Anja nickte.

»Natürlich«, sagte sie. »Es ist der erste Schritt auf dem unumkehrbaren Weg, erwachsen zu werden.«

»Was?«, fragte Nick.

»Zu verstehen, dass manche Dinge nicht wiederkommen.«

Für eine Weile schwiegen beide und blickten in das Loch hinab, das Nick geschaufelt hatte.

»Ich werde dich nicht länger stören«, sagte Anja schließlich. »Vielleicht sieht man sich ja wieder, wenn du nicht gerade Gruben aushebst.«

»Es ist ein kleiner Ort«, sagte Nick.

Anja lachte und winkte Nick zu. Dann drehte sie sich um und war kurz darauf zwischen den Bäumen verschwunden. Für eine Weile blieb Nick einfach neben dem Loch stehen. Es war der perfekte Ort. Selbst Anja, die ihn hier gesehen hatte, würde diesen Platz bereits nach wenigen Minuten vergessen haben und in dem Wald nicht wiederfinden können. Nichts schien diesen Flecken Erde für den unbeteiligten Beobachter von den anderen zu unterscheiden. Doch Nick würde diese Eiche unter Tausenden wiedererkennen, weil sie mit einer Geschichte verbunden war. Jedes Mal, wenn er mit Clara spazieren ging und sie an diesem Ort vorbeikamen, würde er daran denken, dass nun endlich ein Schatz hier vergraben lag, so wie sie es ihm vor Jahren vorgeschlagen hatte.

Nachdem die Polizei von dem Brief Wind bekommen hatte, wollte er Abstand gewinnen und in Ruhe über seinen nächsten Schritt nachdenken. Er hatte sich noch nicht entschieden, wie dieser nächste Schritt aussehen würde. Doch nachdem er die erste Panik überwunden hatte, war ihm klar geworden, dass es einen nächsten Schritt geben würde. Er hatte bereits ein paar Ideen.

Und wenn es so weit war, würde er wissen, wo er graben musste, um seinen Schatz wiederzufinden.

Nick wischte sich den Schweiß von der Stirn, nahm die Schaufel in die Hand, stieg in das Loch und stieß die Spitze der Schaufel so tief in die Erde, wie er nur konnte.

DRITTER TEIL

DIE JAGD

2. Oktober bis 15. November 2005

Ungefähr in meinem fünften Jahr befand sich mein Vater in einem kleinen Gewölbe unseres Hauses, wo ein gutes Feuer von eichnen Kohlen übrig geblieben war; Zufälligerweise erblickte er mitten in der stärksten Glut ein Tierchen wie eine Eidechse, das sich in diesen lebhaften Flammen ergötzte. Er ließ mich und meine Schwester rufen, zeigte uns Kindern das Tier und gab mir eine tüchtige Ohrfeige. Als ich darüber heftig zu weinen anfing, suchte er mich zu besänftigen und sagte: Lieber Sohn! Ich schlage dich nicht, weil du etwas Übles begangen hast, vielmehr dass du dich an dieser Eidechse erinnerst, die du im Feuer siehst. Das ist ein Salamander, wie man noch keinen gesehen hat.

Aus »Leben des Benvenuto Cellini,
von ihm selbst geschrieben«

PADUA, ITALIEN

Sonntag, 2. Oktober 2005, 12 Uhr

Kein Palast und keine Kathedrale, kein Fresko und keine Skulptur verkörperten für Direktor Blum das italienische Lebensgefühl so gut wie die brusthohen, silbernen Stehtische aus Aluminium, die im Sommer gefährlich heiß wurden und mit ihrer reflektierenden Oberfläche den unvorsichtigen Kaffeetrinker beinahe erblinden lassen konnten. Die Kunstfertigkeit und Eleganz eines Italieners in dunkelblauem Dreiteiler, der nur wenige Meter neben ihm stand und vor einem kleinen Café einen tiefschwarzen Espresso mit einer schnellen, jahrelang geübten Bewegung seines rechten Arms zum Mund führte und hinunterkippte, erinnerten ihn an die Pinselstriche von Botticelli.

»Lassen Sie uns ein wenig spazieren, die Beine vertreten«, sagte Morini. »Außerdem müssen wir italienische SIM-Karten kaufen.« Blum folgte seinem Reisegefährten und dachte einmal mehr darüber nach, wie er hierhergekommen war.

»Direktor des Kunsthistorischen Museums signalisiert Saliera-Dieb: Ich bin verhandlungsbereit«, das war die Überschrift des Artikels gewesen, den Kirsch vor zwei Jahren in einer großen Tageszeitung hatte unterbringen können. Der Bericht war auf viel Resonanz gestoßen.

Kriminaldirektor Dachs hatte Blum sogar in sein Büro zitiert, um ihm persönlich mitzuteilen, was er davon hielt, dass sich der Direktor direkt an den Saliera-Dieb gewandt hatte.

»Das sorgt nur für unnötige Verwirrung!«, hatte Dachs gewettert. »Sie haben keinerlei Erfahrung mit solchen Situationen.«

Doch Blum wusste, dass er mit diesem Interview nichts Illegales getan hatte.

»Irgendjemand muss die Saliera zurückbringen«, hatte er geantwortet.

»Wenn Sie vom Dieb hören, melden Sie sich unverzüglich bei uns, verstanden?«

Blum hatte genickt, doch sein Plan hatte anders ausgesehen. So sehr der Diebstahl seiner Reputation geschadet hatte, so schnell konnte eine Rückgewinnung alles vergessen machen. Würde eine triumphale Rückholung der Saliera sein Ansehen nicht sogar vergrößern?

Doch die letzten zwei Jahre waren eine Enttäuschung gewesen. Bereits wenige Tage nach Erscheinen des Artikels hatte er die ersten Zuschriften erhalten. Bald schon war das Postfach, das er eigens für den Dieb hatte einrichten lassen, vor Briefen übergegangen und das Telefon im Sekretariat stand kaum noch still. Wie es schien, hatte jeder Bürger Wiens einen Saliera-Dieb als Nachbarn. Die meisten Nachrichten waren selbst für den unerfahrenen Blum auf den ersten Blick als lächerliche Versuche zu erkennen gewesen, sich wichtig zu machen oder an Geld zu kommen. Einigen Spuren war er nachgegangen, doch keine davon war nach einem Gespräch mit den vermeintlichen Informanten noch ernst zu nehmen gewesen. Einen Monat nach Erscheinen des Artikels hatte er seine Entscheidung bereits bereut. Offenbar hatte der Dieb kein Interesse, mit dem Direktor des Museums zu verhandeln.

Das Verhältnis mit der Bildungsministerin hatte sich nicht gebessert. Sie hatte ihm zwar nicht ewig aus dem Weg gehen können, aber wenn sie sich bei offiziellen Anlässen oder Veranstaltungen sahen, hatte sie kaum mehr als ein paar höfliche Worte für ihn übrig. Über Ausstellungen oder Ankäufe fantasierten sie schon lange nicht mehr gemeinsam. Zu allem Überfluss hatte Blums schlimmster Konkurrent, der Direktor der Kunstakademie, letztes Jahr jene Bosch-Ausstellung organisiert, die Blums lang gehegter Traum gewesen war. Rund um das Weltgerichtstriptychon waren die Höllenvisionen des flämischen Meisters zu sehen gewesen. Die Ausstellung wurde von Kritikern und Medien gefeiert und war bei den Besuchern ein großer Erfolg gewesen. Blum war nicht hingegangen.

Sein letzter Trost war, dass er seinen Posten entgegen seinen Erwartungen noch nicht verloren hatte. Vermutlich wollte die Politik nicht noch mehr Aufmerksamkeit auf ihn lenken. Doch nächstes Jahr lief sein Vertrag aus und eine Neubestellung schien unter diesen Umständen unmöglich. Die persönliche Verbindung zu den Kunstwerken seines Museums war ebenfalls nicht zurückgekehrt. Im Gegenteil, seine Verzweiflung schien sie bloß darin zu bestärken, ihn zu verfolgen. Ging er durch die Gemäldegalerie, fühlte er den Schmerz der dargestellten Figuren, sobald er den Blick von ihnen abwandte. Er schauderte, als ihn die Bloßstellung und Verlassenheit von Tizians Christus überkamen. Er spürte, wie er von der Trauer von Annibale Carraccis Pietà über den Verlust des geliebten Kindes umhüllt wurde, und die hundert Pfeile, die in Mantegnas Gemälde den heiligen Sebastian durchlöcherten, fuhren ihm bis in die Knochen. Die Säle mit den Weltuntergangsszenarien der flämischen Maler betrat er gar nicht mehr.

Vor zwei Wochen war er wie jeden Morgen an dem Flügel gesessen, der in seinem Büro stand. Der Bösendorfer war ein Erbstück seines Großvaters und er hatte es sich zur Gewohnheit gemacht, darauf zu spielen, bevor sein Arbeitstag begann. Die frühmorgendlichen Vorbereitungen der Mitarbeiter wurden begleitet von Bach, Beethoven und Mozart. Nur in den Wochen nach dem Saliera-Diebstahl war es still geblieben.

Die Musik war nun sein Zufluchtsort, in dieser Zeit, in der sich die Bilder von ihm zurückzogen. Blieben die Geheimnisse unter der Oberfläche des alltäglichen Lebens seinen Augen verborgen, so standen sie seinen Ohren zumindest weiter offen.

Die Klänge von Mozarts Klaviersonaten erfüllten den Raum, als Blums Finger über die Tasten strichen. Sein Großvater hatte immer gesagt, dass man Mozart nur als Anfänger richtig spielen konnte. Das exaltierte und technische Spiel des Profis verdunkelte die kindliche Genialität, die den Stücken innewohnte.

Erst wer die Regeln verlernte, über sie hinausstieg, gelangte zu der reinen, in ihrer Natürlichkeit naiven Besonderheit von Mozarts Musik.

Also schloss Blum die Augen und versuchte zu vergessen. In diesem Vergessen fühlte er sich so lebendig, wie er sich den Rest des Tages nicht mehr fühlen würde.

Ein Klopfen riss ihn aus der tonalen Zwischenwelt und verengte sein Gefühlsspektrum, das soeben noch aufgefächert worden war von den unterschiedlichen Tönen, auf die Angst vor dem Versagen, die sein täglicher Begleiter geworden war.

Blum schloss den Deckel des Klaviers. »Herein«, sagte er.

Seine Sekretärin trat ein. Sie hatte die morgendliche Korrespondenz unter den Arm geklemmt.

»Legen Sie die Papiere einfach auf den Tisch«, sagte Blum.

Als die Sekretärin die Briefe ablud, legte sie einen gut sichtbar in die Mitte des Tisches.

»Vom Ministerium«, sagte sie leise und vermied es, Blum dabei in die Augen zu sehen.

Als sie den Raum verlassen hatte, stand Blum langsam auf und trat vor den massiven Biedermeier-Schreibtisch. Er nahm den Brief und öffnete ihn.

Es war die Einladung zu einer Evaluierung seiner Arbeit. Informell im Ton, erschreckend in der Sache. Ende des Jahres würde es so weit sein, Anfang Dezember. Zwei Monate blieben ihm also noch. Und dann? Blum ließ den Brief aus seinen Fingern gleiten und sank in seinen Stuhl. War es endlich so weit? Würde man ihm dort mitteilen, dass seine Zeit als Direktor des Kunsthistorischen Museums vorüber war?

Ohne Interesse ging er die anderen Briefe durch. Bis er bei einem innehielt, der anders war als die übrigen: Der Umschlag war handbeschrieben und statt des Absenders war auf der Vorderseite eine kleine Zeichnung zu sehen. Erst bei genauerer Betrachtung erkannte er, dass es sich bei den feinen Linien um eine Skizze der Saliera handelte.

Mit zitternden Fingern riss Blum den Umschlag auf und zog einen Brief heraus. Auch er war handgeschrieben, kleine und ineinanderfließende Buchstaben besetzten fast jeden Millimeter des Blattes, schlängelten sich über das Papier wie Kletterpflanzen.

Der Schreiber drückte sich gewählt aus und ließ Kenntnisse über die Saliera einfließen, die Blum stutzig machten. Wie sich ihr Gold in der nackten Hand anfühlte, die Schwere der Figur, die technische Ausführung des Salzfasses, es klang beinahe so, als ob der Schreiber das Werk in der Hand gehabt hatte.

Am Ende des Briefes war eine Nummer angegeben. Blum überlegte nicht lange und rief sofort an. Nach einigen Momenten, die Blum wie ein einziger langer, atemloser Herzschlag vorkamen, meldete sich eine tiefe, melodiöse Stimme.

»Sie haben mir einen Brief geschickt«, sagte Blum. Schweißperlen hatten sich auf seine Stirn geschlichen. Bloß keinen Fehler machen, dachte er.

»Nicht über das Telefon«, sagte der Mann am anderen Ende der Leitung. »Wir treffen uns in einer Stunde im Burggarten. Gegenüber dem Theseustempel.«

Blum erschien pünktlich, doch außer ein paar Müttern, die Kinderwägen über den Kies schoben, und plaudernden Studenten sah er niemanden. Er setzte sich auf eine Bank und blickte auf den weißen klassizistischen Tempel vor ihm. In Gedanken versunken nahm er eine schemenhafte Bewegung im Augenwinkel wahr. Bevor er sich umdrehen konnte, hatte sich ein älterer Herr neben ihn gesetzt. Er trug einen grauen Hut, eine kantige Sonnenbrille, ein hellblaues Leinenhemd, weiße Hosen und braune Schuhe. Auf seinen gebräunten Fingern glitzerten ein paar Ringe. Er erinnerte Blum an den späten Marcello Mastroianni.

»Sie wollen die Saliera wiederhaben, nicht wahr?«, fragte der Mann, als ginge es um das Wetter. »Vielleicht kann ich Ihnen dabei helfen.«

An diesem Tag hatte Blum Pietro Morini kennengelernt. Morini war ein Italiener, dessen Familie aus der Toskana stammte und, wie der ältere Herr durchblicken ließ, über Bankgeschäfte in der Zwischenkriegszeit zu Reichtum gekommen war. Morini lebte bereits seit dreißig Jahren in Wien, hatte Philosophie studiert und verbrachte seine Zeit in gehobenen Restaurants, mit dem Flanieren durch Ausstellungssäle und dem Besuch von Konzerten. Blum hatte Probleme, Morinis biografische Angaben zu verifizieren, aber der Mann erschien ihm schon bald als letzte Möglichkeit, seine Fehler ungeschehen zu machen. Mit jedem Tag rückte der Termin der Evaluierung unerbittlich näher. Mit jeder Sekunde suchte er verzweifelter nach etwas, das er vorweisen konnte, einem Funken Hoffnung, golden schimmernd wie das Salzfass, an dem sein Schicksal hing. Diese Hoffnung lag in der Behauptung Morinis, bei einem seiner Besuche in der Toskana die Saliera mit eigenen Augen gesehen zu haben.

»Ein guter Freund meines verstorbenen Vaters«, erzählte Morini, »sammelt seit vielen Jahren italienische Renaissancekunst. Über ein paar Männer, die der Famiglia nahestehen, hat er erfahren, dass die Saliera zum Verkauf angeboten wird. Der Dieb weiß offenbar nicht, wohin damit, und will sie auf dem Schwarzmarkt loswerden. Vor einem Monat habe ich den Sammler begleitet, um das Stück zu begutachten. Und soweit ich sehen konnte, handelt es sich um das Original.«

Die ganze Geschichte klang wenig vertrauenswürdig, doch Morini berichtete mit solcher Euphorie von dem gestohlenen Kunstwerk, dass Blum nicht anders konnte, als ihm zu glauben. Viermal hatten sie sich in den kommenden zwei Wochen getroffen und jedes Mal hatte Morini ein wenig mehr Informationen preisgegeben.

»Ich konnte die Abschürfungen sehen«, hatte er Blum erzählt. »Ein Stück des Dreizacks ist abgebrochen.« Hatte der Dieb davon nicht in seinem ersten Brief geschrieben? Blums Aufregung wuchs. Doch zugleich wusste er nicht, wie er weiter vorgehen sollte.

Diese Überlegungen wurden ihm abgenommen, als ihn Morini am Freitag anrief und um ein weiteres Treffen im Burggarten bat.

»Soeben hat mich ein Freund aus Florenz kontaktiert«, erzählte Morini, als sie sich auf ihrer üblichen Bank niedergelassen hatten, zwei betagte Männer vor dem Theseustempel. Genauso gut hätten sie über ihre Enkelkinder oder vergebene Chancen sprechen können. »Der Dieb hat den Druck nicht ausgehalten und die Saliera ausgesprochen günstig an meinen Freund verkauft. Er ist bereit, sie Ihnen zu überlassen, gegen eine kleine Entschädigung und für eine Nennung seines Namens im Museum. Er ist sehr eitel«, fügte Morini lächelnd hinzu.

Blum konnte kaum glauben, was er da hörte. »Wie klein?«, fragte er.

»20.000 Euro«, sagte Morini. »Mein Freund ist ein Philanthrop. Die gute Sache ist ihm wichtig. Ich habe ihm zugesichert, ihn nächste Woche zu treffen und die Übergabe zu machen. Er möchte die Saliera so schnell wie möglich loswerden, um keine Probleme zu bekommen. Immerhin ist sie Diebesgut.«

»Nächste Woche? Wo soll ich denn so schnell das Geld auftreiben?«

Morinis kleine braune Augen richteten sich streng auf Blum. »Das sollte Ihre geringste Sorge sein. Bei dem Preis ist die Saliera so gut wie geschenkt. So eine Chance bekommen Sie nie wieder.«

Blum nahm sich etwas Zeit, ehe er antwortete. »Also gut«, sagte er schließlich, »ich werde mir die Sache ansehen.«

Morini schien nicht glücklich. »Das ist viel zu riskant! Was, wenn man Sie erkennt? Mein Freund ist ein guter Mann, aber seine Geschäftspartner sind gefährlich. Wenn die Sie erkennen und glauben, wir arbeiten mit der Polizei zusammen ...«

»Ich werde Ihnen sicher nicht 20.000 Euro in die Hand geben und Sie nach Italien fahren lassen«, sagte Blum und stand auf. »Wenn Sie das glauben, sind Sie auch nicht besser als all diese Witzfiguren, die behauptet haben, ihr Nachbar hätte die Saliera auf dem Balkon stehen.«

»Also gut«, sagte Morini, bevor Blum wütend davoneilen konnte. »Ich fahre am Sonntag nach Italien. Wenn Sie mitkommen wollen, seien Sie um acht Uhr früh bereit.«

Blum wollte etwas erwidern, doch Morini ließ ihn nicht zu Wort kommen. »Entweder wir machen es so oder gar nicht.«

Der Direktor seufzte und streckte Morini die Hand hin. Sein neuer Partner schlug ein.

Am Sonntagmorgen fuhr ein schwarzer Cadillac Escalade vor Blums Wohnhaus im 19. Bezirk vor. Der bullige Wagen blieb vor dem schmiedeeisernen Gartentor stehen. Beim Einsteigen erkannte der Direktor ein italienisches Nummernschild.

»Sie haben alles?«, fragte Morini, der seine Augen unter seiner Sonnenbrille versteckte.

Blum deutete auf eine schwarze Sporttasche, die er sich eigens für diese Reise gekauft hatte. »Im Museum habe ich mich krankgemeldet. Wenn das nicht funktioniert …«

Morini drehte sich zu ihm und nahm die Sonnenbrille ab. Mit seinem Stoppelbart, den grau melierten Haaren und den kantigen Wangenknochen hatte ihm das Alter eine Würde verliehen, die Blum seit drei Jahren wiederzuerlangen versuchte. Bisher erfolglos.

»Vertrauen Sie mir, Direktor«, sagte Morini. »Als Italiener liegt mir nichts so sehr am Herzen wie die Kunst.«

Die beiden Männer sprachen kaum, die Fahrt verlief ereignislos. Bis Morini vor der österreichisch-italienischen Grenze hielt und Blum aufforderte, sein Handy aus dem Auto zu werfen. »Wir dürfen nicht verfolgt werden«, sagte er ihm. »Wenn die Polizei Sie orten kann und in Italien auftaucht, wird das unsere Geschäftspartner nicht freuen. Wir müssen uns in Italien neue Handys und italienische SIM-Karten kaufen.«

Blum tat, was von ihm verlangt wurde, und warf sein Privathandy eine Böschung hinunter. Womöglich war Morini doch kein Amateur, dachte der Direktor. Zur Sicherheit sagte er allerdings nichts von seinem Diensthandy, das ausgeschalten in seiner Sporttasche lag. Im Notfall konnte ihn so seine Sekretärin erreichen.

Blum prüfte jede Bewegung Morinis, ob sie als Beweis taugte, dass ihre Reise keine Verzweiflungstat war, sondern sie tatsächlich zur Saliera führen konnte. Doch bevor er seine Untersuchung abschließen konnte, fuhr Morini in Padua von der Autobahn ab, um eine Pause einzulegen.

Geschickt lenkte Morini den großen Wagen durch die engen Gassen und stellte ihn im Stadtzentrum ab.

»Tickets kontrolliert hier sowieso niemand«, meinte er zu Blum. Der hörte gar nicht zu, sondern war in die Betrachtung der Stehtische und der Espresso trinkenden Italiener vertieft.

»Lassen Sie uns ein wenig spazieren, die Beine vertreten«, sagte Morini. Das riss Blum aus seinen Gedanken und verankerte ihn wieder in der Gegenwart. »Außerdem müssen wir italienische SIM-Karten kaufen.«

Die beiden Männer überquerten die Piazza Garibaldi, auf der kleine Mode-Boutiquen ihre Ausverkäufe anboten. In einem Elektronikgeschäft sprach Morini energisch mit dem Verkäufer, ehe dieser ihnen zwei Handys und SIM-Karten auf den Tresen legte. Da Morini keinerlei Anstalten machte, seine Geldtasche zu zücken, bezahlte Blum.

Sie verließen den Laden und gingen den Corso Milano entlang. Blum folgte Morini, der wie ein geübter Stadtführer ganz selbstverständlich voranschritt. Schließlich bogen sie nach links ein, in eine schöne Pflastersteinstraße, die zu beiden Seiten mit Renaissance-Palazzi ausstaffiert war. Morini blieb vor einem großen Turm aus hellem Stein stehen, der von einer achteckigen Kuppel abgeschlossen wurde. In der Mitte des Turms prangte eine prächtige Uhr. Goldene Zeiger fuhren über blauen Stein. Jede der Stundenmarkierungen war mit einem goldenen Tier versehen.

»Das ist der Torre dell'Orologio«, erklärte Morini dem staunenden Blum. »Er wurde im 15. Jahrhundert gebaut. Auf ihm ist eine astronomische Uhr angebracht, deren zwölf Stunden die Tierkreiszeichen repräsentieren. In der Mitte liegt die Erde und um sie kreisen Mond und Sonne. Nicht ganz akkurat, wie wir heute wissen. Fällt Ihnen vielleicht etwas auf?«

Blum blickte angestrengt auf die kunstvollen Symbole. »Da sind nur elf Zeichen«, sagte er schließlich. »Dabei sind es zwölf Stunden!«

»Richtig.« Morini wirkte zufrieden wie ein Lehrer, der seinen Schüler lobte. »Die Legende will, dass sich der Bauherr weigerte, seinem Baumeister die vereinbarte Summe zu bezahlen. Also ließ der Baumeister die Waage, das Symbol für Gerechtigkeit, weg. Stattdessen klettert der Skorpion über zwei Stunden.«

Als Blum nicht antwortete, fuhr Morini fort: »Damit wollte er allen Bürgern, die an der Uhr vorbeigehen, etwas mitteilen.«

»Dass es keine Gerechtigkeit gibt auf dieser Welt?«

»Dass man immer im Voraus bezahlt werden sollte.« Morini lachte. »Kommen Sie, ich kenne ein wunderbares Restaurant in der Nähe des Prato. Die Tortellini müssen Sie probieren, bevor wir nach Florenz weiterfahren.«

STREBERSDORFER STRASSE
WIEN, FLORIDSDORF

Dienstag, 4. Oktober 2005, 18 Uhr

Von Kaisers Wohnzimmerfenster aus konnte man den Marchfeldkanal sehen. Der kleine Fluss war auf beiden Seiten von Wildwuchs umgeben, ein letzter, leiser Wink der Natur, sie nicht zu vergessen, ehe man nach Wien hineinfuhr und in der Ferne die Glastürme der Donau City aufragen sah, vor denen sich die Felder wie Teppiche ausbreiteten. Vor dem Kanal hatte Kaiser ein Blumenbeet angelegt, aus dem ein paar wenige Rosen wuchsen und dem hereinbrechenden Winter trotzten.

»Es stört dich doch nicht, wenn ich rauche?«, fragte mich Kaiser, der hinter mir an einem großen Tisch aus Holz saß.

Ich schüttelte den Kopf. Er holte eine Packung Marlboro hervor, stellte einen Aschenbecher vor sich und zückte das Feuerzeug.

»Ich dachte, du hättest aufgehört«, sagte ich, als ich mich neben ihn setzte.

Kaiser zuckte mit den Schultern. »Hatte ich, hab aber wieder angefangen, sobald ich raus war. Erinnert mich an bessere Zeiten.«

Nicht mal einen Monat nachdem die Geschichte um den Erpresserbrief auf den Titelseiten der Zeitungen gelandet und daraufhin der Kontakt mit dem Dieb abgebrochen war, hatte Dachs Kaiser in ein Kommissariat versetzen lassen. Kaiser hatte daraufhin den Dienst quittiert und war schließlich für ein paar Wochen in eine Klinik gegangen.

»Burn-out haben sie gesagt«, meinte Kaiser, als ich ihn damals besuchen kam. Wir saßen in einem klinisch sauberen Besucherraum, dessen Vorhänge in einem sanften Gelb gehalten waren. Die Wände waren mit Blumenmustern und Bildern von weiten Feldern und blauen Meeren verziert. Alles in diesem Raum schrie: »Beruhige dich!« Ich wäre verrückt geworden.

»Ich habe versucht, den Ärzten zu erklären, dass das keine Diagnose ist, sondern eine Voraussetzung für unseren Beruf.« Kaiser hatte gelacht, doch die tiefen Ringe um seine Augen, der in sich gekehrte Blick, die zitternden Finger sagten etwas anderes.

Sein Zustand hatte sich mittlerweile gebessert. Als er heute die Tür öffnete, schüttelte er mir die Hand mit demselben Schraubstockgriff wie während unserer gemeinsamen Zeit im Sicherheitsbüro. »Wir haben uns schon zu lange nicht mehr gesehen«, sagte ich. Der Wasserkocher zischte. Kaiser legte die Zigarette in den Aschenbecher, erhob sich langsam und schenkte uns beiden Kaffee ein. Er stellte mir die Tasse hin. Der Geruch war so stark, dass mir fast schwindlig wurde.

Erst nachdem er sich wieder gesetzt hatte, antwortete er: »Mach dir keine Gedanken. Du hattest Wichtiges zu tun.« Aus einem Papierstapel, der neben ihm auf der Sitzbank lag, zog er eine Zeitung hervor und legte sie vor mir ab.

»Team 04: Große Polizeireform – alles anders bei der Polizei?«, war darauf zu lesen.

»Du warst ziemlich beschäftigt, wie ich gelesen habe.«

Ich nickte. »Das letzte Jahr war hart. Ich bin im ganzen Land herumgefahren und habe an zahllosen Sitzungen teilgenommen. Meine Frau war nicht gerade begeistert.«

Kaiser lachte, aber es war ein trockenes Lachen, wie auf Knopfdruck. Er lebte allein in einem kleinen, zweistöckigen Haus am Rande von Wien und verbrachte seine Tage damit, Zeitung zu lesen und sich um ein kleines Blumenbeet zu kümmern. In einem Detektivroman wäre er der perfekte Ermittler gewesen, doch im echten Leben warteten keine Fälle auf ausgebrannte Kriminalbeamte.

»Über 20.000 Gendarmen, Kriminalbeamte und Polizisten hat die Reform betroffen«, sagte Kaiser. »Nicht übel. Dachs wird richtig neidisch gewesen sein.«

Ich nahm einen Schluck von meinem Kaffee.

Kaum hatte ich geschluckt, sendete das Herz Warnsignale. Vorsichtig schob ich die Tasse ein wenig von mir weg.

»Man kann nicht sagen, dass er begeistert war. Er hat zwar die Wiener Reform im Jahr 2002 durchführen können, aber bei der landesweiten wurde er außen vor gelassen.«

»Du hast auch einen neuen Posten bekommen, habe ich gelesen«, sagte Kaiser. »Leiter der Kriminalpolizeilichen Abteilung.«

»Das ist nur provisorisch«, sagte ich. »Aber zumindest kann mir Dachs keine Weisungen mehr geben. Er verfügt zwar über alleinige Kontrolle über alle Beamten, kann Leute versetzen und befördern, wie er will, aber mein Handlungsspielraum ist jetzt größer.«

»Lass uns nach draußen gehen«, sagte Kaiser und nahm einen Zug von seiner Zigarette. »Den Kaffee trinkst du doch eh nicht.«

Ich folgte ihm durch die kleine, vollgeräumte Küchennische und eine Verandatür mit Moskitogitter, die laut und erbarmungswürdig quietschte, als er sie öffnete.

Der Garten war ein enger, lang gezogener Schlauch, an dessen Seiten Beete angelegt worden waren. Steinplatten führten bis zum Marchfeldkanal.

»In den schlimmen Zeiten«, sagte Kaiser, »stand ich stundenlang hier draußen, bis es dunkel wurde, und überlegte mir, in den Kanal zu gehen. Einfach reingehen, weiter habe ich nicht gedacht. Eines Tages hat es begonnen zu regnen, aber ich konnte mich nicht wegbewegen. Ich blieb stehen und hatte das Gefühl, zu ertrinken. Am nächsten Tag bekam ich hohes Fieber und eine Lungenentzündung. Da wusste ich, dass ich Hilfe brauche.«

Ich sagte nichts.

»Du weißt ja, wie ich zu Dachs stehe«, fuhr er fort. »Niemandem tut so viel Macht gut. Ich hatte in den letzten Monaten viel Zeit, um Zeitung zu lesen. Hast du die Bilder gesehen, die sie von ihm machen? Der starke Mann, der das Recht durchsetzt. Sie fotografieren ihn, während er ein paar Rumänen gegen eine Wand drückt. Das sind Zustände wie im Wilden Westen. Was ist das für eine Polizeiarbeit?«

»Die Zeiten haben sich geändert«, sagte ich und merkte, wie schwach das klang.

»Offenbar«, antwortete Kaiser. »Großrazzien auf der Ostautobahn, Hunderte Festnahmen, die Statistiken lesen sich wunderbar. Aber wie viele von denen haben etwas ausgefressen?«

Mein Schweigen war Antwort genug.

»Dachte ich mir«, sagte Kaiser. »Als ich im Sommer die Story im ›News‹ gelesen habe, war ich mir sicher, dass er endlich zu weit gegangen ist.«

Mich wunderte nicht, dass Kaiser die ›News-Story‹ kannte. Jeder Polizist hatte wochenlang über nichts anderes gesprochen, aber bloß unter vorgehaltener Hand und nur mit Kollegen, denen er vertrauen konnte. Es ging um einen hochrangigen Polizeibeamten, der Stammgast in einem bekannten Wiener Bordell sein sollte, das von der illustren Madame Nina geführt wurde, eine Größe in der Wiener Rotlichtszene.

Der Verfasser des Artikels hatte eine der Damen sogar für ein Exklusivinterview gewinnen können. Sie hatte sich mit Details nicht zurückgehalten. Obwohl kein Name fiel, hatte jeder in der Berggasse einen Verdacht. Wir hatten mit einer Untersuchung gerechnet, zumindest einer Befragung. Doch nichts war geschehen.

»Verschiebung«, sagte Kaiser. »Das ist ein Begriff, den ich von den Ärzten gelernt habe. Man hat ein Problem mit einer Person und weil man es an der nicht auslassen kann, verschiebt man es auf eine andere. Du bist wütend auf deinen Vater, aber weil der viel stärker ist, bist du gemein zu deinem kleinen Bruder. Weil der in der Hierarchie unter dir steht.«

»Und Dachs leidet unter Verschiebung?«, fragte ich Kaiser. Ich konnte seinen Ausführungen nicht folgen.

»Das ganze Land leidet unter Verschiebung«, sagte Kaiser. »Wir sind hilflos und das macht uns wütend. Doch weil wir den Menschen, die für diese Hilflosigkeit verantwortlich sind, nichts anhaben können, treten wir nach unten aus, wie wilde Tiere.«

Ich wollte Kaiser nicht widersprechen, auch wenn ich daran zweifelte, dass man ein ganzes Land mit einer einzigen Diagnose erklären konnte.

Der Boden vor uns war mit leuchtend gelbem Laub bedeckt, als würde der Sommer ein letztes Mal den Saum seines Mantels vor uns über den Boden schleifen. Kaiser ging zu einer Hecke, aus der ein paar Rosen ragten.

»Rosen kann man auch im Oktober anbauen«, erklärte er mir, während er einen Stängel vorsichtig zwischen die Finger nahm. »Sind ganz schön hartnäckig, diese Dinger, obwohl sie so hübsch sind.« Ich senkte mein Gesicht und roch daran. Sie dufteten nach Unbeschwertheit, doch ich war mir nicht sicher, ob eine Rose um den Hals dabei helfen würde, das Leben einfacher zu machen.

Die Sonne ging unter. Schatten legten sich über das Laub und nahmen das Rot von den Rosen wie abblätternden Lack. Manchmal war Schönheit eben nur ein Zufallsprodukt der Lichtverhältnisse, vorübergehend und trügerisch.

Kaiser ging wieder hinein und ich folgte ihm. Wir setzten uns an den Tisch und er zog eine weitere Zigarette hervor.

»Wie läuft es mit der Saliera?«, fragte er nach einem tiefen Zug.

»Irgendwelche Neuigkeiten?«

»Nichts, was uns weiterbringen würde«, sagte ich. »Viele komische Vögel haben sich gemeldet, wie immer. Glücksritter, die eine günstige Gelegenheit sehen. Einige unserer Informanten behaupten, die Saliera wäre über die Mafia nach Italien gekommen, aber ich würde nicht darauf wetten. Ich persönlich glaube, dass niemand weiß, wo sie sich zurzeit befindet.«

»Wenn sie nicht schon längst eingeschmolzen wurde«, sagte Kaiser. Sein Ton verriet mir jedoch, dass er diese Möglichkeit nicht wirklich in Betracht zog.

»Kannst du dich an das Interview mit Direktor Blum erinnern?«, fragte ich Kaiser. »In dem er gemeint hat, der Dieb solle sich direkt an ihn wenden?« Mein ehemaliger Kollege nickte.

»Das hat Dachs fürchterlich aufgeregt. Seitdem lässt er hin und wieder jemanden im Museum vorbeischauen. Offenbar ist Blum schon den zweiten Tag krank, was seit seinem Amtsantritt noch nie passiert ist.«

Kaiser warf mir einen vielsagenden Blick zu. »Vielleicht tut sich ja doch noch was«, sagte er. »Du weißt, dass man über die vielen Jahre der kriminalistischen Arbeit ein Gefühl entwickelt. Ganz intuitiv. Und mein Gefühl sagt mir, dass der Dieb die Saliera nicht eingeschmolzen hat. Sie hat eine Bedeutung für ihn, auch wenn ich nicht weiß, welche das ist.«

»Ich hoffe, du hast recht«, sagte ich. »Dann haben wir vielleicht noch eine Chance, diesen Fall zu lösen.«

»Sofern nicht jeder fähige Polizist von Dachs auf die Straße geschickt wird, um Rumänen zu verhaften, deren Auto verdächtig modern aussieht.«

Ich warf einen Blick auf meine Uhr. Es war spät geworden. Ich bedankte mich bei Kaiser für den Kaffee, den ich kaum angerührt hatte.

»War schön, dich zu sehen«, sagte ich, als er mich zur Tür brachte.

»Tu mir einen Gefallen«, sagte Kaiser und blickte mir in die Augen. »Pass auf dich auf.«

Er reichte mir die Hand. Sein Händedruck war kräftig, doch seine Hand war kalt.

RADIO ORANGE, TONSTUDIO WIEN, BRIGITTENAU

Mittwoch, 5. Oktober 2005, 17 Uhr

»Du willst also die Saliera stehlen. Wie stellst du das an?«

Nick lachte. »Das kann nicht allzu schwer gewesen sein. Ich habe mal im Kunsthistorischen Museum eine Führung gemacht. Die Vitrine bestand aus normalem Glas, es gab keine Überwachungskameras und die Fassade auf der Rückseite des Gebäudes war nicht gesichert. Dort konnte man leicht einsteigen. Es braucht also wirklich keinen Meisterdieb, um die Saliera zu stehlen.«

Valentin, der das Nachmittagsprogramm bei Radio Orange betreute, reckte einen Daumen nach oben, zum Zeichen, dass Nick ein guter Interviewpartner war. Der Moderator war ein Bekannter von Dominik und als er nach einem Sicherheitsexperten für ein Interview gesucht hatte, war Nick von Dominik empfohlen worden. Schon eine Stunde war Nick im Studio, trug schwere Kopfhörer und versuchte, die richtige Distanz zu dem Mikrofon vor ihm zu finden. Aber es machte ihm Spaß, über seine Arbeit zu sprechen und ein paar einfache Tipps zu geben, wie jedes Haus sicherer werden konnte.

»Wenn du deine Alarmanlage gut sichtbar platzierst, schreckt das den Gelegenheitsdieb oft schon ab«, hatte er Valentin erzählt. »Die besten Alarmanlagen müssen gar nicht losgehen, weil sie die Einbrecher bereits aus der Ferne verunsichern.«

Unerwartet hatte Valentin den Saliera-Diebstahl zur Sprache gebracht. »Noch immer fragt sich das ganze Land: Wo ist die Saliera, die nach dem aufsehenerregendsten Diebstahl in der österreichischen Geschichte weiterhin verschwunden bleibt. Betrachten wir es einmal von der anderen Seite. Nehmen wir an, du hättest das Goldstück gestohlen – wie hättest du es gemacht?«

Valentin hätte Nick normalerweise nicht so spontan gefragt, unter Umständen wäre die Frage unangemessen erschienen, aber Nick kam ihm eloquent und schnell von Begriff vor. Ihm würde dazu sicher etwas einfallen.

»War es eine dumme Aktion?«

»Dumm vom Museum«, sagte Nick. »Vom Dieb ziemlich klug, würde ich meinen.«

Die beiden lachten. »Damit ist unsere Zeit auch schon wieder um«, rief Valentin energiegeladen ins Mikrofon und seine Stimme klang, als könnten mit ihr die Schallwellen in die letzten Zellen seiner Zuhörer getragen werden, als könnte sie selbst den Müdesten unter ihnen neue Energie verleihen. »Ich bedanke mich herzlich bei Nick, meinem heutigen Gast, von Roßmann Sicherheit. Wollt ihr euer Haus schützen, Nick ist euer Mann!«

Die Werbung wurde eingespielt, die beiden nahmen ihre Kopfhörer ab und standen auf. Der Aufnahmeraum war klein und vollgeräumt mit Mikrofonständern, Mischpulten und Boxen.

»Gratulation, das war sehr professionell«, sagte Valentin und klopfte Nick auf die Schulter.

»Über die Arbeit zu sprechen, fällt mir leicht«, sagte Nick.

»Auch die Antwort zum Saliera-Diebstahl war ziemlich gut«, sagte Valentin. »Hast du dich mit dem Fall beschäftigt?«

»Kaum«, sagte Nick. »Aber solche Sachen fallen jedem Sicherheitsexperten auf den ersten Blick auf.«

»Die Polizei sollte dich zurate ziehen in dem Fall«, sagte Valentin.

Nick lachte. »Die haben sicher ihre eigenen Spezialisten.«

Die beiden verabschiedeten sich und Nick verließ das Gebäude. Er war mit der Straßenbahn zum Radiosender gekommen, doch es hatte zu regnen begonnen und kurz entschlossen winkte er auf dem Gaußplatz einem Taxi und nannte dem Fahrer die Adresse seiner Wohnung in der Neustiftgasse.

Zwanzig Minuten später sperrte er die Wohnungstür auf. Es war später Nachmittag, zu früh, um den Tag für beendet zu erklären, aber zu spät, um noch etwas damit anzufangen. Solche Sachen waren Nick früher nie aufgefallen. Zwischenzustände hatte er einfach übergangen, Dämmerung war für ihn kein Gefühl gewesen, sondern höchstens das Sujet eines schönen Gemäldes. Doch seit einiger Zeit fühlte er sich zwischen den Stunden verloren, immer war es zu früh oder zu spät für etwas, als würden die Zeit und er Fangen spielen und als würde er sich dabei doch nur selbst zu fassen versuchen.

In seine Beziehung zu Clara hatte sich auch etwas eingeschlichen, das er nicht benennen konnte. Als er auf seinem Sofa saß und nach draußen blickte, auf das Hausdach gegenüber, gegen das der Regen peitschte, und sich nicht aufraffen konnte, etwas zu tun, dachte er daran, wie er Clara vor einigen Tagen gefragt hatte, ob alles in Ordnung sei. Clara war stets ehrlich zu ihm, auf ihre Antwort konnte er sich verlassen. Fragte er, wie es ihr ginge, dann antwortete sie nicht gut, wenn es ihr nicht wirklich gut ging. Diese Vertrauensbasis hatte sich in den langen Jahren ihrer liebevollen Beziehung etabliert, sie war tief und schwer wie das Meer. Daher glaubte er ihr, als sie ihn anlächelte und sagte: »Natürlich, alles bestens.«

Lag es also an ihm? Konnte sich etwas verändern, während alles seine alte Form behielt? Und wo war diese Veränderung dann zu suchen – in der chemischen Zusammensetzung seiner Hormone, in den Zellen seines Körpers oder war sie das Produkt unzähliger nicht zu Ende gedachter Gedanken? Veränderten uns die Dinge, die wir nicht taten, etwa genauso wie alles, was wir je getan hatten? Das Nichtgesagte ebenso wie das Gesagte, das Nichtgefühlte ebenso wie alle Gefühle, die Nick je verspürt hatte?

Er ging zum Kühlschrank, öffnete ihn und nahm sich eine Flasche Bier heraus. Eigentlich hatte er keinen Durst, doch er wusste sonst nichts mit sich anzufangen. Unentschlossen setzte er sich mit der ungeöffneten Bierflasche auf die Couch. Er war nicht unglücklich, er wollte kein anderes Leben. Er fühlte sich wie ein Mensch, der sich während des ganzen Winters über die Kälte beklagt hatte und am ersten heißen Tag des Jahres das Universum um einen kalten Windstoß anflehte. So war er nie gewesen.

Was war geschehen?

Eine leise Ahnung hämmerte gegen Nicks Verstand wie die Ankündigung einer Migräne. Er drückte sich die kühle Glasflasche gegen die Stirn. Es war nicht, was er besaß, das ihn bedrückte, er war nicht wie so viele Familienväter seines Alters, die nur sahen, was sie nicht haben konnten, und daran verzweifelten. Im Gegenteil, er hatte etwas besessen, das er nicht haben durfte, und dieses Wissen hatte alles verändert. Es hatte ihm das Gefühl gegeben, tausend Leben in einem einzigen Atemzug unterzubringen. Und nun lag dieses Gefühl viele Meter unter der Erde begraben.

Nick nahm den Flaschenöffner vom Beistelltisch vor ihm und öffnete die Flasche. Dabei rutschte der Deckel hinunter, fiel mit einem sanften »Klack« auf den Boden und rollte unter das Sofa.

»Verdammt«, sagte Nick, stellte die Flasche auf den Tisch, ging auf die Knie und bückte sich, bis er mit seinem rechten Auge in den Spalt zwischen Boden und Sofa blicken konnte. Er benötigte einige Momente, um sich an die Dunkelheit zu gewöhnen. Dann entdeckte er den Deckel. Und musste stutzen.

Er sprang auf, schob zunächst den Beistelltisch auf die andere Seite des Raums und verrückte dann das Sofa um einen Meter. Der Deckel lag nun frei. Und daneben kam ein altes, schon leicht welkes braunes Kuvert zum Vorschein. Er hatte einen ganzen Stapel in die Wohnung mitgebracht und viele beim Versuch, seine eingeübte Handschrift darauf anzubringen, verbraucht. Eine ganze Nacht war er gesessen, bis in die frühen Morgenstunden, ehe er die Anschrift zu seiner

Zufriedenheit hinbekommen hatte. Eines der Kuverts musste vom Tisch heruntergefallen und unter das Sofa gerutscht sein.

Nick hob es auf und wog es gedankenverloren in seiner Hand. So fühlte es sich an, dachte er, das Leben festzuhalten.

LOKAL STRUDEL
WIEN, WÄHRING

Mittwoch, 5. Oktober 2005, 17 Uhr

Kirsch saß bereits zwei Stunden im Strudel, das am oberen Ende des Kutschkermarkts lag, und blickte auf die verregnete Straße. Das Lokal gehörte Charly, einem desillusionierten Sozialisten, den Kirsch während des Studiums der Politikwissenschaft kennengelernt hatte. Später hatten sie sich für einige Zeit den Beruf geteilt. Charly hatte scharfsinnige Artikel für die »Arbeiter-Zeitung« geschrieben, doch letztlich resigniert aufgegeben und das Lokal seiner Eltern übernommen. Eine rote Fahne mit Hammer und Sichel, die in der Raucherstube hing, war die einzige Erinnerung an dieses Leben. Jedes Mal, wenn Kirsch ins Strudel kam und diese Fahne sah, geriet er in melancholische Stimmung. Das war seinem Schreiben durchaus zuträglich.

»Du willst also die Saliera stehlen. Wie fängst du das an?«

Kirsch wandte den Blick zu dem alten Radio, das in einer Ecke stand, direkt unter der roten Fahne. Für gewöhnlich drangen irgendwelche politischen Debatten aus dem Blechkasten, die für Kirsch schon lange zu einem monotonen Hintergrundrauschen geworden waren. Doch die Erwähnung der Saliera ließ ihn hellhörig werden. Er trat vor das Radio, dessen Lautsprecher die Stimmen nur verzerrt und mit einem Knistern wiedergeben konnten. Jemand erzählte, wie schlecht gesichert die Saliera gewesen war. Kirsch lächelte. Der Fall war noch immer nicht in Vergessenheit geraten. Und er hatte dazu einen Beitrag geleistet.

Das Gespräch war bereits an sein Ende gelangt, der Radiosprecher verabschiedete einen Sicherheitsexperten und eine Werbung wurde eingespielt. Kirsch wechselte den Sender, stellte das Radio leiser und kehrte zu seinem Tisch zurück. Dort warteten zwei leere Biergläser auf ihn, das dritte hatte er schon zur Hälfte getrunken, doch die lauwarme Flüssigkeit hinterließ bloß noch einen schalen Geschmack auf seiner Zunge. Er hatte gehofft, sein Informant aus der Berggasse würde vielleicht auftauchen. Den ganzen Sommer lang hatte ihm der Beamte anonym Dokumente zukommen lassen.

Bereits vor zwei Jahren hatte Kirsch die Informationen über den Erpresserbrief von diesem Informanten bekommen. Damals hatte ein Umschlag mit allen wichtigen Details in seinem Postfach gesteckt. Kirsch war das Risiko eingegangen und mit der Geschichte zum Chefredakteur einer großen Tageszeitung gegangen. Er hatte alles auf eine Karte gesetzt und gewonnen, denn die Geschichte hatte sich als richtig herausgestellt.

Letzten Juni hatte sich ein Mann telefonisch bei Kirsch gemeldet, der behauptete, ihm die Story über den Erpresserbrief zugespielt zu haben. Er wollte nicht sagen, woher er die Nummer hatte, und nannte auch keinen Namen. Doch schon nach wenigen Sätzen war Kirsch klar gewesen, dass er diesem Mann seine letzte große Story verdankte. Und dass dieser noch mehr für Kirsch in petto hatte.

Der Anruf war genau zur rechten Zeit gekommen. Kriminaldirektor Dachs war nicht gut auf den Journalisten zu sprechen, der sich mehr für ungeschönte Interna interessierte als für groß angelegte und fotogene Razzien, die von der Polizei dieser Tage so gern durchgeführt wurden. Seit seiner Saliera-Berichterstattung war Kirsch auf dem Trockenen gesessen. Umso glücklicher war er gewesen, als sich herausstellte, dass sein Kontaktmann tatsächlich über belastbare Informationen verfügte.

»Die einzige Bedingung ist: Nichts darf auf mich zurückfallen«, hatte ihm der junge Mann gesagt.

So hatten sie einen Pakt geschlossen. Jeden Mittwochabend machte Kirsch einen Spaziergang und wenn er zurückkam, fand er neues Material in seinem Briefkasten. Einmal hatte er versucht, seinem mysteriösen Informanten aufzulauern. Er wusste, das war ein gefährliches Unterfangen, doch seine Neugier war einfach zu groß gewesen. Zwei Stunden war er auf dem Spielplatz gesessen, der seinem Wohnhaus gegenüberlag. Nur einmal war er kurz in ein nahe gelegenes Lokal gegangen, um die Toilette zu benutzen. Er war keine fünf Minuten weg gewesen, doch als er auf dem

Rückweg seinen Briefkasten prüfte, fand er darin ein paar Unterlagen mit einer Notiz: »Machen Sie sich keine Mühe.«

Drei Monate lang waren sie ein gutes Team gewesen. In dieser Zeit hatte Kirsch erkannt, dass die nächste große Story nicht mit der Saliera zu tun hatte, sondern mit Kriminaldirektor Robert Dachs. Er war nur noch ein oder zwei Geschichten davon entfernt, richtig Dreck aufzuwirbeln. Das konnte er fühlen.

Doch so plötzlich, wie seine Quelle zu sprudeln begonnen hatte, war sie wieder versiegt. Bereits seit zwei Wochen war sein Briefkasten leer geblieben. Kirsch hatte keine Möglichkeit, seinen Informanten zu kontaktieren. In der Berggasse nach ihm zu suchen, kam nicht in Frage. Er konnte also nichts anderes tun, als zu warten. Bis gestern, als das Telefon geklingelt hatte.

»Morgen um 16:30 Uhr«, hatte der Beamte gesagt. »Haben Sie einen Ort, wo wir ungestört sein können? Ich möchte mich mit Ihnen treffen.«

Das Strudel war der sicherste Ort, den Kirsch kannte. Er vertraute Charly völlig und wenn er ihn darum bat, würde sie niemand stören. Darauf hatte sein Kontakt bestanden. Denn er hatte ihm intime Informationen aus der Polizeizentrale versprochen, die nicht für fremde Ohren bestimmt waren. Der Mann riskierte seinen Beruf, wenn er heute ins Strudel kam.

Vielleicht hatte er kalte Füße bekommen, dachte Kirsch. Er zündete sich eine Zigarette an. Charly hatte die Raucherstube des Lokals extra für sein Treffen frei gemacht. Außer der roten Kommunistenfahne bestand ihre ganze Einrichtung aus zwei grünen Holztischen und Stühlen, die lieblos zusammengestellt worden waren und von denen die Farbe in Klumpen abbröckelte. Die Stuhlbeine waren nicht gleich lang und jede Bewegung von Kirsch drohte, seinen Stuhl zu Fall zu bringen. Kirsch seufzte, griff zum Glas und leerte es in einem langen Zug. Er nahm noch einen tiefen Zug von seiner Zigarette und drückte sie aus. Dann griff er sich seine Lederjacke, die er um die Stuhllehne geworfen hatte, und ging an den wenigen Gästen vorbei zur Theke. Charly war nirgendwo zu sehen, also legte er einen Fünfeuroschein und ein paar Münzen auf die Theke und ging durch die schlecht geölte Holztür nach draußen.

Der Journalist zog sich die abgewetzte Lederjacke an. Sie roch nach Rauch und Schweiß, so, wie er sich den Geruch der Straßen von Los Angeles vorstellte, wo er gerne zu einem kettenrauchenden und Whiskey trinkenden Polizeijournalisten geworden wäre, ein hartes, aber romantisches James-Ellroy-Leben. Dabei hatte er es kaum je über die Grenzen von Großjedlersdorf gebracht.

Kirsch ging die Währinger Straße in Richtung Gürtel hinab. Er war so in seine Fantasie von einem Leben als amerikanischer Draufgänger vertieft, dass er den Mann hinter ihm erst in letzter Sekunde bemerkte. Da war es bereits zu spät.

Eine große Hand packte ihn an der linken Schulter und wirbelte ihn herum. Die Hand schloss sich um seinen Nacken und schleifte ihn in die nächste Seitengasse. Das Wasser der Pfützen spritzte an Kirschs Beinen hoch.

An einer Hausfassade war ein Gerüst errichtet worden. Unsanft wurde Kirsch in den engen Gang gestoßen, der für Fußgänger zwischen den Metallstützen frei gelassen worden war, und dann in das Portal des Hauseingangs geworfen, wo er gegen eine kalte Eisentür knallte.

Der Schmerz, der Alkohol und der Schock vermischten sich zu einem effektiven Sedativum. Kirsch drehte sich um, seine Hände zitterten, doch sein Blick war klar. Vor ihm stand ein riesiger Mann, dessen Konturen sich in der Dunkelheit verloren. Das schwache Licht, das über dem Hauseingang angegangen war, fiel auf einen runden, kahlen Kopf, aus dem eine Nase wie eine Knolle herausragte. Sie wirkte, als wäre der Mann mehr als einmal gestürzt und darauf gefallen. Kirsch konnte sich nicht vorstellen, dass sie ihm jemand bei einem Kampf brechen konnte. Er bestimmt nicht.

Einen kurzen Moment benötigte sein Gehirn, um die notwendigen Verbindungen herzustellen, dann aber brach der Damm und die Informationen flossen heraus. Der Mann war Fritz Spätmann, die rechte Hand von Robert Dachs. Sein Informant hatte viel über ihn gesprochen. Selten Gutes. Spätmann lächelte auf ihn herab.

»Auf wen hast du gewartet?«, fragte er ihn. Seine Stimme schnitt durch die Luft wie eine Guillotine.

»Auf niemanden«, stammelte Kirsch. Spätmanns Lächeln brach nicht ab. Der Journalist erkannte den schalen Geschmack wieder, der seine Kehle nach oben kletterte. Er bemühte sich, die aufkommende Panikattacke hinunterzuschlucken.

»Ich habe dich zwei Stunden lang observiert«, sagte Spätmann. »Saufen kannst du zu Hause auch. Du hast auf deinen Informanten gewartet.«

Kirsch erkannte, dass es keinen Sinn hatte, die Sache abzustreiten. Doch er wusste auch, dass er sich im Schatten der Wahrheit verstecken konnte. Das hatte zumindest bei seinen besten Geschichten so funktioniert.

»Ich gebe alles zu«, sagte er und versuchte, möglichst resigniert zu klingen. »Ich habe auf einen Informanten gewartet.«

»Wer ist es?«, fragte Spätmann und Kirsch konnte die Gier in seiner Stimme erkennen, ähnlich einem Hai, der Blut gerochen hatte. Instinktiv und nicht aufzuhalten. Kirsch wusste, er musste diese Gier stillen, er musste den Hai füttern.

»Ich habe ihn noch nie getroffen«, sagte Kirsch und musste sich nun wirklich bemühen, seinen Mageninhalt auch im Magen zu behalten. »Seit dem Sommer versorgt er mich mit Informationen, aber alles läuft über das Telefon. Ich weiß nicht, wie er heißt, und ich habe ihn auch noch nie gesehen. Der Mann hat panische Angst, dass sein Name an die Öffentlichkeit kommt. Seit zwei Wochen habe ich nichts mehr von ihm gehört. Heute wollte er mich im Strudel treffen, aber er ist nicht gekommen.«

Kirsch konnte sehen, wie Spätmann nachdachte. Sein Misstrauen dem Journalisten gegenüber kämpfte mit seiner Gewissheit, dass es Kirsch nicht wagen würde, ihn anzulügen.

»Die ›News‹-Story«, sagte Spätmann. »Die kam von dir?«

Kirsch nickte.

»Hat dir die auch dein Informant gesteckt?«

»Ja«, sagte Kirsch. »Er hat mich auf die Spur gebracht.«

Für einen Moment dachte Kirsch, Spätmann würde sich einfach umdrehen und gehen. Es war ein glücklicher, kurzer Moment. Er ging vorüber und Spätmann schoss mit einer Schnelligkeit nach vorne, die den Gesetzen der Physik zu widersprechen schien, packte Kirsch am Kragen und drückte ihn gegen das Haustor.

»Deine Geschichten passen nicht zu dem Bild, dass die anderen Medien zeichnen«, zischte ihm Spätmann zu und Kirsch konnte den Speichel zwischen den Zähnen des Mannes sehen. »Die Geschichte mit der Nutte hat für ganz schön viel Wirbel im Haus gesorgt. Und ich möchte keinen Wirbel. Ich habe es gern ruhig.« Seine Hände ließen Kirsch los. Der Journalist rutschte an der Tür hinab und blieb auf dem kalten Steinboden sitzen.

»Wenn ich deinen Namen noch mal unter irgendeiner Polizeistory lese, dann wird es ungemütlich werden für dich«, sagte Spätmann. »Du scheinst nicht zu verstehen, mit wem du es zu tun hast. Denkst du, irgendeine Zeitung wird deine Geschichten drucken, wenn sie erfahren, dass du ein Alkoholiker bist? Und jeder weiß, dass Alkohol eine Einstiegsdroge sein kann. Wir wollen doch nicht, dass mitten in der Nacht die Spezialeinheit in deiner Wohnung auftaucht und unter deinem Kopfkissen ein paar Gramm Heroin findet. Dann kannst du eine Exklusivstory aus dem Gefängnis schreiben.«

Spätmann spuckte neben den kauernden Kirsch, wie um einen endgültigen Punkt ans Ende seines Satzes zu setzen. Dann drehte er sich um, warf noch einen kurzen Blick auf beide Straßenseiten und trat unter dem Gerüst auf die Straße. Kurz darauf war er verschwunden.

Kirsch blieb noch eine Weile lang auf dem Steinboden sitzen. Der leicht abfallende Gehsteig trieb das Wasser in seine Richtung. Bald saß er in einer kleinen Pfütze und fühlte, wie die Nässe an ihm hochkletterte. Er hatte schon häufig mit Drohungen zu tun gehabt, in der Hitze von Ermittlungen war es auch vorgekommen, dass er von gestressten Polizisten wenig behutsam angefasst wurde. Doch ein solcher Angriff war neu für ihn.

Wie würde ein abgebrühter L.A.-Reporter in dieser Situation reagieren? Kirsch wusste es nicht und es war ihm auch egal. Er war nicht in L.A., er führte kein James-Ellroy-Leben, er saß auf dem nassen und kalten Boden des 18. Wiener Gemeindebezirks und musste erkennen, dass seine Zeit als Reporter wohl endgültig vorüber war.

Er stand auf, klopfte sich die Lederjacke ab und fummelte in deren Innentasche herum, bis er eine Zigarette in die Finger bekam. Er zog sie zusammen mit einem Feuerzeug heraus und zündete sie an. Nach einem Zug fühlte er sich ein wenig wärmer. Das Zittern wurde schwächer.

Von Spätmann war keine Spur zu sehen. Wie ein Albtraum war er aus der Nacht aufgetaucht und wieder in ihr verschwunden. Doch auch Albträume musste man ernst nehmen.

Während Kirsch langsam die Währinger Straße hinuntterging, dachte er daran, endlich mit dem Roman anzufangen, den er schon seit Jahren schreiben wollte. Romane schienen ihm weit weniger gefährlich.

Kein Leser würde sich aufregen, wenn er jedes Wort bloß für die Erfindung des Autors hielt.

DORF IN DER TOSKANA, ITALIEN

Freitag, 7. Oktober 2005, 15 Uhr

Der Teufel saß in der Mitte der Wand. Mit seinen gigantischen Händen umklammerte er zwei nackte Menschen, die panisch zu fliehen versuchten. Unter seinem Kinn wallte ein dichter schwarzer Bart, sein Maul war ein großer Schlund, aus dem ein Unterleib herausragte, der im Begriff war, vom Teufel verschlungen zu werden. Aus dem Kopf des Ungeheuers wuchsen zwei lange Ohren, aus denen Schlangen krochen, und auf der Stirn prangten zwei scharfe, spitze Hörner.

Blum starrte bereits seit zehn Minuten auf das Mosaik der kleinen Kirche, in die Morini ihn geführt hatte, und wartete, dass sein Begleiter zurückkam. Eine Woche waren sie nun schon unterwegs und jeden Tag fiel es Blum schwerer, seine Zweifel beiseitezuschieben. Doch kaum war sich der Direktor endlich sicher, Morini als Schwindler entlarvt zu haben, legte dieser mit neuen Informationen über den Aufbewahrungsort und Zustand der Saliera nach und hielt so Blums tiefen Wunsch am Leben, das Kunstwerk zu finden.

Sie hatten sich zwei Tage in Florenz aufgehalten, wo Morini, wie er meinte, wichtige Geschäfte zu erledigen hatte. Blum war währenddessen in die Uffizien gegangen, um Botticellis Venus zu betrachten, und musste enttäuscht feststellen, wie wenig das tiefe Türkis des Meeres, die feinen Goldpunkte und die subtilen, beruhigenden Wellen in ihm auslösten. Es war ihm nicht möglich, jene Schönheit auszumachen, die selbst den ungebildetsten Besucher überwältigte.

Danach war er stundenlang durch die Stadt spaziert. Er schritt die Kathedrale Santa Maria del Fiore ab, mit der unverwechselbaren roten Kuppel, und umkreiste das Baptisterium, in dessen heiligem Wasser der große italienische Dichter Dante getauft worden war. Durch enge Gassen und über unebene Straßen schlenderte er zur Piazza della Signoria und von dort zur Ponte Vecchio, deren Juwelierläden über ihre Seiten hinaus auf den Arno ragten und der Brücke das Aussehen einer schwangeren Frau verliehen. Blum überquerte die Brücke, sein Blick schweifte über den Fluss. Am anderen Ende der Brücke angekommen richtete er seine Augen wieder geradeaus. Und zuckte zusammen.

Ein vertrautes Gesicht starrte ihm entgegen. Kurz fürchtete er, völlig den Verstand verloren zu haben, dass ihn nun nicht mehr bloß die Kunstwerke verfolgten, sondern selbst deren Künstler, auch wenn sie bereits seit vielen Jahrhunderten tot waren. Doch nach einigen angsterfüllten Augenblicken, als sich der Krampf um sein Herz ein wenig gelöst hatte, erkannte er, dass es sich bei dem Gesicht, das eindeutig Benvenuto Cellini gehörte, um eine eiserne Büste handelte. Der Schöpfer der Saliera, einer der größten Söhne der Stadt, blickte ihn forsch und fragend an.

Das ganze Leben dieses bärtigen, ernsten Mannes mit dem wilden Gesicht war ein langer Kampf gewesen. Sein Vater wollte, dass der junge Benvenuto Musiker wurde, doch dieser setzte sich über seinen Willen hinweg und wurde Kunstschmied. Immer wieder geriet er in furchtbare Schlägereien, um seine Ehre zu verteidigen, und wurde deswegen aus Städten verwiesen. Einmal musste er Florenz als Mönch verkleidet verlassen, weil seine Feinde bereits in den Straßen lauerten. Cellini kämpfte in der Belagerung Roms, tötete den Mörder seines Bruders, wurde in der Engelsburg gefangen gehalten. Man warf ihm Veruntreuung, Sodomie, Diebstahl und Mord vor. Doch nie bekam man Cellini zu fassen, jedes Mal gelang es ihm, zu entkommen. Und auf dem Höhepunkt seiner Karriere schuf er die Saliera. Die Geschichte des Salzfasses war mit Blut und Gold geschrieben worden.

Cellini ließ niemanden über sein Schicksal entscheiden. Er fürchtete nichts und verachtete jeden Konkurrenten. Seine Kunst war überlebensgroß. Es wirkte beinahe vermessen, ein solches Kunstwerk in einen Glaskasten zu sperren und sich einzureden, es gehörte dem Museum oder dem österreichischen Staat. Aber wem gehörte es dann? Cellinis Gesicht schien zu sagen: »Mir, und nur mir allein. Sie wird immer mir gehören. Und jeder, der versucht, sie mir wegzunehmen, wird ein schlimmes Schicksal erleiden.«

Blum schlich an der Büste vorbei und tauchte in das Oltrarno-Viertel ein, in dem jahrhundertealte Kirchen neben namenlosen Handwerksgeschäften aus dem Pflastersteinboden wuchsen.

Zwei Tage lang spazierte Blum auf diese Weise durch die Stadt. Dienstagabend, als der Direktor schon kurz davor war, die Heimreise anzutreten, versicherte ihm Morini, er wüsste nun endlich, wo sich die Saliera befinde. Doch die Situation wäre kompliziert: Aus Sicherheitsgründen hätte sie sein Bekannter aus der Stadt gebracht und hielte sie an einem geheimen Ort versteckt. Verschiedene Männer wären hinter ihr her, nicht nur Interpol und die italienische Polizei, die offenbar von ihren österreichischen Kollegen informiert worden war. Auch Männer, die auf der anderen Seite des Gesetzes standen. Es sei äußerste Vorsicht geboten.

Mittwochfrüh brachen sie auf und fuhren stundenlang mit dem schwarzen Escalade von einem italienischen Dorf zum nächsten. Blum verlor sich in endlosen, von Olivenbäumen und Zypressen gesäumten Straßen. Es schien, als kämen sie immer wieder am selben Dorf vorbei, so wenig unterschieden sich die toskanischen Dörfer voneinander, mit ihren immer gleichen alten, abgenutzten Ziegelhäusern und engen Gassen, die nur zu Fuß betreten werden konnten. Zahlreiche Schafherden kreuzten ihren Weg und Hügel eilten ihnen voraus, erstreckten sich als Wellenkämme aus Erde und Gras in alle Himmelsrichtungen, von Weinreben besetzt. Es war ein Italien abseits der überfüllten Touristenstrände und überteuerten Gelaterias. Das wahre Italien.

Doch Blum konnte seine Reise kaum genießen, denn Cellinis drohender Blick lastete schwer auf ihm. Wie hatte es Blum nur zulassen können, dass das große Meisterwerk des Goldschmieds gestohlen wurde? Wo doch Cellini nichts so wichtig gewesen war wie sein Ruf und seine Ehre. Er musste daran denken, dass Cellini Kunstwerke als seinen Besitz betrachtete, ganz egal, wer sie bei ihm in Auftrag gegeben hatte. Cellini sah sich nicht als Handwerker, der einen Auftrag erledigte, sondern hatte bereits im 16. Jahrhundert ein sehr modernes Verständnis von der Beziehung zwischen dem Künstler und seinem Werk.

Einem Plan folgend, der Blum unbekannt war, lenkte Morini den Wagen zu völlig unscheinbaren Dörfern, um mit Menschen zu sprechen, die Blum nie zu Gesicht bekam. Doch der Italiener schien sich seiner Sache völlig sicher zu sein. Zumindest lenkte Morini sie selbst in Orte, die unbewohnt schienen, in feine Trattorias und rustikale Gasthäuser, in denen sie bequem die Nächte verbringen konnten. Ein Luxus, den Blum bezahlte.

»Meine Kreditkarte hier zu benutzen, wäre unklug«, hatte Morini bei ihrem ersten gemeinsamen Abendessen nach dem Aufbruch aus Florenz gesagt. »Man kennt mich.« Das schien keine Übertreibung: Wo sie auch aßen, man kannte Morinis Weinvorlieben, sodass man ihnen meist einschenkte, noch bevor das erste Wort gewechselt worden war.

Gestern hatten sie kaum an dem Tisch einer Trattoria Platz genommen, von der Morini überschwänglich erzählt hatte, da kam schon die Köchin aus der Küche geeilt. Die alte

Frau mit den roten Wangen umarmte Morini wie einen verloren geglaubten Sohn. So aß er dann auch.

»Wir müssen sichergehen, eine ungefährliche Übergabe zu organisieren«, erklärte Morini beim Essen, während er den Duft seines Cibrèo einsog und den Chianti daneben atmen ließ. »Wir können nicht einfach zur Saliera fahren, das Geld hinlegen und das gute Stück einpacken. Man merkt, dass Sie mit solchen Sachen keine Erfahrung haben.«

Blum wusste zwar nicht, was »solche Sachen« waren, aber er fühlte sich tatsächlich wie ein Kleinkind, das sich allein durch eine erwachsene Welt navigieren musste, deren Zeichen und Codes es nicht verstand. Selbst das Essen wurde für ihn bestellt. Heute Abend war es Peposo. »Besser als das Wiener Gulasch«, hatte ihm Morini versichert.

Schließlich zog Blum eine Grenze. »Am Sonntag werde ich zurückfahren«, sagte er zu Morini. »Mit oder ohne Saliera.«

Morini machte ein nachdenkliches Gesicht. »Wir können es morgen versuchen«, sagte er. »Es ist zwar ein wenig übereilt, aber wenn Sie darauf bestehen.« Blum bestand darauf. Er konnte nur hoffen, dass Morini über die Saliera so gut Bescheid wusste wie über die toskanische Küche.

Heute Morgen waren sie zu einem Dorf nahe Siena gefahren. Es war schon von Weitem zu sehen, denn es erhob sich auf einem Hügel, umgeben von Ackerfeldern, wie ein Fels, der aus hoher See ragte. Morini parkte den Escalade vor den ersten Häusern, kleine Hütten, die sich wohl schon seit einem Jahrhundert dem Verfall hingaben. Blum konnte nirgendwo Strommasten oder Antennen ausmachen und bis auf einen alten, ausrangierten Fiat standen auch keine Autos vor den Häusern.

»Kommen Sie«, sagte Morini. »Und vergessen Sie Ihre Tasche nicht.«

Blum drückte die Sporttasche mit den 20.000 Euro aus seinem Privatvermögen an sich wie ein Kleinkind und folgte Morini eine unebene Treppe aus abgeschlagenen Steinen nach oben, die sich an den Häusern vorbeischlängelte und auf einen steil abfallenden Platz führte. In der Mitte des Platzes stand eine kleine Steinkirche, wobei Blum nicht sagen konnte, ob die Kirche in den Felsen geschlagen worden war oder der Fels aus der Kirche herauswuchs.

»Warten Sie in der Kirche«, trug ihm Morini auf. Blum hatte die Kirche betreten und war dort auf das beeindruckende Höllenfresko gestoßen, das ihn an die Erzählungen aus Dantes »Göttlicher Komödie« erinnerte.

In goldenen und rotbraunen Tönen fächerte es sich vor ihm auf. Er konnte die Sünder sehen, die nun die Strafen für ihre Verfehlungen ereilten, und eine Schar von falschen Propheten und reich gekleideten Männern, die dem Treiben fassungslos zusahen und noch nicht recht glauben wollten, dass sie die Nächsten waren. Die Hölle machte keinen Unterschied zwischen Arm und Reich, zwischen Wichtig und Bedeutungslos, in der Hölle waren alle gleich. Das hatte sie mit dem Himmel gemein.

Wo würde er enden? Blum wusste keine Antwort darauf. Doch es konnte kein Zufall sein, dass er tagelang gefahren war, in ein namenloses Dorf in einem anderen Land, um auf eine Szene zu treffen, die genauso gut aus einem Bild seines verehrten Hieronymus Boschs entstammen hätte können. So war ihm Bosch also bis hierher gefolgt, hatte ihn nicht entkommen lassen.

Und mit einem Mal begriff er, warum ihm so schauderte vor den Bildern des niederländischen Meisters. Wie jedes große Kunstwerk zwangen sie ihn, eine unbequeme Frage zu stellen, auf die er keine Antwort wusste: Was für ein Mensch war er?

Er trat näher und berührte mit seinem Finger die kalten Steine. Blum fuhr die Konturen des Mosaiks nach, fühlte die Löcher, die durch die Erosion entstanden waren, und die schroffen Stellen, an denen das Mosaik abgeblättert war. Er roch die Feuchtigkeit und das Gras, das in den Ritzen wuchs.

Das morsche Holz der alten Kirchentür knarrte, als sie aufschwang. Blum drehte sich um und sah Morini näher kommen.

»Interessantes Fresko, nicht wahr?«, sagte er.

Blum nickte nur.

»Unser Kontaktmann wartet mit der Ware«, sagte Morini, ohne seinen Blick vom Mosaik zu nehmen. Die Hörner des Teufels reckten sich beunruhigend über ihm in die Höhe. »Der Plan sieht so aus: Sie geben mir die Tasche und ich wickle den Deal ab. Sie warten hier noch fünf Minuten, dann gehen Sie zurück zum Auto. Wir treffen uns dort. Falls ich bis zum Einbruch der Nacht nicht zurück bin, fahren Sie wieder nach Florenz, checken in dem Hotel ein, in dem wir genächtigt haben, und warten dort noch das Wochenende ab. Das Auto ist unversperrt und ein Schlüssel liegt im Handschuhfach.«

Blum konnte sich nicht mehr daran erinnern, ob Morini das Auto versperrt hatte. »Warum kann ich nicht mitkommen?«

»Unser Kontaktmann ist nervös«, sagte Morini. »Er rechnet nur mit mir. Wenn er sieht, dass wir zu zweit kommen, taucht er vielleicht nicht auf. Er ist kein Idiot. Hoffentlich hat er uns nicht gemeinsam gesehen, sonst ist er vermutlich schon abgehauen.«

Der Direktor blickte auf die schwarze Sporttasche, die er auf eine der Kirchenbänke gestellt hatte.

Morini bemerkte sein Zögern. »Erinnern Sie sich, was ich Ihnen in Padua erzählt habe?«, fragte er. »Die Moral der Geschichte?«

»Immer im Voraus bezahlen«, sagte Blum.

Der Italiener lächelte. »Es liegt an Ihnen. Wollen Sie die Saliera oder nicht?«

Blum wollte sie. Er wollte sie so sehr, wie die gestraften Gestalten in Boschs Gemälden die Wollust und Völlerei wollten, begehrte sie auf dieselbe Weise, wie die verlorenen Seelen auf dem Mosaik vor ihm begehrt hatten. Ohne an die Konsequenzen zu denken, weil es für ihn keine Alternative gab. Blum ging zur Kirchenbank, packte die Tasche und warf sie Morini zu. Der fing sie gekonnt auf.

»Fünf Minuten«, sagte er und blickte Blum dabei gerade lange genug in die Augen, um einen Hauch von Aufrichtigkeit zu vermitteln.

»Dann gehen Sie zum Auto.«

Morini verließ die Kirche, ohne sich noch einmal umzudrehen. Das Sonnenlicht, das durch die eingeschlagenen Kirchenfenster fiel, hatte mittlerweile eine tröstliche Schattierung angenommen. In diesem Moment vibrierte es in Blums Hosentasche. Beinahe hätte er vor Überraschung aufgeschrien, doch der Respekt vor dem Ort ließ ihn innehalten. Erst nach einer kurzen Sekunde wurde ihm bewusst, was das war: sein Diensthandy. Sein Privathandy hatte er vor dem Grenzübertritt entsorgt, doch sein Diensthandy hatte er vor Morini geheim gehalten. Ton und Vibration ausgeschaltet, trug er es stets bei sich. Nur seine Sekretärin würde ihn darauf anrufen und das auch nur, wenn es sich um einen absoluten Notfall handelte. Das hatte er ihr eingeschärft.

Blum hob ab. »Ja?«

»Direktor Blum, ich habe versucht, die Polizei abzuwimmeln, aber es sind bereits Beamte hier gewesen ...« Die Stimme seiner Sekretärin war schrill und überschlug sich, als würde ihre Zunge über die Worte stolpern.

»Beruhigen Sie sich«, sagte Blum, der selbst eine seltsame, fast spirituelle Ruhe verspürte, die ihn durchströmte, als wäre er am Ende einer langen Reise angekommen. »Was ist passiert?«

Die Sekretärin musste Luft holen, ehe sie herausbrachte: »Es gibt einen weiteren Erpresserbrief! Die Polizei möchte wissen, ob Sie vielleicht eine Ahnung ...«

Was danach kam, verstand Blum kaum noch. Er hörte nicht mehr zu, sein Verstand beschäftigte sich bereits mit völlig anderen Dingen. Wenn die Saliera heute hier, in einem toskanischen Dorf, übergeben werden sollte, warum schickte der Erpresser dann einen Brief nach Wien? Es war möglich, dass es sich um eine Fälschung handelte, aber wenn sich die Polizei bei ihm gemeldet hatte, dann schlossen sie eine Fälschung sicherlich aus.

»Ich bin morgen Abend zurück«, sagte Blum und legte auf. Dann trat er aus der Kirche, ging über den menschenleeren, kahlen Platz auf die verwitterte Steintreppe zu und stieg nach unten. Eine Hauswand ging in die nächste über, Putz blätterte ab und entstellte die Wände. Jede war von den Sonnenstrahlen in bleiches Weiß gegossen worden. Endlich bog er um die letzte Ecke und sah den Platz, an dem sie das Auto abgestellt hatten.

Nur war das Auto verschwunden. Die Schotterstraße lag vor ihm so verlassen da wie der Rest des Dorfes. Blum stand bewegungslos auf der Straße, ließ den Wind Staub auf seine Segeltuchhose blasen, spürte, wie ihm der mittlerweile kalt gewordene Schweiß den Rücken hinablief.

Als er sah, dass die Sonne bereits die Felder in den vergänglichen Glanz des Spätnachmittags tauchte, griff Blum zum Telefon und rief seine Sekretärin an. Er musste ihr mitteilen, dass er ein wenig länger brauchen würde.

PENSIONISTENHEIM GUTENSTEIN, NIEDERÖSTERREICH

Freitag, 7. Oktober 2005, 9 Uhr

Ich zog die senfgelben Gardinen zu, damit die einfallenden Sonnenstrahlen meine Mutter nicht länger blendeten. Danach nahm ich das Fotoalbum von dem kleinen runden Tisch, auf dem ein paar Tulpen in einer blauen Vase Gelassenheit ausstrahlten, und setzte mich wieder an ihr Bett.

Die Farben, die Gardinen, die Blumen, sie alle sprachen eine eindeutige Sprache: Hier hatte es niemand eilig, niemand musste irgendwohin. Für junge Menschen mochte das erschreckend wirken, für ältere konnte es erlösend sein. Das suchten doch alle Menschen am Ende ihres Lebens: Ruhe.

Meine Mutter war 84 Jahre alt. Vor vier Jahren hatten meine Frau und ich sie schließlich überzeugt, in das Pensionistenheim Gutenstein zu übersiedeln. Bis dahin hatte sie allein in ihrem Haus in Puchberg gelebt, doch dort war es für sie schon lange gefährlich geworden. Sie war nicht mehr mobil, der nächste Supermarkt lag vier Kilometer entfernt. Als sie einmal stürzte, war es ein Glück, dass sie schnell gefunden wurde und sich nichts Ernstes getan hatte. Das hatte die Entscheidung endgültig gemacht.

Am Anfang hatte sich meine Mutter mit aller Kraft gewehrt und sie war immer eine durchsetzungsstarke Frau gewesen. Sie wollte nicht mehr mit mir sprechen und wollte mich auch nicht mehr sehen. Sie empfand es als Verrat, im Alter aus ihrer vertrauten Umgebung gerissen zu werden. Im

Heim sprach sie ebenfalls mit niemandem, nahm an keinen Ausflügen oder Aktivitäten Teil und wollte nichts anderes, als wieder nach Hause zurückzukommen.

Doch nach einem Jahr änderte sich das langsam. Sie erkannte, dass das frisch gekochte Essen im Heim besser schmeckte als die aufgewärmten Gerichte zu Hause. Sie lernte Damen in ihrem Alter kennen, entdeckte Gemeinsamkeiten und knüpfte neue Freundschaften, nachdem ihre alten Freunde in Puchberg alle bereits verstorben waren. Sie blühte auf und sie nahm es mir nicht mehr übel, sie nach Gutenstein gebracht zu haben.

Seitdem versuchte ich, oft dorthin zu kommen, um sie zu besuchen. Wenn möglich mit Eva und besonders mit Katja, denn Enkelinnen waren das Lebenselixier der Großeltern. Wir zeigten ihr Fotos von Katjas Erfolgen oder Zeitungsberichte über meine Arbeit und sie stellte uns Bekanntschaften vor oder erzählte uns, was sie die vergangenen Tage gemacht hatte. Es war einfach und es war schön. Ich wusste, hier war sie gut aufgehoben und sicher. Und sie wusste es auch.

Alles war gut gewesen, bis sie vor einem halben Jahr krank geworden war. Oder war es das Alter? Irgendwann wurden diese beiden Dinge ununterscheidbar. In kurzer Zeit verlor sie viel Gewicht, schlief nur noch wenig, aß kaum mehr. Jeden Tag lag sie ein wenig länger im Bett, bis sie nur noch selten aufstand.

Ich zeigte ihr die Fotos von unserem Sommerurlaub in Italien, wohin wir jedes Jahr fuhren, um eine Woche am Strand zu verbringen und das Meer zu genießen. Eva und ich beim Essen, Katja im Pool, wir alle drei im Sand sitzend. Ihre Augen folgten den Bildern, verweilten bei jedem gerade lange genug.

Als ich das Album wegpackte und sich mein Besuch dem Ende näherte, fragte sie wie jedes Mal: »Und wie geht es dir in der Arbeit?« Meine Mutter war Witwe geworden, als ich 14 Jahre alt war. Sie, deren Eltern einfache Bauern gewesen waren und die selbst nur die Volksschule absolviert hatte, hatte es mir ermöglicht, aus dem kleinen Schneebergdörfl zuerst nach Wiener Neustadt ins Gymnasium und dann nach Wien auf die Universität zu gehen. Ohne sie wäre mein Leben ein anderes geworden, so sehr, dass auch ich ein vollkommen anderer Mensch geworden wäre. Ich hatte ihr alles zu verdanken.

Das Alter fragte den Menschen unbarmherzig nach seiner eigenen Geschichte. Wofür war man alt geworden? Was lag hinter einem? Ließen sich noch Spuren des Vergangenen finden, wie Falten, die das Gesicht eines Menschen mit seinen Erlebnissen zeichneten? Keine Gardinen und keine Blumen konnten Ruhe schenken. Einzig die Antworten auf diese Fragen konnten es.

Meine Mutter war stolz auf das, was ich erreicht hatte, und dieser Stolz bedeutete mir mehr als jede Auszeichnung in meinem Beruf. Als sie mich also heute fragte, erzählte ich ihr von der großen Reform, die wir erfolgreich abgeschlossen hatten, und dass ich im Herbst das Silberne Ehrenzeichen des Landes Wien bekommen würde. Sie lächelte, während ich ihren Handrücken streichelte. Ihre Haut fühlte sich leicht an, transparent, als würde sie sich bei der Bewegung meiner Fingerkuppen auflösen in Nebelfäden, die man mit der Hand wegwischte.

»Vergiss nicht, ein Foto vorbeizubringen«, sagte sie.

Ich versprach es, küsste sie auf die Stirn und verabschiedete mich. Mit dem Fotoalbum unter dem Arm verließ ich das Pflegeheim, ging auf den Parkplatz und stieg dort in meinen Golf.

Ich hatte die Autobahn noch nicht erreicht, als mein Telefon klingelte.

»Geiger?«, meldete ich mich.

»Ernst.« Es war Markus Brunner, der nach Kaisers Weggang mein wichtigster Mitarbeiter im Saliera-Fall geworden war. Brunner war ernst und integer. Ein Beamter mit einem strengen moralischen Kompass. »Wo bist du?«

»Kurz vor Wiener Neustadt«, antwortete ich. »Was ist denn los?«

»Drück aufs Gas«, sagte Brunner. »Unser Golden Boy hat sich wieder gemeldet.«

Als ich in der Berggasse eintraf, lief ich auf direktem Weg zum Rapportsaal. Brunner hatte bereits ein Team zusammengestellt. Als ich eintrat, wandten sich die Köpfe der Männer in meine Richtung. Ich erkannte einige bekannte Gesichter, allesamt fähige Beamte.

Neben Brunner war auch Clemens Lernet Teil des Teams. Vor der Polizeireform hatte er unter Georg Kaiser für die Diebstahl gearbeitet, doch nach dem Ausscheiden seines früheren Chefs war er in die Kriminalpolizeiliche Abteilung gewechselt, wo er nun unter mir arbeitete. Lernet war ein ruhiger und in sich gekehrter Charakter. In der kurzen Zeit unserer Zusammenarbeit hatte er sich bereits durch Genauigkeit und Pflichtbewusstsein hervorgetan. Eine Erkrankung hatte Lernet im vergangenen Jahr für längere Zeit außer Gefecht gesetzt, doch Lernet hatte mir versichert, dass ich mir keine Sorgen machen brauchte. Ich war froh, denn er hatte bereits unter Kaiser am Saliera-Fall gearbeitet. Er kannte die Fakten und würde Brunner und mir sicherlich eine große Hilfe sein.

»Wir haben auf dich gewartet«, sagte Brunner, der lässig auf dem Tisch der Führungskräfte saß. Ich trat nahe zu ihm und versuchte, ihm zuzuflüstern, ohne dass es die anderen hören konnten: »Was ist mit Dachs?«

»Keine Sorge«, gab Brunner ebenso leise zurück, »der Brief ist wieder bei der Monadiqos eingelangt. Offenbar hast du auf Direktor Fuchs damals Eindruck gemacht. Er wollte ihn direkt an dich übermitteln. Ich musste ihm versprechen, ihn dir so bald wie möglich zu übergeben.« Brunner schmunzelte. »Gleich darauf habe ich die Angelegenheit zur Behördensache erklärt. Damit kann uns Dachs nicht reinreden.«

Ich klopfte Brunner auf die Schulter. Es war zwar nur eine Formalität, doch nach der letzten Polizeireform war ich für die Kriminalpolizeiliche Abteilung, eine Behörde, zuständig, während Dachs Landespolizeikommandant geworden war, also die Verfügungsgewalt über alle Polizisten und Beamten besaß. Er verfügte über das Personal, Ressourcen und hatte die Dienstaufsicht, doch er konnte mir keine Weisungen mehr erteilen. Es war eine vertrackte, komplizierte und absurde Situation, die durch zwei Polizeireformen in kurzer Zeit entstanden war, die gegensätzliche Interessen verfolgt hatten. Dieser Umstand ermüdete mich ungemein, denn immer wenn ich Beamten brauchte, musste ich zunächst eine Weisung an Dachs schicken.

Zusätzlich mussten wir selbst den kleinsten Schritt protokollieren. Das hatte Dachs verlangt, um uns die Arbeit zu erschweren. Seit mir Dachs formal nicht mehr übergeordnet war, hatten sich die Fronten nur noch verhärtet: auf der einen Seite die Polizisten um Dachs, auf der anderen Seite die Polizeijuristen, zu denen auch ich gehörte. Es war ein offenes Geheimnis, dass Dachs die Juristen wegbekommen wollte. »Entintellektualisierung und Militarisierung der Kriminalpolizei« nannte mein ehemaliger Chef Max Edelbacher diesen Prozess. Letztlich diente er dazu, Loyalität und Macht in Dachs' Händen zu konzentrieren.

Durch Brunners schnelle Reaktion hatte die Kriminalpolizeiliche Abteilung die Führung des Falls übernommen. Es würde zwar langwierig sein, jede Handlung über einen Behördenauftrag abzuwickeln und an Dachs vorbeizuarbeiten. Doch zum Glück verfügten wir noch über genug alte Freunde, die mittlerweile unter Dachs arbeiteten. Sie versuchten, uns zu helfen, wo sie konnten. Bei ihnen brauchten wir nicht erst den mühsamen Weg über zahlreiche Formulare zu gehen, ein Anruf genügte.

»Unsere Kollegen vom Assistenzbereich haben sich den Brief bereits angesehen«, sagte Brunner, nun etwas lauter, sodass ihn alle im Raum hören konnten. Erkennungsdienst und Spurensicherung trugen nach der letzten Reform nun den Namen Assistenzbereich. »Diesmal hat die Monadiqos keine Zeit verloren und uns sofort verständigt. Offenbar haben sie dazugelernt.«

Brunner verteilte eine Kopie des Briefes. »Keine Fingerabdrücke, keine DNA. Aber er ähnelt dem ersten Brief. Ähnliche Schrift, der gleiche braune Umschlag. Der Dieb hat ein Foto der Saliera auf der aktuellen Ausgabe der italienischen Tageszeitung ›Corriere della Serra‹ beigelegt.«

»Also ein Italiener?«, fragte Felix Leitner. Leitner hatte strohblondes Haar und Oberschenkel wie ein Bulle, weil er seine gesamte freie Zeit auf seinem Fahrrad verbrachte. Auch er hatte bereits nach dem Diebstahl am Saliera-Fall gearbeitet und war von Brunner nun ins Einsatzteam geholt worden.

»Möglich«, antwortete Brunner. »Vielleicht auch nur ein Täuschungsmanöver. Wir prüfen gerade die Echtheit des Fotos, gehen aber davon aus, dass wir es hier mit einem authentischen Schreiben zu tun haben.«

Warum meldete sich der Erpresser, nachdem er zwei Jahre lang verschwunden war? War etwas geschehen? Hatte er die Saliera nicht verkaufen können und versuchte es nun noch einmal mit einer Erpressung?

Diese Fragen schwirrten sicherlich nicht nur mir, sondern allen Anwesenden durch den Kopf. Doch wir würden sie später klären müssen. Jetzt ging es darum, schnell zu handeln. Die Verbindung durfte nicht noch einmal abreißen. Wir mussten möglichst schnell eine BAO, eine Besondere-Ablauforganisation, einrichten.

»Wir werden einen Führungsstab und einen Einsatzstab aufbauen«, sagte ich. »Kollege Brunner und ich werden die Ermittlung leiten. Der Einsatzstab hat immer verfügbar zu sein und ist vom Tagesgeschäft entbunden. Außerdem brauchen wir Observationskräfte, sollte es zu einer Übergabe kommen. Der Dieb kann sich jederzeit erneut melden. Wir müssen vorbereitet sein.«

Ich wandte mich an Brunner. »Was sind die Forderungen?«

»Ähnlich wie im ersten Brief«, antwortete er. »Ein Inserat im ›Kurier‹, diesmal mit dem Titel: ›Darling, I'll be back soon‹. Eine Telefonnummer, auf der er uns erreichen kann, und eine Mailadresse.«

»Wir müssen sichergehen, dass uns niemand dazwischenfunkt wie beim letzten Mal. Weder die Monadiqos noch Direktor Blum. Ich möchte mit beiden so bald wie möglich sprechen.«

»Direktor Fuchs von der Monadiqos ist erreichbar. Blum befindet sich laut seiner Sekretärin zurzeit in Italien und sollte in den nächsten Tagen zurück sein.«

»In Italien? Was tut er denn dort?«, fragte ich.

Brunner zuckte mit den Achseln. »Das wird er uns verraten müssen, wenn er zurückkommt.«

»Also gut.« Ich begann, die Aufgaben zu verteilen. In dieser frühen Phase ging es vor allem um die Koordination mit dem Erkennungsdienst, auch den Kriminalpsychologen Kobal wollte ich wieder zurate ziehen lassen. Er sollte sich das

Schreiben ansehen. Wir mussten eine Telefonnummer, eine Mailadresse und ein Schließfach für den Dieb einrichten, damit er uns kontaktieren konnte, und mit der Monadiqos sprechen, für den Fall, dass sich der Dieb bei ihnen meldete. Außerdem mussten wir versuchen, herauszufinden, wo der Brief hergekommen und ob das Foto echt war.

»Wir sehen uns heute Abend wieder«, sagte ich. Bevor ich die Einsatzbesprechung beendete, fügte ich hinzu: »Und jeder Ermittlungsschritt wird Kollege Brunner und mir mitgeteilt, bevor irgendjemand außerhalb dieses Raums davon erfährt. Ist das klar?« Die Beamten nickten mit ernsten Gesichtern. Auch sie wussten um die Situation in der Wiener Polizei Bescheid.

»Ich vereinbare Termine mit der Staatsanwaltschaft und der Untersuchungsrichterin«, sagte Brunner, als wir uns vor dem Rapportsaal verabschiedeten. »Wir brauchen die entsprechenden Anträge und Beschlüsse. Es kann jederzeit losgehen.«

Ich ging zu meinem Büro, wo meine Sekretärin Trudi schon auf mich wartete. »Sie haben ein Fax bekommen«, sagte sie. Sie klang alarmiert. »Es kommt vom Referat für Diebstahl. Ich habe es Ihnen auf den Schreibtisch gelegt.«

Das Referat für Diebstahl gehörte zur Kriminaldirektion I, dem früheren Sicherheitsbüro, und unterstand damit Dachs. Der neue Leiter, nachdem Kaiser den Dienst quittiert hatte, war mit Fritz Spätmann ein loyaler Untergebener des Landespolizeikommandanten. In nicht mal einem Jahr war er von dem unbedeutenden Posten des Majors zum Oberst befördert worden. Spätmann hatte Dachs gegenüber einige Gefälligkeiten abzuarbeiten. Ich atmete tief ein, öffnete die Tür und ging zu meinem Schreibtisch.

Dort lag ein Papier. Ich nahm es und las:

»Über den Fall der Saliera wurde die behördliche Leitung verfügt. Es ist strikt nach Dienstanweisung vorzugehen. Jeder Ermittlungsschritt muss vor Ausführung schriftlich an die Leitung der Kriminaldirektion gehen.« Ich seufzte. Das »schriftlich« war unterstrichen worden. Das bedeutete, dass jede Handlung an Dachs übermittelt werden musste, bevor wir sie ausführen konnten. »Jegliche über den Umfang der Ermittlung hinausgehende Tätigkeit ist zu unterlassen«, war ans Ende des Schreibens gesetzt worden. Unterzeichnet hatte Fritz Spätmann.

Es war klar, was damit erreicht werden sollte: Dachs wollte sich dafür revanchieren, dass Brunner und ich den Fall an uns gerissen hatten. Er versuchte, uns an der kurzen Leine zu halten und uns mit unnötigem Papierkram die Arbeit zu erschweren.

Sollte er es versuchen. Wir beide wussten, dass die Lösung des Saliera-Falls über unsere Karrieren entscheiden konnte. Dachs würde den ersten Fehler nutzen, um die Ermittlungen zu übernehmen und mich loszuwerden.

Die Sache war einfach: Ich durfte mir keinen Fehler erlauben.

BURGGARTEN
WIEN, INNERE STADT

Mittwoch, 26. Oktober 2005, 14 Uhr

Als er bei der Station Parlament aus der Straßenbahn stieg, hatte er bereits das Gefühl, verfolgt zu werden. Zwei Männer hatten sich im engen Innenraum der Tram an ihm vorbeigedrückt und waren eine Tür weiter ausgestiegen. Sie waren beide groß, trugen unauffällige schwarze Anzüge und sprachen leise miteinander. Sie sahen aus, wie sich Nick verdeckte Ermittler vorstellte. Langsam und bedächtig schlenderten sie hinter Nick entlang.

Er versuchte, seine Schritte kontrolliert zu setzen und keine Aufmerksamkeit auf sich oder den Rucksack zu lenken, den er auf dem Rücken trug. Nick unterdrückte den Impuls, sich umzudrehen, als er in den Burggarten ging. Erst als er am Grillparzer-Denkmal vorbeispazierte, wagte er, einen flüchtigen Blick nach hinten zu werfen. Die beiden Männer konnte er nicht mehr entdecken. Vielleicht hatte er sich getäuscht? In den letzten vier Tagen war ihm das häufiger passiert.

Nachts wachte er manchmal auf. Er hatte keine Albträume, zumindest konnte er sich nicht erinnern, auch spürte er keinen kalten Schweiß auf der Haut. Doch irgendetwas warf ihn aus der Bahn. Wenn er sein Wohnhaus in der Neustiftgasse verließ, suchte er stets die Straße ab, doch wusste er nicht genau, wonach er eigentlich suchte. Was hoffte er, zu entdecken? Er war sehr vorsichtig vorgegangen. Nichts deutete auf ihn hin, nichts ließ sich zurückverfolgen. Aber das war das Teuflische an Fehlern: Man erkannte sie immer erst, wenn man sie bereits gemacht hatte.

Vor vier Tagen war er mit seiner Familie beim Frühstück gesessen. Ein angebissener Salamitoast lag auf einem Teller vor ihm. Clara hatte ihm die Zeitung auf den Tisch gelegt und ihn liebevoll auf den Hinterkopf geküsst. Nick hatte die Zeitung aufgeschlagen und intuitiv zu den Anzeigen in der Rubrik »Verschiedenes« geblättert. Seit zwei Wochen war das der erste Teil, den er las, was seiner Frau zum Glück noch nicht aufgefallen war. Sonst käme sie womöglich auf den Gedanken, er suchte per Annonce nach einer Affäre.

Er entdeckte das Inserat sofort. Äußerlich ließ er sich nichts anmerken, doch innerlich durchfuhr es ihn, als hätte ihm jemand einen elektrischen Schlag versetzt. ›Darling, I'll be back soon‹. Die Worte kamen ihm so fremd vor, als wären sie in einer längst vergessenen Sprache geschrieben worden und hätten mit seiner Wirklichkeit nichts zu tun. Dabei war er es, der diese Worte erst in die Welt gesetzt hatte, er war ihr Schöpfer. Und wie es so vielen Schöpfern passierte, bekam er es mit der Angst zu tun, als ihm seine Schöpfung begegnete.

Nick las jede Zeile des Inserats dreimal. Als er das erste Inserat vor zwei Jahren gesehen hatte, war ihm die französische Nummer darunter sofort verdächtig vorgekommen. Wie ein großes, blinkendes, nicht zu übersehendes Warnsignal hatte sie ihm damals entgegengeleuchtet und ihm signalisiert: Blas die ganze Sache ab. Und genau das hatte er getan.

Damals war allerdings der Besitz der Sache völlig ausreichend für ihn gewesen. Er musste sich nicht weiter vorwagen, hatte er doch inmitten seiner kühnsten Träume gelebt.

Diesmal war es anders. Zwei Jahre lang hatte er ihr Gold nicht mehr in den Händen gehalten, ihre Edelsteine nicht mehr gesehen. Er besaß sie, doch der Besitz erfreute ihn nicht. Er hatte sie tief vergraben müssen, um sie nicht zu verlieren. Konnte er überhaupt noch von Besitz sprechen? War es nicht viel eher andersherum – hatte sie ihn in ihrem Besitz, hielt ihn gefangen mit goldenen Klauen?

Doch als er den Brief an die Monadiqos schickte, hatte er erneut den Stolz des Besitzes verspürt. Es war seine Art, der Welt mitzuteilen, wer er war und was er getan hatte. Mit diesen Zeilen warf er jedem entgegen: Ich habe etwas vollbracht, das du dir nicht einmal vorstellen kannst. Das Leben überstiegen.

Nachdem sich die anfängliche Aufregung gelegt hatte, war er vom Küchentisch aufgestanden, hatte sich bei Clara für das Frühstück bedankt und war in sein Arbeitszimmer gegangen, die Zeitung in der Hand. Dort breitete er sie auf seinem Schreibtisch aus. Je länger er auf das Inserat blickte, desto stärker wirkte es für ihn wie eine Einladung. Eine Telefonnummer, eine Mailadresse und die Adresse eines Schließfachs standen dabei. Sie waren die Einladung zu einem Spiel, das die Polizei und er für das ganze Land aufführten.

Obwohl der Brief an die Monadiqos gegangen war, wusste Nick, dass die Polizei hinter diesem Inserat steckte. Sie würden sich nicht noch einmal so dumm anstellen wie vor zwei

Jahren. Doch auch er hatte seine Hausaufgaben gemacht. Er war vorbereitet.

Die erste Phase seines Plans war es, abzuwarten. Das war ihm noch nie so schwer gefallen. Alles, was er tat, schien ihm unbedeutend im Vergleich zu dem, was er nicht tat. Die Tage zogen sich in eine endlos erscheinende Länge. Dann, endlich, begann der nächste Teil seines Plans.

Dafür hob er ein Loch unter der großen Eiche aus und öffnete ihr Versteck. Mittlerweile verwahrte er sie nicht mehr in einem Paket, sondern in einer schweren Metallkiste, um sie vor der Natur zu schützen. Er öffnete die Kiste und holte ein Stück von ihr heraus, verschloss sie wieder sorgfältig und schüttete das Loch zu. Dann packte er seinen Rucksack. Zwei Tage später fuhr er nach Wien, mit seinem Laptop und dem Rucksack. Kaum war er in Wien angekommen und hatte seinen Laptop in der Wohnung abgelegt, nahm er die Straßenbahn, um den Rucksack in den Burggarten zu bringen.

Auf dem Weg von seiner Wohnung in den Park hatte er den Blick der gesamten Welt auf seinen Schultern gespürt. Er konnte sich nicht vorstellen, wie die Menschen irgendetwas anderes sehen konnten als ihn und seinen schwarzen Rucksack. Wie konnten sie von nichts wissen? Wie konnten sie zu Boden schauen oder auf ihre Handys und einfach an ihm vorbeilaufen? Waren sie alle bloß geübte Schauspieler, die ihm eine große, allumfassende Falle stellten, die nur darauf warteten, dass er einen falschen Schritt tat – die Kellner, die Tische vor den Lokalen abräumten, die Straßenbahnfahrer, die ihre Durchsagen machten, die Mütter, die ihre kleinen Kinder an der Hand über die Straßen führten? Sie alle konnten doch nicht so blind sein, sie mussten zumindest fühlen, dass etwas mit Nick nicht stimmte. Er selbst hatte das Gefühl, eine Aureole über dem Kopf zu tragen und die Blicke der Menschen magisch anzuziehen. Sein Herz klopfte mit der Gewalt eines Presslufthammers, die Luft schien sich auf dem Weg in seine Lunge zu verflüchtigen und er spürte, wie ihm bei der kleinsten Bewegung Schweiß auf die Stirn trat. Doch es war kein Wunder, dass er sich so fühlte. Immerhin war er, zumindest solange er den Rucksack um seine Schulter trug, der Mittelpunkt der Welt.

Als er am Rosengarten vorbeischritt und hin zum Theseustempel, querten die beiden Männer aus der Straßenbahn sein Blickfeld. Scheinbar ins Gespräch vertieft und ohne ihn zu beachten, steuerten sie auf eine der Bänke zu und setzten sich. Behielten sie ihn im Auge? Waren sie hier, um zuzuschnappen, sollte Nick etwas Verdächtiges tun? Aber wie konnten sie wissen, dass er heute in den Burggarten kommen würde? Oder hatten sie ihn schon länger beobachtet?

Der Rucksack fühlte sich mit einem Mal fürchterlich schwer an und drohte, ihn zu Boden zu ziehen. Nicks Knie zitterten, als hätte er einen Felsen auf seinem Rücken. Aber wie war der Rucksack plötzlich so schwer geworden?

Er blieb stehen und spähte zu den beiden Männern hinüber, doch sie waren Profis. Mit keiner Regung verrieten sie, dass sie ihn beachteten.

Der Tempel erhob sich über ihm wie eine Mahnung. Mit seinen dickbauchigen, von Kanneluren durchzogenen Säulen, die streng symmetrisch um den Tempel angeordnet waren, haftete dem Bauwerk der Ausdruck einer längst vergangenen Ordnung an. Kosmos, wie Nick von Clara erzählt bekommen hatte, die während ihres Studiums gerne populärwissenschaftliche Bücher über die antiken Philosophen gelesen hatte, bedeutete für die Griechen Ordnung. Denn das Universum war von einer mystischen, geheimnisvollen Ordnung durchzogen. Alles gehorchte ihr: die Zahlenverhältnisse, die Jahreszeiten, das Erblühen der Bäume im Frühling genauso wie das Absterben der Blätter im Herbst. Das Aufgehen der Sonne wie ihr tägliches Untergehen, Ebbe und Flut, alles hatte seinen Platz in dieser kosmologischen Struktur. Deshalb war den antiken Griechen die Mathematik so wichtig. Zumindest hatte Clara das so verstanden.

Auch jedes Leben hatte seine eigene Ordnung, seinen eigenen Zyklus. Niemand konnte wählen, wie lange er gesund blieb oder jung, wann er starb oder wann er den Höhepunkt seiner Fähigkeiten erreichte. Die Ordnung bestimmte für ihn. Wenn man versuchte, die Ordnung gewaltsam zu durchbrechen, sein Leben entgegen seiner natürlichen Tendenz zu leben, dann schuf man Chaos.

»Für die Griechen gab es einen ständigen Konflikt zwischen Ordnung und Chaos«, hatte Clara erzählt. Nick fand das poetisch. Jetzt, wo der Tempel schicksalhaft vor ihm aufragte und ihn mit seinem Schatten einhüllte, fragte sich Nick, ob er nicht die natürliche Ordnung seines Lebens durchbrach. Ob er in einer Nacht vor zwei Jahren von dem für ihn vorgezeichneten Weg abgekommen war. Alle Dinge in seinem Leben hatten sich ineinandergefügt wie Puzzleteile: seine geliebte Frau Clara, seine Tochter Sarah, sein Beruf. Doch bevor er das Bild sehen konnte, das entstand, nachdem er den letzten Stein legen würde, hatte er die Ordnung verlassen und war ins Reich des Chaos übergetreten. Das Chaos versprach Freiheit, Gelöstheit, es war offen für jede Möglichkeit, für eine formlose Zukunft, wandelbar wie eine Schimäre. Dieses Versprechen hatte ihn gereizt, er hatte es beinahe begehrt. Doch nun fragte er sich, ob es richtig gewesen war.

Aus dem Augenwinkel sah er, wie die Männer aufstanden. Er ging los, doch sie beschleunigten ihre Schritte und holten auf. Einer von ihnen hatte seine Hand in die Hosentasche gesteckt, als würde er etwas umklammern. Eine Waffe? Ein Funkgerät?

Nick spürte, wie der Schweiß in seiner Haut aufstieg wie Wasser in einem Geysir. Die Welt um ihn herum schien plötzlich komprimiert, als hätte jemand unsichtbare Glaswände eingezogen und Nick dazwischen eingesperrt.

Die Männer befanden sich knapp hinter ihm, waren schon fast auf seiner Höhe. Nur noch wenige Momente und einer von ihnen hätte die Hand ausstrecken und Nick an der Schulter berühren können, ihm den Rucksack mit einer schnellen Bewegung entreißen. Mit dieser Berührung wäre es vorbei, Nick würde den Rucksack einfach auf den Boden fallen lassen und sich ergeben, sich der Ordnung ergeben und dem Lauf seines Schicksals, dem er für zwei Jahre einen Streich gespielt hatte. Die Ordnung würde ihn letztlich einholen, wie ein Vater, dem man als Kind beim Fangenspielen zu entkommen versucht. Sie würde ihn hochheben und sagen: »Genug gespielt. Zeit, nach Hause zu gehen.« Bei diesem Gedanken fühlte sich Nick beinahe erleichtert.

Der Mann hinter ihm nahm die Hand aus seiner Hosentasche. Nick konnte kaum atmen, seine Brust wurde von einer unsichtbaren Kraft zusammengepresst. Er blieb stehen.

Der Mann bewegte seinen Arm, doch nicht in Nicks Richtung, sondern zur Seite. Er umschloss die Hand seines Partners und drückte zu. Ein Lächeln huschte über sein Gesicht.

Händchenhaltend gingen die beiden an Nick vorbei, der sie dabei so fassungslos anstarrte, dass er zwei böse Blicke erntete. Kurz dachte er, die beiden Männer würden ihm etwas zurufen, doch sie drehten sich wieder um und straften ihn, indem sie ihm ihre Rücken zuwandten.

Nick brauchte einen Moment, bevor er realisierte, was soeben geschehen war. Dann zog ein Windstoß durch die Bäume, die den Tempelplatz umgaben, und Nick tauchte in das Rascheln der Blätter ein, ließ sich davon umschließen wie von einer Welle. Ein bis dahin ungekanntes Hochgefühl umfasste ihn. Nick beherrschte den Moment, konnte mit diesem Flecken Zeit machen, was er wollte. Kein kosmisches Prinzip ordnete sein Leben, sondern er selbst. Was in dem schwarzen Rucksack steckte und unter der Eiche nahe seinem Haus vergraben lag, hielt ihn nicht gefangen. Es war seine Befreiung.

Nick ging zwischen zwei Bänken hindurch und trat von dem betonierten Platz auf die Wiese des Burggartens. Hinter einem Baum stellte er den Rucksack ab, ging in die Knie und tat so, als würde er sich die Schuhe binden. Er blickte dabei nach allen Seiten und vergewisserte sich, dass er allein war. Dann öffnete er den Rucksack, nahm ein Taschentuch in die Hand, um keine Spuren zu hinterlassen, und holte mit einer schnellen Bewegung den unscheinbaren Beutel heraus. Nick legte ihn sorgfältig zum Fuße des Baumstamms. Niemand würde ihn dort finden, nicht, wenn man nicht gezielt danach suchte.

Er richtete sich auf und trat zwischen den Bäumen hervor. Noch immer war niemand zu sehen. Schnellen Schritts verließ Nick den Burggarten und ging Richtung Freyung. Wenn er sich beeilte, konnte er den nächsten Brief noch heute aufgeben. Und schon bald würde er im Schließfach der Polizei liegen.

Dann war die Polizei an der Reihe, den nächsten Zug zu machen, in ihrem geheimen Spiel zwischen Ordnung und Chaos.

FLORIDSDORFER MARKT
WIEN, FLORIDSDORF

Sonntag, 30. Oktober 2005, 22 Uhr

Kirsch schlenderte über den Floridsdorfer Markt. Er hatte in der Kneipe Zum nassen Fisch, die sich hinter dem Floridsdorfer Bahnhof befand, ein paar Bier mit alten Freunden getrunken. Alte Freunde waren wichtig in Floridsdorf. Auf Neuankömmlinge konnte der Bezirk angsteinflößend wirken. In den Straßenbahnen hörte man Menschen laut und energisch in Sprachen reden, die man nicht verstand. Wenn man spätabends nach Hause ging, musste man aufpassen, nicht über einen Betrunkenen zu stolpern, der an eine Hauswand angelehnt schlief. Und Zugezogene fanden es merkwürdig, dass auf Märkten tatsächlich um die Preise der Waren gefeilscht wurde.

Doch Kirsch hatte sein ganzes Leben hier verbracht. Das babylonische Stimmengewirr war für ihn längst zur Begleitmusik seines Alltags geworden, ohne das es ihm viel zu schrill vorgekommen wäre. Die Betrunkenen grüßte er mit ihren Vornamen. Und wenn er am Markt einkaufen ging, wusste er sofort, wenn ihn jemand über den Tisch ziehen wollte. Die anderen Wiener mochten über Floridsdorf sagen, was sie wollten, Kirsch kannte jede Ecke dieses städtischen Leviathans. Er wusste, wie er sich in seinem Bezirk bewegen musste. Das kam seinem Begriff von Heimat schon ziemlich nahe.

Es war spät und die Buden des Floridsdorfer Markts lagen verlassen und dunkel vor ihm. Eingerahmt wurden sie vom Schlingerhof, einer klassischen Gemeindebausiedlung, wie sie in Wien zu Beginn des 20. Jahrhunderts so zahlreich gebaut worden waren. Ein blechverkleideter Uhrturm saß auf dem Häuserkoloss wie eine Krone.

Vor diesem Uhrturm hatten sich die Sozialisten 1934 mit der Heimwehr von Engelbert Dollfuß heftige Kämpfe geliefert. Als junger Bursche hatte Kirsch jedes Mal Gänsehaut bekommen, wenn er am Schlingerhof vorbeigelaufen war und daran denken musste. Doch mittlerweile hatten die zahlreichen Bluttaten, über die er als Journalist berichtet hatte, die Gedanken daran verdrängt.

Er war fast am Ende des Hofes angekommen und wollte in die Lottgasse einbiegen, als ein Mann aus den Arkaden trat, die den Hof begrenzten und als Eingangsportale dienten. Im fahlen Licht der Straßenlampen erkannte Kirsch eine dünne Nase, geschwungen wie ein Krummsäbel, kurzes, lichtes rotblondes Haar und stechende Knopfaugen. Die Statur des Mannes war drahtig und sportlich. Er wirkte hier fehl am Platz. Kirsch hatte ihn noch nie zuvor gesehen. Er versuchte, seine Paranoia zu vertreiben. Es konnte sich schlicht um einen Bewohner handeln, der vor dem Schlafengehen noch eine Zigarette an der frischen Luft rauchen wollte. Doch seit Kirschs Zusammentreffen mit Fritz Spätmann wollte er kein Risiko mehr eingehen.

Der Polizeibeamte hatte sich zwar seitdem nicht mehr blicken lassen, doch wenn er an ihn dachte, brach ihm der Schweiß aus.

»Sie waren schon länger nicht mehr im Café Strudel«, sagte der Mann halblaut, als Kirsch an ihm vorbeiging. Kirsch fluchte innerlich. Hatte Spätmann einen seiner Männer geschickt, um Kirsch ein wenig Angst einzujagen? Das war ihm gelungen. Kirsch beschleunigte seine Schritte.

»Egon Kirsch«, rief ihm der Mann hinterher. »Wir müssen reden.«

Reden, na klar, dachte Kirsch. Er hatte keine Lust, sich zu unterhalten. Was gab es schon zu sagen? Kirsch verfiel in einen Laufschritt. Auch der Mann hinter ihm begann zu laufen und als sich Kirsch umdrehte, sah er sofort, dass er keine Chance hatte. Er war ein untrainierter Kettenraucher, der Mann hinter ihm offenbar ein Sprinter. Kirsch drückte sich gegen die Wand des Hofes und hoffte, dass irgendjemand vorbeikommen würde.

Der Mann war in wenigen Sekunden bei ihm und packte ihn an der Schulter. Kirsch kniff die Augen zusammen. Doch welchen Schrecken er sich auch immer vorgestellt hatte, er blieb aus.

»Wir müssen reden«, wiederholte der Mann. »Ich konnte Sie in den letzten Wochen nicht erreichen.«

Die Stimme des Mannes war nun nahe genug, dass Kirsch sie erkennen konnte. Er hatte den Mann zwar noch nie gesehen, aber ihn schon einmal gehört: Es war der Informant aus der Berggasse, mit dem er den Sommer über Kontakt gehabt hatte. Kirsch entspannte sich etwas, richtete sich auf und strich sich über die Lederjacke.

Der Mann trat einen Schritt zurück und Kirsch bemerkte, dass sich sein Brustkorb verdächtig schnell hob und senkte. Schweiß stand ihm auf der Stirn.

»Schön, Sie mal persönlich kennenzulernen«, sagte Kirsch und holte eine Zigarette aus der Innentasche seiner Jacke. Er wollte nicht, dass der Mann merkte, wie nervös er war. Er zündete sich eine Marlboro an und inhalierte tief, ehe er den Rauch in den Nachthimmel ausstieß.

»Wollen Sie sich nicht vorstellen? Über mich wissen Sie ja offensichtlich gut Bescheid.«

»Lieber nicht«, sagte der Mann knapp.

»Warum sind Sie damals nicht aufgetaucht, als ich im Strudel auf Sie gewartet habe?«, fragte Kirsch.

»Mir ist ein Einsatz dazwischengekommen«, sagte der Mann. »Ich hätte nicht losgekonnt, ohne Aufsehen zu erregen.«

»Dann haben Sie Glück gehabt«, sagte Kirsch. »Denn einer Ihrer Kollegen hat vor dem Strudel gewartet.«

Die Augen des Mannes weiteten sich. »Was?«

»Fritz Spätmann schickt schöne Grüße. Er hat mir zu verstehen gegeben, dass er unsere Zusammenarbeit nicht besonders schätzt.«

»Das wusste ich nicht.«

Der Mann wirkte ehrlich besorgt.

»Das Strudel meide ich seitdem«, sagte Kirsch.

»Was haben Sie ihm erzählt?«

»Nichts«, antwortete Kirsch. »Nichts, was er verwenden könnte. Ich habe ihm gesagt, dass mein Informant anonym geblieben ist. Dass ich nicht mal weiß, wie er aussieht.« Kirsch schnippte Asche auf den Boden. »Bis jetzt hat das auch gestimmt.«

»Hören Sie«, sagte der Mann, »in der Polizei herrscht Krieg zwischen zwei Fraktionen. Und währenddessen ist ein neuer Erpresserbrief des Saliera-Diebs aufgetaucht.«

Der Mann wartete, bis Kirsch die Information verdaut hatte.

»Der Dieb hat einen kleinen goldenen Dreizack, den eine der Saliera-Figuren hält, im Burggarten zurückgelassen. Wir haben ihn vor drei Tagen gefunden und konnten seine Echtheit feststellen. Wir gehen davon aus, dass es nun jeden Tag zur Übergabe kommen kann.«

»Glückwunsch«, sagte Kirsch ironisch. »Dann ist die ganze Sache bald zu Ende.«

»Die Situation ist nicht so einfach, wie Sie sich das vielleicht vorstellen.« Der Mann rang einen Moment mit den Worten. »Die Ermittlungen sind mittlerweile zu einer politischen Angelegenheit geworden. Ein Team, zu dem auch ich gehöre, ist mit der Wiederbeschaffung der Saliera beauftragt. Doch seitdem Dachs Landespolizeikommandant ist, macht er uns das Leben schwer und behindert die eigenen Ermittlungen. Er möchte uns scheitern sehen, um endlich die Möglichkeit zu haben, ein paar Posten neu zu besetzen.«

»Warum erzählen Sie mir das alles?«, fragte Kirsch.

»Die Story vom Sommer hatte nicht den gewünschten Effekt. Die Politik hält die schützende Hand über Dachs!« Der Mann vor Kirsch redete sich langsam in Rage. Kirsch hoffte, er würde seine Stimme unter Kontrolle behalten. Wenn die Floridsdorfer eines nicht leiden konnten, dann war es, Sonntagnacht aus dem Bett geholt zu werden.

»Jeder andere wäre schon längst versetzt worden, wenn über ihn so eine Story rauskäme. In Dachs' Fall gab es nicht mal Ermittlungen. Die Art, wie er die Polizei führt, verschwendet bloß Ressourcen, ohne jegliche Ergebnisse. Wir ermitteln nicht mehr, sondern nehmen wahllos Hunderte

Ausländer fest, nur um sie am nächsten Tag wieder zu entlassen. Es gibt viele, die das für falsch halten, aber niemand traut sich, etwas zu sagen.«

»Sie doch auch nicht«, warf Kirsch ein. »Sie wollen mich benutzen.«

»Aber Sie sind Journalist!«, rief der Mann aus. »Sie wollen Missstände aufdecken!«

»Nicht so laut!«, zischte Kirsch.

»Ich verstehe Ihren Ärger«, sagte der Journalist nach einer Weile. »Aber das ist nicht mehr meine Story. Ich werde nicht gut genug bezahlt, um mich für Sie in die Schusslinie zu begeben. Die Sache ist mir zu gefährlich.«

»Ich habe mich damals nicht ohne Grund an Sie gewandt«, sagte der Mann. Seine Stimme war ruhiger geworden. Nun konnte Kirsch zwischen den Sätzen deutliches Schnaufen vernehmen. »Sie haben einen guten Ruf in der Berggasse. Sie verstehen, worauf es bei Ermittlungen ankommt. Wie die Polizei tickt.«

»Ich fühle mich geschmeichelt«, sagte Kirsch. »Aber das war mal so. Die Zeiten haben sich geändert. Ich gehöre zum alten Eisen. Meine Geschichten will niemand mehr lesen. Es gibt jetzt einen neuen Stil, nicht nur in der Polizei. Auch in den Zeitungen. Man darf in den Medienhäusern nicht mal mehr rauchen.« Wie um seinen Satz zu unterstreichen, nahm Kirsch einen besonders tiefen Zug.

»Hören Sie«, fuhr er fort und ließ eine weiße Wolke in den Nachthimmel emporschweben. »Ich weiß jetzt, wie Sie aussehen. Wenn ich einen weiteren Artikel über Dachs oder die

Saliera bringe, wird mir Spätmann oder einer seiner Männer einen Besuch abstatten. Und wenn er mich nach Ihnen fragt, dann werde ich ihn nicht anlügen können.«

»Dann sind Sie also raus?«, fragte der Mann.

»Ich bin schon lange raus«, sagte Kirsch, rauchte die Zigarette zu Ende, warf sie auf den Boden und trat sie aus. »Ich habe es nur jetzt erst kapiert.«

Er nickte dem Mann zu. Dann ging er an ihm vorbei, bog in die Lottgasse ein und ließ sich bereitwillig von der Nacht verschlucken.

WOHNUNG
WIEN, HIETZING

Montag, 7. November 2005, 5 Uhr

Ich konnte das nahende Gewitter riechen. Dickbauchig hingen die Wolken über mir. Die Baumkronen bewegten sich wie in Vorfreude auf die ersten Tropfen. Die Welt um mich herum bereitete sich auf das Unwetter vor, rollte ihm den Teppich aus, bat es zur Tür herein. Die Natur wusste, wann ihr ein Sturm bevorstand, fühlte, wenn sich der Wind erhob und die Temperatur abfiel.

Was wussten wir Menschen über unser Schicksal?

Langsam begriff ich, wo ich mich befand. Ich kannte diesen Abschnitt der Ringstraße. Die Menschenmenge, Bänder und Fahnen, die wild flatterten.

In den letzten Wochen war ich häufig an diesen Ort zurückgekehrt.

Ich musste laufen, dafür war ich hier. Doch als ich meinen rechten Fuß heben wollte, drückte ihn etwas zu Boden. Kalter, harter Stein presste gegen meinen Knöchel, breitete sich in meinen Socken als unüberwindbare Schwere aus. Sie kroch langsam nach oben, über mein Schienbeine in meine Knie und von dort weiter in meine Oberschenkel. Regungslos wie eine Statue verharrte ich auf meinem Platz. Ohne den Blick wenden zu können, fühlte ich, wie sich hinter mir etwas auftürmte und schneller näher kam. Wie eine riesige Welle verdunkelte es die Sonne und würde jeden Moment über mich hereinbrechen.

Doch es war keine Welle. Es waren die anderen Läufer, die mich überholten, ihre Schritte hallten vom Asphalt mit ohrenbetäubendem Lärm wider. Tausende von ihnen strömten an mir vorbei, füllten jeden Zentimeter des Raums aus. Ich senkte den Kopf und hob schützend die Arme. Ich wollte mich auf den Boden fallen lassen und mich zusammenrollen, doch es war kein Boden mehr zu sehen, nur noch Laufschuhe und auf verschwitzten Rücken klebende Startnummern. Mit einem Schlag erstarb das Geräusch der tausend Läufer, die Bewegung verendete in einem kurzen, schmerzhaften Seufzer. Wie Statuen standen Menschen in Sportkleidung um mich herum, die gerade erst noch keuchend und stöhnend auf die Ziellinie zugelaufen waren. Nun bewegten sie sich nicht, nicht einmal ein Schweißtropfen rollte ihre Schultern hinab.

Langsam und mit einer schrecklichen Gleichzeitigkeit wandten sie die Köpfe in meine Richtung. Die Hälse in den widernatürlichsten Winkeln verdreht blickten mich tausend Augenpaare an. Und ich sah in jedes Gesicht und ich sah weiße Haare und schlecht rasierte Wangen und Tränensäcke und Haut wie Leder und ich erkannte, dass jeder einzelne der Läufer viel zu alt war, um einen Marathon zu laufen. Überhaupt zu alt, um sich noch selbst bewegen zu können, ohne Krücken oder Rollstuhl oder den stützenden Arm eines jüngeren, vitaleren, gesünderen Menschen. Ich fürchtete, der nächste Windstoß würde sie zu Staub zerfallen lassen, eine einzige Brise würde die endgültige Erosion bedeuten und ihre Sedimente würden sich über die Welt legen wie die Asche eines Vulkans.

Der Natur gleich spürte auch ich, wie sich der Wind langsam erhob, näher kam und heranrollte wie der Atemzug eines Asthmakranken. Ich wollte rennen, rennen, rennen, doch mein Unterkörper war aus Granit oder mit dem Boden verwachsen.

Dann stieß der Himmel seinen tiefsten Seufzer aus, der Wind schlug über mich hinweg wie eine Sense und alles löste sich auf.

Als ich aufwachte, schmerzten meine Fersen und Knöchel, als wäre ich tatsächlich soeben einen Marathon gelaufen. Es waren jene Körperstellen, die ich mir vor zwei Jahren, als ich mich auf den Wien-Marathon vorbereitet hatte, durch Überbelastung zugrunde gerichtet hatte.

Ich schwitzte und atmete schwer.

Neben mir murmelte Eva ein paar unverständliche Worte. Ich strich ihr übers Haar, dann stieg ich aus dem Bett und verließ das Schlafzimmer. Sachte schloss ich die Tür hinter mir und machte im Flur das Licht an.

Meine Füße schmerzten noch immer, als ich in den Vorraum unserer Wohnung ging. Die Uhr an der Wand zeigte fünf Uhr früh an.

Ich warf die Kaffeemaschine an. Während das Wasser langsam zu kochen begann, nahm ich das Handy zur Hand und kontrollierte, ob eine Nachricht für mich eingegangen war. Seit meine Mutter aus dem Altersheim in das Spital Wiener Neustadt überführt worden war, erwartete ich jederzeit, angerufen zu werden. In den letzten Monaten war es ihr immer schlechter gegangen, sodass wir schließlich beschlossen hatten, sie in Behandlung nach Wiener Neustadt zu geben. Ich besuchte sie fast täglich, saß an ihrem Bett und erzählte ihr von meinem Tag oder wie es Katja beim Studieren ging. Ich wusste nicht, wie viel davon sie verstand.

Krebs im fortgeschrittenen Stadium hatten die Ärzte gesagt. Es war eine der vielen Formen, in denen sich das Alter zeigte. Es war wie eine Hydra, der mit jedem weiteren Lebensjahr neue Köpfe wuchsen, und letztlich war es egal, von welchem Maul man gebissen wurde, sie alle gehörten zum selben Rumpf.

Wenn man jung war, entwickelte man sich mit jedem Jahr, man lernte dazu, rang der Welt eine neue Seite ab. Ab welchem Zeitpunkt begann sich dieses Verhältnis umzukehren? War der Punkt zu lokalisieren, an dem wir langsam begannen, abzunehmen,, weniger wurden, bis wir irgendwann ganz verschwunden waren?

Und würde dieses Wissen irgendetwas ändern?

Das Zischen der Kaffeemaschine riss mich aus den Gedanken, die mein müder Verstand unter großer Anstrengung produzierte. Keine Nachricht. Ich legte das Handy auf den Tresen und nahm eine Tasse aus dem Schrank. Als ich sie füllte, stieg mir der tiefe Geruch des Kaffees zu Kopf und schüttelte mich durch. Ich nahm einen Schluck, dann steckte ich zwei Toastscheiben in den Toaster, nahm die Tasse wieder an mich und setzte mich an den Esstisch, auf dem sich Akten und Zeitungsberichte türmten.

Nicht nur mit einem Anruf aus dem Spital Wiener Neustadt rechnete ich nun täglich, sondern auch mit einer Nachricht des Saliera-Diebs. Vor zwei Wochen hatten wir einen Brief von ihm in dem eigens dafür eingerichteten Schließfach gefunden. Er dirigierte uns in den Burggarten, wo wir gegenüber dem Theseustempel hinter einem Baumstamm einen Gefrierbeutel mit dem goldenen Dreizack der Saliera gefunden hatten.

Unsere Spurensicherung hatte schnell feststellen können, dass es sich dabei um das Original handeln musste.

Der Toaster spuckte die beiden Scheiben aus. Ich stand auf, nahm ein Marmeladenglas aus dem Kühlschrank, holte Messer und Teller heraus, legte die beiden Toasts auf den Teller und trug alles zum Tisch. Langsam strich ich die Marmelade auf und blickte nach draußen, wo die Straße noch im fahlen Licht der Laternen lag.

Vor drei Tagen hatten wir eine SMS an die Nummer erhalten, die wir im Inserat für den Dieb angegeben hatten.

»Bald geht es los. Eine Stunde vor der Übergabe erhalten Sie weitere Instruktionen. Seien Sie so nett und bereiten Sie Schwimmsachen für Ihren Boten vor. Wir müssen sichergehen, dass er sauber ist. Er soll kein Handy verwenden, sobald die Übergabe losgeht. Er soll nur eine Karte von Wien und eine Karte von Österreich bei sich haben, Wasser und einen Rucksack mit 10 Millionen Euro in bar. In Zukunft werden wir Ihnen auf Deutsch schreiben. Halten Sie sich bereit.«

Die SMS war auf Englisch verfasst und mit »Mr. Cerveza« gezeichnet worden, was auf Spanisch Bier bedeutete. Nicht mehr Mr. Green also. Hatten wir es mit jemand anderem zu tun? Der Kriminalpsychologe Kobal hatte in seinem neuen Gutachten festgehalten, dass es sich vermutlich um eine Tätergruppe aus dem Ausland handelte.

Womöglich hatte der Dieb die Saliera bereits verkauft oder weitergegeben. Wir hatten die Nummer des Handys zurückverfolgen können, doch es handelte sich um ein Wertkartenhandy. Die Nachricht war vor dem Rathaus abgesendet worden, doch den Besitzer konnten wir nicht ausfindig machen.

Ein Einsatzteam stand rund um die Uhr bereit, um sofort loslegen zu können. Das ganze Büro befand sich in einem Zustand der Anspannung. Ich war davon nicht ausgeschlossen.

Nachdem ich fertig gefrühstückt hatte, spülte ich das Geschirr ab und ging ins Badezimmer. Es war zwar erst sechs Uhr früh, doch ich wusste, ich würde nicht mehr schlafen können.

Ich putzte mir die Zähne und wusch mein Gesicht. Dann gab ich Eva einen Kuss auf die Stirn, packte ein paar Kleidungsstücke und ging in mein Arbeitszimmer, um mich anzuziehen. Um halb sieben verließ ich das Haus, stieg in meinen Golf und fuhr Richtung Berggasse. Während ich die Währinger Straße entlangfuhr, rief ich Brunner an, der gerade Dienst hatte.

»Was gibt's, Ernst?«, meldete sich Brunner.

»Irgendwelche Neuigkeiten?«, fragte ich.

»Alles stumm geblieben«, antwortete Brunner. »Bis jetzt jedenfalls. Lernet und ich sitzen hier und starren voller Anspannung auf das Handy. Die Männer sind in Position. Beim ersten Klingeln kann es losgehen.«

»Was ist mit Dachs?«, fragte ich. Unser Plan war bisher aufgegangen. Dachs hatte sich kaum in unsere Ermittlungen einmischen können. Er hatte zwar versucht, einige seiner Leute in das Ermittlungsteam zu bekommen, doch das hatten wir verhindert. Außer dass Dachs darauf bestand, jede SMS und jede Unterhaltung als Protokoll vorgelegt zu bekommen, konnte er uns nichts anhaben. Zumindest bis jetzt.

»Noch habe ich nichts von ihm gehört«, sagte Brunner. »Aber es kann nicht lange dauern, bis einer seiner Leute vorbeikommt. Jeden Tag fragen sie uns aus und warten nur auf eine Möglichkeit, uns den Fall wegzunehmen.«

»Ich bin in zehn Minuten da«, sagte ich und legte auf, während sich der Golf, eingeklemmt zwischen Verkehrskolonnen, langsam am Allgemeinen Krankenhaus vorbeischleppte.

Es sollte zwölf Minuten dauern, ehe ich den Wagen in der Berggasse parken und durch die Tür in die Vorhalle treten konnte. Ich wollte am Journaldienst vorbei, die Stufen nach oben und den Lift in den dritten Stock nehmen, wo Brunner und das Einsatzteam ein Büro bezogen hatten. Doch das Läuten meines Handys ließ mich mitten in der Eingangshalle stehen bleiben.

Das Läuten fror die Sekunden ein, riss mich aus der Zeit, während Kollegen mit Akten unter dem Arm, in Uniform oder Zivil, an mir vorbeiliefen. War es so weit? Würde die Übergabe losgehen? Ich zog das Handy aus meiner Hosentasche. Die Nummer am Display kannte ich nicht. Ich hob ab und hielt mir das Handy ans Ohr. In diesem Moment sah ich Clemens Lernet die Stufen herunterlaufen. Sein sonst so verschlossenes und ruhiges Gesicht wirkte aufgeregt, er hatte die Augen weit aufgerissen und rief mir etwas zu. Doch ich hörte ihn nicht. Ich hörte nichts als die nüchterne, langsame Stimme in meinem Ohr.

Dann veränderte sich alles.

PRATERSTRASSE
WIEN, LEOPOLDSTADT

Freitag, 7. November 2005, 5 Uhr

Als der Wecker klingelte, hatte Lernet schon seit geraumer Zeit an die Zimmerdecke gestarrt und seinen Herzschlag verfolgt. Er tat einen tiefen Atemzug, dann zog er die Bettdecke vom Körper, schwang sich aus dem Bett, stellte den Wecker mit einem geübten Schlag ab und stand auf.

Er nahm die Matte, die zusammengerollt neben dem Kopfende seines Bettes stand, und rollte sie auf dem Parkettboden seines Schlafzimmers aus. Wie jeden Morgen begann er auch diesen mit einer Serie von Liegestützen, Sit-ups und einigen Dehnübungen.

Nach zwanzig Liegestützen brach ihm der Schweiß aus, ab dem dreißigsten Sit-up bekam er nicht mehr genug Luft in die Lunge. Beim Dehnen spürte er, wie sein Herz schnell und schmerzhaft schlug. Diese morgendliche Routine half ihm, zu wissen, was für ein Tag es werden würde. Heute durfte er sich nicht zu viel erwarten.

Als er fertig war, rollte Lernet die Matte wieder zusammen, stellte sie zurück und ging ins Badezimmer. Der kleine geflieste Raum bot gerade genug Platz für eine Dusche, eine Waschschüssel und ein WC. Wenn sich Lernet in die Mitte des Raums stellte und mit ausgestreckten Händen einmal im Kreis drehte, konnte er alle drei Anlagen berühren. Doch das störte ihn nicht. Er verzichtete auf jede unnötige Verzierung. In seiner ganzen Wohnung gab es kein Bild und bloß eine einzige Pflanze, einen Kaktus, den er vor Jahren von Freunden zur Wohnungseinweihung bekommen hatte und der am Fensterbrett seines Schlafzimmers stand. Es war ein Scherz gewesen.

»Braucht nicht viel und ist schwer totzukriegen«, hatten seine Freunde gesagt. »Genau wie du.«

Lernet stellte sich unter die Dusche und ließ das Wasser über seinen Körper laufen. Er drehte den Regler bis zum Anschlag und zwang sich, die eisige Kälte zu ertragen. Wenn er die Augen schloss und sich konzentrierte, kam es ihm vor, als konnte er jeden einzelnen Tropfen spüren, die wie winzige Hammerschläge auf Schultern, Nacken, Rücken niedersausten.

Er stieg aus der Dusche und trocknete sich ab. Ins Handtuch gewickelt rasierte er sich, putzte sich die Zähne und kämmte sich die Haare. Als er sich im Spiegel betrachtete, fühlte er, wie sich die Panik langsam in seinem Körper ausbreitete wie ein Fieber, das alle Zellen befiel und bis unter seine Schädeldecke kroch. Er kannte die Anzeichen. Seine Knie wurden schwach, die Finger begannen zu zittern, sein Hals schnürte sich zu. Lernet schloss die Augen und wartete. Stunden wurden zu Minuten wurden zu Sekunden und dann war es vorbei. Als er die Augen wieder öffnete und in den Spiegel blickte, verstand er nicht, was er sah. Wie ein abstraktes Gemälde blickte ihm das Geheimnis seines eigenen Gesichts entgegen. Was dahinter vorging, war für ihn nicht weniger rätselhaft als dessen unverständliche Formen und Farben.

Lernet kehrte ins Schlafzimmer zurück, nahm eine Jeans und ein weißes Hemd aus dem Kasten neben seinem Bett und schlüpfte hinein. Angezogen ging er ins Wohnzimmer, das mit einer kleinen Küchenleiste und einem Esstisch ausgestattet war.

Seit einem Jahr schon trank Lernet keinen Kaffee mehr. Die Kaffeemaschine war einem Wasserkocher gewichen, den er nun mit Wasser befüllte und einschaltete. Er schnitt eine Banane in kleine Scheiben, dann nahm er ein Glas Joghurt aus dem Kühlschrank, tat sich die Hälfte in eine Schüssel, gab Haferflocken, die Bananenstücke und noch ein paar Blaubeeren hinzu. Das Wasser kochte auf und er goss es in eine Tasse, in die er bereits einen Beutel Grüntee gehängt hatte.

Mit seinem Frühstück setzte er sich an den Tisch. Dort standen bereits ein Glas Wasser und eine kleine graue Box. Er öffnete die Box und sah, dass nur noch zwei der weißen Tabletten darin lagen. Nachdem er eine von ihnen herausgeholt und sie von allen Seiten betrachtet hatte wie einen Feind auf dem Schlachtfeld, schluckte er sie und trank das Wasserglas leer. Danach stand Lernet auf und ging in den Vorraum, wo das Telefon auf dem Schuhkasten stand.

Das Telefon in der Hand setzte er sich zurück an den Tisch und wählte eine Nummer.

»Dr. Sperl?«, meldete sich eine Stimme.

»Viktor«, grüßte ihn Lernet. »Clemens hier.« Viktor Sperl war einer von Lernets ältesten Freunden. Sie waren gemeinsam aufgewachsen und ins Rainergymnasium auf der

Wieden gegangen. Verbunden hatte sie die gemeinsame Sportbegeisterung.

Bereits als Schüler hatten die beiden angefangen, ganz Wien und Umgebung mit dem Rad zu erkunden. Während ihre Mitschüler ans Meer fuhren, waren sie den Sonnblick hinaufgewandert oder an der Hohen Wand geklettert. Als Lernet in die Polizeischule wechselte und Sperl das Medizinstudium aufnahm, hatte sie diese gemeinsame Leidenschaft zusammengehalten. Im Winter unternahmen sie Skitouren, im Sommer gingen sie bergsteigen.

Seit Sperl vor fünf Jahren geheiratet hatte, waren ihre gemeinsamen Ausflüge ein wenig seltener geworden, aber mittlerweile vertrauten sie einander blind, auch wenn sie sich nicht mehr so oft sahen. Hätte Lernet einem Menschen ein Geheimnis anvertrauen müssen, er hätte sich für Viktor Sperl entschieden.

»Ich brauche eine neue Ladung von diesen Betablockern«, sagte Lernet. »Ich habe nur noch eine Tablette.«

Sperl seufzte. »Komm heute nach der Arbeit vorbei«, sagte er. »Ich habe bis morgen Dienst im AKH.« Lernet hatte ihn dort schon häufiger in der Kardiologie besucht.

»Irgendwelche Beschwerden?«, fragte der Arzt.

Lernet dachte an die Luft, die nicht in seine Lunge wollte. An den unsichtbaren Stein, der auf seiner Brust lag. An sein Herz, das schnell und hart hämmerte wie ein Gefangener gegen seine Zellentür.

»Du meinst außer dem Üblichen?«, sagte Lernet. »Alles in Ordnung.«

Er legte auf, bevor sein Freund weiter nachfragen konnte. Das würde er ohnehin bald tun. Seit einem Jahr ließ ihn Sperl kaum in Ruhe.

Letztes Jahr war Lernet auf einer Bergtour zusammengebrochen. Bereits beim Frühstück war ihm aufgefallen, wie müde und seltsam hohl er sich fühlte, doch er dachte, die Bergluft würde das ändern. Er fuhr mit dem Auto zu einer kleinen Alm, wo die Tour begann, zog sich die Bergschuhe an, trug Sonnencreme auf und schulterte den Rucksack, in den er ein Seil, einen Gurt und einige Sicherungen gepackt hatte.

Er kam nur langsam und schleppend voran. Eine Forststraße führte in Serpentinen den Berg hinauf, bald ließ er die letzten Bäume hinter sich und stapfte an Moosen und Gebüsch vorbei, bis er unter einem Bergkamm zum Stehen kam.

Und dann setzte er einen Schritt, der sich von keinem seiner tausend anderen Schritte unterschied, und die Luft wollte nicht mehr in seine Lunge.

Sein Herz überschlug sich, sprang in alle Richtungen, spielte eine Melodie ohne Rhythmus und Takt. Als er sich auf die Brust fasste, fühlte er, wie es zitterte, unregelmäßig und schnell.

Schwindel packte ihn und warf ihn zu Boden. Es war ein großes Glück, dass er sich am Anfang seiner Route befand, auf einem flachen Stück Wiese, und noch nicht mitten auf dem Berg. Eine Stunde lag er in der warmen Wiese, notdürftig bedeckt vom Schatten einiger Büsche, und wartete darauf, dass er sich besser fühlte. Zitternd stand er schließlich auf und wanderte langsam ins Tal zurück. Statt zwei Stunden benötigte er fünf, musste sich immer wieder hinsetzen und nach Luft schnappen. Als er endlich in der kleinen Pension angekommen war, legte er sich ins Bett und schlief zwölf Stunden. Beim Aufwachen fühlte er sich völlig erschlagen und sein ganzer Körper schmerzte.

Spätestens zu diesem Zeitpunkt hätte er in ein Krankenhaus fahren müssen. Doch Lernet war stur. Er erzielte regelmäßig die besten Ergebnisse bei den Fitnesstests der Polizei, war sportlich und austrainiert. Seit dreißig Jahren bestieg er Berge, war in seiner Jugend sogar bei der Bergrettung gewesen. Was sollte ihm schon passieren?

Zumindest brach er seinen Urlaub ab und fuhr nach Wien, um sich von Sperl untersuchen zu lassen.

Der Arzt erklärte Lernet, was mit ihm passiert war. »Dein Herzmuskel ist entzündet«, sagte Sperl. »Das ist eine ernste Sache. Vermutlich hast du eine Grippe übergangen.« Er warf Lernet einen dieser Blicke zu, die Ärzte so gut beherrschten und die Lernet hasste.

»Du musst unter Aufsicht bleiben«, fuhr Sperl fort. »Ich werde dich sofort in meine Abteilung verlegen lassen.« Zum ersten Mal blieb Lernet länger als eine Nacht im Spital. Zwei Wochen lang lag er in einem Krankenzimmer, dessen Geruch ihn anekelte und in dem er langsam klaustrophobisch wurde.

Insgesamt dauerte sein Krankenstand zwei Monate. Als er seine Arbeit in der Berggasse wieder aufnahm, versicherte er seinen Vorgesetzten, es wären keine bleibenden Schäden entstanden. »Ein paar Wochen werde ich es noch langsamer angehen«, sagte er. »Aber dann ist alles wieder beim Alten.«

Zum Beweis hatte er ein Gutachten, unterschrieben von Dr. Viktor Sperl. Doch Sperl hatte lange gezögert, ihm das Dokument auszustellen. »Deine Werte sind nicht gut, Clemens«, hatte ihm sein Freund bei der Entlassung gesagt. »Du schwebst nicht in Lebensgefahr, aber deine Leistungsfähigkeit ist stark beeinträchtigt. Vermutlich ist eine Insuffizienz des Herzens geblieben. Das bedeutet, in anstrengenden Situationen kann es dich womöglich nicht mehr mit ausreichend Blut versorgen. Dinge, die für dich selbstverständlich waren, werden dir jetzt schwerfallen. Das ist eine ernste Sache.«

Sperl hatte Lernet bei der Schulter gepackt und ihn gezwungen, ihm in die Augen zu sehen. »Wenn du nicht aufpasst und dich überanstrengst, kann dein Herz aufhören zu schlagen. Das war es dann. Man kann die Natur auch abseits von Klettersteigen genießen«, hatte er zum Abschied hinzugefügt.

Doch wenn Lernets Vorgesetzte davon wüssten, würden sie ihn im besten Fall zu einem langweiligen Bürojob verdonnern. Womöglich würden sie ihn sogar in Frühpension schicken. Dachs würde sich über diese Information jedenfalls freuen. Ein Mann weniger, der nicht nach seiner Pfeife tanzte.

Lernet wollte lieber tot umfallen, als Dachs diese Genugtuung zu verschaffen. Er wusste, dass seine Karriere in der Polizei so gut wie vorbei war. Er hätte schon längst eine Beförderung verdient, doch nach seinem Ausfall war sie von Dachs auf unbestimmte Zeit aufgeschoben worden. Lernet war als Einziger von Kaisers altem Team übrig geblieben und er hatte nicht vergessen, wie Dachs mit seinem ehemaligem Chef umgegangen war. Lernet hatte die erste Möglichkeit genutzt, um in die neue Kriminalpolizeiliche Abteilung unter die Führung von Ernst Geiger zu wechseln. Er wollte keinen Tag länger unter Robert Dachs arbeiten.

Nicht nur verabscheute er die Methoden, mit denen der Landespolizeikommandant arbeitete. Sein Hass war persönlich geworden. Er würde Robert Dachs nicht ungeschoren davonkommen lassen. Das war seine letzte große Aufgabe. Dann konnte er den Polizeidienst verlassen. Er hatte beschlossen, jeden seiner kostbaren Atemzüge diesem Ziel zu opfern. Sperl hatte nach vielen Diskussionen und einigen Streitereien letztlich eingewilligt, Lernets Gesundheitszustand besser darzustellen, als er war. Das konnte schwerwiegende Konsequenzen für beide haben. Doch der Arzt verstand, dass sein Freund neben den geliebten Bergen nicht auch noch seinen Job verlieren wollte. Lernet musste ihm dafür versprechen, seine Medikamente zu nehmen und sich einmal im Monat von ihm untersuchen zu lassen.

Seitdem hatte sich Lernets Leben völlig verändert. Er war aus allen Sportvereinen ausgetreten, mit der Begründung, seine Arbeit ließe ihm nicht mehr genug Zeit. Geraucht hatte er davor schon kaum, doch jetzt hielt er stets einen Sicherheitsabstand zu Zigaretten. Kaffee und Alkohol trank er nicht mehr.

Dennoch bereitete ihm das Stiegensteigen Probleme, genauso wie das Tragen schwerer Lasten. Er fühlte sich danach so erschöpft, dass er am liebsten sofort ins Bett gefallen wäre. Es war sein Glück, dass er in der Kriminalpolizeilichen Abteilung kaum mehr Laufarbeit erledigen musste. Seit er wieder zu arbeiten begonnen hatte, versuchte er, seine verminderte Leistungsfähigkeit auf anderem Weg zu kompensieren. Er war stets überpünktlich, arbeitete mehr als seine Kollegen, legte seine ganze Kraft in seinen Beruf. Aus diesem Grund traf es ihn umso stärker, wenn er sah, wie Robert Dachs die Polizei langsam in seine persönliche Theaterbühne verwandelte.

Lernet hatte fertig gefrühstückt. Er stellte das Geschirr in die Spüle, wusch sich die Hände und trat in den Vorraum. Er nahm eine dicke schwarze Jacke vom Haken und zog sie über. Er schlüpfte in seine braunen Wildlederschuhe und beugte sich hinunter, um sie zuzubinden. Kaum hatte er sich vornübergebeugt, durchfuhr ein Stich seine Brust, als hätte jemand ein Messer durch sein Brustbein gestoßen und würde es langsam bis zur Kehle hinaufziehen. Lernet ließ sich nach hinten fallen und lehnte sich gegen die Wand. Er kannte diese Schmerzen mittlerweile gut, sie waren seine stetigen Begleiter geworden. Nicht alle davon hatten physische Ursachen. Lernet wusste, dass Panikattacken und Angstzustände für Herzpatienten nicht unüblich waren. Sie suchten ihn mehrmals am Tag heim. Anfangs war er noch völlig überwältigt gewesen, hatte sich in Toiletten eingesperrt und war eine halbe Stunde lang auf dem Boden gesessen, die Knie angezogen und den Kopf zwischen den Händen, fest davon überzeugt, jeden Moment zu sterben. Seine Herzschläge kamen ihm seitdem vor wie ein Countdown, der langsam heruntergezählt wurde, bis zum letzten Schlag, um dann für immer zu verstummen. Nur wusste Lernet nicht, wie viele Schläge er noch hatte, wo der Countdown begann und wo er enden würde. Aus dieser Unsicherheit speiste sich seine Panik.

Er hatte das Vertrauen in seinen Körper verloren. Jede Bewegung ängstigte ihn. Lernet verharrte einige Momente in seiner Position und bemühte sich, tief ein- und auszuatmen. Als der Schmerz abgeklungen war und sich in ein Ziehen verwandelt hatte, das seine linke Brust in Besitz nahm, stand er auf und verließ sein Appartement.

Mit dem Lift fuhr er ins Erdgeschoss und trat auf die Praterstraße. Lernet überquerte die Straße und ging am Dogenhof vorbei, ein Bau im Stil eines venezianischen Palasts. In der Seitengasse hatte er sein Auto abgestellt.

Während er ins Büro fuhr, dachte er wie so oft in den letzten Tagen an seine Begegnung mit dem Journalisten Egon Kirsch.

Dachs besaß gute Kontakte zu den Zeitungen. Kirsch war die Chance auf eine Gegenstimme gewesen, um die Vorgänge innerhalb der Polizei ans Licht zu bringen. Doch nun hatte Dachs ihm selbst diese Möglichkeit genommen. Es schien schwerer denn je, an den Landespolizeikommandanten heranzukommen.

Eine Viertelstunde später parkte Lernet sein Auto vor dem Sicherheitsbüro, stieg aus und betrat das Gebäude. Er fuhr mit dem Lift in den dritten Stock, wo sich das Einsatzteam des Saliera-Teams eingerichtet hatte. Markus Brunner, der gemeinsam mit Geiger die Saliera-Einsatzgruppe leitete, saß bereits an seinem Schreibtisch.

»Irgendetwas passiert?«, fragte Lernet.

»Trügerisch friedlich«, antwortete Brunner.

Zwei weitere Kollegen betraten das Büro.

»Wer beehrt uns mit seiner Anwesenheit?«, gähnte Alfred Blau, gegen seinen Drang, einzuschlafen, ankämpfend.

»Wenn das nicht Ironman persönlich ist«, sagte Felix Leitner. Den Spitznamen hatte Lernet aufgrund seiner ausgezeichneten Leistungstests bekommen. Wenn sie nur wüssten, dachte Lernet.

Lernet antwortete nicht, sondern richtete sich ein paar Akten zurecht, die er durchgehen wollte. Kaum hatte er zwei Seiten gelesen, schwang die Tür auf. Das sommersprossige Gesicht, das im Türrahmen erschien, gehörte Herbert Kozina, dem jüngsten Beamten im Team.

»Schlechte Nachrichten«, sagte er, noch ehe er die Tür geschlossen hatte. »Unser Kurier hat Fieber bekommen und musste nach Hause.«

»Verdammt.« Brunner stand auf. Lernet schob die Akten zur Seite und betrachtete Brunner, der sich mit der Hand übers Gesicht fuhr.

»Wilder ist ausgefallen?«

Kozina nickte.

Samuel Wilder war als Kurier abgestellt worden. Wilder war ein ausgezeichneter Athlet. In seiner besten Zeit hatten sich Lernet und er immer harte Kämpfe bei den Ausdauertests geliefert. Wilder trainierte ständig für einen Marathon, den er letztlich aus Zeitgründen nie absolvierte. Aber das Training machte sich bezahlt, denn Wilder sah aus, als wäre er einer Werbung für eine Fitnessstudiokette entsprungen. Ein Umstand, den kaum jemand so sehr würdigte wie Wilder selbst.

»Ich rufe am besten Ernst an«, sagte Brunner. »Die Nachricht wird ihn nicht freuen.«

Während Brunner auf den Gang ging, um zu telefonieren, fragte Blau: »Wie wäre es mit dir, Leitner? Deine Beine kriegen doch kaum Luft in der engen Hose.«

Lernet und die anderen Beamten lachten. Leitner warf seinem Kollegen ein säuerliches Lächeln zu. Er war kein guter Schwimmer und der Dieb hatte in seinem Schreiben gefordert, der Kurier sollte eine Badehose dabeihaben.

Die Umstände der Übergabe waren in den letzten Tagen häufig diskutiert worden. Würde der Kurier schwimmen müssen? Würde er vielleicht sogar in eine andere Stadt fahren müssen? Übergaben konnten gefinkelt ablaufen. Der Täter schickte die Polizisten für gewöhnlich von einer Station zur nächsten. Dabei hatte er den Vorteil, dass die Polizei ständig reagieren musste, ohne zu unvorsichtig zu werden. Das Ganze war ein Spiel mit einem stillen Einverständnis: Der Erpresser verlangte einen Kurier, der mit dem Geld seinen Anweisungen folgen sollte. Keine Polizei.

Doch natürlich wusste er, dass ein Zugriffstrupp der Polizei dem Kurier folgen würde, um ihn festzunehmen, sobald er sich zeigte. Zugleich wusste die Polizei, dass der Täter sie unerkannt beobachten konnte. Machte sich der Zugriffstrupp durch einen Fehler bemerkbar, würde der Täter die Übergabe abbrechen und somit der Polizei auch ihre einzige Chance zerstören, ihn zu fassen. Außerdem hing die Drohung, die Saliera einzuschmelzen, über der gesamten Operation. Kaum eine Beziehung zwischen Verbrecher und Polizei war so intim, so persönlich wie jene, die bei einer Erpressung entstand. Wer das Spiel besser spielte, bekam am Ende alles: Geld und Ruhm.

Lernet zog die Unterlagen wieder zu sich und blätterte darin.

Das Vibrieren eines Handys riss ihn aus der Durchsicht des Falls eines ausgeraubten Juweliergeschäfts in der Josefstadt, bei dem die Täter vermutlich längst über die Staatsgrenze geflüchtet waren. Es war das Handy, das auf Brunners Schreibtisch lag.

»Das Erpresser-Handy«, sagte Leitner atemlos. So wurde das Handy genannt, über das der Erpresser Kontakt mit der Polizei hielt.

Lernet warf einen Blick zur Tür. Brunner war nicht zu sehen. Er stand auf, ging zu seinem Schreibtisch und griff sich das Handy. SMS von einer unbekannten Nummer. Er öffnete die Nachricht und las sie laut vor:

»Ihr Kurier soll heute um 8 Uhr morgens allein mit dem Fahrrad und dem Geld bei der Friedensbrücke sein. Es geht los. Cerveza.«

Die Worte durchfuhren Lernet wie Stromstöße. Sein Herz schlug schneller, doch diesmal fühlte es sich richtig und gut an. Es war der Moment, auf den sie seit zwei Jahren gewartet hatten.

»Kozina«, sagte er, während er aufstand und zur Tür rannte, »such Brunner. Wenn du ihn findest, gib ihm sofort Bescheid. Ich nehme mir das Erdgeschoss vor. Wir müssen alle zusammentrommeln. Es geht los!«

Lernet musste sich bemühen, nicht loszusprinten, so viel Adrenalin strömte durch seinen Körper. Vielleicht war Brunner ins Erdgeschoss gegangen, zum Journaldienst. Sie durften keine Zeit verlieren.

Lernet lief die Stiegen hinunter. Kaum war er in die Eingangshalle eingebogen, wanderten seine Augen suchend durch den Raum. Brunner konnte er nirgendwo sehen, doch dafür entdeckte er Ernst Geiger.

In einem beigen Staubmantel stand der Leiter der Kriminalpolizeilichen Abteilung unentschlossen vor der Eingangstür, in der linken Hand hielt er seinen Aktenkoffer, die rechte presste er gegen sein Ohr.

»Dr. Geiger!«, rief Lernet, doch Geiger reagierte nicht. Lernet lief auf ihn zu. Geiger schien ihn erst zu bemerken, als er kurz vor ihm abbremste. »Dr. Geiger«, wiederholte Lernet. »Es geht los! Der Dieb hat sich gemeldet! In einer Stunde beginnt die Übergabe.«

Geiger, der Lernet mit einem kurzen Blick registriert hatte, starrte nun wieder an ihm vorbei, als würde sich der Dieb am anderen Ende des Raums verbergen. Langsam nahm er die rechte Hand, in der er sein Handy hielt, vom Ohr und ließ sie schlaff an seiner Seite herabhängen.

Erst jetzt registrierte Lernet, dass irgendetwas nicht stimmen konnte. Die sonst so konzentrierten Augen seines Kollegen wirkten stumpf und ausdruckslos. Die Spannung war aus seinem Körper gewichen, als hätte jemand die Luft aus einem Ballon gelassen.

»Was ist los?«, fragte Lernet.

Endlich richtete Geiger den Blick auf ihn.

»Ein Arzt vom Krankenhaus Wiener Neustadt hat mich angerufen«, sagte er.

»Meine Mutter ist gestorben.«

SIEMENS-NIXDORF-STEG
WIEN, ALSERGRUND

7. November 2005, Freitag, 7.30 Uhr

Nick hatte lange überlegt, wie er es anstellen wollte. Er konnte sich nicht erinnern, wann ihm das Nachdenken über eine Sache zuletzt so viel Spaß gemacht hatte. Er verbiss sich in Lösungswege, verlor sich in technischen Details. Er musste an die Zeit denken, als er in der Schule seinen ersten Schaltkreis zusammengeschweißt hatte. Nur war sein gegenwärtiges Projekt hundertmal größer. Die Planung hatte sich angefühlt wie ein überlebensgroßes, komplexes Spiel, dessen Regeln er mit jedem Zug neu festsetzte und dessen Ausgang bis zur letzten Sekunde offenbleiben würde.

Er hatte in den letzten Wochen mehr Zeit in Wien verbracht als gewöhnlich. Ohne es zu bemerken, hatte er das Versprechen gebrochen, das Clara und er sich gegeben hatten: keine Woche, in der sie sich nicht zumindest einmal sehen würden. So musste sich ein Künstler fühlen, dachte Nick, der vor einer weißen Leinwand steht: Vor dem ersten Strich gehörte ihm die ganze Welt. Hatte er den ersten Farbtupfer aufgetragen, begann sich eine geheime Logik zu entwickeln, ein Netz aus Zeichen und Andeutungen aufzuspannen, dem er folgte, ohne es zu verstehen, bis er schließlich ein fertiges Bild vor sich hatte, dessen Sinn ihm sich genauso sehr – oder genauso wenig – erschloss wie jedem anderen Betrachter. Ob sich Cellini so gefühlt hatte, bevor er zur Tat geschritten war, um seine Skulpturen zu erschaffen?

Nick hatte sich Vorbilder gesucht, denn wie jeder große Künstler erschuf er sein Werk nicht völlig neu, sondern klaute und stahl, wo er nur konnte, doch wollte er die Teile neu aneinanderfügen, sie durch ihre neue Zusammensetzung verfremden und bis ins Unkenntliche verzerren. Er hatte viel über Dagobert gelesen, den berühmten deutschen Erpresser der späten 80er- und frühen 90er-Jahre, der die Polizei immer wieder mit ausgeklügelten Konstruktionen an der Nase herumgeführt hatte. Eines hatte Nick daraus gelernt: Er durfte die Sache nicht verkomplizieren. Denn Dagobert war schlussendlich leer ausgegangen. Mit jeder Übergabe, mit jedem Erpresserbrief und jeder Konstruktion, so intelligent sie auch sein mochte, erhöhte sich das Risiko, geschnappt zu werden. So war es schließlich auch Dagobert gegangen, dessen bürgerlicher Name, wie man seit der Festnahme wusste, Arno Funke lautete. Sechs Jahre und vier Monate hatte er bekommen. Darauf konnte Nick verzichten.

Die Polizei spielte bei Erpressungen auf Zeit. Doch je länger der Erpresser sie hinhalten konnte, je größer der Druck wurde, desto eher würden sie eine Übergabe mit echtem Geld veranlassen. Und das wäre seine Chance. Nick war nicht so naiv, zu glauben, sie würden den Kurier bereits beim ersten Versuch mit den geforderten Millionen oder gar mit echtem Geld losschicken. Zunächst musste er ihnen beweisen, dass er sein Geld wert war. Sie ein ums andere Mal ins Leere laufen lassen, womöglich etwas von der Saliera zerstören, obwohl ihm der Gedanke missfiel. Erst dann würden sie das Geld rausrücken.

Doch ging es ihm überhaupt um Geld? In den letzten Wochen hatte er sich diese Frage öfter gestellt. Er brauchte die Millionen nicht. Natürlich, sie würden ihn reich machen und wer wollte nicht reich sein. Aber er hatte keine Schulden, im Gegenteil, er besaß ein gut gefülltes Bankkonto und ein erfolgreiches Unternehmen. Und er würde niemals so viel Geld erpressen können, wie die Saliera für ihn persönlich wert war.

Cellini war es auch nicht um Geld gegangen, wie Nick wusste, nachdem er dessen Biografie gelesen hatte. Die Kunstwerke, die Cellini schuf, konnten zwar für Geld ihren Besitzer wechseln. Doch Cellini würde immer ihr Schöpfer bleiben, ein Titel, der nicht übertragbar war. Als Künstler war er für ewig mit seinen Werken verbunden. Kein Geld und keine Besitzurkunde konnten daran etwas ändern.

Nick lehnte sich gegen das Stahlgeländer des Siemens-Nixdorf-Stegs, der den Donaukanal überspannte und den Alsergrund mit der Leopoldstadt verband. Der Morgen war frostig, langsam erst taute der Tag aus seiner nächtlichen Erstarrung auf. Nur wenige Menschen waren unterwegs, führten ihre Hunde aus oder liefen gegen die Kälte an. Von hier aus konnte er unauffällig beobachten, was sich rund um ihn tat.

Nachdem er den Plan finalisiert hatte, waren die Vorbereitungen schnell gegangen. Zwei Nachmittage hatte er gebraucht, um alles an den richtigen Plätzen zu deponieren. Dann hatte er noch zwei Tage über die Nachrichten nachgedacht, die er abschicken würde, und die SIM-Karten gekauft.

Zum Abschluss brauchte er bloß noch seinen Beobachtungsposten zu beziehen und zu warten.

Er konnte ihn schon von Weitem sehen: Der Kurier, der die Brigittenauer Lände Richtung Friedensbrücke hinabradelte, hatte lichtes, rotblondes Haar und einen knallroten Rucksack auf seinem Rücken, wie es Nick in seinem Schreiben gefordert hatte. Nick konnte eine drahtige Statur erkennen und die Wadenmuskeln, die sich abzeichneten, als er in die Pedale trat. Andere Polizisten konnte Nick nicht sehen, aber er wusste, sie waren ganz in der Nähe.

Nick schlug seinen Mantelkragen hoch, als der Polizeibeamte an dem Steg vorbeiradelte, ohne ihn zu beachten. Nick drehte sich um und blickte ihm kurz nach. In diesem Moment fühlte er die Freiheit, die ihm die Saliera gab, stärker als je zuvor.

Er war nicht bloß Schöpfer eines Werks. Er hatte die Spielregeln festgesetzt, nach denen sich, wenn auch nur für kurze Zeit und von den meisten unbemerkt, ein ganzes Land richtete. Nicht mehr er war es, der folgte, der sich unbewegt seinem Schicksal ergab. Er hatte die Kontrolle übernommen. Ein unbezahlbares Gefühl.

Nick riss sich los und verließ den Steg, um ans Ufer der Rossauer Lände zu gehen. Das Spiel war eröffnet worden. Er musste den nächsten Zug vorbereiten.

SICHERHEITSBÜRO
WIEN, ALSERGRUND

Freitag, 7. November 2005, 7 Uhr

»Meine Mutter ist gestorben.«

Geiger blickte an Lernet vorbei, als würde die Bedeutung dieses Satzes irgendwo in der Luft herumgeistern und er müsste sie erst fangen, um sie völlig begreifen zu können.

»Wie bitte?« Lernet verstand nicht.

»Sie lag im Krankenhaus Wiener Neustadt«, sagte Geiger. Seine Stimme war tonlos, leiser als gewöhnlich, als würde er die Erklärung aus der Tiefe seiner selbst holen, und bis sie nach draußen gelangte, hatte sie ihre Kraft bereits verloren. »Sie war krank ... Ich war gestern noch bei ihr. Der Arzt hat mich gerade angerufen.«

In Lernets Hirn arbeitete es. Der Erpresser hatte sich gemeldet, in einer Stunde würde die Übergabe losgehen. Ihr Kurier war ausgefallen und sie hatten noch keinen Ersatz gefunden. Dachs lauerte auf den kleinsten Fehler.

Doch als er in die Augen seines Chefs blickte, sah er eine Furcht, die er selbst nur zu gut kannte, die er vor wenigen Stunden erst im Spiegel seines Badezimmers gesehen hatte. Es war die Furcht vor Dingen, die man nicht beeinflussen konnte, denen man ausgeliefert war. Wenn man nicht achtgab, wurde daraus schnell eine Furcht vor dem Leben selbst.

»Sie sollten nach Wiener Neustadt fahren«, sagte Lernet mit fester Stimme. Er schaffte es sogar, Geiger ein schwaches

Lächeln zu schenken. »Sie sollten den Tag mit Ihrer Familie verbringen.«

Geiger nickte. »Markus kommt zurecht? Was ist mit dem Kurier?«

»Machen Sie sich keine Gedanken«, sagte Lernet. »Alles ist vorbereitet. Wir finden einen anderen Kurier. Herr Brunner wird Sie heute Abend anrufen, wenn wir den Dieb gefasst haben.«

Geiger richtete sich auf. »Danke«, sagte er.

»Ist doch selbstverständlich«, antwortete Lernet. Geiger wandte sich um und war kurz darauf durch die große, schwere Holztür mit dem goldverzierten Griff verschwunden.

Lernet ging zum Aufzug und fuhr in den dritten Stock. Als er ins Büro des Einsatzstabs zurückkam, waren seine Kollegen gerade dabei, den roten Rucksack vorzubereiten, den der Kurier mitnehmen sollte.

»Wo ist Dr. Geiger?«, fragte Brunner, der mittlerweile ins Büro zurückgekehrt war.

Mit einem Nicken deutete Lernet ihm, zu ihm nach draußen zu kommen. Er setzte ihn mit wenigen Worten ins Bild.

»Das ist nicht gerade optimal«, sagte Brunner. Seine Stimme war gefasst wie immer und trotz der Nachricht bewegten sich seine Augenbrauen keinen Millimeter.

»Ich muss nachdenken.« Mit diesen Worten ließ er Lernet stehen und ging zurück ins Büro der Einsatztruppe.

»Also gut, Männer«, sagte Brunner zu den Beamten. »Dr. Geiger hat einen familiären Notfall und wird heute nicht mit dabei sein können. Da auch unser Bote ausgefallen ist, müssen wir so schnell wie möglich einen alternativen Plan entwickeln. Bis dahin wäre es gut, wenn das hier alles unter uns bleibt. Verstanden?« Lernet, der hinter Brunner stand, sah das Gesicht von Kozina, bevor dieser etwas sagen konnte. Der junge Beamte sackte auf seinem Stuhl zusammen und presste die Lippen aufeinander.

»Was?«, fragte Brunner, der es ebenfalls bemerkt hatte.

»Ich wusste nicht ... Ich konnte doch nicht wissen ...«

»Was?«, wiederholte Brunner, diesmal strenger.

»Gleich nachdem die SMS eingetroffen ist, habe ich im Büro von Landespolizeikommandant Dachs angerufen«, brachte Kozina schließlich heraus. »Ich habe ihn informiert, dass die Übergabe heute stattfinden wird. Er hatte uns doch angewiesen, ihn über jede Entwicklung zu verständigen!«, versuchte Kozina, sich zu rechtfertigen. »Er ist bereits auf dem Weg hierher.«

Brunner drehte sich zu Lernet herum. Der sagte nur: »Verdammte Scheiße.«

»Das kann man so sagen«, bestätigte Brunner.

»Wir haben keinen Kurier, Dr. Geiger ist nicht hier und wir haben etwas mehr als eine Stunde, bis die Übergabe beginnt.« Bevor Brunner ein weiteres Wort sagen konnte, flog die Tür mit zu viel Schwung auf und knallte beinahe gegen Kozina, der ihr am nächsten saß. Der Beamte sprang verschreckt vom Stuhl.

Der gewaltige Körper von Fritz Spätmann schob sich in den Türrahmen. Seine schiere Masse ließ die Beamten zurückweichen.

»Ich habe gehört, es geht los«, sagte er und grinste schadenfreudig. »Landespolizeikommandant Dachs hat mich geschickt, um zu schauen, ob auch alles nach Plan läuft. Wo ist Dr. Geiger?«

»Dr. Geiger hat mich soeben informiert, dass es einen unerwarteten Notfall in der Familie gab«, sagte Brunner. »Er hat die Leitung an mich übertragen.«

»Wie bedauerlich«, sagte Spätmann, doch es klang nicht besonders überzeugend. »Und der Kurier? Wo ist Wilder?«

Lernet sah, wie sich Brunner innerlich wappnete. So gefasst wie möglich sagte er: »Hat über Nacht Fieber bekommen und musste ebenfalls nach Hause. Wir waren gerade dabei, einen Ersatz zu bestimmen.«

»So ist das also«, sagte Spätmann und verschränkte seine dicken Arme vor der Brust. Es war die Karikatur einer Denkerpose. »Der Einsatzleiter und der Kurier sind ausgefallen und die Übergabe beginnt …« Er blickte auf die Uhr. »In sechzig Minuten. Das stimmt mich nicht gerade optimistisch. Dich etwa, Markus?«

»Wir sind gut vorbereitet und einsatzbereit«, antwortete Brunner. »Wir brauchen bloß einen neuen Kurier.«

»Da offenbar noch niemand gewählt wurde, kann ich vielleicht einen meiner Leute vorschlagen. Ich bin sicher, Kommandant Dachs würde diese Entscheidung begrüßen.«

Natürlich würde er das, dachte Lernet. Und kurz darauf würde er das ganze Einsatzkommando übernehmen.

»Ich denke, das wird nicht nötig sein«, sagte Brunner diplomatisch.

Spätmann warf ihm einen zornigen Blick zu. »Und wer sonst hat hier genug Erfahrung, um diese Sache durchzuziehen?«, fragte er.

»Ich werde fahren«, sagte Lernet und trat nach vorne. »Wie jeder weiß, gehöre ich in der Polizei zu den leistungsfähigsten Beamten. Meine Ergebnisse sprechen für sich. Und die nötige Erfahrung besitze ich auch.«

»Das stimmt«, pflichtete Leitner ihm bei. »Clemens ist einer der Sportlichsten bei uns im Büro.«

»Du brauchst nur in seine Akte zu schauen, Fritz«, sagte nun auch Brunner.

»Wenn du weißt, wo die zu finden ist«, fügte er mit einem Lächeln hinzu.

»Bist du sicher, dass diese Aufgabe nicht zu viel für dich ist, Lernet?«, fragte Spätmann und jetzt lächelte auch er, wobei seine stumpfen, gelben Zähne zum Vorschein kamen. »Du bist doch erst vor Kurzem aus dem Krankenstand zurückgekommen.«

»Ich bin wieder völlig gesund«, sagte Lernet und spürte die Panik langsam größer werden, wie die Wellen eines Sees, dessen Ruhe von einem Stein gestört wurde, der die Wasseroberfläche durchbrach. »Das sollte Landespolizeikommandant Dachs wissen.«

»Also gut«, sagte Spätmann schließlich. »Der Landespolizeikommandant möchte über jeden Schritt informiert werden. Und vergesst nicht, ein Protokoll anzulegen.« Spätmann verließ den Raum.

Lernet atmete aus.

Er spürte, dass sein Hemd an seinem Rücken klebte.

»Wir haben genug Zeit verloren«, sagte Brunner. »Wo sind die Sachen für den Kurier?«

Blau hielt Lernet eine Sporttasche und den roten Rucksack hin.

»In der Tasche ist die Sportkleidung«, sagte Blau. »Der Rucksack ist gefüllt mit Attrappengeld, die erste Schicht besteht aus echten Scheinen, falls der Erpresser einen schnellen Blick darauf wirft. Und darunter ist ein Peilsender versteckt, mit dem wir deine Position lokalisieren können.«

»Geh dich umziehen, Lernet«, sagte Brunner. »Blau, verständige die restlichen Männer. Sie müssen die Observation übernehmen. Vergesst nicht, wenn euch der Erpresser sieht, bläst er die ganze Sache ab und wir haben keine Chance mehr, ihn zu fassen.«

Blau nickte.

»Leitner«, fuhr Brunner fort. »Hol mir Huse vom Erkennungsdienst. Er hat gemeint, er hätte ein Gerät, das er uns für die Übergabe geben möchte.«

»Schon dran«, sagte Leitner und verließ den Raum.

»Und ich?«, fragte Kozina.

»Du hältst Dachs und seine Leute von hier fern«, antwortete Lernet, noch bevor Brunner eine Anweisung geben konnte, nahm die Sporttasche und ging zu den Toiletten, um sich umzuziehen.

Lernet schlüpfte in eine enge Radlerhose, Sportsocken und ein schwarzes Shirt von Adidas. Darüber zog er einen grauen Kapuzenpullover. Auch eine Wasserflasche fand er in der Sporttasche, die er im Waschbecken auffüllte. Die Fahrradhandschuhe steckte er in die Taschen seines Pullovers, eine Sonnenbrille hängte er sich an den Kragen.

Er vermied es, in den Spiegel zu blicken. Sein Herz schlug schnell, als wollte es ihm einen Vorgeschmack geben auf das, was ihn erwartete.

»Ruhig«, sprach Lernet, als würde er versuchen, einen ängstlichen Hund zu beruhigen. »Das ist bloß ein kleiner Radausflug. Es wird nichts passieren.« Doch überzeugen konnte er sich damit nicht.

Er spritzte sich Wasser ins Gesicht und verließ die Toilette. Im Büro des Einsatzteams hatten sich mittlerweile die Beamten für die Observation eingefunden. Unter ihnen erkannte Lernet die unverwechselbare Gestalt von Manfred Huse.

»Sie sind der Kurier?«, fragte Huse und zog eine Augenbraue in die Höhe.

»Was haben Sie für mich?«, fragte Lernet, ohne auf Huse einzugehen.

Der Erkennungsdienstler lächelte, als er ein kleines Kästchen aus der Tasche zog. Er klappte es auf und streckte es Lernet entgegen, als wollte er ihm einen Ehering präsentieren.

Doch in dem Kästchen lag kein Ring. Bloß ein Knopf, etwas größer als ein Hemdknopf.

»Ein Mikrofon«, sagte Huse und seine Stimme klang beinahe liebevoll. »Sie stecken es ins Ohr, dann können wir Sie hören und mit Ihnen kommunizieren. Ihr Team muss allerdings im Radius von einem Kilometer an Ihnen dranbleiben, sonst bricht die Funkverbindung ab.«

Als Lernet den Knopf nahm und ihn in seinem Ohr platzierte, fügte Huse hinzu: »Das Ding ist nur geborgt, verstanden? Verdammt teuer.«

Ohne eine Antwort abzuwarten, ging er an Lernet vorbei hinaus auf den Flur, um in seinem Labor zu verschwinden, in dem er, wie Lernet sich vorstellte, an irgendwelchen seltsamen Geräten werkte.

»Ich denke, wir sind so weit«, sagte Brunner. Er klopfte Lernet auf die Schulter.

»Ich verlasse mich auf dich, Kollege.«

Er reichte Lernet das Handy, auf dem sich der Erpresser melden würde, und den Rucksack. »Der Erpresser hat die erste Station bekannt gegeben: Es geht um acht Uhr bei der Friedensbrücke los«, erklärte Brunner. »Von dort fährst du über den Radweg neben der Brigittenauer Lände bis zum Döblinger Steg. Wenn du zur Donau hinuntergehst, steht dort ein Baum. Unter diesem Baum befindet sich die nächste Nachricht.«

»Verstanden«, sagte Lernet.

Brunner wandte sich an die versammelte Mannschaft. »Das ist vielleicht unsere einzige Chance, den Dieb der Saliera zu fassen. Wir müssen trotzdem vorsichtig und geduldig vorgehen. Wir müssen stets nahe genug an Lernet dranbleiben, um zuschlagen zu können, wenn sich der Dieb zeigt. Gleichzeitig müssen wir unauffällig agieren. Wenn uns der Dieb entdeckt, wird er die Übergabe abbrechen und wir stehen mit leeren Händen da. Alles klar?«

Die Männer nickten.

»Operation BIKE startet«, sagte Brunner. »Viel Glück.« Er nickte Lernet aufmunternd zu.

Lernet verließ das Zimmer, ging den Flur entlang zum Aufzug und fuhr in die Garage der Berggasse hinunter, wo die Einsatzfahrzeuge standen. Dort war bereits ein Mountainbike der Marke KTM vorbereitet worden. Lernet zog die Gurte des Rucksacks fest, streifte sich die Fahrradhandschuhe über und setzte die Sonnenbrille auf.

Dann schwang er sich auf das Rad und fuhr von der Garage in die Berggasse hinaus.

»Ich bin auf der Straße«, sagte er, in der Hoffnung, Huse hatte das Ding in seinem Ohr bereits eingeschaltet.

»Verstanden«, hörte er eine metallene Stimme, die von seiner Schädeldecke widerzuhallen schien. »Die Verbindung ist gut.«

»Ich werde über die Rossauer Brücke auf die Lände fahren und dort den Radweg zur Friedensbrücke nehmen«, sagte Lernet.

»Und schreit nicht so in mein Ohr, sonst bin ich taub, wenn die Sache vorbei ist.«

»Verstanden«, antwortete Brunner, diesmal leiser. Lernet überquerte die Brücke und bog links ab, um auf den Radweg hinunterzufahren. Noch waren kaum Leute auf den Straßen, der Fahrtwind schlug ihm kalt ins Gesicht. Nur keine Eile, beschwor er sich. Geduld und Konzentration waren angebracht. Die Übergabe war kein Wettrennen, sie war ein Tanz zweier Leute, die einander nicht sehen konnten und dennoch immer auf den Schritt des anderen reagieren mussten.

Tanzen war für sein Herz jedenfalls besser als ein Sprint.

Auf seinem Weg registrierte er einen Spaziergänger mit Hund, einen anderen Radfahrer und einen Mann, der am Siemens-Nixdorf-Steg stand und ins Wasser blickte. Allerdings hatte er keine Zeit, über jede einzelne Person nachzudenken, der er begegnete. Würde dem Observierungsteam etwas Merkwürdiges auffallen, würden sie dem schon nachgehen. Seine Aufgabe bestand darin, den Rucksack abzuliefern.

Um acht Uhr kam er bei der Friedensbrücke an. Er stoppte, blickte sich um und wartete. »Ich bin bei der Friedensbrücke, es ist Punkt acht Uhr. Ich warte ein paar Minuten, dann fahre ich weiter zum Döblinger Steg.«

»Wir sind an dir dran«, sagte Brunner durch das Funkgerät.

Lernet stieg vom Rad und blickte auf die Donaubrücke. Er zwang sich, langsam und tief zu atmen. Dabei zählte er die Atemzüge. Als er bei zehn angelangt war, schwang er sich wieder aufs Rad.

»Es geht weiter«, sagte er. Bereits nach wenigen Tritten spürte er, wie kleine Flammen seine Oberschenkelmuskulatur hochkletterten. Er war untrainierter, als er gedacht hatte. Obwohl der Radweg flach geradeaus verlief, fühlte sich das Rad unter ihm schwer an. So sehr er sich auch bemühte, er schien nie so viel Luft einatmen zu können, wie er ausatmete. Bald schon hechelte er und musste sich bemühen, sein Tempo beizubehalten.

Auf der anderen Uferseite sah er den Turm der Müllverbrennungsanlage Spittelau in den Himmel ragen. Der Künstler Hundertwasser hatte die Anlage mit bunten Farbklecksen dekoriert. Aus dem Turm wuchs eine goldene Kugel heraus und reflektierte das morgendliche Sonnenlicht. Lernet versuchte, sich abzulenken, indem er eine Ordnung in den Mustern der Fassade auszumachen versuchte, doch es gelang ihm nicht.

Kurz darauf war er an der Verbrennungsanlage vorbei und fuhr unter der Spittelauer Brücke hindurch, die Spittelau mit der Brigittenau verband. Über ihm hörte er das Dröhnen von Autos.

Wenige Minuten später erreichte er den Döblinger Steg. Die grüne Brücke wölbte sich über ihm auf, an ihren Enden erkannte er Tore mit Spitzen, die aussahen wie kleine Pilze.

Er stellte sein Rad ab, holte das Handy heraus und las die Nachricht, die der Erpresser hinterlassen hatte.

»Beim Baum neben der Stiege zum Wasser finden Sie die Nachricht. Cerveza«

Lernet blickte sich um. Ein paar in den Stein gehauene Stufen führten zur Donau hinunter. Büsche überwucherten den betonierten Uferrand.

Der Polizeibeamte stieg vorsichtig hinunter. Ein Kirschbaum hatte sich seinen Weg durch den Beton gebahnt und wuchs wild in die Höhe. Ein paar Bierflaschen und Zigarettenstummel lagen auf dem Boden. Lernet stieg über den Müll und blickte sich um. Fast hätte er den schwarzen Müllsack unter dem Baum übersehen, doch dann bemerkte er, wie sorgfältig er platziert worden war. Jemand hatte sogar einen Stein daraufgelegt, um ihn zu beschweren. Lernet schob den Stein beiseite und hob den Sack auf. Ein Brief fiel zu Boden. Der Beamte bückte sich langsam und klaubte ihn vom Boden auf. Er öffnete ihn.

»Fahren Sie über den Nordsteg auf die Donauinsel, dort am rechten Donauufer bis zur Jedleseer Brücke. Gehen Sie rechts die Stiegen hinunter und suchen Sie die rote 3. Cerveza«

Lernet las die Nachricht laut vor, damit das Einsatzteam wusste, wo es als Nächstes hinging. Dann stieg er die Stufen wieder nach oben, packte den Brief in einen kleinen Beutel, der am Rahmen seines Rads befestigt worden war, um ihn später dem Erkennungsdienst zu geben, und setzte seine Fahrt fort.

Nach einiger Zeit sah er den wuchtigen Marx-Hof und den Bahnhof Heiligenstadt auf der anderen Flussseite. Nun war es nicht mehr weit. Er lenkte das Rad nach rechts. Vor ihm bäumte sich ein Ungetüm aus Eisen und Beton auf. Eine breite, steile Straße führte den Nordsteg hinauf, dicht neben den Autos, die Tausende Menschen über die Donau nach Transdanubien brachten, wo sie ihren Arbeitstag beginnen würden.

Lernets Herz zuckte bei dem Anblick krampfhaft zusammen und setzte für einige Schläge aus. Der Polizeibeamte hustete, als er versuchte, seinen Puls in einen regelmäßigen Rhythmus zu zwingen. Dann nahm er alle Geschwindigkeit auf, die er bekommen konnte. Unter ihm sah er Blechhütten und ausrangierte Autos, die irgendjemand in diesem Niemandsland abgestellt hatte.

Schon nach wenigen Tritten brach ihm der Schweiß aus. Er wäre am liebsten abgestiegen und hätte geschoben, aber das konnte er sich nicht erlauben. Nicht nur der Dieb musste Angst davor haben, entdeckt zu werden. Würde jemand aus seinem Einsatzteam mitbekommen, wie viele Probleme diese einfache Fahrt für Lernet bedeutete, könnte sein Geheimnis entdeckt werden. Versetzung wäre dann noch die beste Folge. Hätte er Pech, würde man ihn entlassen, weil er über seinen Gesundheitszustand gelogen hatte.

Falls er nicht davor zusammenbrach.

Lernet richtete sich auf, um kräftiger in die Pedale treten zu können. Er schaltete ein paar Gänge nach unten. Jeder Tritt fuhr wie ein Stich durch seinen ganzen Körper. Die Brücke schien unbarmherzig in eine unerreichbare Höhe zu führen, deren Gipfel er nicht ausmachen konnte. Irgendjemand hatte einen Schriftzug auf dem Brückengeländer hinterlassen: »Der Kiwara ist der einzige Fremde in unserem Bezirk!«.

Lernet verfluchte sich selbst. Er hätte sich nie für diesen Einsatz melden dürfen. Doch was wäre die Alternative gewesen? Dachs' Männern das Kommando überlassen?

Als er schon dachte, seine Brust hätte sich nach innen gewölbt und seine Lunge wäre um sein Brustbein gewickelt, begann der Weg, etwas abzufallen. Lernet ließ sich zurück in den Sitz fallen und kurz wurde ihm schwarz vor Augen. Er musste den Lenker mit aller Kraft festhalten, um nicht ins Schlingern zu geraten. Er schüttelte den Kopf, um wieder ein klares Bild zu bekommen.

Vor ihm erstreckte sich die Donauinsel. Rechts sah er in der Ferne die Türme der Donau City aufragen. Wie er wusste, hatte die Monadiqos dort ihren Sitz. Doch für ihn sollte es in die andere Richtung gehen. Er fuhr auf die Donauinsel ab, schlängelte sich zwischen ein paar anderen Fahrradfahrern und Paaren hindurch, die Kinderwägen vor sich herschoben, und befand sich bald schon allein auf dem Radweg in Richtung der Jedleseer Brücke.

Etwa zehn Minuten später sah er das Rot der Brücke, das in der Spiegelung des Wassers wie ein Flammenstrahl aussah, der sich vom Ufer der Donauinsel bis zu jenem von Floridsdorf hinüberzog. Wie ihn der Erpresser angewiesen hatte, blieb er am Anfang der Brücke stehen und stellte das Rad ab. Durch Sträucher und Büsche führte ein kleiner, erdiger Weg nach unten.

Lernet versuchte, sich zu sammeln und nicht in die Knie zu gehen. Er hatte Angst, er würde sonst zusammenbrechen wie ein Kartenhaus in einem Sturm.

Mit den Armen schob er Zweige und Äste beiseite, während er nach unten stieg. Als er aus dem Dickicht brach, fand er sich auf einem kleinen, asphaltierten Weg wieder, von dem aus man direkt in die Donau steigen konnte. Lernet ließ seinen Blick schweifen: Er sah einen kleinen Grillplatz und eine Boje, die von den Wellen sanft geschaukelt wurde. Als sein Blick den Wellen folgte, glaubte er, zu träumen.

Hatte er gar einen Schlaganfall?

Dort, in der Mitte der Donau, sah er den Rücken einer nackten Frau, die mit kräftigen Zügen ans andere Ufer schwamm. Sie zog ihre kastanienbraunen Haare locker hinter sich her, während sie mit kräftigen Beinbewegungen das Wasser teilte.

Für einen Moment vergaß Lernet seine schmerzende Brust, die zu enge Lunge, überhaupt die ganze Übergabe. War er vielleicht doch vom Rad gefallen und gestorben? Dafür sah der Himmel jedoch zu sehr nach Floridsdorf aus. Wollte ihn eine Nixe in die Fluten locken?

Auf der Suche nach einer Antwort drehte er sich nach links und sprang instinktiv zurück. Ein kleiner, runder Mann stand vor Lernet und musterte ihn argwöhnisch. Der Bauch des Mannes wölbte sich nach vorne wie ein Zeppelin und hing gefährlich nach unten, was Lernet an die abstürzende Hindenburg erinnerte.

»Raus aus dem Gewand«, sagte der Mann schroff zu Lernet.

Der Beamte blickte ihn fassungslos an. Erst jetzt erkannte er, dass der Mann, gut versteckt von seinem Bauch, genauso nackt war wie die Frau. Doch seinem runden Bauch gelang es nicht, die Wahrheit völlig zu verbergen.

»Was?«, fragte Lernet nur. Der Mann deutete zur Seite und Lernet folgte seinem ausgestreckten Finger, bis seine Augen auf einem Schild zu ruhen kamen: FKK.

»Wenn Sie hier rumstehen wollen, müssen Sie schon nackert sein«, sagte der Mann. Erst jetzt hatte Lernet genug

Zeit, sich auf das Gesicht des Mannes zu konzentrieren. Ein buschiger Schnurrbart klebte ihm auf der Oberlippe. Sonst fanden sich keine Haare auf seinem Kopf.

»Es ist November«, sagte Lernet, weil ihm nichts Besseres einfiel.

»Na und?« Der Mann zuckte mit den Achseln. Sein Kopf war rot wie eine Tomate. »Eisschwimmen, gibt nichts Besseres für Ihre Gesundheit. Eis gibt's zwar noch keins, das Wasser ist aber trotzdem kalt. Super für Herz-Kreislauf.«

Bei dem Gedanken, in das eiskalte Wasser zu springen, ließ Lernets Herz ihn mit einem kräftigen Ziehen wissen, dass es dem Rat des Mannes nicht traute.

»Meine Gerti und ich machen das schon seit Jahren«, fuhr der Mann fort. »Ja, die Dame, die Sie vorher angeglotzt haben, das ist meine Frau.«

»Ich habe nicht geglotzt«, verteidigte sich Lernet.

»Was ist jetzt?«, fragte der Mann. »Ziehen Sie sich aus, oder was?«

»Ich bin von der Polizei«, sagte Lernet und fragte sich, warum er damit nicht gestartet hatte. Das schien den Nackten allerdings nicht zu beeindrucken.

»Und? Dürfen Beamte nicht die Hosen runterlassen, oder was?«

»Ich bin im Dienst«, sagte Lernet und versuchte, Augenkontakt zu halten. »Haben Sie vielleicht irgendwas Verdächtiges gesehen?«

»Sie mit Ihrem Gewand sind das einzige Verdächtige hier«, sagte der Mann.

»Eine rote Drei«, fragte Lernet. »Wissen Sie, was das bedeutet?«

Erneut hob der Mann wortlos den Arm, diesmal jedoch deutete er in die andere Richtung. Lernet drehte sich um. Hinter ihm ragte ein Pfeiler der Jedleseer Brücke aus der Erde. Auf den Pfeiler war ein Graffiti aufgemalt worden.

Ein rotes Dreieck spannte sich über den Pfeiler und in dessen Mitte war ebenso rot die Nummer 3 gesprayt worden. Unterzeichnet hatte der Künstler mit Moonman 157.

Lernet trat näher. In der Erde vor dem Pfeiler steckte ein Kuvert. Der Beamte zog es aus dem feuchten Boden und öffnete es.

»Warten Sie 15 Minuten auf dem Grillplatz, dann fahren Sie zurück bis zur Heiligenstädter Brücke. Dort gehen Sie bei der Gunoldstraße die Stiegen hinunter bis zum Wasser. Beim Holzboot finden Sie die nächste Nachricht. Cerveza«

Lernet ging zu dem Mann zurück.

»Was ist das?«, fragte der Mann.

»Darüber darf ich nicht sprechen«, gab Lernet zurück. »Laufende Ermittlungen.«

Die Frau, die Lernet zuvor gesehen hatte, kam gerade die Uferböschung nach oben. Lernet versuchte, unauffällig den Blick abzuwenden.

»Bernd, wer ist denn dein Freund hier?«, fragte sie und stellte sich neben ihren Mann. Das muss Liebe sein, dachte

Lernet, als er aus dem Augenwinkel die Frau mit ihrem kugelrunden Mann verglich.

»Kein Freund«, sagte Bernd mit einem Schnauben. »Ein Kiwara.«

»Werfen Sie Ihre Sachen weg und kommen Sie mit, Herr Kommissar. Wir haben noch ein Handtuch übrig.«

»Ich bin kein Kommissar«, brachte Lernet hervor, doch sie hatte sich schon abgewandt und ging auf ein kleines Zelt zu, das im Ufergras aufgebaut worden war. Bernd warf ihm noch einen wütenden Blick zu, ehe er ihr folgte. Lernet ging zum Grillplatz, setzte sich hin und spürte, wie der trockene Schweiß auf seinem Körper langsam abkühlte.

Er blickte auf seine Armbanduhr. Von den fünfzehn Minuten hatte er bereits zehn mit Bernd und seiner Frau verschwendet. Dabei konnte er diese Pause gut gebrauchen.

»Was war denn das?« Es war Brunner, der sich in seinem Ohr eingenistet hatte.

»Wie viel davon hast du gehört?«, fragte Lernet.

»Alles«, sagte Brunner, der sich mühte, nicht loszulachen. »Und noch mehr gesehen.«

Lernet war professionell genug, sich nicht nach seinen Kollegen umzublicken.

»Wo seid ihr?«, fragte er leise.

»Gut versteckt am anderen Ufer«, gab Brunner zurück. »Mit scharfen Ferngläsern ausgestattet.«

»Ich hoffe, ihr habt die Gegend nach Verdächtigen abgesucht«, sagte Lernet. »Und eure Augen wurden nicht abgelenkt.«

Die Stimme in seinem Ohr schwieg. Als die fünf Minuten um waren, erhob sich Lernet ächzend und kletterte den Weg nach oben zurück, wobei er aufpassen musste, nicht abzurutschen. Sein Körper hatte sich ein wenig erholt, sein Puls ging zwar schnell, aber gleichmäßig und die Luft strömte frisch in seine Lunge.

»Also gut«, sagte Lernet, als er sich auf das Rad geschwungen hatte. »Sehen wir, welche Überraschungen noch auf uns warten.«

GUNOLDSTRASSE
WIEN, DÖBLING

Freitag, 7. November 2005, 10 Uhr

Nick stand vor einem großen Gebäude, das als monolithischer Block in den Himmel ragte. Am Dach des Büroturms war ein rotes Schild angebracht. »Kronen Zeitung« war darauf zu lesen.

Er blickte auf die Uhr. Mittlerweile war der Kurier bereits zwei Stunden unterwegs. Das war länger, als Nick eingeplant hatte, selbst mit den Pausen, die er dem Kurier verordnet hatte. Nicht, dass Zeit eine Rolle gespielt hätte. Aber Nick wollte nicht, dass sich der arme Polizist zu Tode radelte. Er hatte die Übergabe als gemütlichen Radausflug angelegt: den Wienfluss entlang, dann einen kurzen Abstecher auf die Donauinsel und zum Abschluss eine idyllische Wanderung.

Die Route könnte es in einen Reiseführer schaffen, würde Nick sich entscheiden, sie zu veröffentlichen.

Aber wo blieb der Mann mit dem roten Rucksack? Hatte die Polizei die Übergabe etwa abgebrochen? Warum? Beobachteten sie ihn vielleicht schon? Hatte er sich verraten und würde jeden Moment von einer herbeistürmenden Spezialeinheit festgenommen werden?

Nick lächelte, als sich bei dem Gedanken daran die Härchen auf seinen Armen aufstellten. Nachdem der Kurier heute Morgen an ihm vorbeigefahren war, war er zu seinem Auto spaziert, dass er in der Muthgasse geparkt hatte. Im Kofferraum hatte er eine Tasche mit Kleidung zum Wechseln deponiert. Er tauschte seinen Mantel, seine Jeans und seine Stiefel gegen Turnschuhe, einen Trainingsanzug und eine Kappe, unter der er seine Haare versteckte.

Der nächste Teil seines Plans war leichtsinnig. Doch die ganze Aktion war ein Spiel und Nick hatte sich vorgenommen, mit vollem Einsatz zu spielen. Er fühlte, wie ihn der Rausch des Moments befreite. Nick hatte darüber nachgedacht und war sich sicher, ihn nicht mit dem Rausch eines Mannes zu verwechseln, der am Roulettetisch alles auf Rot setzte. Sein Rausch ging tiefer, erfasste die Essenz seines Wesens, drang zum Kern seines Lebens vor. Was er vor der Nacht, in der er die Fassade des Kunsthistorischen Museums hinaufkletterte, gewesen war, spielte keine Rolle mehr. Wenn es ihm gelang, diesen Tag zu überstehen, konnte er sein, wer er wollte. Dann war nichts für ihn unmöglich. Das war das große Versprechen der Saliera. Ein Versprechen der Freiheit.

Nick sah den roten Rucksack auf der gegenüberliegenden Seite des Wienflusses auftauchen. Sie hatten also nicht abgebrochen. Der Plan war intakt. Es schätzte, der Polizist würde keine fünfzehn Minuten brauchen, bis er den nächsten Brief fand. Die Nachricht würde ihn direkt zu Nick führen.

Nick zog sich die Kappe noch etwas tiefer ins Gesicht, wandte sich von der Brücke ab und ging die Gunoldstraße bis zur Kreuzung Heiligenstädter Straße hinab. Er überquerte die Straße und steuerte die Bushaltestelle an. Dort lehnte er sich gegen einen Zaun neben dem Plastikhaus, in dem bereits einige Leute vor dem aufkommenden Wind Schutz gesucht hatten. Er wartete.

Zwei Busse der Linie 39A kamen und fuhren wieder ab, ohne dass Nick eingestiegen war. Kurz bevor der dritte Bus kam, sah er den Polizisten die Straße entlanggehen. Er wirkte ein wenig verloren, mit der Radlerhose und dem roten Rucksack am Rücken, der ihn sichtbar machte wie ein Leuchtfeuer.

Aus dem Augenwinkel beobachtete Nick, wie der Polizist keine fünf Meter von ihm entfernt zum Stehen kam. Der Bus hielt vor ihnen und der Polizist stieg ein. Nick folgte ihm. Er war ihm nun so nahe, dass er den Rucksack aufmachen und hineinsehen hätte können. Was sich wohl darin befand? Hatte ihn die Polizei mit Papierschnipseln gefüllt oder sich Mühe gegeben und Falschgeld gedruckt?

Niemand im Bus schien von den beiden Notiz zu nehmen. Niemand, der Polizist eingeschlossen, bemerkte, wie schnell alles zu Ende sein konnte. Die Schwere des Schicksals füllte den ganzen Bus aus, drückte ihn nieder, zumindest kam es Nick so vor. Doch als sich die Türen des Busses schlossen und er sich in Bewegung setzte, erkannte Nick, dass er einmal mehr etwas sehen und fühlen konnte, was den anderen verborgen blieb. Das Wissen hob ihn von der Menge ab. Es verlieh jeder seiner Handlungen, so alltäglich sie auch sein mochten, Bedeutung. Als er sich entschied, eine Reihe hinter dem Polizisten Platz zu nehmen, brachte er den gesamten Bus damit an den Rand eines gewaltigen Konflikts, spannte einen dünnen, unsichtbaren

Draht zwischen seinem Verfolger vor ihm, der keine Ahnung hatte, wie greifbar das Ende seiner Suche war, und sich selbst. Eine falsche Bewegung und die Schnur würde reißen und Chaos würde ausbrechen.

Doch nichts geschah. Nick hörte bloß, wie der Polizist langsam und tief atmete. Ging es ihm etwa nicht gut? Hatte diese kleine Tour ihm so stark zugesetzt? War er nervös? Nick verwarf diese Gedanken. Die Polizei hatte bestimmt einen ihrer besten Männer für die Übergabe ausgewählt. Vielleicht war es eine Technik, sich zu konzentrieren, fokussiert zu bleiben. Nick hatte von Atemtechniken gehört, die es den Übenden erlaubten, stundenlang still zu bleiben und jede kleinste Bewegung um sich herum zu registrieren.

Dieser Gedanke verunsicherte ihn. Womöglich konnte der Mann vor ihm riechen und fühlen, dass auch Nicks Herz schneller schlug, dass eine Flut an Adrenalin seinen Körper reinigte und ihm jeden Gedanken an eine Niederlage in diesem Spiel aus den Poren trieb.

Beinahe hätte Nick die automatische Stimme überhört, die aus den Lautsprechern des Busses kam: Fröschelgasse. Das war seine Station.

Er wusste, der Polizist würde noch eine Station weiterfahren. So hatte er es ihm in seinem Brief aufgetragen. Als er aufstand, streifte er sanft den roten Rucksack vor ihm.

»Verzeihung«, sagte Nick leise und lächelte. Der Polizist wandte sich nicht um.

Der Bus blieb stehen, die Türen öffneten sich und Nick stieg aus. Würde der Polizist aufspringen und ihm nachjagen? Würde er ihn packen, gegen die Wand drücken und ihm Handschellen anlegen? Würde seine große Illusion, sein großer Trick durchschaut werden?

Doch die Türen schlossen sich und nichts war geschehen. Nick blickte dem abfahrenden Bus nach.

Wie oft uns das wohl geschah, dachte Nick. Dass sich das, wonach wir so angestrengt suchten, unmittelbar neben uns befand. Wie häufig es wohl vorkam, dass das Schicksal uns streifte, in einer U-Bahn oder einem Bus, uns einen Blick zuwarf aus einem vorbeifahrenden Auto, uns in einem Café anlächelte, und wir bemerkten es nicht oder hatten es im nächsten Augenblick bereits vergessen.

Wir konnten unsere Augen noch so weit aufreißen, sie würden uns doch nicht dabei helfen, mehr zu sehen als das, was wir immer schon kannten.

SALMANNSDORFER HÖHE
WIEN, DÖBLING

Freitag, 7. November 2005, 10.30 Uhr

Der Schlaf zerrte an ihm wie eine zweite Gravitationskraft, drückte ihn in den Sitz und machte seine Muskeln schwer. Es erschien ihm mit jeder Sekunde schwieriger, den Fuß auf den Gang hinauszustrecken und den Körper nachzuschieben. Einfach sitzen zu bleiben, war zu einem Wunsch geworden, der mit jedem Moment verlockender wurde.

Erst das Gesicht des Busfahrers, das er im Spiegel sah, riss ihn in die Wirklichkeit zurück. Lernet blickte sich um. Der Bus war beinahe leer, die letzten Fahrgäste drangen durch die Ausgänge nach draußen.

»Endstation«, wiederholte der Busfahrer und behielt Lernet dabei im Auge. Der Polizist zog sich hoch und folgte den anderen. Als er sich ein wenig von den anderen Fahrgästen, die sich langsam in alle Richtungen verstreuten, entfernt hatte, sagte Lernet: »Bin gerade Endstation Sievering ausgestiegen und mache mich auf den Weg zur Salmannsdorfer Höhe.«

»Verstanden«, antwortete ihm Brunner.

Lernet schüttelte den Kopf, um die letzten Reste der Müdigkeit zu vertreiben. Er hatte keine Ahnung, wohin die Route ihn führen würde. Er konnte weder Muster noch ein Ziel erkennen. Von der Heiligenstädter Brücke hatte er den Bus die Sieveringer Straße hinauf nehmen müssen und sollte jetzt zur Salmannsdorfer Höhe gehen, einen Höhenweg entlang, der sich zwischen Sievering und Neustift am Walde in Döbling, dem 19. Wiener Gemeindebezirk, erstreckte. Es war eine vornehme und ruhige Gegend, in der feudale Villen der Jahrhundertwende auf den Besucher hinunterblickten und ihm das Gefühl gaben, hier nicht herzugehören, ein ungebetener Gast zu sein, der nach Einbruch der Dunkelheit verschwinden sollte. Doch Lernet kannte auch die andere Seite des Bezirks, gemütliche Heurigen, in denen die Gespräche ungezwungen waren und die Getränke billig.

Er hatte allerdings weder Zeit, die Villen zu bewundern, noch in Heurigen einzukehren. Sein Ziel war das Kreuz am Haseleck, ein Holzkreuz mit einer weißen, aus Holz geschnitzten Christusfigur, von dem rechts die Salmannsdorfer Höhe lag und links die Zierleitengasse wegführte.

Mittlerweile schmerzte Lernets Brust nicht mehr so stark, sein Herz schien irgendwo in seinem Körper versunken zu sein. Doch seine Muskeln kühlten in der Novemberluft ab und es fror ihn in der dünnen Radlerhose. Er steckte die Hände in die Taschen seines Pullovers und beschleunigte seinen Schritt. Er hoffte, mit der Wärme auch etwas gegen die bleierne Müdigkeit tun zu können, die ihn verfolgte wie eine besonders lästige Mücke, die jederzeit zustechen konnte.

Er suchte die Büsche hinter dem Kreuz ab und fand schließlich den nächsten Brief. In der gleichen krakeligen Handschrift wie in den anderen Briefen las Lernet:

»Direkt links hinter dem Kreuz beginnt ein enger Weg durch Weingärten. Folgen Sie diesem zwei Kilome-

ter lang. Auf Höhe der Dreimarksteingasse gehen Sie in den Wald hinein. Dort finden Sie einen Baum, der in der Gabel eines anderen Baumes liegt. Gehen Sie unter diesem Bogen hindurch. Bei der Wurzel des liegenden Baumes finden Sie die nächste Nachricht. Cerveza«

Lernet las die Nachricht laut vor, damit seine Kollegen den Inhalt hören konnten.

»Geh langsam«, meldete sich Brunner. »Wir können nicht den gleichen Weg wie du nehmen, die Weingärten sind ungeschützt. Das würde sofort auffallen. Wir werden uns aufteilen, ein paar Männer werden die Salmannsdorfer Höhe über dir abgehen, die anderen von der Zierleitengasse unterhalb kommen. Wir werden versuchen, das Waldstück zu umstellen. Das kann aber dauern, wir haben nicht genug Leute, um den ganzen Wald abzudecken.«

»Verstanden«, sagte Lernet. Er war froh, für einige Zeit aus dem Blickfeld seines Teams verschwinden zu können. So würden sie nicht sehen, wenn ihm die Luft ausging und er rasten musste. Lernet trat auf den schmalen Weg, der zwischen den kahlen Weinreben hindurchführte. Der Boden wurde uneben und matschig und er kam nur langsam voran. Im Sommer war das bestimmt eine romantische Route, zwischen blühenden Weinreben durch das Gras zu wandern, doch zu dieser Jahreszeit war der Weg mühsam und dreckig.

Während der Beamte einen vorsichtigen Schritt nach dem anderen setzte, fragte er sich, ob der Erpresser etwas mit dieser Route bezweckte. Waren das Orte, mit denen ihn etwas verband? Oder hatte er sie aus strategischen Gründen ausgewählt? Lernet war nicht entgangen, dass die Strecke, die er mit dem Rad zurücklegen hatte müssen, gut zu observieren war. Sowohl der Wienfluss als auch die Donauinsel hatten seinen Leuten zahlreiche Möglichkeiten geboten, ihm unbemerkt zu folgen und Beobachterpositionen zu beziehen. Die Sicht war gut, es gab mehrere Wege, zwischen denen man wählen konnte, und selbst im November waren noch einige Leute unterwegs gewesen, unter die sich die Beamten hatten mischen können.

Doch nun hatte der Erpresser das Gebiet verändert. Das Einsatzteam konnte ihm nicht mehr so einfach folgen, ohne entdeckt zu werden. Sie waren gezwungen, zu improvisieren, und verloren ihn dabei aus den Augen. Sie konnten nicht sehen, was passierte, während er zwischen den Weinstöcken umherirrte.

Lernet blieb stehen und zog eine Wien-Karte aus dem Rucksack. Er sah das Waldstück, das sich auf Höhe der Dreimarksteingasse erhob und von der Salmannsdorfer Höhe, der Zierleitengasse und der Höhenstraße umgeben wurde, die bereits an das Nachbarbundesland Niederösterreich grenzte. Der Beamte setzte seinen Weg fort.

Im Wald hätten es seine Kollegen noch schwieriger, die Lage zu überblicken. Sie konnten sich zwar um den Wald herum positionieren und darauf warten, dass jemand herauskam, doch sie hatten nicht genug Leute, um den Wald vollständig zu umstellen.

Wenn es der Erpresser geschickt anstellte und schnell genug war, würde er sich womöglich an der Polizei vorbeistehlen können. Er hatte das Ganze gut geplant, das musste Lernet zugeben.

Er bemerkte, wie seine Atmung flacher wurde, wie er um Luft kämpfte, als würde eine unsichtbare Kraft sie ihm entziehen, sie weg von ihm und seinem Sauerstoffkreislauf saugen.

Lernet fühlte, wie er vom einen Atemzug zum nächsten lebte. Und obwohl das für jeden anderen Menschen auch galt, war ihm das noch nie so bewusst geworden wie in diesem Moment. Er sah den Wald vor sich. Während er mit jedem Schritt den Bäumen näher kam, die sich wie ein Ring vor ihm erstreckten und verbargen, was hinter ihnen lag, musste er daran denken, dass ihm niemand helfen konnte, wenn ihm darin etwas zustoßen würde. Vor dem Erpresser hatte er weniger Angst als vor seinem eigenen Körper, der ihm mit jedem Schritt mehr entglitt, sich verselbstständigte wie ein Schatten, wie er nachts im Scheinwerferlicht manchmal an einer Wand erschien und von dem man sich sicher war, er käme von einem Unbekannten, der sich heimlich von hinten anschlich, ehe man bemerkte, dass es doch nur der eigene Schatten war. Doch für einen Moment war man ein anderer geworden, hatte seinen Körper verlassen und betrachtete sich unbeteiligt von außen und die morbide Neugier, was als Nächstes geschehen würde, verdrängte völlig die beängstigende Erkenntnis, dass man selbst es war, dem dies alles zustieß.

Lernet ließ die ersten Bäume hinter sich, spürte die Feuchtigkeit in der Luft und roch das Laub, das sich langsam zersetzte. Die Bäume verschluckten das Licht und tauchten das Innere des Waldes in einen Zustand ewiger Dämmerung. Er konnte keinen Baum erkennen, der auf die Beschreibung im Brief zutraf, und ging weiter. Orientierung hatte er nun keine mehr.

»Ich bin im Wald«, sagte er leise.

»Ver… Wir si… Ga… st…« Brunners Stimme brach ab und wurde von einem Rauschen ersetzt, das jeden Sinn verschwieg. Offenbar befand sich Lernet nun außerhalb des Empfangsradius. Nun war er völlig allein.

Die Suche nach dem fraglichen Baum dauerte an und mit jeder Minute, die verstrich, überließ sich Lernet ein wenig mehr dem Geheimnis des Waldes. Der Drang, sich unter einen Baum zu setzen und dort zu bleiben, bis der Winter vorüber war und ihn die Wärme der Frühlingssonne aus dem Winterschlaf reißen würde, nahm mit jedem Schritt zu. Die Angst, dass sein Herz plötzlich zu schlagen aufhören oder mit einem kräftigen Schlag in tausend Stücke zerreißen könnte, kämpfte mit dem Überlebenstrieb, der tief in ihm schlummerte, so tief, dass Lernet ihn völlig vergessen hatte und nun überrascht war, wie laut die Stimme sein konnte, die rief: »Geh weiter!« Er fühlte sich wie ein Tier, das handelte, ohne zu wissen, warum oder woher die Kräfte kamen, die es antrieben.

Als Lernet einen umgestürzten Baumstamm sah, dachte er, nun wäre es vorbei. Er würde sich auf den morschen

Stamm setzen und warten, bis die Luft zurückkehrte, die er so dringend brauchte, die sein Hirn und seine Lunge und seine Beine und Hände versorgen würde, und je mehr Luft er einatmete, desto stärker würde er werden. Irgendwann hätte er so viel eingeatmet, dass er die Zeit würde rückläufig machen können, seinen Unfall vom letzten Jahr ungeschehen machen und seinen Körper wieder in den alten Zustand zurückversetzen könnte. Mit jedem tiefen, langen Atemzug würde er etwas mehr zu seinem alten Ich zurückfinden und nichts hätte sich geändert. Seine Schwäche und seine Angst würden vergehen wie ein böser Traum. Er musste nur sitzen und ruhen, die Augen schließen und darauf warten, dass die Atemluft wiederkam.

Dann jedoch erkannte er, dass der umgestürzte Stamm direkt in die Krone eines anderen Baums gefallen war und von dieser quer über dem Boden gehalten wurde, sodass ein kleiner Durchgang blieb. War das der Baum, von dem der Erpresser sprach? Lernets Aufregung verdrängte alles andere aus seinem Verstand. Der Polizist in ihm übernahm das Kommando. Er zwängte sich unter dem umgestürzten Baum hindurch und suchte auf der anderen Seite nach einem Zeichen.

An der Wurzel, unter einigen Blättern und von Matsch bedeckt, fand er einen kleinen braunen Umschlag. Lernet hob ihn auf und öffnete ihn.

»Lassen Sie den Rucksack bei der Wurzel des Baumes zurück. Bedecken Sie ihn mit Laub und Blättern. Dann folgen Sie dem ausgetretenen Pfad geradeaus,

bis Sie zu einem Tunnel kommen. Sie gehen durch den Tunnel und gelangen zu einem roten Kreuz. Dort finden Sie die nächste Nachricht. Cerveza«

Hier also, mitten in einem Wald an der Grenze zwischen Wien und Niederösterreich, würde die Übergabe stattfinden. Lernet blickte sich um. Hatte sich der Erpresser irgendwo in der Nähe versteckt und beobachtete ihn? Doch es war aussichtslos. Die Bäume versperrten seinem Blick den Weg, wurden zu Komplizen des Erpressers in diesem Spiel. Selbst wenn er bei vollen Kräften gewesen wäre, hätte er nicht den gesamten Wald absuchen können. Er konnte nicht einmal Verstärkung anfordern, weil die Verbindung zu seinem Team unterbrochen war. Und Brunner war sicher klug genug, nicht sofort einen Trupp in den Wald zu schicken, denn das könnte den Erpresser aufscheuchen und die gesamte Aktion gefährden.

Lernets Aufgabe war klar: Er sollte sich an die Anweisungen halten und den Rest der Einsatztruppe überlassen. Also nahm er den Rucksack vom Rücken, legte ihn unter die Wurzel des Baumstamms, klaubte Laub und Gräser vom Boden und bedeckte ihn notdürftig damit.

Nachdem er sich aufgerichtet hatte, suchte er mit seinen Augen noch einmal die Umgebung ab, doch er konnte nichts Verdächtiges erkennen. Der Wald behielt sein Geheimnis für sich.

Dafür fand Lernet einen ausgetretenen Pfad, markiert von umgeknickten Zweigen und niedergedrückten Grashalmen.

Er folgte dem Pfad tiefer in den Wald hinein, bis sich vor ihm ein Fleck Dunkelheit auftat, der langsam größer wurde. Lernet erkannte, dass es sich um einen Tunnel handelte. Die Karte zeigte ihm an, dass auf der anderen Seite Niederösterreich liegen musste. Doch vielleicht würde ihn der Tunnel auch einfach verschlucken, ein Riss in der Wirklichkeit. Seit dem Unfall letztes Jahr hatte Lernet das Gefühl, einen wesentlichen Teil seiner selbst verloren zu haben, als würde jeden Tag weniger von ihm übrig bleiben, bis er eines Morgens ganz verschwunden wäre. Vielleicht würde heute bloß zu Ende gehen, was an diesem Tag auf dem Berg begonnen hatte.

Als er in den Tunnel trat und sich die Dunkelheit langsam um ihn schlang, kam er sich vor wie der biblische Jona im Bauch des Wals.

Doch anders als der Prophet Jona, dem selbst in seiner dunkelsten Stunde der Glaube geblieben war, wusste Lernet nicht, worauf er noch vertrauen konnte.

SICHERHEITSBÜRO
WIEN, ALSERGRUND

Freitag, 7. November 2005, 19.30 Uhr

Als Lernet aufwachte, wusste er im ersten Moment nicht, wo er sich befand. Er war schweißgebadet und fror. Er stank, seine Beine schmerzten fürchterlich und sein Kopf dröhnte.

Eine Wolldecke lag über seinen Körper gebreitet. Er schob sie zur Seite und setzte sich ächzend auf.

Das Zimmer war dunkel. Er blickte auf seine Armbanduhr: 19:30 Uhr.

Langsam gewöhnten sich seine Augen an die Dunkelheit und er erkannte die Umrisse von Stühlen, Tischen, einer kleinen Küchennische und einem Kühlschrank. Lernet lag auf dem Boden des Pausenraums in der Berggasse.

Sein Schädel tat ihm höllisch weh. Lernet griff sich mit beiden Händen an die Stirn und versuchte, die Erinnerungen der letzten Stunden festzuhalten. Nachdem er den Tunnel verlassen hatte, war er einem Weg bis zu einem Parkplatz gefolgt. Bis auf einen alten VW war kein Auto zu sehen. Doch er entdeckte ein rotes Blechkreuz. Dahinter war die nächste Nachricht versteckt worden.

»Vielen Dank für Ihre Bemühungen. Wir melden uns in Kürze. Cerveza«

Das war es also? Das war das Ende dieser Jagd durch halb Wien? Auf einem unbekannten Rastplatz an der Grenze zu Niederösterreich? Doch es machte Sinn. Lernet hatte den Rucksack zurückgelassen. Bis er wieder zu der Stelle zurückkommen würde, wäre der Erpresser schon längst verschwunden. Falls er überhaupt vorhatte, den Rucksack abzuholen.

Lernet versuchte, Kontakt mit seinen Kollegen aufzunehmen, doch das Mikrofon in seinem Ohr blieb stumm. Als er den Parkplatz abging, entdeckte er ein altes Gasthaus. Die schwarze Blockhütte sah unbewohnt aus, doch Lernet versuchte sein Glück und klopfte gegen die Eingangstür. Nachdem sich nichts tat, versuchte er es noch einmal und diesmal hörte er Geräusche im Inneren.

Kurz darauf schwang die Tür auf und eine alte Frau blickte ihm skeptisch entgegen. Sie hatte ein ausgebleichtes rotes Kopftuch um die Haare gebunden und trug eine fleckige Schürze.

»Mein Name ist Clemens Lernet«, stellte sich der Beamte vor, »und ich bin Kriminalbeamter.« Er zog seinen Ausweis hervor, den er in einer Innentasche seines Pullovers versteckt hatte.

Die Augenbrauen der Frau zogen sich noch enger zusammen.

»Wie ein Polizist sehen Sie aber nicht aus«, sagte sie und entblößte dabei die Hälfte ihrer Zähne. Die andere hatte sie wohl schon vor langer Zeit verschluckt.

»Ich befinde mich in einem Einsatz und habe meine Kollegen verloren«, versuchte Lernet, sich zu erklären. »Könnte ich Ihr Telefon benutzen, um in der Zentrale anzurufen?«

»Mein Ludwig mag keine fremden Männer im Haus«, sagte die Frau und Lernet wusste nicht, ob sie ihn anblickte, denn ihre Augen schielten in entgegengesetzte Richtungen.

»Ich möchte wirklich keine Umstände machen«, sagte Lernet, »aber ich muss irgendwie nach Wien zurück. Und ich kann den Weg nicht laufen.«

Das konnte er tatsächlich nicht. Der Weg hierher hatte ihn die letzte Kraft gekostet. Langsam, aber sicher verdrängte die

Müdigkeit jeden anderen Bewusstseinszustand, schob sich vor seine Augen, wie eine dicke, schwere Wolke die Sonne verdunkelte.

»Sie würden mir sehr helfen«, sagte Lernet. Er könnte sich auch an der alten Frau vorbeidrängen und das Telefon ohne ihre Einwilligung benützen, immerhin befand er sich mitten in einem Spezialeinsatz, aber er empfand diese Möglichkeit als unverhältnismäßig.

Die Frau seufzte und es klang wie der Abschied eines Menschen, der zum letzten Mal das Tageslicht sah: endgültig.

»Also gut«, sagte sie. »Herr Peter ist sowieso gleich fertig. Der kann Sie nach Wien mitnehmen. Warten Sie vor seinem Auto.« Sie zeigte auf den alten VW Golf, der verlassen auf dem Parkplatz stand. Als Lernet seinen Kopf wendete, um sich zu bedanken, war die Tür bereits zugefallen. Er konnte hören, wie die Frau den Schlüssel zweimal umdrehte.

Lernet schlenderte zu dem Auto und setzte sich auf das kleine Geländer aus Holz, das den Parkplatz umgab.

Immer wieder warf er einen Blick auf seine Uhr. Nach einer halben Stunde ging die Tür des Gasthauses auf und ein großer Mann trat heraus. Er hatte eine vollgepackte Tasche um die Schulter gehängt, trug einen Bart und wilde schwarze Locken. Der Mann lächelte, als er auf Lernet zuschritt.

»Sie sind der Einbrecher, der sich als Polizist ausgibt?«

»Das hat die Dame gesagt?« Lernet zückte seinen Ausweis, doch der Mann winkte ab.

»Wenn man so lange allein lebt wie Frau Steindl, wird man ein wenig paranoid«, sagte er.

»Schloss das Auto auf, öffnete den Kofferraum und verstaute die Tasche.

»Vor zehn Jahren ist ihr Mann gestorben, seitdem ist sie völlig allein. Ich komme zweimal die Woche, um nach ihr zu sehen. Ich bringe ihr die Einkäufe, mache kleine Arbeiten am Haus, solche Sachen. Ins Heim will sie nicht, also schickt mich die Caritas als Ersatz.«

Der Mann schloss den Kofferraum. »Peter Cosic.«

»Clemens Lernet«, sagte Lernet und schüttelte Cosic die Hand. Cosic gab ihm mit einem Nicken zu verstehen, dass er einsteigen sollte. Nachdem Lernet Platz genommen und sich angeschnallt hatte, startete Cosic den Motor. Das Auto war viel zu klein für den groß gewachsenen Mann, sodass seine Knie fast ans Lenkrad stießen.

»Sie sind also wirklich von der Polizei?«, fragte Cosic, als sie auf eine kleine Forststraße aufgefahren waren. »Was verschlägt Sie denn hierher?«

»Das darf ich leider nicht sagen«, sagte Lernet. »Ein Fall.«

»Sie werden es nicht glauben, aber bis vor zehn Jahren war hier viel los. Dann hat man neue Wanderwege gebaut und Frau Steindls Mann ist gestorben. Die Wege, die hier vorbeiführten, sind zunehmend verwildert und verwaist.«

Ein ähnliches Schicksal hatte wohl die Frau ereilt, dachte Lernet, sagte aber nichts.

»Frau Steindl wurde von der Gesellschaft vergessen. Sie rächt sich, indem sie unfreundlich zu jedem ist, am allermeisten zu Fremden.« Cosic lachte. »Und hier kommen nur noch Fremde vorbei.«

Nachdem die beiden Männer eine Weile geschwiegen hatten und Cosic das Auto durch die engen Gassen von Neustift gelenkt hatte, fragte er: »Wo müssen Sie genau hin?«

»Berggasse«, sagte Lernet. »Das ist neben der Rossauer Lände.«

Cosic nickte. »Ich muss in den Vierten. Ich setze Sie auf dem Weg ab.«

Sie fuhren die Krottenbachstraße hinunter. Cosic erzählte Lernet, dass sein Vater vor langer Zeit im Gasthaus der Steindls gearbeitet hatte.

»Damals war Frau Steindl noch ganz anders, sehr freundlich. Er ist als Gastarbeiter gekommen, es war eine seiner ersten Stellen. Konnte sich dadurch was aufbauen in Österreich. Hat immer gut von Frau Steindl gesprochen.« Cosic schüttelte den Kopf. »Ich kann mich daran kaum noch erinnern. Eigentlich müsste Frau Steindl in ein Heim und es gäbe Mittel und Wege, das durchzusetzen. Sie hat keine Verwandten, keine Kinder. Aber ich arbeite für die Caritas und habe sie daher in ein Betreuungsprogramm für ältere Menschen aufgenommen. Um die Schuld meines Vaters abzubauen, sozusagen.«

Sie verließen die Billrothstraße, kreuzten die Heiligenstädter Straße und bogen schließlich auf die Rossauer Lände ab. Dabei passierten sie die Müllverbrennungsanlage und ihre psychedelischen Farbkleckse, an denen Lernet vor wenigen Stunden vorbeigefahren war. Im Rückspiegel konnte er den Nordsteg erkennen und seine Brust krampfte sich zusammen.

»Muss schwierig sein«, sagte Lernet.

»Was?«, fragte Cosic.

»Den Sinn zu verlieren«, antwortete der Polizist. »Man macht sein ganzes Leben lang etwas, bis man es eines Tages nicht mehr machen kann. Für viele Menschen gibt es keine Alternative, keinen Reserveplan. Was macht man, wenn man nutzlos geworden ist?«

»Ich weiß, was Sie meinen«, sagte Cosic. »Ich arbeite täglich mit alten Menschen. Viele von ihnen haben ihr ganzes Leben dasselbe getan. Wenn sie nicht mehr in der Lage sind, ihren Gewohnheiten nachzugehen, egal ob beruflich oder privat, kann das eine Krise auslösen. Die Gefahr ist groß, dass sie sich dann nutzlos fühlen und ihnen das Leben sinnlos vorkommt.«

»Und?«, fragte Lernet. »Was sagen Sie ihnen?«

»Sehen Sie«, sagte Cosic und schwieg für einige Augenblicke. »Ich glaube, es gibt einen Unterschied zwischen nutzlos und wertlos«, sagte er dann. »Nutzlos fühlen wir uns, wenn wir keine Aufgaben mehr erledigen können. Wenn jemand wie Frau Steindl keine Leute mehr bewirten kann. Oder ein Dachdecker keine Leitern mehr nach oben klettern kann. Aber Wert ist etwas anderes als Nutzen. Er ist eine innere Eigenschaft. Der Wert erledigt keine Aufgabe, er bereichert das Leben von uns und anderen. Und bereichern kann ich ein Leben, indem ich Zeit schenke, Wärme, Freundlichkeit. Nur weil ich nicht mehr tun kann, was ich mein Leben lang getan habe, heißt das nicht, dass ich Menschen nichts mehr zu geben habe.«

Cosic warf Lernet einen Blick zu. »Denken Sie, das ist dumm?«

»Nein«, sagte Lernet. »Nein, das denke ich nicht.«

Cosic lenkte den VW in die Berggasse und hielt neben dem Sicherheitsbüro.

»Vielen Dank fürs Mitnehmen«, sagte Lernet, als er die Tür öffnete. »Und grüßen Sie Frau Steindl von mir.« Cosic lachte, Lernet stieg aus und schloss die Tür.

Dann betrat er das Sicherheitsbüro und suchte nach Alfred Blau, der im Büro geblieben war, um den Kontakt zwischen der Einsatztruppe und den übrigen Polizeikräften zu koordinieren. Er fand ihn im Büro der Saliera-Einsatztruppe.

Als Lernet eintrat, sprang Blau von seinem Stuhl auf. »Clemens!«, rief er aus. »Wo kommst du denn her?«

»Die Verbindung ist abgebrochen«, sagte Lernet und erklärte Blau die Situation.

»Ich muss das sofort durchgeben«, sagte Blau und stolperte fast, als er zu seinem Tisch lief, um Brunner per Mikrofon Bescheid zu geben.

»Die Truppe hat das Waldstück umstellt, in dem du den Rucksack zurückgelassen hast«, sagte Blau. »Ich habe noch ein paar zusätzliche Männer hingeschickt. Das Areal ist ziemlich groß.«

»Was denkst du?«, fragte Lernet. »Kriegen wir ihn?«

»Wenn er tatsächlich auftaucht, stehen die Chancen nicht so schlecht.«

»Hör zu«, sagte Lernet. »Ich bin ziemlich erledigt. Kann ich mich ein wenig hinlegen?«

»Klar«, sagte Blau. »Aber ich glaube, du kannst auch einfach …«

»Ich möchte nicht nach Hause«, sagte Lernet schnell. »Falls wir den Kerl schnappen, will ich hier sein.« Blau nickte.

»Leg dich in den Pausenraum«, sagte Blau. »Im Schrank neben der Kaffeemaschine findest du sogar eine Decke, glaube ich. Wenn was passiert, gebe ich dir Bescheid.«

Und so war Lernet auf dem Boden dieses dunklen Zimmers gelandet. Seinen Kopf hatte er auf eine Weste gelegt, die über einem der Stühle hing. Eigentlich hatte er sich nur kurz ausruhen wollen. Doch der Blick auf die Uhr verriet ihm, dass er fünf Stunden geschlafen hatte.

Was war in der Zwischenzeit geschehen? Hatten sie den Erpresser gefunden? In dem Fall hätte Blau ihn doch sicher geweckt. Lernet bemerkte, dass sein Bauch schwach leuchtete. Instinktiv griff er auf die Stelle und fühlte etwas Hartes. Das Handy! Er hatte ganz vergessen, dass noch immer das Handy in seinem Pullover steckte, über das der Dieb mit ihnen Kontakt hielt. Jede Nachricht, die darauf einging, wurde automatisch an Brunner weitergeleitet. Das Licht erlosch, als er das Handy hervorzog.

Hatte das Vibrieren ihn vielleicht geweckt? Er tippte eine Taste und das Display leuchtete erneut auf. Die Nummer, die aufschien, kannte er. Es war die des Erpressers.

Eine neue Nachricht. Er öffnete sie.

»Wir sind enttäuscht. Nicht nur wegen des Geldes.«

Die Nachricht war nicht wie die anderen Botschaften an diesem Tag auf Deutsch geschrieben worden, sondern auf Englisch.

Lernet las weiter:

»Wir haben nicht erwartet, dass solche lächerlichen Figuren versuchen würden, uns zu erwischen. Einer unserer Helfer hat berichtet, die Polizisten wären nur in der Gegend herumgestanden und hätten sich am Arsch gekratzt. Wir bedauern, die gute alte Sally einschmelzen zu müssen, aber letztlich ist der Goldpreis nicht so schlecht. Entschuldigung, wir haben es zweimal versucht.«

Lernet wollte sich aufrappeln, als die Tür aufflog. Das Licht, das vom Gang in den Pausenraum fiel, beleuchtete Blau.

»Brunner hat es gerade durchgegeben«, sagte Blau, während Lernet seine Augen vor dem Licht abschirmen musste. »Wir haben ihn verloren.«

Lernet wusste, was das bedeutete, noch bevor es Blau aussprach, und es half nichts, dass er es nicht hören wollte, dass er sich am liebsten die Ohren zugehalten hätte und weiterschlafen wollte, so lange, bis das alles vorüber war.

»Und damit auch die Saliera.«

SICHERHEITSBÜRO
WIEN, ALSERGRUND

Freitag, 10. November 2005, 12 Uhr

»Das ist der Mann?«

»Ja.« Blum nickte. »Das ist Pietro Morini.«

Ich blickte auf meine Unterlagen.

»Der richtige Name des Mannes ist Simone Simonini. Sie haben sich keinen Ausweis zeigen lassen, als Sie mit ihm nach Italien gefahren sind?«

Der Museumsdirektor wich meinem Blick betreten aus. »Daran habe ich nicht gedacht ... Er hat sehr überzeugend auf mich gewirkt.«

Es war mein erster Arbeitstag seit dem Tod meiner Mutter. Als ich am Tag der Übergabe ins Krankenhaus Wiener Neustadt gefahren war, konnte ich nichts anderes mehr tun, als ihre Hand zu halten. Noch ein klein wenig Wärme spürte ich darin, doch auch die würde bald einer ewigen Starre gewichen sein. Ich hatte sie auf die Stirn geküsst, wie ich es immer tat, wenn ich mich verabschiedete, nur dass es diesmal der letzte Abschied sein würde. Dann war ich nach Hause gefahren.

Drei Tage lang war ich nicht ins Büro gekommen. Ich hatte nur einmal, am Tag nach der Übergabe und dem Tod meiner Mutter, mit Brunner telefoniert.

»Keine Ahnung, was passiert ist«, erzählte er mir, nachdem er mir sein Beileid ausgesprochen hatte. »Als das Einsatzteam nach der letzten SMS in den Wald ging, haben sie den Rucksack gefunden. Unberührt.« Brunner schwieg eine Weile. »Wir haben alles genau nach Plan gemacht«, sagte er dann. »Der Einsatztrupp war vorsichtig. Die Männer haben gut gearbeitet. Ich kann mir nicht erklären, warum er plötzlich die ganze Sache abgebrochen hat ...«

»Mach dir keine Gedanken«, versuchte ich, ihn zu beruhigen. »Vielleicht hatte er das von Anfang an geplant. Wer weiß, ob er überhaupt in der Nähe war.«

»Er soll sich so viel Arbeit gemacht haben, nur um uns einen Streich zu spielen?« Brunner klang wenig überzeugt und im Grunde glaubte auch ich nicht daran.

»Ich konnte es fühlen«, sagte mir mein Kollege, bevor er auflegte. »Er war in der Nähe.«

Als ich heute in die Berggasse zurückkehrte, wurde ich von Landespolizeikommandant Dachs persönlich begrüßt. Er lud mich zu sich ins Büro ein, wo ich erneut das Bild einer verbarrikadierten französischen Straße mit kämpfenden Menschen bewundern durfte, während er mir das Fehlschlagen des Einsatzes unter die Nase rieb.

Es war schwer zu sagen, ob er traurig darüber war, dass uns der Dieb entwischt war, oder ob er sich darüber freute. Doch er konnte uns nicht zu sehr zusetzen und das wusste er auch.

Trotz der unvorhergesehenen Ereignisse hatte Brunner alles richtig gemacht und dem Einsatzteam konnte man keinen Fehler nachweisen. Es war genauso gut möglich, dass der Erpresser die ganze Sache aus einer Laune heraus abgeblasen hatte.

Die Presse hatte von der Aktion zum Glück nichts mitbekommen. Zum ersten Mal seit dem Beginn der Saliera-Ermittlungen fanden wir am nächsten Morgen nicht unseren gesamten Einsatzplan auf den Titelseiten der Tageszeitungen. Selbst Egon Kirsch war ruhig geblieben.

Dachs hatte also nicht genug in der Hand, um uns zu schaden. Doch sollte der Erpresser, anders als in seiner letzten SMS behauptet, noch einmal mit uns Kontakt aufnehmen, würde der Landespolizeikommandant nicht einfach nur zusehen und abwarten.

Er ließ uns auf andere Weise spüren, dass wir die Sache vermasselt hatten. Seit der Polizeireform standen Dachs und ich auf der gleichen Ebene im Polizeiapparat und er konnte mir keine Anweisungen mehr erteilen, was ihn fürchterlich aufregte. Als er mir daher nahelegte, bei Blums Gegenüberstellung anwesend zu sein, hätte ich einfach ablehnen können. Doch ich hielt es für das Beste, mich für eine Weile auf keine offenen Machtkämpfe einzulassen.

»Ist ein wichtiger Mann, der Herr Direktor«, hatte Dachs gesagt und dabei gelächelt. »Verdient unsere beste Betreuung.«

Tatsächlich hatte ich Leopold Blum bereits völlig vergessen. Drei Tage nachdem wir den zweiten Erpresserbrief bekommen und das Museum informiert hatten, war Blum bei uns in der Berggasse aufgetaucht. Er hatte uns niedergeschlagen die Geschichte einer wirren Italienreise erzählt, auf der er versucht hatte, die Saliera wiederzubekommen. Offenbar war er am Ende von seinem Partner in einem toskanischen Dorf sitzen gelassen worden. Der Direktor war stundenlang über staubige Straßen gewandert, bis ihn ein Bauer mitgenommen hatte. Auf der Ladefläche eines alten Fiat, zwischen einer Herde blökender Schafe, hatte ihn der Bauer in die nächstgrößere Stadt gebracht. Von dort war er mit dem Bus nach Florenz gefahren und hatte dann den ersten Flug nach Wien genommen.

Da wir zu dieser Zeit mit dem echten Erpresser in Kontakt standen und jederzeit mit dem Beginn der Übergabe rechneten, hatten Blum und sein fehlgeschlagener Versuch, zum Helden zu werden, nicht die oberste Priorität. Zumindest stellten wir ein paar Männer für die Suche nach diesem dubiosen Pietro Morini ab.

Wir mussten schließlich jeder Spur nachgehen und nicht zuletzt hatte er Blum eine schöne Summe Geld abgenommen. Doch wir hatten dafür nichts anderes als die Beschreibung Blums, eine italienische Telefonnummer und das Kennzeichen des schwarzen Cadillac, mit dem sie unterwegs gewesen waren. Doch weder Telefonnummer noch Kennzeichen waren in Österreich registriert.

Heute Früh kam schließlich ein Zufallstreffer. Das gesuchte Auto war im ersten Bezirk gesehen worden. Eine Streife wartete, bis der Besitzer zurückkam. Morini wurde festgenommen und in die Berggasse gebracht, damit wir ihn befragen konnten. Und Blum wurde für eine Gegenüberstellung kontaktiert. Nun stand ich also mit dem Museumsdirektor vor einem Spiegelglas und blickte in den Raum, in dem Morini von Clemens Lernet befragt wurde.

Lernet stand von seinem Stuhl auf und verließ den Raum. Er trat zu uns.

»Was sagt er?«, fragte ich.

»Er hat alles gestanden«, sagte Lernet. »Als wir ihn mit der Geschichte von Direktor Blum konfrontiert haben, hat er nichts abgestritten. Der Mann ist intelligent, gelangweilt und offenbar problembeladen. Er hat den Artikel über Sie gelesen, den Egon Kirsch vor zwei Jahren geschrieben hat.« Lernet blickte Blum an.

»Sie waren ihm nicht besonders sympathisch. Er hat sich die ganze Story ausgedacht, um Sie auszunehmen. Mehr steckt da nicht dahinter. Keine reiche Familie in Florenz, keine Kontaktmänner.«

»Dann wäre dieser Fall auch abgeschlossen«, sagte ich zu Blum. »Sie können den Mann natürlich verklagen. Immerhin hat er Sie unter Angabe falscher Tatsachen um Geld gebracht.«

»Viel werden Sie aber nicht bekommen«, sagte Lernet. »Der Mann ist ein Lebenskünstler. Wirkt richtig charmant. Arbeit hat er keine, sondern lässt sich von unterschiedlichen Leuten aushalten. Meistens von Frauen.«

»Danke«, sagte Blum. »Ich werde darüber nachdenken.«

Ich begleitete den Direktor zum Ausgang. Während wir auf den Aufzug warteten, sagte Blum: »Es ist freundlich von Ihnen, mich nicht spüren zu lassen, was für ein Idiot ich bin.

Kriminaldirektor Dachs macht das anders.«

»Ich tue nur meine Arbeit«, sagte ich neutral.

»Und das Bild, das er in seinem Büro hängen hat …« Blum schüttelte nur den Kopf. Die Lifttür ging auf.

»Sie haben das Bild gesehen?«, fragte ich und drückte auf den Knopf für das Erdgeschoss.

»Natürlich, ist ja nicht zu übersehen!«, sagte Blum energisch. »Nachdem ich Kirsch das Interview gegeben habe, hat mich Dachs zu sich ins Büro geladen. War kein angenehmer Besuch.«

»Ist es ein französisches Bild?«, fragte ich. »Ich glaube, darauf sind ein Boulevard zu sehen und französische Soldaten.«

»Das Sujet ist französisch«, sagte Blum. »Sujet bezeichnet den Inhalt des Bildes.« Nun klang er wie Dachs.

»Der Maler war allerdings ein Deutscher«, fuhr der Direktor fort. »Jakob Ludwig Davids. Fürchterliches Pathos, absolut rückständig, ein Befürworter der Restitution. Ich habe schon ewig kein Gemälde mehr von ihm gesehen. Natürlich handelt es sich bei dem Bild in Dachs' Büro nicht um das Original.«

Die Lifttüren gingen auf und wir traten in die Eingangshalle der Berggasse. Noch wollte ich den Direktor aber nicht entlassen.

»Was bedeutet das Bild?«, fragte ich ihn.

Blum seufzte, als würde ihn nichts mehr anstrengen, als einem Laien ein Kunstwerk zu erklären. Also das, wofür er letztlich bezahlt wurde.

»Auf dem Bild sehen Sie das Ende der Pariser Kommune von 1871. Damals befand sich Frankreich im Krieg mit Deutschland. Sozialisten nutzten das Chaos und riefen in

Paris einen Stadtrat aus, der die Stadt nach sozialistischem Vorbild verwalten sollte. Demokratie und Frauenrechte wurden eingeführt, Kirche und Monarchie wurden abgeschafft. Das gefiel dem Kaiser natürlich gar nicht. Die Truppen der Regierung griffen die Stadt an, es gab ein ziemliches Massaker. Nach drei Monaten war der Spuk vorbei und die alte Ordnung wiederhergestellt.«

»Dann zeigt das Bild also den Sieg der Regierungstruppen über die Kommunarden?«, fragte ich.

»Genau«, sagte Blum. »Aber es ist mehr als bloß die Darstellung von Tatsachen. Sie haben gesehen, wie die Figuren gemalt sind. Die Soldaten der Regierung sauber und erhaben, die Kommunarden arm und zerlumpt. Sie scheinen feige die Flucht zu ergreifen. Das Bild ist ein wenig subtiler Kommentar des Künstlers: Recht und Ordnung können nur mit Stärke und Gewalt durchgesetzt werden. Diese Gewalt sollte am besten in den Händen einer einzelnen Person liegen, des Monarchen. Demokratie und Liberalismus sind bloß Plagen der Gesellschaft, die es auszumerzen gilt.« Blum schüttelte leicht den Kopf.

»Es ist ein plumper Versuch, sich auf die Seite der Monarchie zu stellen und gegen die Demokratie. Eine alte Ordnung, die eine neue auffrisst, noch bevor sie geboren werden konnte. Nun«, sagte Blum und blickte mich an.

»Die Geschichte hat uns eines Besseren belehrt. Oder nicht?«

Ich wusste darauf nichts zu antworten.

»Sind wir fertig mit der Befragung?«, sagte er.

»Ja, natürlich«, antwortete ich.

»Falls sich etwas im Saliera-Fall tut, werden wir Sie benachrichtigen.«

»Nicht, dass ich eine große Hilfe sein kann«, sagte Blum. Er schüttelte mir zum Abschied die Hand.

Nachdem Blum das Gebäude verlassen hatte, machte ich mich auf den Weg in mein Büro.

»Herr Brunner wartet in Ihrem Büro«, informierte mich meine Sekretärin Trudi, als ich schon eine Hand an der Türklinke hatte.

Ich lächelte ihr zu und drückte die Klinke hinunter. Als ich eintrat, wandte sich Brunner, der im Stuhl gegenüber meinem Schreibtisch Platz genommen hatte, um.

»Markus«, sagte ich, während ich um den Tisch ging und mich ihm gegenübersetzte. »Was gibt's? Wolltest du noch mit Direktor Blum sprechen? Den habe ich gerade verabschiedet.«

»Vergiss Blum«, sagte Brunner. Seine Stimme war leise und bebte vor Aufregung.

»Ich habe gerade mit Leitner und Blau gesprochen, die mit der Aufarbeitung der Operation BIKE betraut sind.«

Ich nickte.

Die beiden Beamten waren noch immer dabei, Protokolle zu schreiben, Fotos zu kategorisieren, gemeinsam mit dem Erkennungsdienst die Briefe des Erpressers zu untersuchen und Nachforschungen über die Telefonnummern anzustellen, von denen der Erpresser seine Nachrichten verschickt hatte.

»Vielleicht war die Operation doch kein Fehlschlag«, fuhr Brunner fort. Er lächelte und mir fiel auf, wie lange ich ihn schon nicht mehr lächeln gesehen hatte.

»Wir haben eine neue Spur. Und diesmal könnte sie uns endlich zur Saliera führen.«

VIERTER TEIL

DAS GOLD

16. Jänner bis 22. Jänner 2006

Wir hielten uns vergnügt und fröhlich ans Abendessen und lachten über die sonderbaren Begebenheiten, die uns das Glück im Guten und Bösen zusendet, und nahmen uns das Vergangene nicht zu Herzen: es war, als wenn es nichts gewesen wäre. zwar sagt man: Du wirst nun lernen, ein andermal klüger sein! aber ich finde den Spruch nicht richtig, denn was uns begegnet, kommt immer auf eine so verschiedene Weise, wie wir es uns nicht haben einbilden können.

Aus »Leben des Benvenuto Cellini,
von ihm selbst geschrieben«

RESTAURANT STADTWIRT
WIEN, LANDSTRASSE

Montag, 16. Jänner 2006, 12 Uhr

Die Luft roch nach Bier. Ein Stimmengewirr aus Gelächter, hitzigen Diskussionen und leicht angetrunkenen Ausrufen prallte zwischen der holzvertäfelten Einrichtung hin und her, bis es an unseren Tisch gelangte.

Ich nahm mein Glas und prostete Kaiser zu.

»Auf die Gesundheit«, sagte ich.

Kaiser lächelte und nahm sein Glas Mineralwasser. Er trank keinen Alkohol mehr. Das Rauchen hatte er zumindest eingeschränkt. Seit meinem Besuch letzten Oktober hatten wir uns nicht mehr gesehen. Die Arbeit hatte es nicht zugelassen.

Vor ein paar Tagen jedoch hatte mich Kaiser unerwartet angerufen und sich erkundigt, wie es mir ginge. Das Telefonat hatte bald nicht mehr genug Raum geboten für unser Gespräch und so hatten wir uns im Stadtwirt verabredet.

Das Gasthaus nahe der Landstraße war zur Mittagszeit immer brechend voll. Man traf Geschäftsmänner in Anzügen, Künstler mit Seidenschals und Flanellhemden, Studenten genauso wie alteingesessene Wiener, die seit Jahrzehnten am gleichen Tisch saßen, Karten spielten und am Ende ihres Spiels einen Schnaps tranken.

Der Geruch des Schnitzels zog mir duftend in die Nase. Ich presste meine Zitrone darüber aus, Kaiser zerlegte seine Forelle. Während dem Essen sprachen wir über alles, nur nicht die Arbeit. Kaiser erzählte mir von seinen Blumen und wie er sie durch den Winter brachte. Außerdem ging er regelmäßig zur Therapie, nahm aber keine Medikamente mehr. Er hatte begonnen, ein paar alte Freunde wiederzutreffen, für die er während seiner Karriere bei der Polizei kaum Zeit gehabt hatte.

»Insgesamt«, sagte er und wischte sich mit seiner Serviette den Mund ab, »läuft es bei mir ziemlich gut.«

Nachdem die Teller abgeräumt worden waren und wir noch einen Kaffee bestellt hatten, beugte er sich etwas nach vorne.

Nun sah er wieder genauso aus wie der Georg Kaiser, mit dem ich lange Zeit zusammengearbeitet hatte. Man konnte den Polizisten aus dem Dienst kriegen, aber nicht den Dienst aus dem Polizisten.

Ich wusste, all diese Nettigkeiten über meine Familie und seine Blumen waren bloßes Vorspiel gewesen und dass er vor allem an meiner Arbeit interessiert war. Ich hatte nichts anderes erwartet.

»Also«, begann er. »Wie macht sich unser gemeinsamer Freund?«

»Dachs geht es gut«, sagte ich. »Er bringt immer mehr Leute hinter sich. Kaum jemand wagt es, sich gegen ihn auszusprechen. Ein paar Beschwerden sind an den Polizeipräsidenten gegangen, aber es ist nie zu einer Untersuchung gekommen. Obwohl jeder weiß, dass die Statistiken durch unnötige Festnahmen in die Höhe getrieben werden und wir unsere Ressourcen verschwenden.«

Kaiser lächelte bitter. »Aber du bist ihm ein Dorn im Auge. Ich habe gelesen, dass deine Chancen gut stehen, nächster Polizeipräsident zu werden.«

Das stimmte. Bald würde das höchste Amt der Polizei neu vergeben werden, das des Präsidenten. Der Polizeipräsident hatte eine starke Stellung, obwohl der derzeitige Präsident davon kaum Gebrauch machte. In einer Zeit voller Intrigen und interner Kämpfe gelang es ihm nicht, für Ruhe zu sorgen. Sein Nachfolger würde über die Art des Umgangs innerhalb des Polizeiapparats bestimmen. In den Medien kursierten zwei Namen: Robert Dachs und meiner.

Dachs hatte seine Ambitionen letzten Herbst untermauert, als mir das Silberne Ehrenzeichen des Landes Wien verliehen wurde. Dachs war wochenlang wütend gewesen, weil man ihn seiner Meinung nach übersehen hatte. Nach zahlreichen Anrufen verlieh man ihm schließlich kurzfristig das Goldene Ehrenzeichen, das eigentlich erst an Leute über fünfzig Jahren vergeben wurde. Doch für Dachs wurde eine Ausnahme gemacht.

Ich selbst hielt mich lieber bedeckt. Dafür waren nur zu einem Teil taktische Gründe verantwortlich. Tatsächlich reizte mich das Amt des Präsidenten nicht allzu sehr. Es war zwar mit höherem Ansehen verbunden und wäre ein schöner Abschluss für meine Karriere, aber das war auch, was mich störte: Es war ein Abschluss.

Als Präsident würde ich nicht mehr an einzelnen Fällen arbeiten, keine Mörder festnehmen oder nach gestohlenen Kunstwerken suchen. Doch noch weniger gefiel mir die Vorstellung, unter einem Polizeipräsidenten Dachs arbeiten zu müssen.

»Ich habe etwas herausgefunden, das könnte dir vielleicht helfen«, sagte Kaiser. »Die Wahrheit ist, es gibt einen Grund, warum es mir in den letzten Monaten so gut gegangen ist. Ich habe eine neue Aufgabe gefunden. Einen neuen Fall.«

Interessiert blickte ich ihn an.

»Ich habe in Akten gegraben«, erzählte Kaiser. »Allerdings nicht in Fallakten. Es geht eher um Geschichte.«

»Geschichte?«, fragte ich. »Bist du Hobbyhistoriker geworden?«

Kaiser lachte. »Sozusagen. Jedenfalls habe ich herausgefunden, dass Dachs' Reform der Kriminalpolizei im Jahr 2003 unübersehbare Parallelen hat zu der Polizeireform der Nationalsozialisten nach dem Anschluss 1938.«

Mein alter Freund musste meinen zweifelnden Blick bemerkt haben, denn schnell fuhr er fort: »Lass mich das erklären. In der Ersten Republik war die Macht der Polizei auf verschiedene Dienststellen aufgeteilt. An der Spitze standen Hofräte, meist Juristen. Keine andere Polizeiorganisation in der Welt beschäftigte so viele Juristen wie die österreichische. Als die Nazis kamen, hat sich das verändert. Juristen wurden durch SS-Leute und Offiziere ersetzt. Es kam also zu einer Militarisierung der Polizei. Und die einzelnen Stellen wurden so umstrukturiert, dass sich die gesamte Macht an einem Punkt versammelte.«

Kaiser legte eine kurze Pause ein und vergewisserte sich, dass ich ihm folgen konnte.

»Die Zentralisierung von Macht, die Verfügungsgewalt über Beamte, das Etablieren einer Einsatzgruppe, das sind alles Schritte, die bereits von den Nazis eingeführt wurden. Die hatten auch eine Einsatzgruppe und die hat unzählige Juden ermordet. Die neuen Dienststellen sind alle mit deutschen Begriffen belegt, für die es in der österreichischen Tradition keine Vorläufer gibt: Einsatzgruppe, Kriminalamt, Kriminaldirektion ...«

»Was willst du damit sagen?«, unterbrach ich Kaiser. »Dass Dachs ein Nazi ist?«

»Nicht unbedingt«, sagte Kaiser und winkte ab. »Über seine politische Gesinnung will ich nicht mutmaßen, auch wenn ich nicht glaube, dass er die Grünen wählt. Doch es macht den Eindruck, als würde er Methoden nutzen, um Macht zu konzentrieren und Kontrollmechanismen auszuschalten. Er will Ordnung, um jeden Preis. Am besten in der Hand eines Mannes – in seiner eigenen. Seine Handlungen bis jetzt sprechen eine klare Sprache.«

Ich lehnte mich zurück und dachte über das nach, was mir Kaiser gerade gesagt hatte.

»Hast du Beweise?«, fragte ich schließlich.

»Ich sammle gerade und arbeite an einem Buch«, sagte Kaiser. »Wenn diese Informationen öffentlich werden, könnte dir das helfen.«

»Nicht nur das Buch«, sagte ich Kaiser. Nun war es an mir, ihm etwas anzuvertrauen. Ich wusste, dass ich mich auf Kaisers Verschwiegenheit verlassen konnte.

»Was meinst du?«, fragte er.

»Der Saliera-Fall«, sagte ich. »Wir stehen kurz vor einem Durchbruch.«

Der Kaffee kam. Ich lächelte der Kellnerin freundlich zu und wartete, bis sie außer Hörweite war, ehe ich mich nach vorne beugte und leise zu erzählen begann.

»Im November gab es eine Übergabe, doch der Täter hat sich nicht gezeigt. Am Abend des Tages schickte er uns eine SMS, dass er die Übergabe abgebrochen habe und die Saliera nun einschmelzen wollte. Alle SMS, die er uns schickte, kamen von Wertkartenhandys, die wir nicht zurückverfolgen konnten. Doch die letzte schon. Wir wissen nicht, warum er diesen Fehler begangen hat. Aber wir konnten feststellen, wo die SIM-Karte gekauft wurde: in einem A1-Shop am Stephansplatz. Und jetzt kommt das Beste: Der Shop hat eine Überwachungskamera.«

Kaisers Augen wurden groß. Es war nun, als wären wir allein im Raum, als hielte die Anspannung alle anderen Geräusche fern.

»Wir haben ein Foto des Mannes bekommen, der die SIM-Karte gekauft hat. Und wir hoffen, dass uns dieser Mann zur Saliera führen kann.«

»Verdammt«, sagte Kaiser und blickte mich ungläubig an. Ich nahm den Espresso vor mir und trank ihn in einem Zug.

»Warum weiß niemand davon?«, fragte er dann.

»Dachs will nicht, dass irgendwer etwas mitbekommt. Er hat sich ausdrücklich gegen eine öffentliche Fahndung ausgesprochen. Er hat Angst, der Dieb könnte in Panik ausbrechen, wenn er sein Foto in der Zeitung sieht. Überhaupt geht er davon aus, dass der Mann aus dem Ausland kommt, da würde eine Fahndung in den österreichischen Medien nicht so viel bringen. Falls er die Saliera noch nicht eingeschmolzen hat, könnte er es dann tun.«

Kaiser überlegte, während sein Zeigefinger den Rand seiner Kaffeetasse abfuhr.

»Ich glaube nicht, dass der Dieb aus dem Ausland ist«, sagte er.

»Ich auch nicht«, gab ich zu. »Aber zurzeit sind mir die Hände gebunden. Wir gehen mit dem Bild gerade an alle Orte, die zum Profil des Diebes passen. Natürlich waren wir bei dem A1-Shop, aber die Verkäufer konnten ihn nicht identifizieren. Weil Dachs davon ausgeht, dass es ein Ausländer ist, zeigen unsere Männer das Foto in jedem Hotel, jedem Casino, jeder Bar und jedem teuren Restaurant in Wien herum. Ohne genauere Informationen zu geben. Selbst Friseure und Juweliere klappern wir ab.«

»Wie lange geht das schon?«, fragte Kaiser.

»Drei Monate«, sagte ich resigniert. »Bald haben wir jedes Geschäft in Wien durch. Und niemand kennt den Mann.«

»Weil er womöglich kein reicher Ausländer ist«, sagte Kaiser. Ich nickte nur.

Nun war es an Kaiser, seinen Kaffee zu trinken und ein nachdenkliches Gesicht zu machen.

»Das heißt«, sagte er langsam, »wenn alles gut läuft, findet ihr die Saliera doch noch.«

»Ja«, sagte ich. »Wenn wir anfangen, an den richtigen Stellen zu suchen. Aber das Netz zieht sich zusammen.«

Kaiser winkte die Kellnerin zu unserem Tisch.

»Zwei Gläser vom Marillenschnaps«, sagte er und lächelte mir zu. »Wir brauchen etwas zum Anstoßen.«

CAFÉ STRUDEL
WIEN, WÄHRING

Donnerstag, 19. Jänner 2006, 19 Uhr

Lernet ließ seinen Blick durch das Lokal schweifen und nahm dann einen Schluck von seinem Bier. Durch die Vorhänge drang das Licht als milchiger Dampf. Aus dem kleinen Raucherstüberl hatte er einen guten Blick auf die Eingangstür. Die rote Fahne mit dem Hammer und der Sichel hatte ihn kurz stutzig gemacht, doch er war in Zivil hier. Niemand wusste, dass er ein Polizist war.

Der Beamte war sich der Ironie bewusst. Einige Wochen lang hatte Egon Kirsch jeden Mittwoch hier gesessen und auf sein Auftauchen gewartet und jedes Mal war er enttäuscht worden. Diesmal waren die Rollen vertauscht: Der Journalist hatte Lernet in seiner Wohnung angerufen und ihn heute hierher bestellt.

»War ganz schön schwierig, an diese Nummer zu kommen«, hatte Kirsch gesagt. »Ich musste einige alte Freunde um Gefallen bitten. Aber ich muss Ihnen etwas sagen. Am besten persönlich. Können Sie morgen an den üblichen Ort kommen?«

Lernet konnte. Nun trank er sein Bier in langsamen Schlucken und fragte sich, ob Kirsch ihn vielleicht versetzen würde, als Rache für all die Unannehmlichkeiten, die er erfahren hatte, seit Lernet in sein Leben getreten war. Der Polizeibeamte konnte es nicht abstreiten. Er hatte Kirsch benutzt, hatte ihm Informationen geliefert, um der Öffentlichkeit zu zeigen, wie gefährlich ein Mann wie Robert Dachs war. Um eine kritische Gegenaufnahme zu zeichnen zu den Lobgesängen, die ihm die Presse sonst bereitete.

Doch diese Zusammenarbeit hatte ihren Preis. Kirsch war es dadurch zwar gelungen, ein paar aufsehenerregende Exklusivgeschichten zu schreiben, doch das hatte ihn fast seine Karriere gekostet. Seitdem war es still um ihn geworden, Lernet fand seinen Namen nicht mehr in den Zeitungen. Gemeldet hatte er sich auch nicht mehr. Bis zu seinem Anruf gestern.

Die Tür schwang auf und Kirsch trat ein. Lernet erkannte ihn sofort: das zerzauste Haar, das stets verschwitzt aussah, die fleckige Lederjacke, aus deren Brusttasche ein paar Zigaretten ragten, und abgetragene Wildlederschuhe.

Kirsch begrüßte den Mann hinter der Theke und setzte sich dann zu Lernet.

»Lustig«, sagte er, während er eine Zigarette aus der Brusttasche zog, ein Feuerzeug aus der Hosentasche holte und sich die Zigarette anzündete. »Sonst habe ich hier immer auf Sie gewartet.«

»Wie sich die Dinge ändern«, sagte Lernet mit einem Lächeln.

»Da haben Sie was Wahres gesagt.« Kirsch musterte ihn und zog an seiner Zigarette. Der Wirt, den Kirsch als Charly vorstellte, kam mit einem Glas Bier an ihren Tisch. Lernet nickte ihm zu, sagte jedoch nichts.

Als sie wieder allein waren, fragte Lernet: »Warum wollten Sie mich so dringend sehen?«

»Ich habe eine Information, die Sie interessieren könnte«, sagte Kirsch. »Ich weiß von dem Foto.«

Lernet gab sich gar nicht die Mühe, es abzustreiten. Der Ton in Kirschs Stimme ließ keine Zweifel: Er bluffte nicht. Der Journalist wusste von dem Foto des vermeintlichen Diebes, mit dem die Polizei schon seit Monaten ganz Wien absuchte.

»Woher?«, fragte Lernet nur.

»Ich habe einen guten Freund beim *Profil*, der hat es mir gesteckt. Er dachte wohl, es würde mich interessieren, weil ich viel über die Saliera berichtet habe. Er hat mir erzählt, die wollen morgen eine große Story bringen.«

Beide schwiegen für einen Moment und ließen das Gesagte langsam den Raum füllen. »Scheiße«, sagte Lernet dann. »Damit würde unsere ganze Ermittlung zusammenbrechen. Dachs hat ausdrücklich untersagt, dass irgendetwas davon nach außen dringen darf. Er hat Angst, der Dieb würde dann nervös werden und die Saliera zerstören. Wenn er das nicht schon längst getan hat.«

Kirsch zuckte mit den Schultern. »Was Sie mit der Information machen, ist Ihre Sache. Ich habe mir schon gedacht, Sie wollen das Ganze lieber geheim halten. Aber das liegt nicht mehr in Ihrer Hand. Zumindest bin es diesmal nicht ich, der die verdeckten Ermittlungen der Polizei öffentlich macht.«

Lernet lächelte schwach. »Diesmal wird das aber stärker auf uns zurückfallen und weniger auf Dachs. Er war darauf bedacht, sich im Hintergrund zu halten. Falls wir scheitern, ist es unsere Schuld. Nur im Falle des Erfolgs wird er einen Schritt ins Rampenlicht machen.«

»Ein geborener Anführer«, sagte Kirsch. »Zumindest sind Sie gewarnt.«

»Warum erzählen Sie mir das?«, fragte Lernet.

Kirsch drückte seine Zigarette aus, nahm einen großen Schluck aus seinem Glas und wischte sich mit dem Handrücken über den Mund.

»Seit ich diese Auseinandersetzung mit Ihrem Kollegen hatte, habe ich mich aus diesem polizeilichen Rosenkrieg rausgehalten. Ich bin nicht stolz darauf, klein beigegeben zu haben. Aber den Journalismus, den ich machen möchte, gibt es nicht mehr. Und vielleicht gilt das Gleiche für die Polizeiarbeit, die Sie machen wollen.«

»Möglich«, sagte Lernet. »Haben Sie keine Angst, dass Spätmann von diesem Treffen erfährt?«

»Das spielt auch keine Rolle mehr«, sagte Kirsch. »Übermorgen fliege ich nach Los Angeles. Hier hält mich nichts mehr. Vielleicht gibt es in Amerika noch Platz, um echte Geschichten zu erzählen. Keine PR-Stunts.«

»Danke«, sagte Lernet.

Nun war es Kirsch, der lächelte.

»Sie haben mir geholfen, noch mal eine tolle Story zu schreiben«, sagte er. »Jetzt sind wir quitt.« Er trank aus, holte einen zerknitterten Geldschein aus seiner Hosentasche und legte ihn auf den Tisch.

»Geht auf mich«, sagte er und stand auf. Lernet trank ebenfalls aus, packte seinen Mantel und folgte Kirsch nach draußen.

Vor dem Lokal zog sich Lernet seinen Wintermantel an. Es war ein klarer, kalter Tag, an dem die Luft in der Lunge klirrte wie Eis.

»Die Saliera ist mein letzter Fall«, sagte Lernet. Die beiden Männer standen zwischen den verlassenen Buden des Kutschkermarkts. Er war selbst über seine Worte überrascht, doch als er sie aussprach, spürte er, dass sie richtig klangen.

»Vielleicht haben Sie recht und die Polizeiarbeit hat sich verändert. Ich kann ihr jedenfalls nichts mehr geben. Es hat keinen Sinn, zu versuchen, daran festzuhalten.« Er dachte an eine Autofahrt, die noch nicht allzu lange her war.

»Es gibt viele Möglichkeiten, etwas Sinnvolles zu tun. Wir werden den Dieb fassen, die Saliera zurückbringen und das war es dann für mich.«

»Diese Geschichte wird jemand anderer schreiben müssen, aber ich freue mich darauf, sie zu lesen«, sagte Kirsch und streckte dem Polizeibeamten die Hand hin.

»Auf neue Anfänge.«

Lernet schlug ein.

WOHNUNG
WIEN, HIETZING

Donnerstag, 19. Jänner 2006, 21 Uhr

Als ich die Eingangstür unserer Wohnung öffnete, umfing mich die Wärme mit einer freundlichen Umarmung und zog mich aus dem kalten, regnerischen Neujahrsgrau. Ich streifte mir die Haube vom Kopf und zog mir die dreckigen Laufschuhe aus, nahm sie in die Hand und brachte sie auf die Veranda hinaus, wo ich später den Matsch von ihnen abputzen würde.

Verschwitzt ging ich ins Badezimmer, um mich unter die Dusche zu stellen. Während das heiße Wasser an mir hinunterlief und der Dampf sich an den Badezimmerspiegel schmiegte, lehnte ich meinen Kopf gegen die Duschwand und genoss die Leere, die ich mir erlaufen hatte. Jeder Meter brachte mich weiter fort von den Konflikten in der Arbeit, den Machtkämpfen und Intrigen. Ich lief nicht mehr, um anzukommen, sondern um wegzukommen. Mit dem Schweiß spülte ich auch die quälenden Zweifel und Fragen aus mir heraus. Der Boden des Lainzer Tiergartens, wo ich gerne und oft lief, war mittlerweile getränkt von meinen Albträumen, Ängsten und Sorgen. Wie die Bäume wohl aussehen würden, die aus diesem Boden wuchsen? Krumm, kahl, morsch?

Die Situation in der Berggasse war weniger rosig, als ich sie Kaiser vor ein paar Tagen beschrieben hatte. Dachs tat alles, um seine Macht auszubauen, seine Gegner zu demütigen und den Posten des Polizeipräsidenten zu erreichen, die Krönung seiner Karriere. Er scharte die Presse, Politiker und loyale Kollegen um sich und wartete nur auf den richtigen Moment, um mich fertigzumachen. Zwar konnte auch ich auf die Unterstützung einer Gruppe loyaler Beamter und Juristen hoffen, die genauso wenig wie ich mit Dachs' Methoden einverstanden waren, doch zurzeit lag alle Macht bei ihm.

Wir beide balancierten über dem Saliera-Fall wie Seiltänzer. Das Foto des vermeintlichen Täters hatte das gesamte Einsatzteam in konstante Alarmbereitschaft versetzt. Täglich konnte es einen Durchbruch geben.

Dann würde einer von uns hinabstürzen, in die Dunkelheit, wo das Vergessen lauerte, während sich der andere im Scheinwerferlicht der Öffentlichkeit verbeugen würde. Wer von uns beiden das sein würde, war schwer zu sagen, doch zurzeit hatte Dachs die Berggasse unter seine Kontrolle gebracht.

Ich bewegte mich ein wenig und mein Ellbogen streifte den Temperaturregler. Augenblicklich schoss kaltes Wasser auf mich herab. Nur mit Mühe unterdrückte ich einen Schrei. Schnell drehte ich das Wasser ab, stieg aus der Dusche und trocknete mich ab. Als ich mich im Spiegel betrachtete, fielen mir die grauen Bartstoppel auf. Ich griff zu meinem Rasierer.

Meine Augen wirkten müde. Seit dem Tod meiner Mutter hatte sich etwas Grundlegendes verändert. Ohne sie hätte ich niemals eine Karriere bei der Polizei machen können. Ohne sie hätte ich überhaupt keine Karriere machen können. Jeder meiner Erfolge hatte sie mit Stolz erfüllt und nach jeder Niederlage hatte sie mir Mut zugesprochen.

Ihr Begräbnis hatte in Puchberg stattgefunden. Die Berge hatten sich dunkel über uns erhoben, als würden sie Trauerflor tragen und ihr ein letztes Geleit geben wollen. Wir glaubten, dass Veränderung außerhalb unserer selbst stattfand, dass sich alles beständig wandelte, doch wir selbst blieben dabei immer dieselben. Das letzte Jahr jedoch hatte eine tiefgreifende Veränderung ausgelöst, eine Veränderung meiner selbst und ich wusste nicht, welcher Mensch mich am Ende aus dem Spiegel heraus anblicken würde.

Die Auslöser dafür war neben dem Tod meiner Mutter die neue Ordnung in der Berggasse. Sollte Dachs tatsächlich Polizeipräsident werden, wäre meine Zeit wohl auch dort vorbei. Ich war 51 Jahre alt. Vielleicht hatte ich den Zeitpunkt bereits überschritten, an dem es keine neuen Anfänge mehr geben würde, sondern bloß eine Reihe von Endpunkten, die einen nach und nach heimsuchten, die eigenen Möglichkeiten reduzierten, bis man in einem Raum voller verschlossener Türen zurückblieb, eingesperrt in den eigenen Unzulänglichkeiten. Bis zu einem gewissen Moment konnte man die Welt ändern, danach musste man in ihr leben. Ich fürchtete, dass dieser Moment unbemerkt an mir vorbeigeglitten war und uneinholbar hinter mir lag.

Nachdem ich mich rasiert hatte, setzte ich mich auf den heruntergeklappten Klodeckel und holte eine Salbe aus dem kleinen Schrank unter dem Waschbecken. Seit meiner Überbelastung musste ich meine Fersen regelmäßig nach dem

Laufen eincremen, sonst könnten sie sich erneut entzünden und würden mir jeden Schritt zur Hölle machen. Seit meiner Verletzung lief ich langsamer, brauchte längere Pausen und verspürte öfters Schmerzen. Selbst das Laufen hatte sich verändert.

Ich ging ins Schlafzimmer, schlüpfte in einen Trainingsanzug und ging ins Wohnzimmer, wo ich Eva auf der Couch fand, die sich einen Tee gemacht hatte und las.

»Es ist noch Tee in der Kanne«, sagte sie. Ich ging in die Küche, goss mir Grüntee in eine blaue Keramiktasse und setzte mich zu ihr auf die Couch. Sie zog die Beine weg, damit ich mich hinsetzen konnte, und ließ sie dann auf meinen Oberschenkel ruhen.

Eva legte das Buch zur Seite und blickte mich eine Weile lang an.

»Du schläfst in letzter Zeit schlecht«, sagte sie schließlich. »Ich merke, wie du im Bett murmelst und dich bewegst. Manchmal wachst du auf und gehst ins Badezimmer. Was ist los?«

»Morgen ist der Polizeiball«, sagte ich. »Ich möchte nicht hingehen.«

»Warum nicht?«, fragte Eva. »Wir sind doch jedes Jahr hingegangen, seit ... eigentlich schon immer.«

Als ich zunächst nicht antwortete, fragte sie nach: »Liegt es an der Arbeit?«

Ich lehnte mich zurück und blickte durch die Glastür auf unsere Veranda, wo sich eine feine Schneedecke über die Blumen gelegt hatte wie Zuckerstaub.

»Ich habe Albträume«, sagte ich und strich mir mit der rechten Hand übers Gesicht. »Sie kommen wieder und wieder. Bereits drei Jahre lang geht das so, aber in letzter Zeit sind sie häufiger und intensiver geworden. Seit dem Tod meiner Mutter«, gestand ich.

»Was sind das für Träume?«, fragte Eva. »Erscheint sie dir?«

Ich schüttelte den Kopf. »Nein, damit haben sie gar nichts zu tun. Oder vielleicht doch, was weiß ich.« Ich tat einen tiefen Atemzug. »Ich laufe den Wien-Marathon. Ich bin auf der Ringstraße, befinde mich schon auf der Zielgeraden. Die Zuschauer feuern mich an, das Ziel ist ganz nahe, doch plötzlich erstarre ich. Alle Bewegung ist aus der Welt gewichen. Und ich bleibe übrig, allein, bewegungslos, verlassen.«

Ich konnte spüren, wie Eva mich musterte, doch sie sagte nichts.

»Früher hatte ich auch viel Stress, habe lange gearbeitet. Die Fälle waren nicht leichter. Aber ich habe weniger darüber nachgedacht, weil ich nie daran zweifelte, dass meine Arbeit Sinn hat. Dass ich mit dem, was ich tue, etwas bewirke. Etwas Gutes.«

»Und das ist jetzt anders?«, fragte Eva behutsam.

»Ja«, antwortete ich. »Ja, das ist es. Ich erkenne meinen Beruf nicht wieder. Ich verbringe mehr Zeit damit, mir über Leute Sorgen zu machen, die eigentlich mit mir zusammenarbeiten sollten, als über Verbrecher. Alles ist ein einziges großes Spiel geworden, eine Show, und jeder möchte sich möglichst gut präsentieren. Beim Polizeiball wird es nicht anders sein. Dachs wird mit seinen Leuten dort sein. Ich halte sie nicht mehr aus. Schon im selben Raum zu sein, bereitet mir Unbehagen.«

»Kannst du dich erinnern, als du für den Wien-Marathon trainiert hast?«, fragte Eva.

Ich seufzte. Draußen hatte es zu schneien begonnen. Dicke Flocken sanken auf die Erde herab, ein Versuch der Natur, uns in diesen dunklen Zeiten zu trösten.

»Es war dein großes Ziel, diesen Marathon zu laufen«, sagte Eva. »Du hast dafür trainiert wie ein Besessener. Du wolltest unbedingt die drei Stunden schlagen.«

»Ein großer Traum«, sagte ich. »Und er ist unerfüllt geblieben.«

»Als du mit dem Laufen begonnen hast ... Das ist lange her«, sagte meine Frau und lachte, als sie daran dachte, nicht, weil es witzig gewesen wäre, sondern weil manche Dinge so weit zurücklagen, dass sich die Vorstellung, man selbst war es gewesen, der sie erlebt hatte, lächerlich anfühlte.

»Damals sind wir gemeinsam gelaufen. Wir sind nach der Arbeit durch den Lainzer Tiergarten gejoggt, um uns zu erholen. Dann hast du deine Liebe dazu entdeckt und du wolltest immer besser werden. Denselben Ehrgeiz, den du in deine Arbeit steckst, hast du für das Laufen verwendet. Bald schon bist du allein gelaufen, nicht mehr mit mir, sondern gegen dich und deine eigene Zeit.«

»Was willst du damit sagen?«, fragte ich.

»Dass ich mich nicht so abmühen hätte sollen? Dass ich besser mit dir gelaufen wäre?«

Eva schüttelte den Kopf. »Wenn dich der Ehrgeiz auffrisst, dann vergisst du irgendwann, wie gerne du etwas getan hast. Und warum du überhaupt damit angefangen hast. Dann geht es nicht mehr um das, was du geschafft hast, sondern bloß noch um das, was du noch nicht geschafft hast. Der Ehrgeiz verzehrt dich, macht dich blind. Das Laufen, das dir so viel bedeutet hat, bedeutet plötzlich gar nichts mehr. Nur noch das Gewinnen zählt.«

Nun wandte ich meinen Kopf und betrachtete ihr Gesicht. Die weichen Züge um ihre Lippen, die Sanftheit in ihrem Blick. Ich entdeckte Besorgnis, doch genauso entdeckte ich Strenge.

»Von dem, was du mir erzählt hast«, fuhr sie fort, »ist es derselbe Ehrgeiz, der Robert Dachs gefangen hält. Das Streben nach mehr, nach größerer Macht. Die Sache selbst wird zum bloßen Instrument. Und man liebt kein Instrument, man benutzt es. Dieser Ehrgeiz war der Grund, warum du den Wien-Marathon verletzt vorm Fernseher ansehen musstest.«

Ihre Worte trafen mich, sie drangen tief zu mir vor, berührten mich jenseits meines Verstandes. Daher wusste ich, dass sie recht hatte.

»Dann bin ich Dachs vielleicht gar nicht so unähnlich ...« Ich lachte bitter. »Was für eine Ironie.«

Eva richtete sich auf und griff nach meiner Hand.

»Es kann jedem passieren, vom Ehrgeiz geblendet zu werden.« Sie hielt kurz inne und lächelte. »Nun, Männer besitzen ein etwas größeres Risiko. Aber ich sehe, dass du zweifelst und mit dir kämpfst. Du glaubst, du hast etwas verloren, dabei hast du bloß etwas vergessen. Du hast vergessen, wie gerne du die Laufschuhe anziehst, nach draußen gehst und einfach läufst. Ohne die Zeit zu messen oder mit dir selbst in Wettbewerb zu treten. Du musst dich bloß wieder daran erinnern.«

Nun erwiderte ich ihr Lächeln. »Ich nehme an, das gilt nicht nur für das Laufen.«

»Nein«, sagte sie. »Das gilt nicht nur für das Laufen.«

Ich stellte meine Tasse auf den kleinen Glastisch vor uns, lehnte mich zu ihr und küsste sie.

In diesem Moment drang das Läuten des Telefons aus der Küche zu uns.

Sachte schob Eva meinen Kopf zurück. »Du solltest rangehen«, sagte sie leise.

Etwas widerwillig stand ich auf und ging in die Küche.

»Geiger?«, meldete ich mich.

»Dr. Geiger.« Es war Clemens Lernet. »Ich habe keine guten Neuigkeiten.«

Lernet klang aufgeregt. Noch nie hatte er mich bei mir zu Hause angerufen.

»Was ist los?«, fragte ich.

»Aus zuverlässiger Quelle weiß ich, dass der *Profil* morgen eine große Story über unsere Fahndung nach dem Saliera-Dieb bringen will. Irgendwie haben sie sogar das Foto in die Hände bekommen.«

»Dann wird ganz Österreich das Gesicht des vermeintlichen Saliera-Diebs kennen«, sagte ich.

»Genau«, sagte Lernet.

»Dachs' Albtraum. Er wird den Schuldigen sicher bei uns suchen. Und so wie ich ihn kenne, wird er auch jemanden finden, dem er diese Rolle zuschieben kann.«

Ich schwieg und dachte nach. Doch nicht der *Profil* war es, der mich beschäftigte. Auch nicht Dachs' mögliche Reaktion. Ich dachte an die Worte meiner Frau.

»Dr. Geiger?«, fragte Lernet, wohl besorgt, dass ich aufgelegt haben könnte. »Was sollen wir machen?«

»Machen Sie sich keine Sorgen«, sagte ich. »Ich habe eine Idee.«

Und nach einer kurzen Pause fügte ich hinzu: »Ich habe mich an etwas Wichtiges erinnert.«

BRAND BEI ZWETTL NIEDERÖSTERREICH

Freitag, 20. Jänner 2006, 11 Uhr

»Du darfst mit dem Auto nicht über die Kreuzung fahren!«

Sarah blickte ihren Vater streng an. Nick lächelte.

»Ich habe Vorrang!«

Die beiden saßen auf dem großen Teppich in Sarahs Kinderzimmer, der eine Stadt zeigte. Straßenlinien zogen sich wie ein Netz unter ihren Füßen dahin. Zu Weihnachten hatte sich Sarah ein Set von verschiedenen Spielzeugautos gewünscht und Nick hatte ihr dazu noch diesen Teppich geschenkt. Nun saßen sie fast jeden Tag in Sarahs Zimmer und fuhren kreuz und quer durch die gewebten Straßen dieser Stadt, die nach Sarahs Ansicht Wien sein musste.

Nick hatte schnell gelernt, dass er seine kleinen Plastikautos nicht frei bewegen durfte. Der Krankenwagen musste regelmäßig zu dem Haus mit dem großen roten Kreuz zurückfahren und durfte nicht vor einem Supermarkt parken. Die Feuerwehr durfte nur ausrücken, wenn es irgendwo brannte, und dann mussten ihr alle anderen Autos Vorrang einräumen. Diese anderen Autos wurden normalerweise von Nick gesteuert.

Besonders gern hatte Sarah die Verfolgungsjagd, zu denen sie sich verschiedene Szenarien ausdachte, warum ihr Polizeiauto einen roten Sportwagen verfolgen musste, den Nick mit seiner rechten Hand und tiefen Motorgeräuschen durch die Gassen jagte.

Manchmal fuhren Vater und Tochter aber auch einfach als gewöhnliche Bürger durch die Straßen der Stadt. Sarah kannte die Verkehrsregeln, die ihr Nick beim Spielen beigebracht hatte, mittlerweile auswendig.

Im Moment fuhr Nick mit einem weißen Wagen, um eine Lieferung von Lebensmitteln zu einem Altersheim zu bringen. Sarah fuhr den roten Sportwagen und war gerade auf dem Heimweg nach einer ausgedehnten Einkaufstour im örtlichen Shoppingzentrum.

»Papa«, sagte Sarah, »darf ich nach unten gehen und ein bisschen fernsehen?«

Nick lächelte seine Tochter an. Jedes Mal, wenn er ihr gegenübersaß, entdeckte er mehr von ihrer Mutter in ihr. Die blonden Haare, die hellen blauen Augen, die schmalen Lippen, die sie zusammenzog, wenn sie angestrengt darüber nachdachte, ob sie rechts abbiegen durfte oder nicht. Und die Vehemenz, mit der sie die korrekte Einhaltung der Spielregeln forderte.

»Klar«, sagte Nick. Mit einem Freudenschrei sprang Sarah auf und stürmte aus dem Zimmer.

Nick blieb auf dem Teppich zurück, den weißen Wagen in der Hand. Er hob ihn hoch und blickte ihn an.

In den letzten Wochen hatte sich Nick mehr Zeit für seine Familie genommen. Am Abend des 7. Novembers hatte er Clara überrascht, indem er abends vor der Tür gestanden war, obwohl er noch ein paar Tage hätte in Wien bleiben sollen.

»Ich habe meine Termine verschoben und das Geschäft geschlossen«, hatte er gesagt. »Ich möchte meine Familie sehen.«

Und Clara hatte nicht gefragt, sondern bloß gelächelt und ihn umarmt. Auch ihr war aufgefallen, dass Nick mehr Zeit als früher in Wien verbracht hatte. Sie hatte ihn allerdings nie nach dem Grund gefragt. Sie vertraute ihm bedingungslos. Wenn er ihr sagte, er hätte viel Arbeit zu erledigen, dann war ihr das als Erklärung gut genug.

Heute war Nick glücklich über die Entscheidung, an diesem Novembertag nach Hause gefahren und zu seiner Familie zurückgekehrt zu sein. Doch damals musste Nick sich bemühen, die Panik und Angst, die er verspürt hatte, zu überspielen.

Als er aus dem Bus gestiegen war, kurz vor der Salmannsdorfer Höhe, hatte er sich unbesiegbar und allwissend gefühlt. Er wusste, dass der Polizeibeamte mit dem roten Rucksack noch etwa eine Stunde benötigen würde, ehe er zu der Stelle kam, an dem er das Geld zurücklassen sollte. Nick wollte zu seinem Auto spazieren und dann die Strecke zurückfahren und in der Zierleitengasse nach Polizeibeamten Ausschau halten.

Mit einem Hochgefühl flog er beinahe die Sieveringer Straße hinunter. Er war seinem Schicksal so nahe gewesen und hatte ihm die lange Nase gezeigt. In dem Bus hätte in einem einzigen Moment alles zu Ende sein können. Doch er war einmal mehr davongekommen.

Die Saliera ließ ihn tausend Tode sterben und ihn tausendmal wiederauferstehen.

Als Nick in die Muthgasse abbog, wo er sein Auto abgestellt hatte, fiel ihm der weiße Kastenwagen auf, der am Anfang der Straße geparkt stand, direkt hinter einer OMV-Tankstelle. Zwei Männer saßen in der Fahrerkabine und rauchten bei offenen Fenstern.

Nick gab sich Mühe, das Tempo beizubehalten, als wäre er ein gewöhnlicher Passant, und ging an seinem schwarzen Audi vorbei. Nur hundert Meter weiter, gegenüber einem Autohändler, stand ein weiterer weißer Kastenwagen, das gleiche Modell, keine Beschriftung. In ihm saß nur ein Mann, der Fahrer. Er trug eine Sonnenbrille und beobachtete die Straße. Als Nick an dem Auto vorbeiging, wandte er den Kopf und verfolgte ihn.

Nick konnte den Blick des Mannes noch im Rückspiegel spüren.

Er ging weiter, an den ausgebleichten Plakatwänden vorbei, die links die Straße von einem wild bewucherten Grundstück abtrennten. Nicks Beine zitterten und sein Herz schlug schmerzhaft schnell. Er passierte eine Busstation und einen Parkplatz, ehe er nach links in eine Seitengasse abbog. Er wagte es nicht, sich umzudrehen.

Das Auftauchen eines solchen Wagens hätte er noch für Zufall halten können, doch zwei davon? Und so geparkt, dass sie seinen Wagen blockieren konnten? Übelkeit stieg in ihm auf. Von dem Hochgefühl war nichts mehr zu spüren. Sollte ihn das wagemutige Spiel, das er mit dem Schicksal trieb, letztendlich einholen? War es zu vermessen gewesen, zu glauben, er könnte dem Unweigerlichen entgehen, könnte die Gesetze brechen und damit davonkommen?

Er dachte an Clara und seine Tochter Sarah, daran, wie er sie im Rausch seiner Freiheit zurückgelassen hatte. So sehr er sie auch liebte, das Wissen, das auf ihm lastete und das ihn heraushob, besonders machte, auszeichnete unter den Millionen Unwissenden, zu denen auch sie gehörten, hatte einen unüberbrückbaren Spalt geschaffen. In den letzten Wochen und Monaten waren sie ihm täglich ferner erschienen, wie Passagiere, die an der Reling eines Schiffes standen, das hinter dem Horizont verschwand, und die Nick, der am Pier zurückgeblieben war, um sie zu verabschieden, zuwinkten, ohne zu bemerken, dass er schon längst verschwunden war und dass sie bloß dem Schatten einer Laterne winkten.

Die Freiheit hatte Nick zu einem Gespenst gemacht, das in einer Zwischenwelt lebte, unzugänglich für die anderen. Selbst für seine Familie.

Nun wünschte er sich nichts anderes, als sie anzurufen, ihre Stimme zu hören. Doch er hatte kein Handy dabei. Er hatte für jede SMS ein Mobiltelefon mit einer Prepaid-SIM-Karte vorbereitet. Nachdem er die SMS an die Polizei gesendet hatte, zerbrach er die SIM und warf das Telefon weg. Sein eigenes Handy hatte er in seiner Wohnung gelassen.

Hatten sie ihn so gefunden? Indem sie die Nummern zurückverfolgt hatten? Doch er hatte darauf geachtet, keine Spuren zu hinterlassen. Keine Namen angegeben, in verschiedenen Geschäften eingekauft.

Oder hatten sie ihn im Bus entdeckt und war er ihnen verdächtig vorgekommen? Aber woher wussten sie dann, dass der schwarze Audi in der Muthgasse sein Auto war? Wie hatten sie das so schnell ausfindig machen können? Verfolgten sie ihn womöglich schon länger, hatten aber keine Beweise, und indem Nick heute hierhergekommen war, hatte er sich ihnen selbst ausgeliefert?

Nick wollte weg von den Straßen, er wollte die Häuser und Fabrikgelände nicht mehr sehen, die sich vor ihm auftürmten, doch er wusste nicht, wohin. Am liebsten hätte er sich unter einen Baum gelegt und sich vor der Welt versteckt. Ohne Orientierungssinn lief er von einer Straße in die nächste, bis er ein großes Bambustor vor sich aufragen sah.

Dieser Fremdkörper holte Nick aus seinen Gedanken. »Setagaya-Park« las er auf einem Schild daneben. Nick trat durch das Tor und sah ein kleines Holzhaus und einen Teich, der dahinter lag. Eine Holzbrücke war am anderen Ende des Teichs zu sehen und einige Steinskulpturen waren rundherum aufgebaut worden.

Nick konnte niemanden erkennen. Sein einziger Begleiter war der Wind, der durch die kahlen Äste der schlanken Bäume zog. Nick verstand, dass er wohl in einen japanischen Garten gelangt war. Er hatte nicht gewusst, dass es so einen in Wien gab. Die Natur strahlte eine tiefe Ruhe aus und Nick merkte, wie sich sein Körper langsam entspannte.

Er setzte sich auf eine Holzbank, starrte auf den Teich, in dem ein paar Enten schwammen, und dachte nach. Was sollte er tun? Doch eigentlich wusste er, dass es nur eine Möglichkeit gab: Er würde zu seinem Auto zurückkehren. Wenn die Polizei seine Identität kannte, würde es nicht lange dauern, bis sie ihn fanden. Egal, was er tat.

Und falls nicht, sollte sich alles als ein grausamer Scherz herausstellen, den das Universum Nick gespielt hatte, um ihn auf seinen Übermut aufmerksam zu machen, so war Nick gewillt, dieses Zeichen anzuerkennen.

Als Nick spürte, wie sich die Wolken über ihm wölbten und der Wind kälter wurde, blickte er auf die Uhr. Zwei Stunden saß er nun schon hier. Er atmete tief ein, als wollte er den ganzen Park mit all seinen Steinen und Skulpturen, seinen Bäumen und Sträuchern, den Tieren und Gräsern einsaugen. Und dann ließ er alles hinaus, seine Angst und seine Furcht.

Er stand auf und machte sich auf den Rückweg. Als er erneut in die Muthgasse einbog, waren die weißen Wagen verschwunden. Sein schwarzer Audi stand verlassen neben dem Gehsteig. Nick stieg ein und startete den Motor. Er wollte nur noch nach Hause. Doch zuvor musste er eine letzte Sache erledigen.

Nick fuhr ins Stadtzentrum, parkte seinen Audi am Hohen Markt und ging zum Stephansplatz. Er wusste, dass es in der U-Bahn-Station einen Handyshop von A1 gab. Als er die Glastür aufstieß, klingelte es.

Er blickte sich im Laden um. Ein Verkäufer war nicht zu sehen. Nick schritt langsam die Wand ab, an der verschiedene Handymodelle hingen. Er suchte sich ein billiges Nokia heraus und nahm es vom Haken. Neben der Kasse entdeckte er die Wertkarten.

Er zog eine der in Plastik verschweißten SIM-Karten zu sich heran und legte sie zusammen mit dem Nokia auf die Mitte des Tresens. Als hätte er Nick heimlich beobachtet und nur darauf gewartet, öffnete sich eine Tür, die wohl in einen Lagerraum führte, und ein Mann kam heraus.

»Alles?«, fragte er, als er hinter der Kasse Platz genommen hatte.

Nick legte stumm das Geld auf den Tisch. Der Mann reichte ihm das Wechselgeld und Nick verließ das Geschäft.

Wenige Minuten später saß er bereits wieder in seinem Audi und schrieb an einer letzten, ungeplanten Nachricht.

»Wir sind enttäuscht. Nicht nur wegen des Geldes.« Nick machte eine Pause und überlegte, wie er fortfahren sollte.

»Wir haben nicht erwartet, dass solche lächerlichen Figuren versuchen würden, uns zu erwischen«, tippte er. »Einer unserer Helfer hat berichtet, die Polizisten wären nur in der Gegend herumgestanden und hätten sich am Arsch gekratzt. Wir bedauern, die gute alte Sally einschmelzen zu müssen, aber letztlich ist der Goldpreis nicht so schlecht. Entschuldigung, wir haben es zweimal versucht.«

Er las die Nachricht noch einmal durch. Dann drückte er auf Senden, verstaute das Handy im Handschuhfach, für den Fall, dass er es noch einmal brauchen würde, und startete den Motor. Nick machte sich nicht die Mühe, in seiner Wohnung in der Neustiftgasse vorbeizufahren. Zwei Stunden später parkte er in der Einfahrt seines Hauses im Waldviertel, stieg aus und wartete einen gedankenverlorenen Moment vor der Haustür, bevor er aufsperrte und eintrat.

Zwei Monate war das nun her. In diesen zwei Monaten hatte sich viel verändert. Genauer gesagt war es wieder so geworden, wie es früher gewesen war. Nick ging mit Clara spazieren und half ihr beim Einkaufen, sie kochten gemeinsam und saßen bis spätnachts in ihrem Wintergarten, in eine warme Wolldecke gehüllt, mit zwei Tassen dampfenden Tees in den Händen, und unterhielten sich. Er half Sarah dabei, Schneemänner zu bauen, ging mit ihr rodeln und saß stundenlang auf dem Teppich ihres Kinderzimmers, um ihr dabei zuzusehen, wie sie den Verkehr regelte.

In dieser Zeit hatte er langsam verstanden. Die Erkenntnis hatte sich langsam herausgelöst, wie ein altes Mosaik, das zum Vorschein kam, wenn der Putz darüber bröckelte und stückweise abfiel. Und so wie verborgene Mosaike jahrhundertelang in byzantinischen Villen schlummerten, bevor sie entdeckt wurden, hatte auch diese Erkenntnis bereits lange in Nick gelebt und war bloß verdeckt worden. Die Freiheit, sein Schicksal selbst zu bestimmen, und die bedeutungsvolle Schwere all seiner Entscheidungen, die er dank der Saliera verspürte, waren Illusionen gewesen, Fluchtpunkte eines ängstlichen Mannes. Er hatte Angst davor gehabt, dass sein altes Leben nicht genug war, und hatte sich ein neues, geheimes aufbauen wollen, die Saliera als Mittelpunkt seiner zweiten Existenz.

Er hörte ein Poltern vom Flur. Sarah lief die Stiegen hinauf. Nick lächelte. Er hatte einmal gedacht, das Spiel mit seinem Schicksal wäre Freiheit gewesen, und hatte beständig neue Szenarien und Situationen geschaffen, die ihn herausforderten, ihm vor allem aber das Gefühl gaben, anders zu sein als die Menschen um ihn herum, besonders, einzigartig. Er hatte gedacht, diese Freiheit wäre nicht mit Gold aufzuwiegen.

Doch nun wusste er, dass er sich geirrt hatte. Die Freiheit lag nicht im Spiel mit dem Schicksal, darin, es herauszufordern und ihm ein ums andere Mal zu entwischen. Die Freiheit lag darin, sein Schicksal zu akzeptieren und sich völlig der Liebe anzuvertrauen, die er für seine Frau und seine Tochter empfand. Diese Liebe war wertvoller als jedes Kunstwerk, das je geschaffen worden war.

Er hörte Sarahs Füße gegen den Parkettboden trommeln. Jeden Moment würde sie ins Zimmer stürzen, ihn umarmen und ihn bitten, noch weiter mit ihr zu spielen, und natürlich würde er zustimmen. Die Saliera lag tief unter der Erde und würde bald nur noch eine ferne Erinnerung sein. Seine Gegenwart und seine Zukunft lagen hier, erfüllten dieses Haus mit ihren Schritten und ihrem Lachen.

Nick war glücklich.

Sarah tauchte im Türrahmen auf, doch anstatt sich auf Nick zu stürzen, blieb sie stehen und blickte ihn mit großen Augen an.

»Papa«, sagte sie und ihre Stimme war vor Aufregung bloß ein heiseres Piepsen. »Papa, du bist im Fernsehen!«

RAPPORTSAAL
WIEN, ALSERGRUND

Freitag, 20. Jänner 2006, 11 Uhr

Als mich Lernet angerufen hatte, um mir von der Story des *Profils* zu erzählen, hatte ich nicht lange gezögert. Es war klar, was ich würde tun müssen. Es gab nur eine einzige Möglichkeit.

»Wenn das nicht funktioniert«, sagte Lernet am Telefon, als ich ihm von meinem Plan erzählte, »war es das für uns.«

Nach kurzem Schweigen seufzte mein Kollege. »Also ziehen wir es durch.«

Nachdem Lernet aufgelegt hatte, setzte ich mich vor den Computer und schrieb eine Pressemitteilung. Ich schlief kaum in dieser Nacht. Bereits früh am Morgen war ich in die Berggasse gefahren und hatte die vorbereitete Mitteilung an alle Tageszeitungen schicken lassen. Dann hatte ich kurzfristig eine Pressekonferenz im Rapportsaal der Berggasse einberufen.

Als ich kurz vor elf Uhr den Raum betrat, war er bereits gesteckt voll. Ich sah Vertreter von Zeitungen, Magazinen, Radio und Fernsehen. Der ORF hatte ein Kamerateam geschickt. Mit schnellen Schritten und den Blick starr geradeaus gerichtet ging ich nach vorne und nahm an einem Tisch Platz, auf dem bereits ein Wald aus Mikrofonen wuchs.

Ich richtete meine Notizen und blickte dann in den Raum. Endgültigkeit hielt den Raum umfangen und verlieh ihm eine seltsame Ruhe. Von diesem Moment hing viel ab. Vielleicht sogar die Zukunft der Saliera. Meine ganz bestimmt.

In der ersten Reihe, neben einem grimmigen Fritz Spätmann, entdeckte ich Robert Dachs. Voller Hass funkelte er mich an.

Wie alle anderen hatte auch er erst in letzter Sekunde von der Pressekonferenz erfahren, sonst hätte er vermutlich alles daran gesetzt, sie zu verhindern. Er hatte die Arme über seiner Polizeiuniform verschränkt. Dachs, der jede Gelegenheit zu einem Angriff nutzte, war in die Defensive gedrängt worden. Ihm blieb nichts anderes übrig, als abzuwarten, was passieren würde. In seinem Blick lag nicht nur Wut, sondern auch Angst.

Ich holte tief Luft.

»Guten Tag, meine Damen und Herren«, begann ich. »Ich bin heute hier, um Ihnen den neuesten Ermittlungsstand im Saliera-Fall zu präsentieren.«

Nachdem ich erfahren hatte, dass der *Profil* das Foto heute bringen würde, blieb mir nur noch, einen der ältesten Tricks anzuwenden: Wenn du die Nachricht schon nicht unterbinden kannst, dann kontrolliere sie zumindest.

Ich brauchte Dachs' Erlaubnis nicht, um diese Pressekonferenz einzuberufen. Doch jeder in der Berggasse wusste, dass Dachs befohlen hatte, die Ermittlungen unter Verschluss zu halten. Damit an die Öffentlichkeit zu gehen, kam einer Kriegserklärung gleich. Doch mir war egal, was Dachs dachte. Ich war überzeugt davon, dass es die beste Option war. Wenn etwas unseren Fall retten konnte, dann eine geordnete und von uns gelenkte Informationskampagne. Was wir nicht brauchten, war journalistisches Chaos, eventuell gefüllt mit Falschinformationen und Gerüchten.

»Am 7. Oktober des letzten Jahres nahm der Dieb der Saliera mit uns Kontakt auf. Es handelte sich um den zweiten Brief, den wir von ihm erhielten, nach einem ersten, der bereits kurz nach dem Diebstahl 2003 zu uns gekommen war. Damals war der Kontakt schnell abgebrochen. Diesmal jedoch gelang es uns, eine Verbindung zu dem Dieb herzustellen. Der Dieb forderte zehn Millionen Euro für die Rückgabe der Saliera. Wie in dem Brief gefordert schalteten wir eine Annonce in einer Tageszeitung. Daraufhin hinterlegte der Dieb den Dreizack der Saliera im Burggarten. Forensische Analysen haben ergeben, dass es sich dabei um das Original handelt. Bei jedem unserer Schritte standen wir im Austausch mit dem Kunsthistorischen Museum sowie der Versicherungsgesellschaft Monadiqos.«

Aus dem Augenwinkel nahm ich wahr, wie Dachs mittlerweile ausdruckslos zu mir blickte. Ich konnte mir auch so vorstellen, was hinter der eisernen Maske vor sich ging. Am liebsten wäre er hinaufgestürmt und hätte die Pressekonferenz beendet.

Doch früher oder später hätten wir sowieso an die Öffentlichkeit gehen müssen. Es hatte sich schon länger abgezeichnet, dass es keinen Sinn hatte, Beamte mit dem Foto von einem Geschäft zum anderen ziehen zu lassen. Bereits bei anderen Fällen hatten wir mit öffentlichen Fahndungen Erfolg gehabt. Doch aus Angst, die Kontrolle über den Fall zu verlieren, hatte Dachs bisher davon abgesehen. Ich konnte keine Rücksicht mehr nehmen.

Vielleicht würde das hier spektakulär scheitern. Vielleicht aber auch nicht. Es war ein hohes Risiko, doch das war es wert.

»Am 7. November wurde schließlich eine Übergabe in die Wege geleitet. Ein Beamter folgte der vom Dieb angegebenen Route, die ihn von der Friedensbrücke bis zur Donauinsel und weiter auf die Salmannsdorfer Höhe führte. Der Dieb ließ sich jedoch nicht blicken.«

An dieser Stelle machte ich eine Pause. Dachs hoffte vermutlich, dass ich zumindest das Foto aussparen würde. Doch es war zu spät. Nun gab es kein Zurück mehr.

»Am Abend des 7. Novembers erhielten wir eine SMS des Diebs«, sagte ich und sah, wie sich Dachs' Hände zu Fäusten ballten, die er auf seine Knie presste. »Darin gab er an, keine weitere Übergabe mehr vornehmen zu wollen, und behauptete, die Saliera einzuschmelzen. Uns ist es im Zuge der Ermittlungen gelungen, die Nummer zurückzuverfolgen und festzustellen, wo das Handy gekauft wurde. Durch Videos von Überwachungskameras gelang es uns daraufhin, an das Foto eines Mannes zu kommen, der in engem zeitlichem und örtlichem Zusammenhang mit der geschriebenen SMS steht. Wir gehen davon aus, dass dieser Mann Informationen über die Saliera besitzt. In den letzten Monaten hat die Polizei versucht, den Mann ausfindig zu machen, bisher allerdings erfolglos. Daher wenden wir uns heute an die Öffentlichkeit.«

Ich gab Lernet ein Zeichen. Mein Kollege hatte sich im hinteren Teil des Raums positioniert und hielt die Fernbedienung für den Beamer in seiner Hand. Er drückte auf eine Taste, das Licht im Raum wurde gedimmt und eine Projektion erschien hinter mir an der Wand.

»Hinter mir sehen Sie den besagten Mann. Mein Kollege kann Ihnen nach der Pressekonferenz auch Fotokopien aushändigen.« Ich richtete meinen Blick in die Kamera des ORF, obwohl ich nicht wusste, ob man mich im Gegenlicht würde sehen können. »Wenn Sie Informationen über diesen Mann haben, bitten wir Sie, die Polizei zu kontaktieren. Helfen Sie uns, die Saliera wieder zurückzuholen.«

Eine erwartungsvolle Stille legte sich über den Raum. Ich ordnete meine Blätter.

»Vielen Dank für Ihre Aufmerksamkeit. Um die Ermittlungen nicht zu behindern, kann ich zurzeit keine weiteren Informationen geben.«

Als ich den Tisch verließ und auf den Ausgang zuging, bahnten mir Beamte einen Weg. Das Blitzlicht schoss über mich hinweg wie feindliches Feuer, Fragen flogen über die ausgestreckten Arme der Beamten hinweg wie Speere. Doch ich ignorierte sie und schritt mit gesenktem Blick auf den Ausgang des Saals zu.

Dachs hatte sich nicht von seinem Platz bewegt. Von einer Traube an Beamten begleitet verschwand ich im Stiegenhaus und machte mich auf den Weg in mein Büro.

»Lassen Sie erst mal niemanden zu mir durch«, sagte ich, als ich an Trudi vorbeiging. Kaum hatte ich die Tür hinter mir geschlossen, atmete ich einige Male tief aus und ein. Dann ließ ich mich in meinen Schreibtischsessel fallen, lehnte mich zurück und starrte an die Decke.

Es klopfte. Ich richtete den Blick zur Tür. Trudi steckte ihren Kopf herein.

»Sie haben zwar gesagt, Sie wollen niemanden sehen«, sagte sie leise, »aber gilt das auch für Herrn Brunner?«

Ich deutete ihr, sie solle meinen Kollegen hereinschicken. Brunner betrat den Raum und schloss die Tür hinter sich. Auch ihm hatte ich erst in letzter Sekunde über meinen Plan Bescheid gegeben.

»Das hat eine ganz schöne Aufregung ausgelöst«, sagte er, noch bevor er sich setzte. »Ich konnte die Tasten schon in den Köpfen der Journalisten klappern hören.«

»So können wir zumindest steuern, was sie schreiben«, sagte ich.

Brunner nickte.

»Ja, auch wenn das nur ein schwacher Trost für Dachs sein wird.«

»Hast du gesehen, wo er hin ist?«, fragte ich.

»Ist offenbar in sein Büro verschwunden«, sagte Brunner. »Ich wette, er telefoniert gerade wie verrückt und versucht, uns loszuwerden. Früher oder später werden wir mit ihm sprechen müssen.«

Ich seufzte. »Hoffen wir, dass er damit wartet, bis der Polizeiball vorbei ist. Und dass wir bis dahin eine Spur haben.«

»Du solltest nach Hause fahren«, sagte Brunner. »Warten, bis Dachs' Wut etwas abgeflaut ist. Wenn wir einen vielversprechenden Tipp bekommen, melde ich mich bei dir.«

»Danke«, sagte ich.

Brunner stand auf und ging zur Tür. Die Hand an der Klinke drehte er sich noch einmal zu mir um.

»Wenn das unser letzter Fall sein sollte«, sagte er, »gehen wir zumindest nicht, ohne noch einmal ordentlich Krach gemacht zu haben.«

Dann ließ mich Brunner mit meinen Gedanken allein.

BÜRO EINSATZTEAM SALIERA
WIEN, ALSERGRUND

Freitag, 20. Jänner 2006, 18 Uhr

Lernet musste schreien, um das Läuten der Telefone zu übertönen. Blau hatte den Hörer zwischen Ohr und Schulter geklemmt, während er wild auf einem Block kritzelte.

»Nein, die Saliera ist keine Gartentstatue«, erklärte Leitner geduldig einem Anrufer, doch mehr konnte Lernet nicht mehr verstehen.

Zusammen mit sechs anderen Beamten hatten sie eine Funkzentrale in ihrem Büro aufgebaut, um den zahlreichen Meldungen, die seit der Pressekonferenz minütlich eingingen, Herr zu werden. Während sich die höheren Posten in diesem Moment am Polizeiball vergnügten, musste Lernet sein Trommelfell zusammenhalten.

Das Telefon vor ihm begann zu schrillen. Lernet nahm ab.

»Kriminaldirektion Wien«, sagte er. »Ermittlungen zur Saliera.«

»Ich kenne den Mann auf dem Foto.«

Die Stimme klang verraucht. Auf Lernet machte es den Eindruck, als würde der Mund des Anrufers auf seine Worte einhacken.

»Ach ja? Können Sie ihn mir beschreiben?«

»Beschreiben?« Die Stimme klang ratlos. »Es ist der Mann auf dem Foto.«

»Woher kennen Sie ihn?«, fragte Lernet und unterdrückte ein Gähnen. »Wo haben Sie ihn gesehen?«

»Das ist mein Nachbar«, sagte die Stimme. Lernet konnte nicht ausmachen, ob es ein Mann oder eine Frau war, die sprach.

»Und wo wohnen Sie?«, fragte er.

»Im sechsten Bezirk. Ich sehe den Mann jeden Tag auf dem Balkon gegenüber. Hört laute Musik, raucht und hat offenbar keinen Beruf. Habe ich mir gleich gedacht, dass das ein Krimineller ist.«

»Wie lange wohnt der Mann denn schon dort? Wissen Sie das vielleicht?«

»Und ob ich das weiß!« Der Anrufer klang nun aufgeregt. »Das weiß hier jeder! War ein großes Theater, als der mit seiner Familie eingezogen ist. Letztes Jahr kamen die aus Afghanistan und jetzt leben sie hier, die Kinder sieht man dauernd auf der Straße herumlaufen und die Frau geht nie raus ...«

»Danke«, sagte Lernet. »Wir werden dem nachgehen.«

»Aber Sie wissen doch noch gar nicht, wie der Name des Manns lautet ...«

Doch Lernet hatte schon aufgelegt. Er seufzte und machte sich eine Notiz. Mit dieser Aussage passte der Anrufer leider zu den anderen, die sich bisher gemeldet hatten. Ein Mann, der letztes Jahr aus Afghanistan nach Österreich gekommen war, hatte wohl kaum im Jahr 2003 die Saliera gestohlen. Wenn Lernets Vorgesetzte sagten, man müsse allen Spuren nachgehen, dann war das jedenfalls nicht wörtlich zu nehmen. Dabei war das noch nicht einmal der seltsamste Anruf, den sie bekommen hatten.

Doch es waren erst sieben Stunden seit der Pressekonferenz vergangen. In einem so aufsehenerregenden Fall war es normal, dass sich vom gelangweilten Pensionisten bis zur Wahrsagerin alle zu Wort meldeten. Meistens konnte man recht schnell feststellen, ob die Anrufer tatsächlich eine Spur hatten oder sich bloß wichtig machen wollten.

Lernet lehnte sich in seinem Stuhl zurück, während seine Kollegen Namen und Adressen niederschrieben, Fragen in den Hörer brüllten oder verzweifelt die Köpfe schüttelten. Mit der Pressekonferenz hatten sie alles auf eine Karte gesetzt. Wenn der Dieb aus dem Ausland kam oder ein Profi war, würden sie ihn nicht so leicht durch eine öffentliche Fahndung aufspüren. Vielmehr würde er nun wissen, dass sie sein Gesicht kannten, und darum bemüht sein, alle Beweise zu vernichten. Dieser Meinung war Dachs.

Doch Geiger und er hatten eine andere Theorie. Wie sein Chef war Lernet überzeugt, dass es sich bei dem Dieb um keinen professionellen Verbrecher handelte und dass ihr Mann aus Österreich kam. Seine Vorgehensweise und der Inhalt der Briefe ließen für Lernet keinen anderen Schluss zu. Aber er wusste, dass ihn ein Irrtum teuer zu stehen kommen würde.

Egal wie der Fall ausging, es würde jedenfalls sein letzter sein. Noch hatte er niemanden in der Berggasse über seine Entscheidung informiert, aber es fühlte sich richtig an, nach der Saliera einen Schlussstrich zu ziehen.

Gerade als er darüber nachdachte, wie sehr er diese Stunden der Anspannung vermissen würde, erschien die massige Gestalt von Fritz Spätmann in der Tür.

»Lernet«, brüllte er über die telefonierenden Kollegen hinweg. »Kommen Sie mal raus hier.«

Lernet legte Block und Kugelschreiber auf den Tisch vor ihm und schaltete seinen Telefonapparat aus. Dann folgte er Spätmann in den Flur.

Dachs' Handlanger lehnte an der Wand und blinzelte Lernet mit seinen schmalen Augen angriffslustig an. Lernet hatte nie durchblicken lassen, dass er wusste, wie Spätmann den Journalisten Kirsch eingeschüchtert hatte. Damit hätte er zugegeben, Kirsch zu kennen, und sich als Informant enttarnt.

Doch jedes Mal, wenn er Spätmann in den Gängen der Berggasse begegnete, dachte er daran, dass dieser Mann alles verkörperte, was er im Polizeidienst verachtete. Wenn Männer wie Fritz Spätmann die Zukunft der Exekutive waren, dann stand es schlecht um die Republik.

»Ist der Chef allein auf den Ball gegangen?«, fragte Lernet und stellte sich Spätmann gegenüber, der ihn um gut zehn Zentimeter überragte. »Kein Tänzer, Spätmann? Das überrascht mich.«

»Stell dich nicht dumm«, sagte Spätmann leise. Sein Ton klang bedrohlich. So hatte er wohl auch geklungen, als er Kirsch aufgelauert hatte. »Du hast doch bestimmt gewusst, was dein Chef vorhatte. Und nichts davon gesagt. Ihr hättet uns zeitgerecht informieren müssen.«

»Hätten wir eine Operation gestartet, hätten wir euch informiert. Aber für eine Pressekonferenz brauchen wir keine Erlaubnis.«

Spätmann löste sich von der Wand und kam auf Lernet zu. Doch der Beamte wich nicht zurück. Die beiden trennten nun nur noch wenige Zentimeter.

»Ich habe dich eigentlich für einen klugen Kerl gehalten«, zischte Spätmann. »Das war eine große Dummheit, die ihr da begangen habt. Die Medien sind in heller Aufregung, aber bald werden sie merken, dass die Pressekonferenz nichts als heiße Luft war. Der Dieb sitzt vermutlich gerade in Italien und ist dabei, die Saliera einzuschmelzen.«

Spätmann schüttelte den Kopf. »Es brechen neue Zeiten an. Jeder hat das kapiert. Du kämpfst einen verlorenen Kampf.

Geiger ist bald Geschichte. Das ist ein letzter erbärmlicher Versuch, sich über Wasser zu halten. Auf dem Ball werden schon Wetten abgeschlossen, wie lange er noch hat, bevor sie ihn rausschmeißen. Sei kein Idiot.« Spätmann klang nun fast versöhnlich.

»Dr. Geiger war hier, bevor Landespolizeidirektor Dachs seinen Posten angetreten hat. Und ich traue mich wetten, dass er auch noch hier sein wird, wenn Dachs weitergezogen ist«, sagte Lernet.

»Ich weiß etwas, das du nicht weißt.« Spätmann verzog seine Lippen zu einem höhnischen Grinsen. »Es sind Dinge im Gange. Größere Dinge als die Saliera. Du wirst schon sehen.«

Er kicherte wie ein kleines Kind, das ein besonders großes Stück vom Kuchen bekommen hatte.

»Es ist noch nicht zu spät, das Schiff zu wechseln.«

Nun war es Lernet, der lächelte. »Was hält so viele Muskeln zusammen, wenn einem das Rückgrat fehlt?«

»Du selbstgefälliger ...« Spätmann machte Anstalten, Lernet zu packen, und obwohl Lernet wusste, dass er einen Kampf gegen Spätmann womöglich nicht überleben würde, machte er sich bereit, zumindest noch einen letzten Haken zu landen.

»Entschuldigung!«

Als hätte ihn eine Nadel gestochen, zuckte Spätmann zurück. Selbst Dachs war noch nicht mächtig genug, um Spätmann zu helfen, sollte er vor den Augen anderer einen Kollegen bedrohen.

Statt seine Wut an Lernet auszulassen, wandte er sich nun dem jungen Beamten zu, der sie unterbrochen hatte.

»Sehen Sie nicht, dass wir gerade diskutieren!«, schrie ihn Spätmann an. »Sie sollten ein wenig Taktgefühl entwickeln, Mann!«

Der Beamte wurde kreidebleich. Er sah so aus, wie Lernet sich oft genug fühlte.

»Es tut mir leid ...«, stammelte er, sichtlich verängstigt von Spätmann, der sich vor ihm aufgebaut hatte, die Hände in die Hüften gestemmt. »Eine wichtige Nachricht für Herrn Lernet.«

»Kann das nicht warten?«, sagte Spätmann. »Sie sehen doch, dass wir hier noch nicht fertig sind!«

Der junge Beamte schluckte. Sein ängstlicher Blick wechselte von Spätmann zu Lernet und wieder zurück.

»Schon gut«, sagte Lernet, »was gibt es denn?«

»Ich komme vom Journaldienst«, sagte der Beamte. »Da ist etwas, das Sie sich unbedingt ansehen sollten.«

VERHÖRZIMMER
WIEN, ALSERGRUND

Freitag, 20. Jänner 2006, 20 Uhr

»Er behauptet also, er hätte mit der ganzen Sache nichts zu tun?« Lernet hatte die Arme vor der Brust verschränkt und blickte durch die Spiegelwand in das Verhörzimmer, wo Felix Leitner über den Tisch gebeugt mit einem Mann namens Nikolaus Roßmann sprach, der vor einer halben Stunde in den Journaldienst der Berggasse gekommen war, weil er sich überraschenderweise heute Mittag im Fernsehen gesehen hatte.

»Er streitet nicht ab, der Mann auf dem Video zu sein«, antwortete Brunner, der gerade erst von Leitner abgelöst worden war und sich einen Kaffee geholt hatte. Mit der dampfenden Tasse in der Hand lehnte er an der Wand und nahm kurze Schlucke, Peitschenhiebe für seine Wahrnehmung.

»Allerdings behauptet er, nichts mit der Saliera zu tun zu haben. Er beschuldigt die Polizei, wir würden seinen Ruf zerstören und dass wir dieses Missverständnis sofort aufklären müssen.«

Der Mann, den Lernet durch das Spiegelglas sah, war anders, als er sich den Saliera-Dieb vorgestellt hatte. Es war nicht förderlich, sich einen Täter vorzustellen, über dessen Aussehen man nichts wusste, aber für einen Kriminalbeamten unumgänglich. Irgendein Gesicht musste Lernet jeden Abend auf der Netzhaut brennen, wenn seine Pupillen zu lange das Licht der Nachttischlampe aufgesaugt hatten, das sich über den weißen Seiten der Akten brach. Sein Unterbewusstsein gab dem Phantom Züge und Eigenschaften, wenn es ihn in seinen Träumen heimsuchte.

Doch das Gesicht des Diebes, das ihm in unruhigen Nächten erschienen war, hatte nichts gemein mit dem Mann, der nur wenige Meter von ihm entfernt saß. Nikolaus Roßmann hatte einen natürlichen Charme, den Lernet sogar aus dieser Distanz spüren konnte. Nicht nur sah er gut aus, er tat sein Aussehen mit einer solchen Leichtfertigkeit ab, dass es dem Gegenüber gar nicht richtig bewusst wurde. Man wollte lächeln, wenn sich seine Lippen bewegten, und nicken, wenn er etwas vorbrachte. Man ließ sich gerne von den dunkelbraunen Augen anblicken, wenn man ihnen etwas erzählte. Wenn sich der Mann dieser Eigenschaften bewusst war, konnte er ein gefährlicher Gesprächspartner sein.

Doch es gab etwas, das Lernets Spürsinn weckte und seinen Bauch in Aufruhr versetzte. Er war nie davon ausgegangen, dass es dem Dieb bloß um das Geld ging. Dass er die Saliera nur gestohlen hatte, um Geld zu erpressen oder das eingeschmolzene Gold zu verscherbeln. Nein, Lernet war sich mit einer unerklärlichen Gewissheit sicher, dass es dem Dieb um etwas anderes gegangen war als die Materialität seiner Beute. Um einen tieferen Sinn. Und Nikolaus Roßmann wirkte, als wäre er in der Lage, diesen tieferen Sinn zu verstehen. Als würde er ihn sogar schon kennen.

»Kann ich mit ihm reden?«, fragte Lernet seinen Chef.

Brunner nickte. »Deswegen habe ich dich holen lassen.« Er öffnete die Tür. Leitner blickte auf, als Lernet hereintrat, und machte ein paar Schritte zurück.

»Guten Abend, Herr Roßmann«, begann Lernet das Gespräch, als er sich dem Mann gegenübersetzte. Er lehnte sich zurück und schlug die Beine übereinander. Auch die Haltung seines Gegenübers lockerte sich ein wenig.

»Mein Name ist Clemens Lernet.«

»Sie wissen ja offenbar schon, wie ich heiße«, sagte Roßmann, doch seine Stimme klang ruhig, nicht feindselig.

»So ist es«, sagte Lernet und warf einen Blick auf das Protokoll, das Brunner ausgefüllt und auf dem Tisch liegen gelassen hatte. »Außerdem wissen wir, wo Sie wohnen und was Sie beruflich machen. Sicherheitstechnik?« Lernet zog die rechte Augenbraue in die Höhe.

»Das ist lustig.«

»Ich weiß nicht, was daran lustig sein soll«, sagte Roßmann. Sein Blick war konzentriert, wollte Lernets professionelle Mauer durchstechen, zu ihm vordringen und ihm signalisieren, dass Nikolaus Roßmann ein guter, ehrlicher Kerl war. Doch Lernet wappnete sich und seine Miene blieb unbewegt.

»Erzählen Sie mir noch einmal, was Sie zu uns führt.«

Roßmann warf die Hände in die Luft, machte aber auf halbem Weg halt und ließ sie wieder sinken, als wäre ihm klar geworden, wie theatralisch diese Geste war und wie wenig sie einen Mann wie Lernet überzeugen würde.

»Um die Mittagszeit habe ich in den Nachrichten mein Gesicht gesehen«, sagte Roßmann. »Meine Tochter hat mich darauf aufmerksam gemacht.«

Bei diesen Worten verspürte Lernet einen Bruch in der Stimme des Mannes, eine kleine Veränderung in seinem Auftreten, als wäre dieser Umstand nicht so harmlos, wie er klang.

»Sie haben eine Tochter?«, fragte Lernet sanft.

»Sarah«, sagte Roßmann. »Sie ist sieben Jahre alt.«

Lernet nickte. »Muss ein ganz schöner Schock für sie gewesen sein.«

»Nicht nur für sie«, sagte Roßmann. »Zuerst habe ich gar nicht verstanden, worum es in dem Bericht geht. Erst am Ende ist mir klar geworden, dass mein Foto im Zuge der Saliera-Ermittlungen gemacht worden ist. Und so wie es in dem Bericht dargestellt worden ist, könnte man glauben, ich hätte mit der Sache etwas zu tun.«

»Und das haben Sie nicht?« Lernet fixierte Roßmann mit seinen Augen wie mit einem Schraubstock, nahm jede Faser seines Gesichts auseinander, wollte seinen Verstand ausquetschen, bis seine Geheimnisse aus ihm herausflossen.

»Natürlich nicht!«, sagte Roßmann empört.

»Sie waren also nicht am Nachmittag des 7. Novembers 2005 in dem A1-Shop der U-Bahn-Station Stephansplatz und haben dort sowohl ein Nokia als auch eine SIM-Karte gekauft?«

»Ich weiß nicht mehr so genau, was ich an diesem Tag getan habe.«

Wenn sich ein Verdächtiger nicht erinnern konnte, war das ein gutes Zeichen. Dann begann er zu schwimmen, denn offensichtlich hatte er sich noch keine Geschichte ausgedacht, um sich aus der Sache rauszureden. Das war Lernets Chance.

»Ich kann Ihnen versichern, Herr Roßmann«, sagte Lernet, »wir haben die Videos überprüft. Mit absoluter Sicherheit waren Sie am 7. November in diesem Geschäft und haben Handy wie auch SIM-Karte gekauft.«

»Ja, das kann sein«, räumte Roßmann ein. »Ich habe ein Handy und eine Wertkarte gekauft. Aber ich habe damit keine SMS an die Polizei geschickt!«

Der Mann kam ihm auf halbem Weg entgegen. Damit konnte Lernet arbeiten.

Der Polizeibeamte lehnte sich nach vorne. Die Stimmung im Raum kippte ebenso, wurde von Lernets Bewegung mitgezogen wie Wellen hinter einem Boot.

»Wir wissen, dass Sie ein Handy gekauft haben, von dem der Erpresser eine Nachricht an die Polizei geschickt hat. Zwischen Ihrem Kauf und dem Versenden der Nachricht liegen etwa zwanzig Minuten. Das sind Fakten.« Lernet lächelte. »Nun müssen wir nur noch herausfinden, wie der Erpresser das Handy in dieser kurzen Zeit in die Finger bekommen hat. Wenn Sie die Nachricht nicht selbst geschrieben haben.«

»Es wurde mir gestohlen«, sagte Roßmann, doch Lernet konnte spüren, dass sich der Mann selbst nicht glaubte. »Irgendwann, nachdem ich aus der U-Bahn-Station gekommen und zu meinem Auto gegangen bin. Als ich es hervorholen wollte, konnte ich es nicht finden.«

»Das muss Sie sehr geärgert haben.«

»Was?« Roßmann blickte Lernet fragend an.

»Sie kaufen sich ein Handy und keine zehn Minuten später ist es gestohlen«, sagte Lernet. »Würde mich ziemlich aufregen.«

»Vielleicht habe ich es auch verloren«, sagte Roßmann. »Ich habe ja keine Beweise ... Aber ja, es hat mich aufgeregt.«

Lernet hatte Roßmann einen Köder hingeworfen und es sah so aus, als würde Roßmann nach ihm schnappen.

»Warum haben Sie ein Handy gekauft?«

»Wie bitte?«

»Warum waren Sie überhaupt in dem Geschäft?«, fragte Lernet.

Diese Frage schien Roßmann endgültig in die Enge zu treiben. Er kratzte sich am Ellbogen und seine Augen begannen, im Raum umherzuwandern. Doch es gab keinen Ort, an dem sie rasten konnten.

Nichts war in dem kahlen Verhörzimmer außer Lernet, Leitner und ein kleiner Tisch, auf dem ein Protokoll lag, in dem in nüchterner und abgehackter Sprache das Schicksal eines Mannes festgehalten wurde.

»Ich wollte mich nur umsehen ...«, sagte Roßmann. »Mein altes Handy hat nicht mehr gut funktioniert.«

»Sie haben Ihr altes Handy also danach weggeworfen?«

»Ja, ich habe es mittlerweile entsorgt ...«

»Obwohl Ihnen das neue Handy sofort gestohlen wurde, haben Sie das alte weggeworfen?« Lernet genoss das Verhör. Es war vielleicht das letzte Mal, dass er in diesem Raum sitzen würde. Es war offensichtlich, dass der Mann ihm gegenüber auf diese Situation nicht vorbereitet gewesen war. Was hatte ihn dazu gebracht, selbst hierherzukommen und sich über das Video aufzuregen, wenn er doch offensichtlich etwas zu verbergen hatte? Denn eines war für Lernet klar: Nikolaus Roßmann log. Über was genau, das galt es, herauszufinden.

Der Beamte hätte das Gespräch gerne noch in die Länge gezogen, elaboriertere Netze aus Erzählfäden gesponnen, in denen sich der Verdächtige hätte verwickeln können, bis er am Ende unbeweglich vor Lernet hängen würde und dem Blick des Ermittlers ausgesetzt wäre. Doch Lernet wusste, dass er nicht so viel Zeit hatte. Dachs tanzte in diesem Moment auf dem Polizeiball, doch früher oder später würde ihn die Nachricht erreichen, dass der Mann, den sie seit Monaten suchten, in die Berggasse gekommen war. Dann würde der Landespolizeikommandant keine Sekunde verlieren, um sich in die Ermittlungen einzumischen.

»Ich habe ...« Roßmann begann zu stottern. »Mittlerweile habe ich ein neues Handy. Das habe ich mir erst kürzlich besorgt.«

»Mein Kollege wird sich später nach den Details erkundigen«, sagte Lernet. »Das können wir ja leicht überprüfen. Warum haben Sie eine SIM-Karte dazugekauft? Wenn Sie Ihr altes Handy durch ein neues ersetzen, dann können Sie doch einfach die alte SIM-Karte einsetzen.«

Es waren nie die großen Fragen, die einen Verdächtigen stolpern ließen. Wo waren Sie, als der Mord geschah? Welche Beziehung hatten Sie zu dem Opfer? Das waren jene Fragen, über die Verdächtige als Erstes nachdachten, meist sofort nachdem sie die Tat begangen hatten. Lernet wusste das. Doch er wusste auch, dass die kleinen, scheinbar unnötigen Details viel mehr Zeit in Anspruch nahmen, dass es viel schwieriger war, eine Geschichte zu konstruieren, in der sie alle vorkamen und sich erklären ließen. Die Banalitäten waren es, aus denen unsere Welt bestand. Ohne dass wir es bemerkten, hing von ihnen alles ab, manchmal nicht weniger als ein ganzes Leben.

»Ich ... Ich wollte eine zweite SIM-Karte«, sagte Roßmann. Mittlerweile war der Charme von ihm abgefallen, an ihm heruntergerieselt wie alte Nadeln von einem Tannenbaum. Nun lag er auf dem Boden des Zimmers und wenn Roßmann nicht aufpasste, würden die Beamten ihn in tausend Teile zertrampeln.

»Für die Arbeit«, stieß Roßmann hervor.

»Ich verstehe«, sagte Lernet. Er stand auf.

»Mein Kollege, Herr Leitner, wird sich noch ein wenig mit Ihnen unterhalten«, sagte er. »Aber keine Sorge, ich komme bald wieder.«

Er ging zur Tür und trat in den Raum dahinter, wo Brunner mittlerweile in einem der kleinen Stühle saß, eine leere Kaffeetasse in der Hand.

»Dem hast du es ganz schön gezeigt«, sagte Brunner und klopfte Lernet auf die Schulter.

»Wie geht es jetzt weiter?«, fragte Lernet.

»Wir bereiten ein kleines Team vor«, sagte Brunner. »Ich gebe Ernst Bescheid, dann rufe ich den Staatsanwalt an. Wir holen uns einen Durchsuchungsbefehl.«

NEUSTIFTGASSE
WIEN, NEUBAU

Freitag, 20. Jänner 2006, 22 Uhr

Mit drei Kollegen betrat Alfred Blau die kleine Wohnung in der Neustiftgasse, in der sich Nikolaus Roßmann aus beruflichen Gründen an mehreren Tagen die Woche aufhielt. Sie hatten sich den Schlüssel von der Hausverwaltung geholt. Keine Rammböcke, kein Staub oder Dreck. Alles sauber und ruhig. Die Wohnung gefiel Blau. Sie war in einer guten Lage, die Mariahilfer Straße war zu Fuß zu erreichen. Sie lag nicht so tief, dass einen der Lärm der vorbeifahrenden Autos wachhielt, aber auch nicht so hoch oben, dass die Sommerhitze die Wohnung in eine Sauna verwandelte. Für eine Person war sie perfekt, gute Raumaufteilung, hell, modern. Eine Küchennische mit dem Nötigsten, im Wohnzimmer eine Ledercouch, ein kleiner Esstisch mit einem Stuhl, dahinter das Schlafzimmer, in dem bloß ein Bett mit kleinem Nachttischen und ein Kleiderschrank standen.

Sie würden systematisch vorgehen. Brunner hatte ihm eingeschärft, was auf dem Spiel stand. Wenn sie etwas fanden, dann könnten sie Polizeigeschichte schreiben. Bestimmt aber würden sie ihre Ärsche aus der Schusslinie bekommen. Denn Blau stand auf der Seite von Ernst Geiger und Markus Brunner und bis vor dem heutigen Tag hatte das bedeutet, auf der falschen Seite zu stehen. Mit etwas Glück würde sich das bald ändern.

Blau durchsuchte den Müll, den Roßmann unter der Spüle aufbewahrte. Er trennte sauber in Bio, Plastik, Karton und Restmüll. Daran konnte sich der Beamte ein Beispiel nehmen.

Doch im Müll fand er nichts. Wobei er nicht genau wusste, wonach sie suchten – am ehesten nach Papieren, Teilen von Briefen oder Plänen, die sich mit der Saliera in Verbindung bringen ließen. Wenn Roßmann ein erfahrener Dieb war, hatte er alles gut entsorgt. Doch welcher erfahrene Dieb kam von selbst zur Polizei, nachdem sein Foto im Fernsehen aufgetaucht war?

Blau vergegenwärtigte sich, dass er mitten in der Wohnung des Saliera-Diebs stand. Ein Mann, der das teuerste Kunstwerk des Landes gestohlen hatte und nun auf einem Klumpen Gold saß. Jemand, der im Abstand von zwei Jahren zwei Erpresserbriefe an die Versicherungsfirma Monadiqos und die Polizei geschickt hatte. Was würde Blau an seiner Stelle tun? Wo hätte Alfred Blau diese Briefe geschrieben? Denn in seinem Haus im Waldviertel hatte er es wohl kaum getan. Zu groß die Gefahr, dass die Familie etwas davon mitbekam, dass die kleine Tochter beim Spielen zufällig etwas fand oder die Ehefrau neugierig wurde, wenn er sich stundenlang in sein Schlafzimmer zurückzog. Außerdem hatte Blau den Eindruck gewonnen, dass Roßmann seine Familie aus dieser Sache raushalten wollte.

Wenn er die Briefe also geschrieben hatte, dann musste er es hier getan haben.

Das hatte gedauert. Blau hatte die Briefe gesehen, sie analysiert. Das war keine natürliche Handschrift. Der Erpresser hatte versucht, seine Spuren zu verwischen, eine Schrift zu erzeugen, die man später nicht zu ihm zurückverfolgen würde können. So etwas dauerte, es verlangte viele Versuche. Wo hatte er diese Versuche unternommen?

Blau lehnte an der Spüle und warf einen Blick durch das Wohnzimmer. Der kleine Tisch war die einzige Fläche, auf der man schreiben konnte. Der Beamte setzte sich auf den Stuhl und legte die Hände auf die Tischplatte, während seine Kollegen das Badezimmer und das Schlafzimmer auseinandernahmen.

Hier hatte er gesessen und geschrieben, dachte Blau. Er bewegte sich ein wenig und spürte, wie die harte Plastiklehne des Stuhls in seinen Rücken drückte. Wenn er mehr als eine Stunde auf diesem Stuhl sitzen müsste, würde er sicherlich Rückenschmerzen bekommen. Blau stand auf und drehte sich um. Das Sofa wirkte wie eine Einladung.

Blau machte einen Schritt und ließ sich in das Sofa fallen. Er sank darin ein wie in Wolken.

Der Beamte lehnte sich ein wenig vor, bekam eines der Tischbeine zu fassen und zog den Tisch zu sich. Solange er auf der Sofakante saß, konnte er ohne Probleme weiter an einem Brief schreiben und sich gemütlich zurücklehnen, falls er eine Pause bräuchte.

Blau konnte die Schläfrigkeit aus den Ritzen des Sofas aufsteigen fühlen. Es war ein Ort der Ruhe, der Müdigkeit. Ein perfekter Ort für Fehler.

Er schob den Tisch wieder von sich weg. Dann ließ er sich vor dem Sofa auf die Knie fallen, presste die Wange auf den Boden und starrte in den finsteren Spalt zwischen Boden und Sofaunterkante. Staub stieg ihm in die Nase, doch er kniff die Augen zusammen und wartete, bis er Umrisse in der Dunkelheit erkennen konnte. Kurz darauf sprang er auf, stieß den Tisch weiter zurück und begann, das Sofa, das schwerer war, als es aussah, über den Boden auf die andere Seite des Raums zu schleifen.

»Was zur Hölle machst du da?«, fragte ihn Kozina, der aus dem Schlafzimmer trat. »Du weckst noch die Nachbarn auf.«

»Ruf die Zentrale an. Nein, warte«, sagte Blau schnaufend, »zuerst hilf mir, dieses Ding zu verschieben.«

VERHÖRZIMMER
WIEN, ALSERGRUND

Freitag, 20. Jänner 2006, 22.30 Uhr

Nick dachte an Clara und Sarah. Er dachte daran, was für Sorgen sie sich machten, weil er nicht nach Hause kam. Was würde seine Frau ihrer Tochter erzählen? Nick hatte gesagt, dass es sich um einen Fehler handeln musste, als er ins Wohnzimmer ihres Hauses gekommen war, wo Clara vor dem Fernseher saß. Sie hatte die Hände vor den Mund geschlagen und starrte auf den Bildschirm, auf dem Nick zu sehen war, wie er das A1-Geschäft verließ. Nick hatte an alles gedacht und doch die Kamera nicht gesehen. Sie musste schräg gegenüber der Eingangstür an einem Pfeiler gehangen haben.

Ein einziger Fehler und alles drohte, unterzugehen. Nick kannte die Regeln des Spiels, er wusste, dass es jederzeit vorbei sein konnte. Aber wie jeder Spieler war er davon ausgegangen, dass er stets noch einen weiteren Zug haben würde. Die schwindelerregende Freiheit, die ihn ursprünglich in dieses Spiel getrieben hatte, brach nun über ihn herein wie ein schweres Gewitter. Freiheit hatte einen Preis und der hieß Scheitern. Wer allein gelassen wurde von den Zwängen der Normalität, wer die Pfade der Gewohnheit verließ, der konnte sich verirren, sich verlieren, nicht mehr zurückfinden.

Nick wusste nicht, wie er wieder zurückfinden konnte. Und erst, als er etwas Kaltes in seiner rechten Hand spürte, den Blick endlich vom Bildschirm losriss und den kleinen, weißen Plastiklieferwagen in seinen Fingern entdeckte, erkannte er, dass das große Spiel die ganze Zeit weitergegangen war, all die Monate, und es war egal gewesen, dass er sich geweigert hatte, weiterhin mitzuspielen. In dem Moment, in dem er aufgehört hatte, die Regeln vorzugeben, war die Spielleitung in die Hände der anderen übergegangen und nun stand er in seinem Wohnzimmer, gegen seine linke

Hand drückte das Gesicht seiner Tochter, die nicht verstand, warum ihr Vater in Millionen von Haushalten zu sehen war, in seiner rechten hielt er die Erinnerung an einen Tag, der ihm wie ein ferner Traum erschien, und vor ihm, getrennt von ihm durch die Rückenlehne des Sofas und unzählige unausgesprochene Sätze, saß die Person, die er auf dieser Welt am meisten liebte, am längsten geliebt hatte, seine Frau Clara. Er wusste nicht, wie er zu alldem zurückkommen konnte.

»Ich muss zur Polizei fahren«, sagte Nick und seine Stimme klang wie ein fernes Echo in seinen Ohren, aber zumindest deutlich und laut. »Ich muss das richtigstellen. Die Leute werden sonst noch denken, ich bin ein Verbrecher.«

Er konnte sich nicht erinnern, was Clara dazu gesagt hatte, ob sie überhaupt etwas gesagt hatte, als er sich umzog und in seine Schuhe schlüpfte, die Schlüssel vom Kasten nahm und in sein Auto stieg. War sie nach draußen gekommen, um dabei zuzusehen, wie er aus der Einfahrt fuhr und zwischen den Lichtkegeln der Straßenlaternen verschwand? Oder war sie auf dem Sofa sitzen geblieben und hatte versucht, ihren geliebten Nick in dem Fahndungsfoto der Polizei zu erkennen? Die Ähnlichkeiten, viel wichtiger aber noch die Unterschiede zwischen dem Mann auf dem Foto und dem Mann, der abends zu ihr ins Bett stieg, auszumachen? Nick wusste es nicht.

Was danach geschah, hatte er erlebt wie Bilder einer Filmrolle, die jemand zu schnell durch den Projektor jagte. Sätze, die er sich auf der Fahrt nach Wien überlegt hatte, die aber, einmal ausgesprochen, kaum noch Sinn zu ergeben schienen. Beamte, die andere Beamte holten, die ihn von einem Raum in den nächsten führten, in denen er Informationen über sich preisgab und diese sinnlosen Sätze wiederholte. Und nun saß er im Verhörzimmer der Berggasse, einem kahlen, kalten, schmucklosen Raum, und es bedrückte ihn zutiefst, dass in diesem abweisenden Raum das Spiel zu Ende gehen sollte. Keine Musik, kein Blitzlicht, bloß ein kaltes, fahles Licht, das von der Decke in abstumpfender Wässrigkeit auf ihn fiel.

Der Beamte, der Nick nun gegenübersaß und der den Mann namens Clemens Lernet abgelöst hatte, sagte kaum etwas und schien nicht an einem Gespräch interessiert zu sein. Nick war das nur recht. Er hatte das Gefühl, dass es Lernet war, dem er gegenüberstand, beide Männer unwissend in ein Spiel verstrickt, dessen Regeln sie nicht völlig verstanden und dessen Gewinner erst in der letzten Sekunde zu erkennen wäre.

Die Tür des Zimmers öffnete sich und Lernet trat hinein. Der andere Beamte stand auf und überließ ihm mit einer Geste seiner Hand den Stuhl, als würden sie ein lange geübtes Ritual durchführen. Ganz selbstverständlich nahm Lernet den Platz ein und richtete seinen Blick auf Nick.

Doch anders als bei ihrem ersten Gespräch erkannte Nick keine Verschlagenheit mehr, keine Verspieltheit, keine Neugier. Er sah in den Augen des Mannes Müdigkeit, die einer verspürte, der unverhofft an das Ende eines langen Weges gelangt war. Und vielleicht sah Lernet in Nicks Augen dasselbe.

»Herr Roßmann«, begann der Beamte. »Wir haben Ihre Wohnung durchsuchen lassen und dabei unter Ihrem Sofa Reste von Briefen gefunden, die nur vom Dieb der Saliera stammen können. Diese Funde belasten Sie schwer.«

»Ich will einen Anwalt«, sagte Nick. Er hatte einen Moment benötigt, bis ihm eingefallen war, dass er dieses Recht besaß. Er hatte an das Sofa denken müssen und wie mit einer zufälligen Entdeckung vor einem halben Jahr alles wieder begonnen hatte. Wie er mit einer Bierflasche in der Hand und betrunken vom Verlust seiner Freiheit auf diesem Sofa gesessen war, kurz davor, sich in einer Illusion zu verlieren, so golden glänzend wie die Saliera. Sein Verstand wurde klar in dem trüben Gewässer des Lichts, das ihn gefangen hielt. Das Spiel hatte ihn nicht bedeutender gemacht, ihn nicht herausgehoben, ihn nicht auserwählt aus einer Masse gesichtsloser Menschen. Die Parallelwelten, die er erschaffen hatte und die nun über ihm zusammenzubrechen drohten wie ein Haus ohne Fundament, waren Fluchtorte gewesen und wer flüchtete, konnte nie frei sein.

»Kann ich meine Geldtasche herausholen?«, fragte er Lernet. »Darin habe ich die Nummer meiner Anwältin.«

Der Beamte nickte. »Kollege Leitner wird Sie in einen Raum bringen, wo Sie das Gespräch führen können. Sie können auch Ihrer Familie Bescheid geben, dass Sie heute Nacht hierbleiben werden.«

Nick zog seine braune Geldtasche aus der rechten Hosentasche, klappte sie auf und zog eine Visitenkarte heraus, die er vor drei Jahren an einem Nachmittag im April bekommen hatte, während er verzweifelt nach seinem Auto suchte, das schon längst abgeschleppt worden war.

»Kanzlei Reinprecht«, stand darauf, »Mag.a Katarina Timać«, und darunter eine Handynummer. Hoffentlich hatte sie ihre Nummer seitdem nicht geändert.

Als Nick von dem Beamten aus dem Zimmer geführt wurde, überlegte er, was er ihr erzählen würde. Die Wahrheit, vermutlich.

Er bedauerte, dass er es nicht bei einem Drink tun konnte, in der Unbeschwertheit einer Bar, zwischen Musik, Gelächter und fremden Wortfetzen, in denen die eigenen Geschichten zu unglaublichen Abenteuern wurden und aus der Wirklichkeit fielen, um erst an unerwarteten Orten wieder aufzutauchen, ganz so wie die beschriebenen Seiten der braunen Papierbögen, die unter dem Sofa seiner Wohnung gelegen und darauf gewartet hatten, gefunden zu werden.

WOHNUNG
WIEN, WÄHRING

Freitag, 20. Jänner 2006, 21.30 Uhr

Als das Telefon läutete, saß ich gerade mit Eva im Wohnzimmer. Wir tranken Rotwein und schauten fern, doch statt auf den Film zu achten, sprach ich über den Polizeiball und stellte mir vor, wie sich Dachs mit seinen Mitarbeitern über die Pressekonferenz aufregte.

Ächzend stand ich auf, um zum Küchentresen zu gehen, auf dem das Telefon stand. Ich erwartete, dass der Landespolizeikommandant persönlich anrief, um mich zur Rede zu stellen.

Tatsächlich war ich überrascht, dass es nicht schon längst geschehen war. Vermutlich hatte ich das dem Polizeiball zu verdanken.

Ich hob ab. »Geiger?«

»Ernst.« Ich erkannte Brunners Stimme. »Der Kerl auf dem Überwachungsvideo ist aufgetaucht.«

»Was?« Meine Stimme war so laut geworden, dass mir meine Frau einen besorgten Blick zuwarf. Ich winkte ab. »Wo ist er?«

»Sitzt in unserem Verhörzimmer«, sagte Brunner. »Er ist aus freien Stücken gekommen. Hat behauptet, das wäre alles ein großes Missverständnis und er hätte mit der Saliera nichts zu tun. Aber Lernet hat ihn ganz schön aus der Reserve gelockt.« Brunner erzählte mir in knappen Worten von Lernets Gespräch mit dem Mann, der Nikolaus Roßmann hieß.

»Und?«, fragte ich. »Was denkst du?«

»Ich denke, das ist unser Mann«, sagte Brunner.

»Ich auch«, bestätigte ich. »Am besten, du lässt dir gleich einen Hausdurchsuchungsbefehl vom Staatsanwalt ausstellen. Falls ihr was in der Wohnung findet, können wir ihn vielleicht noch morgen zu einem Geständnis bringen.«

»Das hatte ich vor«, sagte Brunner. »Möchtest du in die Berggasse kommen, um ihn selbst zu vernehmen?«

»Das kann ich auch morgen machen«, sagte ich. »Versucht zuerst mal, etwas Belastendes zu finden. Dann lassen wir ihn eine Nacht in der Berggasse, das wird ihn ein wenig zermürben. Morgen nehme ich ihn mir vor. Und wir sollten versuchen, Dachs aus der Sache rauszuhalten.«

»Alles klar«, sagte Brunner und legte auf. Ich stellte das Telefon zurück und ging zu Eva, die sich auf dem Sofa aufgerichtet hatte und mich gespannt anblickte. Ich erzählte ihr, was mir Brunner soeben berichtet hatte.

»Der Mann hat sich von allein gestellt?«, fragte sie. »Warum sollte er das machen?«

Ich zuckte mit den Achseln. »Viele verlieren den Kopf, wenn sie ihr Bild in den Nachrichten sehen. Vielleicht war er es auch einfach leid und will die ganze Sache zu Ende bringen. Wenn ich Glück habe, werde ich es morgen erfahren.«

»Du fährst nicht mehr rein?«, fragte mich Eva verdutzt.

Ich lehnte mich auf der Couch zurück und legte die Füße auf den kleinen Abstelltisch. »Wenn das unser Mann ist, dann stehen unsere Chancen gut, dass wir den Fall bald gelöst haben. Und wenn es falscher Alarm ist, dann würde ich den Weg umsonst machen. So oder so«, sagte ich und lächelte sie an, »kann das bis morgen warten.«

Vor einigen Wochen noch wäre ich aufgesprungen, hätte mich umgezogen und wäre ins Sicherheitsbüro gerast. Doch nach der Pressekonferenz hatte ich neues Selbstvertrauen geschöpft und meine alte Ruhe zurückgewonnen. Und wenn es die Pressekonferenz gewesen war und die Veröffentlichung der Fahndungsfotos, die den Dieb letztlich in die Arme der

Polizei getrieben hatte, hatte ich alles richtig gemacht. Dann hatte sich das Risiko gelohnt.

Diese Nacht schlief ich wenig und blickte lange in die Dunkelheit, während Eva neben mir lag, gebettet in gleichmäßige und ruhige Atemzüge. Doch diesmal war es nicht Furcht, die mich wachhielt. Als ich schließlich einschlief, träumte ich nicht.

Am nächsten Tag fuhr ich um halb neun Uhr los, nachdem ich mit meiner Frau gefrühstückt und eine Dusche genommen hatte. Um neun Uhr kam ich in der Berggasse an. Brunner, den ich kurz zuvor angerufen und der mir von den Resten des Briefs erzählt hatte, die unser Team in der Wohnung des Verdächtigen gefunden hatte, empfing mich bereits am Eingang.

»Jetzt gerade ist seine Anwältin bei ihm«, sagte er, während wir in den Lift stiegen. »Danach kannst du zu ihm.«

»Vielleicht sollte ich zuerst mit der Anwältin sprechen, wenn sie schon da ist.«

Ich folgte Brunner den Flur entlang. Als wir ins Zimmer des Saliera-Einsatzteams kamen, saßen einige Kollegen schon an ihren Tischen, tranken Kaffee oder lasen Protokolle. Als ich hereinkam, brach ein kleiner Jubel los.

»Wir haben den Kerl«, sagte Lernet, stand auf und klopfte mir auf die Schulter. »Die Pressekonferenz hat sich gelohnt!«

Ich hob beschwichtigend die Hände, lächelte jedoch. »Noch sind wir nicht am Ziel«, sagte ich. »Wir haben vielleicht den Mann, aber die Saliera haben wir noch nicht. Und sie ist das Ziel unserer Ermittlungen.«

Leitner tauchte in der Tür auf. »Die Anwältin würde gerne mit Ihnen sprechen, Herr Brunner.«

Brunner blickte mich an. »Gehen wir«, sagte er.

Vor dem Verhörzimmer, in dem Roßmann saß, wartete die Anwältin bereits auf uns. Sie trug ein enges graues Kostüm, das teuer aussah, und schwarze Stöckelschuhe. Ihre langen blonden Haare trug sie zu einem Dutt hochgesteckt.

»Magistra Timać«, stellte sie sich vor und streckte mir die Hand hin.

»Ernst Geiger«, sagte ich. »Ich leite die Ermittlungen im Saliera-Fall.«

»Können wir vertraulich sprechen?«, fragte sie.

Ich nickte Leitner zu, der verstand und leise den Raum verließ. Als sich die Tür hinter ihm geschlossen hatte, atmete die Anwältin tief durch.

»Was haben Sie für uns?«, fragte Brunner.

»Mein Mandant weiß, dass es nicht gut für ihn aussieht«, sagte sie. Ihre Stimme klang kalt und geschliffen wie Eiswürfel. »Aber er weiß auch, dass Ihnen die Saliera fehlt. Ohne die Saliera ist der Fall kein Erfolg. Und vielleicht reicht die Beweislast nicht aus, um ihn zu verurteilen.«

»Das bezweifle ich«, sagte ich. »Die Beweislast reicht sicherlich aus, um ihn zu verurteilen, ob wir die Saliera nun haben oder nicht. Auf Diebstahl und Erpressung stehen bis zu 15 Jahre Haft.«

»Das habe ich ihm auch gesagt«, sagte Timać. »Also können wir einen Kompromiss anbieten.«

»Und der wäre?«, fragte ich.

»Mein Mandant führt Sie zur Saliera. Sie ist so gut wie unbeschädigt. Dafür wirkt sich die Hilfsbereitschaft meines Mandaten strafmildernd aus.«

»Wir kriegen ein vollständiges Geständnis?«, fragte ich.

»Sobald die Saliera wieder aufgetaucht ist, legt er ein Geständnis ab«, sagte Timać.

»Ich will das Geständnis sofort«, sagte ich. »Und danach die Saliera. Dann werden wir seine Hilfsbereitschaft der Staatsanwaltschaft gegenüber erwähnen.«

Timać nickte. »Da ist noch etwas«, sagte sie.

»Das wäre?«, fragte ich.

»Er will der Presse seine eigene Version der Geschichte erzählen können. Warum er die Saliera gestohlen hat.«

»Was ist seine Version?«, fragte Brunner.

Timać zuckte mit den Schultern. »Das kann er Ihnen selbst sagen.«

»Wenn er gesteht und uns hilft, die Saliera zurückbekommen, können wir darüber reden«, sagte ich. »Können wir reingehen?«

»Nur zu«, sagte Timać.

Ich öffnete die Tür und trat ins Verhörzimmer. Brunner und Timać folgten mir. Ich setzte mich Roßmann gegenüber. Endlich blickte ich dem Mann, den ich seit drei Jahren jagte, ins Gesicht. Ich wusste nicht, was ich fühlen sollte. Hatte ich ihn mir so vorgestellt? Ich musste daran denken, dass meine Tochter gemeint hatte, in einer Verfilmung würde George Clooney die Rolle des Diebes spielen. Tatsächlich sah Roßmann ungewöhnlich attraktiv aus. Er würde sicherlich viele Briefe von Verehrerinnen bekommen, wenn seine Fotos erst in den Zeitungen auftauchten.

»Herr Roßmann«, begann ich. »Ihre Anwältin hat uns darüber informiert, dass Sie uns zur Saliera führen können. Gemeinsam mit einem vollständigen Geständnis kann sich das mildernd auf Ihre Strafe auswirken. Nicht nur auf das Ausmaß Ihrer Gefängnisstrafe, sondern auch auf die Schadensgutmachung. Ein paar Kratzer auf der Saliera können schnell ziemlich teuer werden.«

Roßmann warf Timać einen Blick zu. Ich konnte sehen, wie die Anwältin ihm zunickte und sogar lächelte. Das schien ihn zu beruhigen.

»Also gut«, sagte Roßmann. »Wo soll ich anfangen?«

»Starten wir doch mit dem Tag des Einbruchs«, sagte ich. »Was haben Sie gemacht?«

»Ich habe gearbeitet«, sagte Roßmann. »Ich besitze eine Sicherheitsfirma. Ich bin in eine Bar auf der Gumpendorfer Straße gegangen und habe dort getrunken. Ich war allein dort. Es gibt keine Komplizen. Ich habe mich wohl etwas vergessen, denn als ich die Bar verließ, war ich recht angetrunken. Ich bin in mein Auto gestiegen und bin damit in Richtung meiner Wohnung gefahren. Dabei bin ich am Kunsthistorischen Museum vorbeigefahren und habe das Gerüst bemerkt.«

Roßmann legte eine kurze Pause ein. Seine Augen wanderten wieder zu Timać. Die beiden schienen eine persönliche Verbindung zu haben, doch Details interessierten mich nicht.

»Und dann?«, fragte ich. Roßmann riss seinen Blick los.

»Ich bin auf die Elisabethstraße abgebogen und habe dort geparkt. Dann bin ich ausgestiegen. Ich habe berufsbedingt immer ein Brecheisen im Auto, das habe ich in eine Plastiktasche gesteckt und mitgenommen. Ich wollte schauen, ob das Gerüst gesichert ist oder ob man einfach raufklettern kann.«

»Sie wollten es einfach mal probieren?«, fragte ich.

Roßmann wandte den Blick ab und starrte auf seine Hände. »Ja, ich sagte doch, ich war ziemlich betrunken. Ich war früher schon in dem Museum und mir war damals schon aufgefallen, wie schlecht es gesichert ist. Als Sicherheitsexperte sieht man das sofort. Das Holztor vor dem Gerüst konnte ich einfach aufbrechen. Dann war ich auch schon auf dem Gerüst und konnte bequem bis zum Eckfenster gehen.«

»Sie wussten, dass sich dahinter die Saliera befand?«

Roßmann überlegte. Nach einem weiteren Blickwechsel mit Timać nickte er schließlich. »Ja, das wusste ich. Das habe ich bei einer Führung gelernt.«

»Sie standen also vor dem Fenster«, sagte ich. »Wie ging es weiter?«

»Ich kann mich nicht mehr so gut erinnern«, sagte Roßmann. »Aber ich denke, zuerst habe ich den Staubschutz vom Fenster gerissen. Das war eine leichte Folie, das ging mit den Händen. Mit dem Brecheisen habe ich das Fenster ausgehebelt. Bei den Fenstern handelte es sich um alte Doppelflügel, da liegt der Riegel in der Mitte, das geht mit einem Brecheisen recht einfach. Ich konnte die erste Fensterhälfte nach innen aufdrücken, doch nur wenige Zentimeter, denn innen war eine Jalousie heruntergelassen worden. Ich konnte also nicht durchschlüpfen.«

»Was haben Sie dann gemacht?«, fragte ich.

»Ich bin noch einmal zum Auto zurückgegangen und habe ein Stanley-Messer geholt«, sagte Roßmann, als wäre es das Selbstverständlichste auf der Welt.

»Sie sind vom Gerüst hinunter, zum Auto zurück, um ein Stanleymesser zu holen, und dann haben Sie den ganzen Weg noch einmal gemacht«, wiederholte ich. »Betrunken?«

»Es war wirklich nicht so schwierig.« Roßmann klang wie ein Kind, das sich dafür entschuldigte, die verbotenen Süßigkeiten genascht zu haben, dabei waren sie so leicht zugänglich in der Mitte des Tischs gelegen. Wie hätte er nicht zugreifen sollen?

»Mit dem Stanleymesser schnitt ich die Jalousie auf. Ich hatte also das äußere Fenster geöffnet und die Jalousie aufgeschnitten.« Roßmann versicherte sich, ob ich ihm auch folgen konnte. »Dadurch konnte ich mit dem Brecheisen das innere Fensterglas einschlagen. Durch das innere Fenster konnte ich hindurchgreifen, die Jalousie nach oben lassen und das Fenster vollständig öffnen. Und dann bin ich hinein.«

»Haben Sie einen Alarm wahrgenommen?«, fragte ich.

»Bei meinem Museumsbesuch habe ich schon gesehen, dass es nur ein paar alte Raummelder gibt und Kameras, die aber in der Nacht vermutlich ausgeschalten waren. Die Fenster waren nicht gesichert und die Glasvitrine auch nicht. Ich habe mir also nicht allzu große Sorgen gemacht.« Diesen Teil der Geschichte schien Roßmann regelrecht zu genießen. Womöglich war es das erste Mal, dass er sie jemandem erzählte.

»Die Leuchte eines Notausgangs bot genug Licht, um den Raum deutlich zu sehen, auch die Saliera. Mit dem Brecheisen habe ich schließlich die Glasvitrine eingeschlagen und die Saliera entnommen. Dann bin ich wieder durch das Fenster hinaus und das Gerüst hinuntergeklettert. Im Museum selbst habe ich mich kaum eine Minute aufgehalten.«

Als Roßmann fertig erzählt hatte, lehnte er sich zurück und wirkte mit sich zufrieden.

»Und Ihr Motiv?«, fragte Brunner, der hinter mir stand. »Wir haben einen Backgroundcheck durchgeführt. Sie sind nicht vorbestraft, Ihre Firma läuft gut, Sie besitzen zwei Immobilien und ein volles Konto. Warum haben Sie die Saliera gestohlen und versucht, die Versicherungsfirma zu erpressen?«

»Als ich die Saliera gestohlen habe, dachte ich mir nichts dabei«, sagte Roßmann ein wenig zu schnell. »Es war einfach eine besoffene Geschichte. Andere betrügen ihre Frauen im Rausch oder prügeln sich. Ich habe eben die Saliera gestohlen.«

»Und die Erpressung?«, fragte Brunner.

»Zuerst wusste ich gar nicht, wie viel das schöne Stück wert ist. Als ich dann in den Zeitungen gelesen habe, dass die Saliera fünfzig Millionen Euro wert ist, habe ich große Augen bekommen. Ich dachte, einen Versuch wäre es wert.«

»Aber damit sind Sie ein Risiko eingegangen, gefasst zu werden«, sagte ich. Die Erzählung Roßmanns ergab für mich keinen Sinn. Für eine Rauschgeschichte erforderte der Einbruch, selbst wenn das Museum über keine besonderen Sicherheitsvorkehrungen verfügte, zu viel Planung. Und auch die Erpressungsversuche waren zu koordiniert gewesen, um bloß aus einer Laune heraus entstanden zu sein.

»Ich habe nicht viel darüber nachgedacht«, sagte Roßmann und lachte sogar schwach. »Ziemlich dumm, nicht wahr?«

»Warum haben Sie nach zwei Jahren plötzlich noch einmal eine Erpressung versucht?«, fragte Brunner.

»Langeweile«, sagte Roßmann. Ich war mir sicher, dass uns Roßmann, was sein Motiv betraf, nicht die Wahrheit sagte. Ich war mir allerdings auch nicht sicher, ob ich die Wahrheit verstehen würde. Was für Gründe konnte jemand wie er schon haben?

»Verraten Sie mir eines«, unterbrach Roßmann meine Gedanken. »Am Tag, als die Polizei die Übergabe durchgeführt hat, war ich ständig in der Nähe. Als Ihr Bote bereits auf der Salmannsdorfer Höhe war, bin ich zurück zu meinem Auto gegangen. In der Straße, in der ich es geparkt hatte, standen zwei weiße Lieferwagen. Ich war mir sicher, dass darin Ihre Leute bereits auf mich warteten.«

»Das war der Grund, warum Sie die Übergabe so plötzlich abgebrochen haben?«, fragte Brunner.

»Ich war mir so sicher«, sagte Roßmann, ohne auf Brunners Frage einzugehen. »Im Grunde wusste ich damals schon, dass das Spiel vorbei ist. Dass ich meine Niederlage nicht mehr verhindern, nur aufschieben konnte.« Roßmann suchte meinen Blick.

»Kamen die beiden Lieferwagen von Ihnen?«

»Nein«, antwortete Brunner, der die Übergabe geleitet hatte. Roßmann lachte leise.

»Dann hat mir das Schicksal wohl einen besonders raffinierten Streich gespielt«, sagte er.

»Ihre Anwältin hat uns gesagt, Sie hätten eine Bedingung für Ihre Kooperationsbereitschaft«, sagte ich und wechselte das Thema. »Wir sollen die Geschichte, die Sie den Medien erzählen, nicht korrigieren. Ich nehme an, damit meinen Sie die Geschichte von dem betrunkenen Missgeschick?«

Nun veränderte sich Roßmanns Haltung. Sein Blick wurde offener, er lehnte sich nach vorne. Mir wurde klar, dass ihm dieses Thema besonders wichtig war.

»Ich habe eine Tochter«, sagte er. »Sie ist sieben Jahre alt. Sie soll nicht glauben, dass ihr Vater aus Geldgier oder Ruhmsucht gestohlen hat. Ich war betrunken und habe eine Dummheit begangen. Niemand ist zu Schaden gekommen, nicht einmal die Saliera. Ich schäme mich für das, was ich getan habe, und es tut mir leid. Aber ich will nicht, dass mich meine Tochter deswegen als schlechten Menschen sieht.«

Ich stand auf.

»Wenn Sie uns zeigen, wo die Saliera versteckt liegt, können Sie über Ihre Hintergründe und Motive erzählen, was Sie wollen«, sagte ich und streckte Roßmann die Hand hin.

In Roßmanns Blick lag Dankbarkeit, als er einschlug.

BRAND BEI ZWETTL
NIEDERÖSTERREICH

Samstag, 21. Jänner 2006, 11 Uhr

Es war keine Kolonne, die über die nasse S5 von Wien nach Krems fuhr, während graue Wolken das schwache Sonnenlicht verschluckten. Bloß drei unauffällige Autos, ohne Blaulicht oder Signalhorn, bogen bei Krems auf die Bundesstraße Nummer 37 ab und fuhren weiter Richtung Zwettl.

Etwa zwanzig Minuten nachdem sie das Kremser Stadtgebiet verlassen hatten, sah Lernet den Blinker von Geigers Škoda Superb, der vor ihm fuhr. Erst vor wenigen Tagen hatte Geiger seinen geliebten Golf GT gegen den Škoda tauschen müssen. Zumindest war die Rückbank des Škodas breiter und bequemer, weswegen er neben Brunner auf dem Beifahrersitz auch Blau und Leitner in seinem Auto mitnahm, die hinten saßen und Roßmann zwischen sich gequetscht hatten. Lernets Passat bildete das Mittelstück des kleinen Wagenzugs, der hinter ihm vom Wagen des Erkennungsdiensts, in dem Manfred Huse mit einem Kollegen saß, abgeschlossen wurde.

Die Straße führte in ein schmales Tal hinein, das auf beiden Seiten von aufragenden Hügeln umschlossen wurde. Alles Grün war verschwunden, weggewischt von einzelnen Flecken weißen, unberührten Schnees und dem Grau der winterlichen Realität, wenn die Flocken auf Erde, Matsch und Schmutz trafen. Sie fuhren durch den Ort Rastenfeld, der Lernet vorkam wie eine Geisterstadt. Entlang der schmalen Straße stand eine Handvoll verlassener Häuser, die Fenster zerbrochen, von den Eingangstüren blätterte die Farbe ab, die Dächer waren von Rost überzogen. Als sie den Ort verließen, konnte Lernet im Rückspiegel die Silhouette einer Burg erkennen, die in einem seltsamen Winkel aus einem der Hügel emporwuchs, eine unheilverkündende Markierung ihres Weges.

Bald schon verschwanden die verlassenen Häuser neben ihnen und wurden abgelöst von weiten, kargen Feldern. Die Straße vor Lernet bog sich nach oben wie der Rücken eines Pferdes, das sich aufbäumte, und am höchsten Punkt des Hügels konnte er eine alte Kirche sehen, deren moosgrünes Zinkdach wie eine Speerspitze in den Himmel zeigte.

Als sie an der Kirche vorbeifuhren, breitete sich unter ihnen das Dorf Brand aus. Es lag zwischen Hügeln, auf denen kleine Wälder wuchsen wie vom Alter verschonte Haarbüschel. Als sie in den Ort hineinfuhren, erkannte Lernet, dass es sich um eine typisch österreichische Ortschaft handelte. Neben alten Scheunen, die nur noch standen, weil niemand Zeit gefunden hatte, sie wegzureißen, und Vierkanthöfen, die gewaltvoll eine längst vergangene Zeit in die Gegenwart retten wollten, gab es auch moderne Häuser mit viel Glas und Holz. Der Polizeibeamte zählte mindestens drei Baustellen. Junge Familien würden hier ihr gemeinsames Leben beginnen, in idyllischer Ruhe und Sicherheit, abseits des städtischen Trubels. Lernet konnte sich vorstellen, dass Brand im Frühling wunderschön sein musste. Ein Ort, geschaffen für eine glückliche Kindheit, in dem neben der Hausnummer auch der Name der Familie geschrieben stand, die in dem Haus wohnte. Tatsächlich beugten sich ein paar Gesichter aus den Fenstern, als die drei fremden Autos langsam durch den Ort rollten, und blickten argwöhnisch heraus. Auf die Straßen wollte in dieser Kälte aber offenbar niemand, sodass die Wagen langsam und einsam über den Asphalt rollten.

Roßmann fungierte als Navigator und dirigierte Geigers schwarzen Škoda Superb bis vor die Einfahrt eines modernen, dreistöckigen Einfamilienhauses, das am Ortsrand stand. Lernet erkannte einen Wintergarten aus Holz und eine Glasfassade mit Blick auf ein kleines Waldstück.

Er stieg aus und ging zu Geiger, Brunner und Roßmann, der von Blau und Leitner flankiert wurde. Kurz darauf erschien auch Huse mit einem Kollegen, der einen schweren Koffer schleppte.

»Sie liegt in dem Waldstück hinter meinem Haus«, sagte Roßmann nur.

Lernet hatte solche Situationen schon ein paar Mal erlebt. Doch normalerweise kamen sie mit einem Täter an den Tatort zurück, um sich die Stelle zeigen zu lassen, an der eine Leiche im schwer zugänglichen Unterholz verborgen worden war. Lernet war froh darüber, dass es sich in diesem Fall um einen Kunstgegenstand handelte. Hätte eine verschwundene Leiche das Land so lange in Aufregung versetzt? War ein Menschenleben fünfzig Millionen Euro wert?

Lernet schob die Gedanken beiseite und folgte Roßmann und den anderen Beamten um das Haus herum. Ein schmaler Weg führte durch eine Wiese an ein paar Bäumen vorbei ins Innere des Waldes, der ihnen dunkel entgegenstarrte, seine nackten Zweige zu allen Seiten gestreckt.

Leitner zog eine Karte der Umgebung heraus, die er aus der Berggasse mitgenommen hatte.

»Der Hügel hier heißt Schatzbichl«, sagte er, als er die Karte wieder wegsteckte. »Wie passend.«

»Würde mich nicht wundern, wenn die hier einen Saliera-Wanderweg anlegen«, schnaufte Blau, als er seinem Kollegen folgte, Roßmann eng zwischen ihnen.

Während sie tiefer in den Wald hineinstapften, blieb Roßmann einige Male stehen und blickte sich um, musterte Bäume und Sträucher. Womöglich hielt er nach Hinweisen Ausschau, die er angelegt hatte, um die Saliera wiederzufinden, abgebrochene Äste oder ins Holz von Bäumen geritzte Zeichen. Lernet konnte allerdings nichts entdecken.

Zuerst verweilte Roßmann einige Augenblicke vor einem ausgedörrten Baumstamm, der Lernet an das Skelett eines Untoten erinnerte, der sich langsam aus der Erde grub. Danach führte sie der Dieb zu zwei Buchen, die sich eng ineinander verflochten hatten. Es sah beinahe so aus, als würden sie sich umarmen. Vor zwei mächtigen Eichen blieb Roßmann besonders lange stehen.

»Was ist?«, fragte Geiger. »Ist es hier?«

»Nein«, sagte Roßmann, den Blick träumerisch nach oben gerichtet. Seine Stimme klang distanziert, als würde er sich an einem völlig anderen Ort befinden, womöglich sogar in einer anderen Zeit, und von weither den Beamten Hinweise zuflüstern. »Aber wir sind fast da.«

Lernet konnte sehen, dass er lächelte.

Nur einige Hundert Meter weiter blieb Roßmann erneut stehen, diesmal vor einer einzigen Eiche, die sich kräftig und imposant gen Himmel streckte.

Er zeigte auf eine Stelle, nur einige Meter neben dem Baumstamm. »Hier ist es«, sagte er. »Sie sollten nicht lange brauchen, bis Sie sie finden.«

Leitner und Blau traten vor. Sie hatten zwei Schaufeln mitgenommen und machten sich daran, ein Loch auszuheben. Lernet war froh, von dieser Aufgabe verschont zu bleiben. Er wollte jeder Anstrengung fernbleiben, bevor dieser Fall abgeschlossen war und er seinen Rücktritt verkünden konnte. Er wollte nicht, dass sie auf den letzten Metern der Ermittlung zwar die Saliera aus einem Erdloch ziehen konnten, ihn selbst dafür hineinlegen mussten.

Nachdem die Beamten den gefrorenen Boden aufgebrochen und zu schaufeln begonnen hatten, dauerte es nicht lange, bis ein metallisches Geräusch zu hören war. Lernet konnte fühlen, wie es sich langsam im Wald ausbreitete, die wenigen braunen Blätter in Schwingung versetzte und die Tiere bei ihrem Winterschlaf störte. Es war ein Geräusch, das jede Faser seines Körpers zum Vibrieren brachte.

»Ich glaube, ich habe was«, rief Blau. Leitner kam ihm zu Hilfe und mit den Händen räumten sie die letzten Reste Erde weg. Eine mit Erde bedeckte dunkle Metallbox kam zum Vorschein. Sie war mit einem Zahlenschloss gesichert.

Huse trat mit einer Brechzange vor, doch Roßmann hob die Hand.

»Der Code ist 1500«, sagte er. »Cellinis Geburtsjahr.«

Mit einem etwas enttäuschten Gesicht ließ Huse die Zange sinken. Geiger kniete sich vor der Kiste nieder, zog sich Handschuhe über und drehte an dem Zahlenschloss. Mit einem Klicken sprang es auf.

Der Beamte hob den Deckel in die Höhe. Lernet erwartete, dass sie ein goldenes Licht blenden oder die Geräusche der Umgebung in die Kiste gesogen werden würden, bis nichts mehr übrig blieb als atemlose Stille. Doch nichts geschah.

Geiger griff in die Kiste. Als er seine Hand wieder herauszog, hielt er darin einen Gefrierbeutel. Lernet sah zunächst nur das goldene Glänzen, dann erkannte er die Formen und Konturen und das Gold funkelte im Licht der Wintersonne.

Huse schoss ein Foto. »Wir sperren hier alles ab«, sagte er zu seinem Kollegen, der bereits mit einem Absperrband hantierte, das er aus seinem Koffer geholt hatte. »In einem Radius von hundert Metern. Dann fordern wir Verstärkung an und suchen das Stück nach Fingerabdrücken, Fußspuren und anderen Spuren ab. Wir fangen beim Fundort an und arbeiten uns nach außen vor.«

Huses Kollege nickte und stampfte mit dem Koffer in der einen Hand und dem Band in der anderen zum Loch. Blau und Leitner hielten Roßmann an den Armen gepackt, als könnte der Dieb jeden Moment die Saliera ergreifen und mit ihr im Wald verschwinden. Doch Roßmann beachtete die Saliera gar nicht. Als ihn die Beamten an Brunner vorbeiführten, konnte Lernet sehen, wie er stehen blieb und dem Ermittler etwas zuflüsterte.

»In der Truhe ist ein Brief«, hörte Lernet. »Bitte vernichten Sie ihn nicht. Er ist für meine Frau.« Mit einem Ruck zogen Blau und Leitner Roßmann weiter und Lernet konnte nicht verstehen, ob Brunner etwas antwortete.

Lernet trat zu Geiger, der die Saliera in der Hand hielt.

»Kann ich sie anfassen?«, fragte er Geiger.

Geiger nickte. Lernet streifte Handschuhe über und nahm den Beutel entgegen. Er wagte nicht, das Goldstück aus dem Beutel zu holen, doch durch das Plastik fuhren seine Fingerspitze die Figuren ab, die kleine Schale, den Kopf des Seepferds.

Sein Zeigefinger schob sich über den unteren Rand, auf dem Gesichter die vier Winde symbolisierten.

Als er den Blick hob, merkte er, dass Geiger neben ihn getreten war.

»Wir bringen Roßmann zurück in die Berggasse«, sagte er. »Huse braucht uns hier nicht mehr. Jetzt geht es nur noch darum, Spuren zu sichern. Wir können die Saliera nach Wien bringen. Auf dem Weg werden wir ein paar Anrufe machen müssen. Direktor Blum, Direktor Fuchs«, Geiger konnte sich ein kleines Lächeln nicht verkneifen, »und natürlich Dachs.«

»Die Medien nicht zu vergessen«, sagte Lernet und dachte an Kirsch, der diese Story hoffentlich an einem Strand in Kalifornien lesen würde oder zumindest in einem Motel in Los Angeles, während er selbst einer neuen Spur hinterherlief.

»Natürlich.« Lächelnd ging Geiger an Lernet vorbei.

Lernet schloss die Augen und erfühlte den Gegenstand in seiner Hand.

Nach drei Jahren hatte die Saliera über eine zerbrochene Glasvitrine des Kunsthistorischen Museums und ein etwa zwei Meter tiefes Loch in einem namenlosen Waldstück Niederösterreichs in seine Hand gefunden.

Sie fühlte sich schwer, kalt, alt und bedeutungsvoll an. Vor allem aber fühlte sich dieser Moment richtig an.

Als Lernet die Augen wieder öffnete, verschwand Geiger hinter einer Baumgruppe. Lernet machte sich daran, ihm zu folgen.

GROSSER SAAL, POLIZEIPRÄSIDIUM
WIEN, INNERE STADT

Sonntag, 22. Jänner 2006, 10 Uhr

»Und so«, sagte ich schließlich und beendete meine kurze Schilderung, »haben wir die Saliera zurückgeholt.«

Es war ein symbolischer Akt, die Rückkehr der Saliera im prunkvollen Großen Saal des Polizeipräsidiums Schottenring zu verkünden und nicht in dem kleineren, weniger schmucken Rapportsaal der Berggasse. Dieser Tag war ein bedeutender für die Polizei und sie wollte sich als geschlossene Einheit zeigen, auch wenn dieses Bild nicht den Tatsachen entsprach.

Neben mir stand Brunner, vor ihm ruhte in einem Glasbehälter die Saliera. Nach drei Jahren war sie endlich heimgekehrt. Ich konnte kaum aufhören, zu lächeln.

So ging es nicht jedem. In der ersten Reihe sah ich einige enttäuschte Gesichter. Der Polizeipräsident blickte ausdruckslos auf das Podium hinauf, auf dem das Saliera-Einsatzteam die Rückholung des Kunstwerks öffentlich verkündete. Er hatte seine Gunst Dachs geschenkt und war nicht belohnt worden.

Noch unglücklicher wirkte Robert Dachs, der danebensaß. Wie immer bei öffentlichen Anlässen trug er auch heute seine Polizeiuniform, doch sie strahlte nicht. Er kauerte auf seinem Stuhl und warf hasserfüllte Blicke in meine Richtung. Ich konnte sehen, wie er bereits nach einer Möglichkeit suchte, sich an mir zu rächen, aber das war mir im Moment völlig egal.

Nach diesem Wochenende hatte ich das Gefühl, dass mir nichts mehr geschehen konnte. Zusammen mit meinem Team hatte ich den größten Diebstahl in Österreichs Geschichte gelöst und die Saliera zurückgebracht. Meine Aussichten auf das Amt des Präsidenten hatten sich in wenigen Tagen völlig verändert.

Doch am meisten freute mich, dass sich gute alte, ehrliche Polizeiarbeit durchgesetzt hatte. Das hatte auch Clemens Lernet kurz vor der Pressekonferenz zu mir gesagt: »Sieht so aus, als gehörten wir doch noch nicht zum alten Eisen.«

»Polizeiarbeit wird immer gebraucht«, hatte ich geantwortet.

»Ich weiß«, hatte mein Kollege geantwortet. »Und ich kann guten Gewissens in den Ruhestand gehen, wenn ich weiß, dass es dafür noch Platz gibt.«

Als mir Lernet seinen Entschluss mitteilte, war ich überrascht. Ich hatte keine Ahnung von seinen gesundheitlichen Problemen gehabt, auch wenn mir aufgefallen war, dass er weniger Sport trieb als früher. Aber ich hatte das dem Stress in der Arbeit zugeschrieben. Eva hatte recht: Ich sollte glücklich sein mit dem, was ich hatte, anstatt mich darüber zu ärgern, dass ich meine Marathonzeit von drei Stunden nicht schlagen konnte.

Ebenfalls in der Menge saßen die Direktoren Blum und Fuchs. Fuchs wirkte ausgesprochen zufrieden, während Blums Miene schwer zu deuten war.

Nachdem wir die Fragen der Journalisten beantwortet hatten und genügend Fotos von der Saliera geschossen worden waren, trugen zwei Beamte das Goldstück von der Bühne. Es würde ins Kunsthistorische Museum zurückgebracht werden, wo es von Experten analysiert und restauriert werden würde.

Eine erste Begutachtung hatte ergeben, dass es kaum Schaden genommen hatte, doch ein paar Abnützungserscheinungen von Transport und Lagerung mussten überarbeitet werden. Für morgen war eine große Präsentation im Kuppelsaal des Museums angekündigt worden, wo man die zurückgekehrte Saliera präsentieren wollte.

Auf dem Weg aus dem Großen Saal wurde ich von Fuchs aufgehalten, der Blum im Schlepptau hatte. Der Versicherungsdirektor war adrett wie immer gekleidet. Unter einem karierten Wollsakko trug er einen roten Kaschmirpullover. Fuchs schüttelte mir energisch die Hand.

»Wunderbare Arbeit«, sagte er enthusiastisch. »Besser, als unsere Leute das je hätten tun können.« Ohne das Eingreifen von Fuchs‘ »Experten« hätten wir die Saliera womöglich viel früher zurückbringen können. Doch ich bemühte mich um ein bescheidenes Lächeln.

»Danke«, sagte ich.

»Und ohne Kratzer«, sagte Fuchs.

»Fast ohne Kratzer«, fügte Blum hinzu.

»Nichts, was man nicht wieder hinbekommen könnte«, frohlockte Fuchs. »Ich bin froh, dass wir diese Sache nun endlich hinter uns gebracht haben. Falls Sie mal eine neue Herausforderung brauchen ...«

Fuchs zwinkerte mir zu. »Wir könnten einen Sicherheitsexperten wie Sie gut gebrauchen.«

Er drückte mir eine Visitenkarte in die Hand und verschwand, weil er in der Menge einen Politiker ausgemacht hatte, den er kannte. Ich blieb mit Blum zurück.

»Die Saliera war also nie in Italien«, sagte Blum.

»Nein«, sagte ich. »Sie lag die meiste Zeit in einem Waldstück im Waldviertel.«

»Ich sollte froh sein, dass nicht mehr passiert ist«, sagte er leise. »Wir sehen uns im Museum.« Ohne ein weiteres Wort drehte sich Blum um und ging.

Als ich auf den Schottenring hinaustrat und die Kälte meine Euphorie etwas dämpfte, hörte ich eine Stimme hinter mir. Es war Lernet.

»Ein würdiger Abschluss«, sagte er.

»Es tut mir leid, dass du uns verlässt«, sagte ich.

»Für alles gibt es eine Zeit«, sagte Lernet. »Wenn ich Ihnen etwas mitgeben darf, Dr. Geiger.«

»Ernst«, sagte ich.

Unsere Augen trafen sich und in seinem Blick lag die Schwere, die jedem Abschluss innewohnte.

»Pass auf dich auf«, sagte Lernet. »Ich habe Dachs beobachtet. Er ist angezählt, aber das macht ihn nur noch gefährlicher. Ich konnte sehen, wie sein Verstand bereits an einem neuen Plan arbeitet.«

Ich lachte, als ich Lernets ernste Miene sah. »Keine Sorge«, sagte ich. »Ich werde schon vorsichtig sein. Wir haben gerade einen der größten Fälle der österreichischen Kriminalgeschichte gelöst. Du solltest zumindest bis morgen warten, ehe du dir Sorgen machst.«

»Dieser Fall hat bewiesen, dass wir immer eine Chance haben«, sagte Lernet. »Egal, wie klein sie auch scheinen mag. Denk dran.«

»Das werde ich«, antwortete ich. Wir gaben uns die Hände und Lernet ging in die entgegengesetzte Richtung davon. Nach der Pressekonferenz fuhr ich sofort nach Hause. Die nächsten Tage würden aufregend genug sein. Morgen stand die große Präsentation im Kuppelsaal des Kunsthistorischen Museums auf dem Programm. Zeitungen würden Porträts und Interviews drucken. Jeder wollte ein klein wenig mehr wissen als der andere, eine exklusivere Geschichte erzählen, spannendere Details erfahren. Ich konnte nicht verleugnen, dass sich das nach der langen Zeit, in der ich die Berggasse mit gemischten Gefühlen betreten hatte, richtig gut anfühlte.

Zu Hause wartete Eva bereits auf mich. Sie hatte den Tisch gedeckt und ein Mittagessen gekocht. Es gab eine meiner Lieblingsspeisen: Wiener Schnitzel.

Während wir aßen und dazu einen Rotwein tranken, den ich mir für eine besondere Gelegenheit aufgehoben hatte, erzählte ich ihr noch einmal in allen Einzelheiten von den Ermittlungen. Ich begann an dem Morgen, als ich das Kunsthistorische Museum betreten hatte, berichtete von dem ersten Erpresserbrief und meinem Treffen mit Fuchs, von den Auseinandersetzungen mit Dachs, schilderte eindrücklich meine Gefühle, als wir den zweiten Erpresserbrief bekamen, den tragischen Tag der Übergabe und letztlich die Ausgrabung der Saliera in einem kleinen Waldstück.

Nachdem ich Eva geholfen hatte, den Tisch abzuräumen, nahm ich mein Glas, schenkte mir nach und setzte mich auf das Sofa. Meine Frau nahm neben mir Platz.

»Katja wird heute Nachmittag kommen«, sagte sie. »Sie möchte dir zu dem Erfolg gratulieren. Dann kannst du die ganze Geschichte noch einmal erzählen.«

Ich lachte. »Es fühlt sich an, als könnte ich sie gar nicht oft genug erzählen.«

Eva nahm meine Hand. »Du hast dir das verdient«, sagte sie. »Du bist dir treu geblieben und hast nicht aufgegeben. Aber du musst vorsichtig sein. Dieser Erfolg darf dich nicht blind machen. Er macht dich nicht unverwundbar. Du musst auf dem Boden bleiben und die Augen offen halten.«

»Du bist schon die zweite Person, die mir das heute sagt.« Ich wich ihrem Blick aus. Ich verstand ihre Bedenken, aber die Lösung des Saliera-Falls war eine große Sache. So schnell würde mich Dachs nicht mehr in Bedrängnis bringen können. Die Berichterstattung würde mir Rückenwind geben. Das Amt des Polizeipräsidenten war nie so nahe gewesen wie in diesem Moment. Sollte sie sich nicht vielmehr freuen? So lange hatte ich gekämpft, den Kopf unten gehalten, auf jeden meiner Schritte geachtet. Heute war ich belohnt worden.

Ich wollte ihr das alles sagen, doch kaum hatte ich meinen Mund aufgemacht, klingelte es an der Tür.

»Ich gehe schon«, sagte Eva, lächelte und stand auf. Ich konnte hören, wie sie die Tür öffnete, und dann Katjas Stimme, die hell und glücklich durch die Wohnung zu mir drang. Auch sie hatte die Schwierigkeiten, mit denen ich gekämpft hatte, mitbekommen. Dieser Triumph war ihrer genauso wie meiner. Und zum ersten Mal begriff ich, wie meine Mutter sich gefühlt haben musste. Das Leben eines geliebten Menschen zu teilen, half dabei, die eigenen Ängste zu überwinden und Freude in all ihrer unerschöpflichen Fülle zu begreifen. Die Liebe war ein Paradox, da sich, was in ihr geteilt wurde, nicht halbierte, sondern verdoppelte.

Ich stand auf, um meine Tochter in die Arme zu nehmen. Und in diesem Moment fiel alles, was davor geschehen war, einem flüchtigen, erlösenden Vergessen anheim.

ALLES GOLD DER WELT

28. März 2006

Die Wochen, nachdem das »Salzfass der Nation«, wie eine große Tageszeitung schrieb, zurückgekehrt war, kamen mir vor wie ein einziger langer Tag. Alles passierte so schnell. Ich blinzelte einmal und es war vorbei.

Die Berichterstattung gab dem Fall zwei Gesichter. Auf der einen Seite der Geschichte stand Nikolaus Roßmann, stilisiert zum Gentleman-Dieb und Playboy. Gut aussehend, eloquent, charmant. Gejagt wurde er von mir, so wie Tom Hanks Leonardo DiCaprio in dem Film »Catch me if you can« hinterherjagte, auf den mehr als eine Zeitung anspielte. Unser Fall hatte zwar kaum Parallelen zu dem Hollywood-Film, aber das wurde großzügig übersehen.

Roßmanns Leben wurde vom Boulevard auseinandergenommen. »Der fescheste Junge im Krapfenwaldbad« wurde er von einer Freundin genannt. Porträtfotos schmückten die Titelseiten, ein Film sollte gedreht werden über den charismatischen Dieb, der den Staat narrte. Bald schon hatte er Fanclubs im Internet, bekam Liebesbriefe in die Strafanstalt. Einige Frauen schickten sogar Nacktfotos an eine bekannte österreichische Gratiszeitung, mit der Bitte, sie abzudrucken und Roßmann auf diese Weise ihre Kontakte zukommen zu lassen. Der ganze Saliera-Fall war ein Medienspektakel und Roßmann dessen Hauptfigur. Der Ort Brand im Waldviertel wurde von Journalisten überlaufen, die alle das »bekannteste Erdloch Österreichs« sehen wollten, obwohl es zu diesem Zeitpunkt schon lange zugeschüttet worden war.

Roßmanns Prozess sollte im September starten. Bis dahin behielt man ihn in U-Haft.

Seine Behauptung, der ganze Diebstahl wäre nur eine »besoffene Geschichte« gewesen, setzte sich in den Medien durch. Und ich hielt mein Wort und entgegnete nichts.

Mein persönlicher Höhepunkt war eine Sondersitzung im Parlament, in der der Saliera-Fall behandelt wurde. Die Abgeordneten erhoben sich von ihren Sitzen, als ich das Rednerpult betrat, und spendeten mir Applaus. Als ich auf die Ränge blickte und all diese Leute sah, deren Klatschen in meinen Ohren rauschte, fühlte ich mich als Sieger. Ich dachte nicht mehr an irgendwelche Marathons, nicht mal mehr an Dachs. Mein Schlaf war traumlos und friedlich.

Doch am 28. März kehrten die Albträume zurück. An diesem Abend war ich vom Lions Club Wien ins Hilton Hotel eingeladen worden, um über den Saliera-Fall zu sprechen. Kurz davor hatte ich in der Abendausgabe des *Kurier* einen Artikel entdeckt, der den Anfang meines Endes bei der Polizei markieren sollte.

Es waren nicht viele Details darin zu finden und Namen wurden keine genannt. Doch die Funktion des Polizeibeamten, um den es ging, war eindeutig mir zuzuordnen. Dachs musste das von langer Hand geplant haben, vermutlich schon seit letztem Jahr. Ob er die Falle hätte zuschnappen lassen, wenn ich die Saliera nicht zurückgebracht hätte? Vielleicht war ich ihm erst durch diesen Erfolg zu gefährlich geworden. Lernet und Eva hatten recht behalten. Der Erfolg, den ich genossen hatte, währte kurz und war verantwortlich für das, was nun begann.

In dem Artikel wurde mir indirekt das Weitergeben von geheimen Informationen vorgeworfen. Ich hätte bevorstehende Razzien an Betroffene durchsickern lassen, sodass diese belastende Informationen rechtzeitig beiseiteschaffen konnten.

Als ich am 28. März im Hilton ans Pult trat, um meinen Vortrag zu halten, wusste ich, dass es für eine lange Zeit der letzte dieser Art sein würde.

Es war spät, als Eva und ich nach Hause zurückkamen. Wir lagen bereits im Bett, als das Unausgesprochene über uns hereinbrach wie ein bleiernes Gewitter, das sich in der wabernden Hitze des Tages angekündigt hatte.

Eva nahm meine Hand und sagte: »Ernst, die sind hinter dir her. Wir müssen das Katja erzählen, bevor sie alles aus den Medien erfährt.« Ihre Stimme brach.

»Wenn ich morgen ins Büro fahre, geh du zu ihr. Hol sie ab und bring sie hierher. Ich komme zurück, sobald ich kann.« Die Dunkelheit verschluckte ihre Antwort.

Ich umarmte sie und hielt sie fest. Ich wollte sie festhalten, bis der Morgen anbrach, bis die ersten Sonnenstrahlen Löcher in diesen Albtraum bohrten und dahinter unser normales Leben wieder zum Vorschein kam.

Doch die Sonne brachte keine Erlösung.

Am nächsten Tag wurde ich ins Büro für Interne Angelegenheiten in der Meidlinger Kaserne bestellt. Dort wurden mir die gleichen haltlosen Vorwürfe gemacht, von denen bereits im *Kurier*-Artikel die Rede gewesen waren. Man war jedoch eher darauf aus, mir meine angeblichen Verfehlungen darzulegen, als mich nach meiner Sicht der Dinge zu fragen. Als ich die Meidlinger Kaserne verließ, wusste ich, was kommen würde.

Um 18:00 Uhr sollte ich beim Polizeipräsidenten vorstellig werden. Der letzte Akt der Farce würde in jenem Büro enden, das mir viele Medien nach der Lösung des Saliera-Falls bereits zugesprochen hatten.

Auf dem Weg dorthin hörte ich im Autoradio die Nachrichten.

»In einer brisanten Affäre rund um einen Wiener Spitzenpolizisten überschlagen sich die Ereignisse.« Ich konzentrierte mich so auf die Stimme, dass ich beinahe eine rote Ampel übersehen hätte. »Der Beamte wurde heute vom Dienst suspendiert.«

Ich schaltete das Radio aus und ließ mein Fenster hinunter, um frische Luft zu bekommen. War das eine Falschmeldung? Oder hatte ich soeben von meiner eigenen Suspendierung erfahren?

Dachs hatte alles perfekt vorbereitet. Er musste die anderen Führungspersonen seit Wochen auf diesen Moment eingestimmt haben. Die Anschuldigungen kamen aus dem Nichts, tauchten zuerst in den Medien auf und bereits am nächsten Tag folgten Konsequenzen.

Es war eine kafkaeske Situation: Es brauchte einen konstruierten Fall, damit die Bürokratie reibungslos funktionieren konnte. Die Wahrheit war endgültig zu einer Banalität verkommen.

Das Büro des Polizeipräsidenten kam mir kahl vor, die Ideale, die darin wohnen sollten und denen ich mich verpflichtet hatte, verdorrt wie morsche Bäume. Womöglich war es ein Abwehrmechanismus, doch in diesem Büro zu sitzen, kam mir plötzlich trostloser vor als meine eigene Position.

Es gab nicht viel zu besprechen. Der Polizeipräsident hatte sich auf Dachs' Seite geschlagen, weil es einfacher gewesen war. Man konnte ihm nicht mehr, aber auch nicht weniger vorwerfen. Als er die Suspendierung aussprach, hatte ich mich schon längst von diesem Ort verabschiedet.

Im Personalbüro gab ich meinen Dienstausweis und meine Kokarde ab. Gefühle regten sich in mir, versuchten, den Schleier der Indifferenz zu zerreißen. Trauer, Wut, Wehmut, Angst.

Doch die Gefühle waren wie die Negative alter Fotos, verzerrt, verdreht, Randprodukte der Wirklichkeit. Ich legte meine Dienstwaffe, die Glock 19, auf den Tisch des zuständigen Beamten.

Als ich das Gebäude verließ, spürte ich hundert Blicke auf mir, doch hörte kein einziges Wort.

Zu Hause warteten bereits Eva und Katja auf mich. Katja begann zu weinen, als sie mich sah, und ich umarmte sie.

»Das können die doch nicht machen ...«, sagte sie und ich streichelte ihr über das Haar. Eva nahm meine Hand und drückte sie und darin lag alle Kraft, die ich brauchte.

»Alles wird gut«, flüsterte ich meiner Tochter zu.

An diesem Abend ging ich spät zu Bett. Eva und ich hatten Katja ein Taxi gerufen. Nachdem sie gefahren war, unterhielten wir uns noch ein wenig über das, was jetzt kommen würde, und spendeten einander Trost, indem wir die Ungewissheit teilten. Als alle Worte verbraucht waren, zogen wir uns um und legten uns ins Bett.

Während ich hören konnte, wie Evas Atemzüge tiefer und sanfter wurden, glitt ich in eine seltsame Losgelöstheit von den Dingen um mich herum, als hätte ich mein ganzes Leben auf einer Insel inmitten eines Ozeans verbracht und wäre endlich zum ersten Mal untergetaucht, nur um zu erkennen, dass die Welt unter Wasser noch tausendmal vielfältiger und tiefer war als die bekannte darüber.

Und dann, nach vielen traumlosen Nächten, kehrte ich zum Burgring zurück.

Ein angenehmer, lauwarmer Wind schlängelte sich zwischen den Blättern der Bäume hindurch. Es roch nach einem neuen Beginn.

Ich sah die Schemen von Menschen, die hinter einem Absperrband standen und mich anfeuerten. Der Beton vibrierte, doch ich hatte keine Angst mehr. Ich konnte die Welle herannahen fühlen. Ich brauchte nur zu vertrauen und im richtigen Moment abspringen, dann würde sie mich mit sich nehmen und davontragen.

Die Läufer sprinteten an mir vorbei. Startnummern verschwammen zu unendlichen Zahlenformationen, das Quietschen von abgewetzten Gummisohlen erfüllte die Luft. Ich spürte, das Ziel war nicht mehr weit.

Ich fühlte mich so leicht wie seit Jahren nicht mehr. Einen Fuß vor den anderen setzend löste ich mich aus meiner Starre, zerbrach sie wie eine dünne Eisschicht, die meinen Körper unbemerkt überzogen hatte, und begann zu laufen. Ich lief und lief, gefangen in der Schönheit der Bewegung.

Noch während ich lief, erkannte ich, dass ich nicht ans Ziel kommen würde. Doch das machte nichts. Es fühlte sich nicht mehr wie eine Niederlage an.

Ich erkannte es als ein Versprechen, kostbarer als alles Gold der Welt.

EPILOG

Mein Prozess begann am 30. August 2006 im Landesgericht für Strafsachen. Mir wurden Missbrauch der Amtsgewalt und Verletzung des Amtsgeheimnisses vorgeworfen. Bei einem Schuldspruch drohten mir bis zu fünf Jahre Haft.

Kurz darauf, am 7. September 2006, wurde Nikolaus Roßmann im gleichen Gericht wegen schweren Einbruchsdiebstahls und versuchter Nötigung zu vier Jahren Haft verurteilt.

Der Oberste Gerichtshof ordnete allerdings eine Neudurchführung an, da man Roßmann aufgrund der Beweislage auch der Erpressung für schuldig befand. Im Juni 2007 wurde Roßmann schließlich zu fünf Jahren Haft verurteilt.

Nach zwei Jahren und neun Monaten wurde Roßmann wegen guter Führung entlassen und arbeitete danach wieder als Sicherheitstechniker.

Die »Wiener Polizeiaffäre«, die mit meiner Suspendierung begonnen hatte, sollte unterdessen drei Jahre lang andauern.

Bereits im August 2006 hatten Ermittlungen gegen Robert Dachs begonnen. Nach einer Medienkampagne wurde er vom Dienst suspendiert. Im Februar 2007 erhielt er Hausverbot bei der Polizei, in weiterer Folge begann ein Amtsenthebungsverfahren.

Im Mai 2007 wurde bekannt, dass gegen Dachs wegen Amtsmissbrauchs, verbotener Geschenkannahme und Verletzung des Amtsgeheimnisses ermittelt wurde.

Im Oktober 2008 wurde Dachs zu 15 Monaten Haft verurteilt und verlor seinen Beamtenstatus. Genau wie er mussten auch einige seiner loyalen Kollegen die Polizei verlassen oder wurden in jene Positionen versetzt, die sie vor Dachs' Aufstieg innegehabt hatten.

Die Polizei leitete eine interne Ermittlung zu jenen Vorgänge ein, die zu meiner Suspendierung geführt hatten. Im März 2008 wurde ich vom Vorwurf des Amtsmissbrauchs freigesprochen, da das Gericht feststellen konnte, dass das Verfahren gegen mich mit gefälschten Beweismitteln eingeleitet worden war. Im Mai 2009 bestätigte der Oberste Gerichtshof den Freispruch.

Ich wurde rehabilitiert und nach einigem Überlegen kehrte ich in den Polizeidienst zurück, allerdings nicht mehr in die Berggasse, sondern in das Bundeskriminalamt, wo ich Leiter für Organisierte und Allgemeine Kriminalität auf Bundesebene wurde.

Dort blieb ich bis zu meiner Pensionierung im Jahr 2017.

Die Saliera ist heute wieder im Kunsthistorischen Museum Wien zu bewundern.

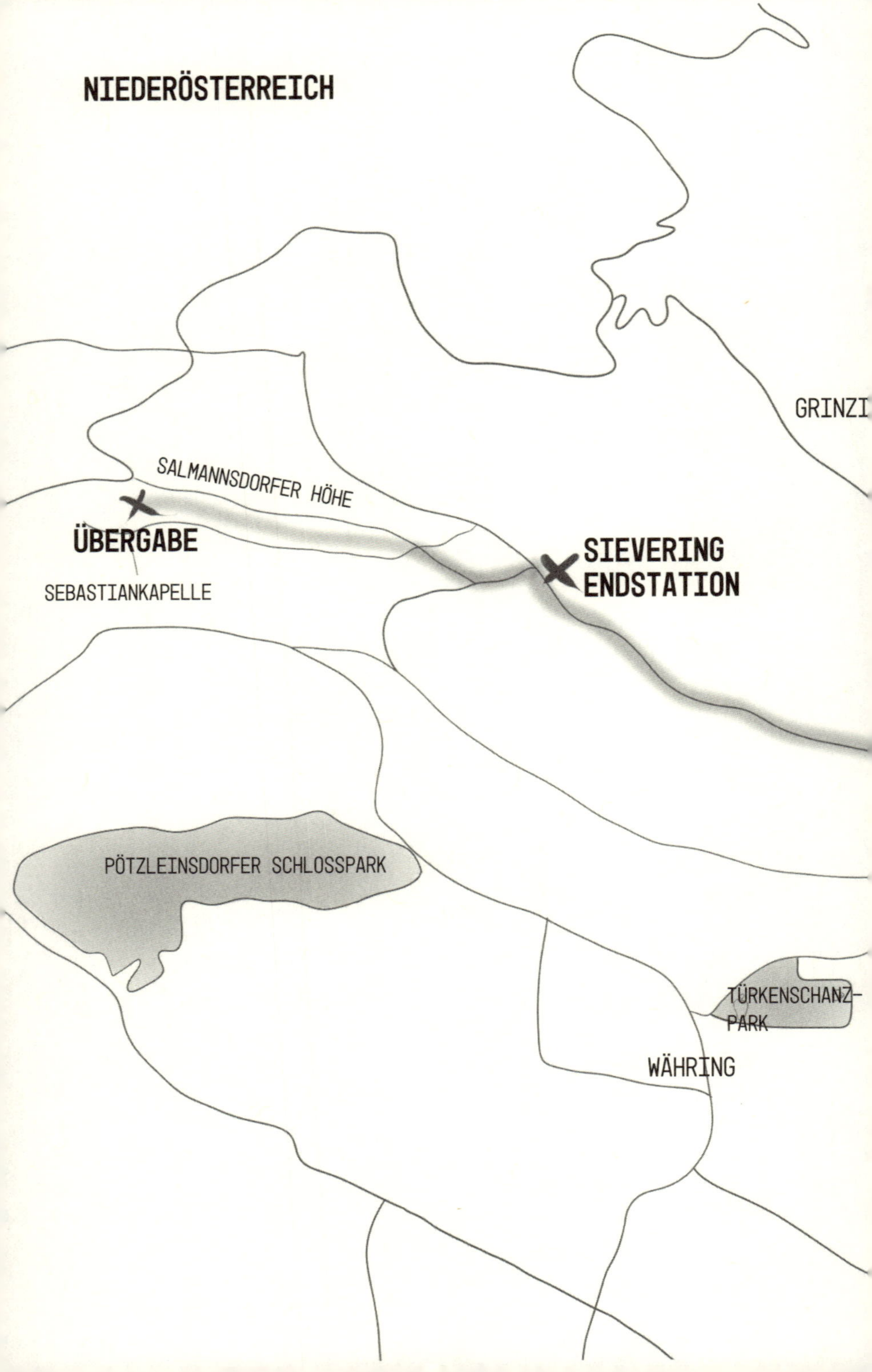
NIEDERÖSTERREICH
GRINZI
SALMANNSDORFER HÖHE
ÜBERGABE
SEBASTIANKAPELLE
SIEVERING
ENDSTATION
PÖTZLEINSDORFER SCHLOSSPARK
TÜRKENSCHANZ-
PARK
WÄHRING

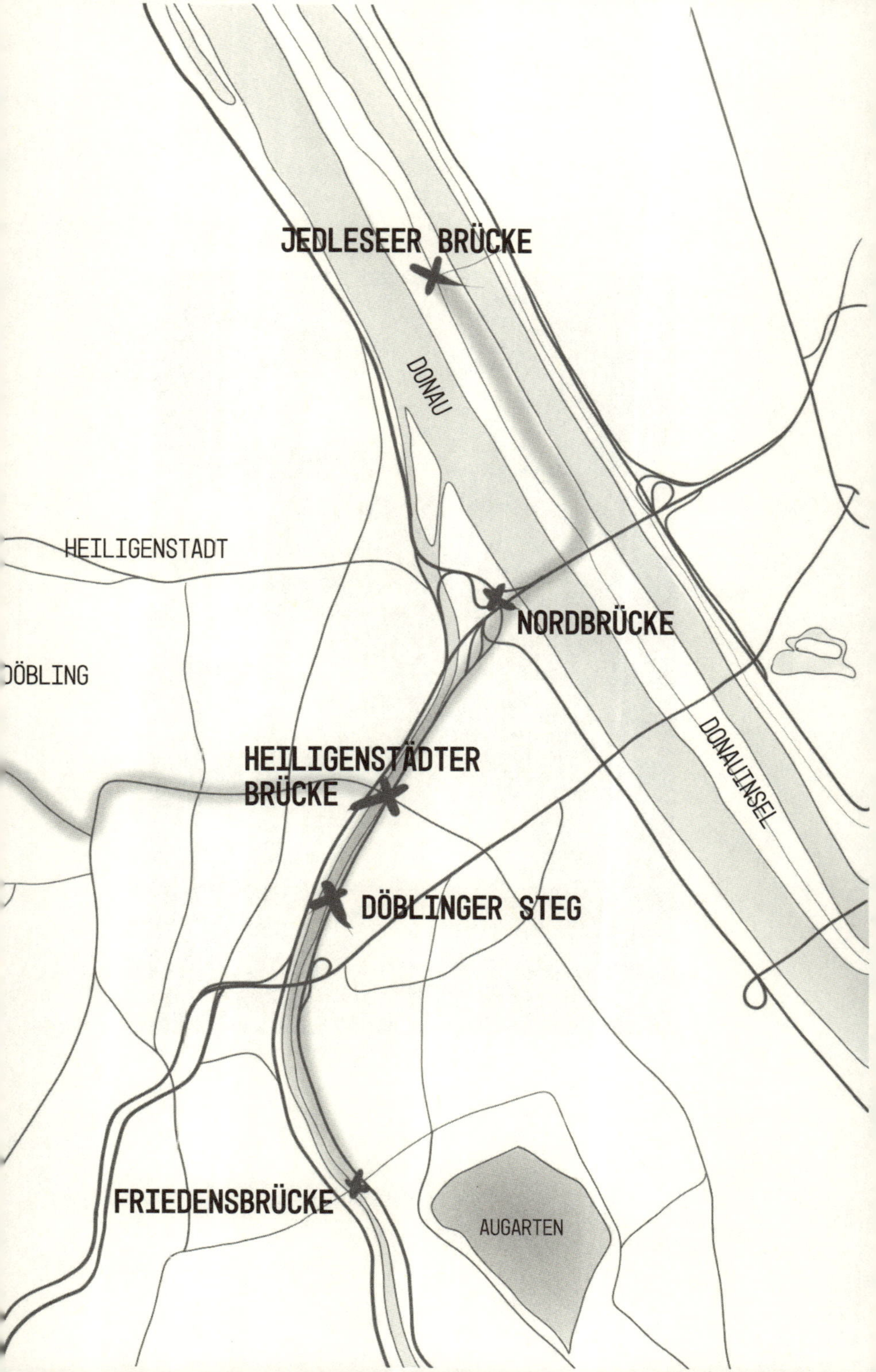

JEDLESEER BRÜCKE
DONAU
HEILIGENSTADT
NORDBRÜCKE
DÖBLING
HEILIGENSTÄDTER
BRÜCKE
DONAUINSEL
DÖBLINGER STEG
FRIEDENSBRÜCKE
AUGARTEN

ERNST
GEIGER
Nach wahren Begebenheiten
HEIM
WEG
WIEN-KRIMI
edition a

DER ERSTE KRIMI VON **ERNST GEIGER**

HEIMWEG

Die ausklingenden 1980er- und die beginnenden 1990er-Jahre, ihre gesellschaftlichen und politischen Verwerfungen und ihr Frauenbild, abgemischt mit viel Wiener Lokalkolorit: Ernst Geiger, früher Chefermittler im Bundeskriminalamt und einer der prominentesten Polizisten der jüngeren Vergangenheit, verarbeitete die sogenannten »Favoritner Mädchenmorde« und die damit einhergehende größte Ermittlungsaktion in der österreichischen Geschichte zu einem packenden Polizeikrimi. »Heimweg« ist so spannend und dicht wie Henning Mankells Wallander-Krimis.

352 Seiten, 20€

ISBN: 978-3-99001-540-7

WAFFEN
FÜR TEHERAN
DIE GESCHICHTE
DES NORICUM-SKANDALS
GAAN EISENBURGER
VOM HAUPTVERHANDLER DER ILLEGALEN
NORICUM-WAFFENGESCHÄFTE
edition a

ISBN: 978-3-99001-499-8